Vrije val

Randi Fuglehaug

Vrije val

Vertaald uit het Noors door
Neeltje Wiersma

Ambo|Anthos
Amsterdam

MIX
Papier van verantwoorde herkomst
FSC® C004472

Deze vertaling is tot stand gekomen met financiële steun van NORLA.

NORLA
NORWEGIAN LITERATURE ABROAD

Eerste druk maart 2021
Tweede druk april 2021

ISBN 978 90 263 5366 6

Oorspronkelijke titel *Fallesjuke*
Oorspronkelijke uitgever Kagge Forlag
Omslagontwerp Studio Jan de Boer
Omslagillustratie © Karina Vegas/Arcangel Images
Foto auteur © Sturlason

Verspreiding voor België:
Veen Bosch & Keuning uitgevers nv, Antwerpen

Oh but you are in my blood
You're my holy wine
You're so bitter, bitter and so sweet

Joni Mitchell

Zondag

Ze was vergeten te plassen, en nu was het te laat.

De motor was al gestart toen ze aan boord gingen, iedereen zat op zijn plek, ze zouden kwaad worden als zij nu opeens weer wegging.

De openingsceremonie was begonnen, het tijdschema strak. Terwijl het vliegtuig het platform verliet en langzaam naar startbaan oost taxiede, sloeg Veslemøy haar benen over elkaar en probeerde haar 'slechte blaas voor gezelschap', zoals haar oma het noemde, te negeren. Ze maakte de veiligheidsgordel van haar springuitrusting vast; de dikke wol kriebelde op haar bovenbenen. Ze zouden in klederdracht naar beneden komen en hadden veel tijd nodig gehad om de rok in de legging te proppen. Nu had ze het bloedheet. Ze keek over haar schouder en stelde vast dat niets erop wees dat de drie vriendinnen geplaagd werden door jeuk of een volle blaas. Joni keek met een vragende glimlach naar haar op. Ze had de helm en de bril nog op haar schoot liggen, het was te warm om lange tijd iets over haar rode krullenbos te dragen.

Pas toen het vliegtuig aan het einde van de startbaan keerde ving ze een glimp op van de gast die de sprong zou filmen; ze zag hem niet goed achter Joni's krullen. Ze had hem niet eerder ontmoet, hij moest nieuw zijn. Het was lastig om bij te blijven met al die nieuwelingen in de club nu ze minder tijd had om vaak te springen en niet meer naar feesten ging.

Het vliegtuig maakte vaart en reed naar het westen. Ze zaten met hun rug in de rijrichting, en op het moment dat Veslemøy voelde dat ze loskwamen van de grond, keek ze door het raampje naar het clubgebouw. Bij de ingang van de kantine wemelde het van de mensen: kinderen en volwassenen, deelnemers en toeschouwers, bekenden en...

Ze verstijfde.

De man stond een stukje bij de anderen vandaan met zijn armen over elkaar geslagen naar het vliegtuig te staren.

Was hij het?

Ze probeerde achterom te kijken, maar het clubgebouw en wat ze gezien had – dácht gezien te hebben – werden kleiner en kleiner daar beneden. Algauw was alles uit het zicht verdwenen, zowel het clubgebouw als het gezicht dat ze jarenlang niet had gezien, het gezicht waarvan ze hoopte dat ze het nooit meer zou zien.

Het was alsof een klauw zich sloot om haar hart.

Ze had het vast niet goed gezien.

Het was gewoon iemand die op hem leek.

Ze leunde achterover om een te worden met het monotone geronk van de vliegtuigmotor, maar de onrust had zich al in haar lichaam vastgezet. Ze ademde de lucht in van zweet en vaak gebruikte uitrusting, maar in haar neus drong plotseling een andere geur binnen: het aroma van zwaar parfum. Ze probeerde de herinnering van zich af te schudden voordat die helderder werd, maar ze werd al misselijk.

Ze moest opletten. Focussen. Positief denken, aan de zonnestralen die in haar ogen prikten toen ze weer naar buiten gluurde en de boomtoppen van Bømoen onder hen zag verdwijnen. De bomen werden algauw een egaal kopergroen tapijt, en de paardenkrachten brachten hen dichter bij de bergen, tegen een bijna schokkend blauwe hemel. De piloot stuurde het vliegtuig vandaag omhoog via de noordelijke cirkel en al snel lag het kalme Lundavatnet onder hen; ze gingen in de richting van Lønavatnet. Ze voelde de klem om haar hart verslappen. Wat een timing met het weer. Ze kon zich bijna niet herinneren wanneer het voor het laatst zulk weer was geweest; de vorige keer had het geleken alsof de mist alles wat mooi was had willen wegvagen. Het voorjaar was nat geweest en door de langetermijnweersverwachting voor Voss had iedereen zich erop ingesteld dat het jaarlijkse festival in het water zou vallen. Ze had zich erop voorbereid om zich te moeten verontschuldigen voor het weer bij alle springers uit landen waar het altijd mooi weer was. De veteranen kenden het klimaat en de prijzen van het bier en kwamen toch wel, maar de nieuwe, jonge en enthousiaste skydivers die van ver kwamen om boven *the beautiful fjords* te springen, zouden teleurgesteld zijn wanneer de vlucht dag na dag werd afgelast. En het Vangsvatnet was ook geen fjord. Gek genoeg voelde ze zich altijd verantwoordelijk voor het tegenvallende weer.

Positief denken. Het zou een mooie week worden. Tot een paar minuten geleden had ze zich merkwaardig opgelucht gevoeld, ook al moest ze – wat was ze toch een amateur – heel nodig plassen. Ze keek naar haar pols. De hoogtemeter gaf zevenduizend voet aan, en op hetzelfde moment kwam er een berichtje van Steven.

I HATE YOU FOR THIS, schreef hij.

Vanwege haar slechte geweten kreeg ze een hol gevoel in haar buik, maar dat kwam ook door de angst voor wat hij zou kunnen doen. Het ballonnetje op de display gaf aan dat hij nog steeds aan het typen was, en prompt kwam er een nieuw bericht.

BUT I WILL NEVER LET YOU GO.

Ze had spijt dat ze hem niet eerder de waarheid had verteld. Maar ze kon er niet meer tegen. Het was het beste, ook al was het vervelend. Ze hield van hem, maar vond het vreselijk wie hij was geworden. En de ruzies, die zich elk weekend herhaalden, de ergernis dat hij midden in de nacht thuiskwam en naar alcohol stonk. Ze zei er zelden iets van, maar merkte wel dat ze dan net zo'n strak gezicht kreeg als haar moeder; in dat opzicht leken ze op elkaar. Ze wilde het dolgraag begrijpen, en wist ook dat hij een onderbreking nodig had van de dag die altijd te vroeg begon en altijd hetzelfde was. De dag die Peppa Pig als achtergrondgeluid had en de walm van de luieremmer als sluitstuk. Zelf had ze zich verzoend met haar doorsneeleven, ze vond het zelfs prettig. Hij had waarschijnlijk nooit gedacht dat hij in zo'n sleur vast zou komen te zitten. Hij had in Queenstown moeten blijven, goedkoop bier moeten drinken en moeten slapen op een matras op een vloer van vijfentwintig vierkante meter. Dát was voor Steven het goede leven geweest.

Maar hij was zo stom geweest om met haar mee te komen toen ze terugging.

Daar moesten ze nu allebei voor boeten.

Vaak dacht ze terug aan de dag dat ze voor de eerste echo in het ziekenhuis waren, toen hij dat *the point of no return* had genoemd. De verloskundige had haar enthousiasme dat er twee baby'tjes te zien waren niet kunnen verbergen, ze had het eruit geflapt nog voordat ze het zelf zagen op het scherm, en ze had aan zijn gezicht gezien dat hij dapper deed alsof hij net zo blij was als zij. Hij zou nooit meer helemaal gelukkig worden.

Op dat moment had ze hem alles moeten vertellen.

'Two minute call, guys!'

De stem van de piloot onderbrak haar gemijmer. Meteen merkte ze dat hij vaart minderde. Twaalfduizend voet. Ze rechtte haar rug, want zij zat het dichtst bij de deur in de kleine Cessna 206 en moest er als eerste uit. Het LIFO-principe – *last in, first out* – was een van de eerste dingen die ze hadden geleerd op de beginnerscursus, die nu wel honderd jaar geleden leek. Daar hadden ze ook geleerd dat het slim was naar de wc te gaan voordat je aan boord ging.

Ze ging staan, opende de deur en voelde de ongewoon warme wind in haar gezicht.

Ze zette haar bril goed en klopte twee keer boven op haar helm.

Concentratie nu.

Opnieuw keek ze over haar schouder om te zien of haar vriendinnen klaar waren. Die staken alle drie hun duim op. Ook Gro en de Kat, die de hele tijd met hun telefoon bezig waren geweest, zoals ze meestal deden, leken zich nu te concentreren. Ze stapte voorzichtig op de drempel aan de buitenkant, met de andere drie vlak achter haar. Ze pakte de arm van Gro, die haar hand op de arm van Joni hield, die op haar beurt hetzelfde deed met de Kat.

'Ready – set – go!' riep ze, en toen sprongen ze alle vier tegelijk.

De zwaartekracht nam het over, en het zachte, o zo bekende bed van wind ontving hen. Ze hielden elkaar stevig vast bij de armen, hun gezichten naar binnen gekeerd in de sterformatie. Ze hielden oogcontact. Op haar teken begonnen ze met de choreografie die ze al zo vaak hadden uitgevoerd, met de hemel als podium.

Het lukte haar niet de gedachte van zich af te zetten of ze hem nou echt gezien had.

Zo ja, dan was het vast geen toeval dat hij daar nu was.

Deze keer had ze voorbereid moeten zijn. Het werd tijd dat ze zichzelf redde, voor zichzelf sprak, zichzelf verdedigde.

Ze keek op haar pols.

Vijfduizend voet.

Het was snel gegaan.

Veslemøy Liland ving voor de laatste keer de blik van ieder van haar vriendinnen voordat ze losliet.

Ze vloog een beetje voor de anderen, wierp de pilotparachute uit en wachtte op de welbekende, maar altijd enigszins onaangename ruk.

Die kwam niet.

Rondlopen met een paar punten pizza zonder ze op te eten, dacht Agnes Tveit, kun je vergelijken met het tegenhouden van een orgasme dat net is begonnen. Ze vond het fijn zich te verheugen op wat komen zou, maar het wachten was bijna niet om uit te houden. Het was eigenlijk ook niet haar gewoonte, maar nu was het ruim een uur geleden dat ze iets had gegeten en het plan was om het lunchpakket te bewaren tot het laatste artikel was ingeleverd. Het restant van de zelfgemaakte pizza zou zonder meer beter smaken nadat het door de behoorlijk opgelopen buitentemperatuur was opgewarmd. Bij de gedachte aan de halfgesmolten kaas liep het water haar in de mond.

Ze besloot ijs te kopen, maar bleef staan toen ze de rij voor de kiosk zag. Om niet in zelfmedelijden te vervallen, besloot ze zich te verheugen op het festival. Er was gegarandeerd een nieuw bezoekersrecord voor de *Ekstremsportveko*, de week van de extreme sport, door de lokale bevolking *Veko* genoemd. Voor de openingsceremonie, eind juni, onderbraken de meeste Vossenaren hun zondagsslaapje wel, maar het was geen uitzondering dat motregen en een temperatuur van twaalf graden de mensen een mooi excuus gaven om thuis te blijven. Vandaag kon zowel de festivalleiding als de eigenaar van de ijskiosk echter opgelucht ademhalen. Het terrein rond de festivaltent op het Prestegardslandet, het eigenlijke centrum van het dorp, was stampvol. Hier, op een steenworp afstand van de kerk en de winkelstraten met de naoorlogse bebouwing die het weggebombardeerde Vossevangen verving, kon de zon ongehinderd over de menigte schijnen en de groene bergen in een gloed zetten. Op de top van de Gråsida en de Horndalsnuten lagen kleine vlaktes met eeuwige sneeuw. Dit alles omringde het spiegelgladde

Vangsvatnet en spiegelde zich in het water van het meer, en het dorp werd er dubbel zo mooi door.

Van dagen als deze werd ze nostalgisch. Ze herinnerden haar aan de zomers uit haar jeugd, toen ze zeker wist dat ze op de fijnste plek van de wereld woonde, de plaats die leek op de afbeelding op de ansichtkaarten die werden verkocht in de souvenirwinkel met de grote trol ervoor. Op dagen als vandaag was Voss nog steeds de beste plek ter wereld. Het compacte, mooie dorp voelde niet te klein en niet te groot. Overzichtelijk, maar niet claustrofobisch. Het voelde als een middelpunt, ook al lag het in de periferie.

Een klein deel van de grasvlakte was afgezet met reclameborden van de sponsors van het festival. Dat was ongetwijfeld de landingsplaats. Ansichtkaartfotografen – en tegenwoordig was iedereen dat – moesten hun camera in de aanslag houden: het plaatje van de in *bunad* – klederdracht – uitgedoste schoonheden die neerdaalden uit een wolkeloze hemel was een beeld waarvoor de toeristen hun statieven zouden verlaten. Het zomerweer kon een deel van de eer krijgen, maar ook het interview met de meidengroep had Agnes bijzonder opgemonterd. Ze had de vriendinnen van Gro niet meer bij elkaar gezien sinds de middelbare school, en het verbaasde haar eerlijk gezegd dat ze nog steeds vriendinnen waren. Voor zover ze zich hen herinnerde, zou je lang moeten zoeken naar types die meer verschilden: de burgerlijke Gro Skutle, het opgewonden standje Kathrine 'de Kat' Bøe, de schoonheid met de supersternaam Joni Roberta Farestveit, en het charmante, ietwat raadselachtige warhoofd Veslemøy Liland.

Het enige wat de vier gemeen hadden, voor zover zij kon beoordelen, was hun belangstelling voor skydiven, al was dat op zich al meer dan bij gewone jeugdvriendschappen.

Misschien dat daardoor de meeste mensen van elkaar verwijderd raakten: vriendschap wordt niet gevoed door alleen maar oude herinneringen. Dat wist Agnes pijnlijk genoeg zelf ook. Op twee uitzonderingen na had ze met niemand van degenen met wie ze was opgegroeid nog contact. Daarom was het mooi en bijna ontroerend om te zien dat deze vrouwen elkaar nog steeds steunden en hun passie deelden. Dit jaar zouden ze het festival openen, als het eerste volledige damesteam ooit.

Dat werd tijd, op z'n zachtst gezegd.

'We lopen wel het risico dat we de klederdrachtpolitie op ons dak krijgen,' had Kathrine gezegd terwijl ze de laatste voorbereidingen troffen. 'Persoonlijk denk ik dat een belijdenisjurk er nooit beter heeft uitgezien.'

Met een grijns haalde ze haar vingers door haar pony, die aan haar bezwete voorhoofd plakte. Ze hadden de witte, wat stugge overhemdblouse aan, de zilveren broche was opgespeld, en ze hadden flink wat tijd nodig gehad om de wollen enkellange rok van de klederdracht van Voss in de zwarte legging te proppen. Volgens Gro hadden ze 'een beetje geëxperimenteerd met het nationale erfgoed'. Om de beenlussen van de parachute onder de rok te verbergen, hadden ze de kleding aan de zijkanten opengetornd. De rokken moesten verborgen blijven tot de parachute opengetrokken was en ze mooi vlogen, en moesten weer uit de leggings getrokken worden voordat het publiek op de helling hen kon zien. Tot dat moment zagen ze er alle vier uit als volgepropte worstenvellen.

'Noem ons maar vliegende melkmeisjes!' zei Kathrine, en ze stak haar armen opzij, terwijl Veslemøy achteraan stond en de borstdoek van Joni rechttrok, wat gezien de toestand van de rest van hun kleding een beetje overbodig leek.

Agnes noteerde 'vliegende melkmeisjes/volgepropte worstenvellen' op haar schrijfblok, maar toen de motor van de kleine Cessna, die op de startbaan bij het clubhuis geparkeerd stond, was gestart, werd het moeilijk elkaar te verstaan. Ze zwaaide naar de skydivegroep en reed zelf naar het centrum. Ze hadden een snel vervolginterview afgesproken, vlak na de landing.

De klederdracht was een aardige gimmick, maar dat maakte het skydiven maar een klein beetje publieksvriendelijker. Wat je ook deed om extreme sporten toegankelijker te maken, het was altijd leuker om zelf mee te doen dan om ernaar te kijken. Zij was in geen van beide geïnteresseerd, maar ze was dan ook geboren zonder de behoefte aan adrenalinekicks van de gemiddelde Vossenaar.

Eerlijk gezegd had zij wel meer interesses van haar dorpsgenoten niet meegekregen bij haar geboorte.

Met haar handen beschermend boven haar ogen tegen het zonlicht keek ze omhoog naar de lucht. Er was nog niets te zien, maar vanuit haar ooghoeken zag ze iemand op haar af komen – iemand met aan elke hand een kind.

'Agnes Tveit!' zei de mooie donkerharige vrouw. Ze herkende de glimlach, maar de naam wilde haar niet te binnen schieten.

'Hallo!'

'Jeetje, dat is lang geleden,' zei de ander terwijl ze een grote zonnebril omhoogschoof. De ogen die eronder tevoorschijn kwamen schitterden van enthousiasme. 'Heb ik je eigenlijk überhaupt nog gezien sinds de middelbare school?'

Blanco. Had ze media gedaan?

Hoogst irritant.

'Niet dat ik weet. Hoe is het jou daarna vergaan?' vroeg Agnes. De tactiek om de focus te verplaatsen naar haar gesprekspartner werkte meestal wel.

'Goed, dank je. Alles gaat zijn gangetje. Onze jongste is net drie en zijn zus gaat in augustus naar school. De tijd vliegt! Ik woon in Bergen. En jij zit nog steeds in Oslo, zag ik op Facebook?'

'Niet meer, ik ben vorig jaar hierheen verhuisd.'

Daarna had ze bijna niets meer met sociale media gedaan.

'Leuk!' zei de ander, zo te zien oprecht enthousiast. 'Ik heb het altijd al gezegd: de meeste mensen zijn zo verstandig om na verloop van tijd naar het westen van het land te verhuizen. Zelf heb ik nooit iets met Oslo gehad; daar zijn te veel bedelaars en te weinig bergen. Het is zeker wel fijn om thuis te komen en dicht bij opa en oma te wonen?'

De vrouw zonder naam keek haar vragend aan, ook al trokken de kinderen aan haar armen. Dit was het moment in het gesprek waarop Agnes over haar eigen kinderen moest vertellen.

'Geweldig,' zei ze, en ze hoopte maar dat de ander niet verder zou vragen.

Zulke ontmoetingen had ze hier de hele tijd. Mensen die ze alleen van gezicht kende. Of kende ze hen wel persoonlijk? Twintig jaar na dato was dat vaak moeilijk te bepalen. Ze kon er nooit helemaal gerust op zijn en moest altijd rekening houden met een verkleed verleden. Dat kon een kostuum zijn in de vorm van vijftien welvaartskilo's of een hoofd dat zo glad was als een biljartbal. Wie weet was de man aan wie ze vroeg of hij wilde meewerken aan een enquête wel iemand die ze had bewonderd aan het biljart in jongerenclub Vangsgryto. Misschien was de nieuwe bedrijfsleider in de buurtsuper de jongen met wie ze had geschuifeld in de disco in Grimshalli. En dan al die anderen die ze wél herkende. Een paar keer per dag kwam ze iemand tegen van wie ze dacht: moet ik nu stoppen en een praatje maken? Had ik gedag moeten zeggen terwijl ik voorbijliep?

Ze ontweek zulke situaties vaak door naar de grond te kijken.

Gelukkig deden de meeste anderen dat ook.

Dat was een van de dingen die ze het meest op prijs stelde bij de mensen hier in Vestlandet.

Zo te zien was deze donkerharige vrouw een uitzondering. Toen ze was weggelopen, pakte Agnes haar telefoon. Ze had tien minuten op Facebook nodig om erachter te komen hoe ze heette. Toen ze de naam wist en ook nog kon vaststellen dat de vrouw iemand was die haar kinderen voor haar profielfoto gebruikte, kwam haar lichaam weer tot rust.

Ze miste Viktor. Ze zag haar beste maatje nog maar zelden sinds hij vader was en een gezin had. De dagelijkse babbel miste ze nog het meest, hun relatie toen ze een woning deelden in Oslo en allebei niemand in hun leven hadden. Fredrik en zij hadden hem en Gro een paar maanden geleden te eten gevraagd, maar dat was niet hetzelfde. Een gesprek was oneindig veel saaier als je rekening moest houden met een arts die niet uit Voss kwam en met een meubelmiljonair die nog nooit ergens anders had gewoond.

Ze kon de gedachte aan prietpraat met nog meer zomerse bijna-bekenden niet verdragen, dus pakte ze de zaterdagkrant uit haar cameratas en spreidde die uit op het gras. Voordat ze met haar witte zomerjurk op de drukinkt ging zitten, ving ze nog net een glimp op van de foto op de voorpagina. Die was van de verrassingsbruiloft die zijzelf halverwege de week zelf had verslagen; de trouwpartij was georganiseerd door een vriendengroep die vond dat de varkensboer en zijn vrouw al te lang samen waren zonder werkelijk een echtpaar te worden. Op de grote kleurenfoto, die twee derde van de pagina besloeg, stond het blije pasgetrouwde paar in de stal met een fles champagne en een paar vieze biggen die rondscharrelden tussen de benen van de bruidegom. Het was een leuke foto, technisch goed, ze was er tevreden over, maar bijna de hele voorpagina? Komisch. Als er ook maar een klein bericht over deze zaak op de voorpagina van *Verdens Gang* had gestaan, zou haar inbox zijn volgelopen met mails met de vraag of dat nou echt het belangrijkste was wat er de afgelopen vierentwintig uur in Noorwegen was gebeurd. Als ze hier in het dorp dezelfde reactie had gekregen, had ze kunnen antwoorden: ja, deze spontane bruiloft was inderdaad het meest opzienbarende wat er in de afgelopen week is gebeurd.

'Een mooi onderwerp voor de *future*-afdeling,' had Eskildsen woensdag bij de ochtendvergadering gezegd. Ze wist nog steeds niet zeker of de redacteur *feature* met opzet verkeerd had uitgesproken, maar ze dacht van wel; hij was immers een slimme én ervaren man. Hoogstwaarschijnlijk was het een steek onder water voor haar, die de zogenaamde future-afdeling van zijn krant vormde. Sinds het sollicitatiegesprek was hij brutaal en grof tegen haar. Toen had ze een heel verhaal afgestoken over de behoefte van een lokale krant aan goede 'lectuur', meer tijdloze journalistiek, minder kritiekloze besprekingen van voetbalwedstrijden en gemeenteraadsvergaderingen of de bazaar in de buurt, meer echte ontmoetingen met mensen. Iedereen heeft een geschiedenis, had ze aangevoerd, de dominee en de Roma-vrouw, en niet om zichzelf op de borst te kloppen, maar zij was verdomd goed geweest met zulke onderwerpen, zowel bij *VG Weekend* als bij *Spotlight*. Ze had bekende Noren zover gekregen dat ze openlijk vertelden over een moeilijke jeugd of een ingrijpende scheiding, en het was meer dan eens gebeurd dat haar artikelen in de weekendbijlage veel aandacht trokken.

Eskildsen had gehumd en zijn mantra herhaald: 'Het leven is te kort om *VG* en *Dagbladet* te lezen.' Maar hij had haar de baan gegeven, ook al waren er vast veel andere sollicitanten geweest. Fredrik en zij konden het afscheidscadeau van *VG* bij de verhuisspullen leggen voordat ze naar Vestlandet reden, weg van de bezuinigingsprocessen en de start van de papierloze krant en alle andere ellende waar ze hem niet over verteld had.

Nog voordat ze er waren had ze spijt gekregen. Halverwege de Hardangervidda was het weer omgeslagen en hadden ze de blauwe hemel van Østlandet achter zich gelaten om hun nieuwe leven in grauw weer en mist tegemoet te rijden. In dat deel van het land spraken de mensen, zo ontdekte ze voor het eerst, ook al had ze er achttien jaar gewoond, met hetzelfde enthousiasme over droog weer als anderen over zonnige dagen. Sindsdien had ze meer over het weer geschreven dan over andere onderwerpen.

Hier in het dorp ging de plaatselijke krant nog steeds zijn gangetje, zij het dat ze ook hier minder geld hadden en toch evenveel moesten doen, en dat Eskildsen om de andere vergadering zeurde dat ze digitaal beter moesten worden en zichtbaar moesten zijn op sociale media.

Ze pakte haar telefoon en ververste de website van *Bergens Tidende*. Godzijdank was er een regionale krant, haar trouwe hulp. Daarin stond veel dat ze kon gebruiken als 'overgenomen bericht' of om korte artikeltjes van te maken. Ze moest bijna in haar eentje een hele krant vullen, de website moest bijgewerkt worden, en het liefst deed ze alles vanachter haar comfortabele bureau in haar eigen kamer. Het aangename van deze lokale krant was dat ze, net zoals andere journalisten, nog steeds haar deur kon sluiten en in haar eentje tussen vier muren kon gaan zitten. Ze was dolblij dat ze nog niet in een kantoortuin hoefde te werken. Op jezelf kunnen zijn was alleen al een secundaire arbeidsvoorwaarde die deze baan de moeite waard maakte. Maar je verstoppen en een potje patiencen was onmogelijk. Er was altijd wel iets, zeker nu aan het begin van de zomer. Vooral als ze weekenddienst had was haar notitieboek vol. Alleen al vanochtend was ze bij de jaarvergadering van de plattelandsvrouwen geweest en had ze een concert bijgewoond voor Hardangerviool, uitgevoerd door een lokale musicus. Ze was bij een vergadering van de autohobbyclub geweest en had de moeders van voetbaltalenten bij Voss Cup geïnterviewd. Een tijd geleden had ze al moeten toegeven dat, ook al verscheen de plaatselijke krant maar drie dagen in de week, het werk minstens even druk was als bij een landelijk dagblad.

Aan de andere kant had zo'n kleine gemeenschap nog steeds veel kanten die ze amusant vond. De politieberichten deed ze graag, vooral omdat ze vooraf probeerde te raden wat politiechef Storedal – of nog beter: Viktor, als hij dienst had gehad – te vertellen had over wat er vrijdag- en zaterdagnacht was gebeurd.

Dronken man door de politie naar huis gebracht. Dronken man moest zijn roes uitslapen in de cel. Twee dronken mannen schopten stennis bij Park Hotel Vossevangen. Of de klassieke geen-nieuws-items, die ze soms gaven als er niets gebeurd was: 'In februari niemand gearresteerd wegens drugsbezit', 'Het afgelopen weekend geen arrestaties wegens openbare dronkenschap'.

Viktor las de gebeurtenissen altijd serieus en met gezag voor aan de telefoon, maar soms giechelde ze zo aan de andere kant van de lijn dat hij het moest afbreken. Ze was kinderachtig, en dat zei hij haar ook ronduit. Maar het was nog steeds absurd dat zij, die samen honderden flessen wijn hadden leeggedronken, een volledig beeld hadden van elkaars bedpartners en over de meest eigenaardige en intieme onderwerpen praatten, opeens professioneel en formeel met elkaar moesten omgaan.

Het was absurd dat haar beste vriend politieagent was.

Ze vroeg zich af of Viktor niet gelukkiger zou zijn geweest als hovenier, wat hij eigenlijk had willen worden. Nu had hij de groenste vingers en de mooiste tuin van heel Voss, maar toen hij in de twintig was, was hij er al trots op geweest dat zijn yucca's en bonsaiboompjes gedijden in de woongemeenschap in Oslo. Alles was veranderd op die natte winteravond toen hij op weg was van het centrum naar huis en met zijn hoofd tegen een ijskoude lantaarnpaal werd geslagen. Dat was de eerste en de laatste keer dat iemand die zij kende aan zinloos geweld was blootgesteld, als het tenminste was gegaan zoals Viktor had verteld toen ze hem zag bij de eerste hulp. Ze had hem niet gevraagd of hij er zelf geen aanleiding toe had gegeven, ook al had die vraag op haar lippen gebrand. Er was iets veranderd bij Viktor, ze had het die nacht aan zijn oogopslag gezien. Die lente was hij begonnen met hardlopen. Hij rende en rende, en had voor het eerst van zijn leven een goede conditie. Ze was verrast geweest toen hij een paar maanden later vertelde dat hij zich had aangemeld voor de politieacademie. Allebei waren ze verbaasd dat hij werd toegelaten. Viktor verruilde alcohol en sigaretten voor vitaminedrankjes en proteïnepoeder, en opeens was hij zo'n jongen zoals het Noorwegen uit vroeger tijden het graag zag. Later was hij weer gaan drinken en roken als de gelegenheid zich voordeed, maar hij had tegen de verwachting in zijn studie afgerond en was nu zowaar een burgerman met een baan en een vrouw en een kind.

De rij voor de ijskiosk was nog langer geworden. De droom van een ijsje aan het begin van de openingsceremonie zou geen werkelijkheid worden. Dus maakte Agnes langzaam de rits van haar rugzak open. De geur van wat Fredrik een jarennegentigpizza noemde steeg op van de bodem, ook al zaten de punten in een hersluitbare plastic zak. Ze haalde de zak eruit, legde die op haar schoot en streek door het plastic heen over het gehakt, over de paprika, over de kaas. Ze besliste snel, opende de zak en haalde er voorzichtig een punt uit. Die lag zwaar in haar hand. Langzaam bracht ze hem naar haar mond en beet er een stukje vanaf. Toen vouwde ze hem dubbel, nam een grote hap en kreunde zo hard dat degene naast haar zich omdraaide.

Nadat ze pizzapunt nummer twee soldaat had gemaakt, keek ze om zich heen om te zien of er inmiddels andere journalisten waren gearriveerd. De enige die ze ontdekte, was een bleke dikkerd met een notitieblok in zijn achterzak en een zo te zien dure digitale spiegelreflexcamera om zijn nek. Hij had er niet méér als een journalist kunnen uitzien, maar leek het meest in beslag te worden genomen door de cornetto waaraan hij ijverig likte. Dit was iemand die gemotiveerd genoeg was om in de rij te staan.

Ze pakte haar telefoon, scrolde snel door de nieuwsberichten op Facebook en Instagram, en merkte dat ze zelfs op deze mooie zomerdag de lelijke hoofdstad miste, waar ze vol ongeduld had gewacht op de eerste de beste gelegenheid om die te ontvluchten. Een oud-collega had een plaatje gepost van een broodje in een oven met daaronder een paar lachende emoji's.

Ze koos een hartje, verzond haar antwoord, sloot de browser af en keek uit over het water.

Het geschreeuw van een kind was het eerste wat ze hoorde.

Ze keek omhoog en kreeg iets rood-wit-zwarts in het oog dat in volle vaart naar beneden kwam. Iets wat even later met een enorme smak de grasmat raakte, slechts een tiental meters van het publiek.

Eerst leek het of heel Voss zweeg en ondanks de warmte tot ijs bevroor. De wereld stond voor Agnes net lang genoeg stil om te kunnen denken: wat is er gebeurd?

Toen brak er op het Prestegardslandet een inferno los van gehuil, chaos en paniek.

Het blonde haar lag als een stralenkrans uitgespreid over het gras. Veslemøy Liland zag eruit als een kapotte klederdrachtpop die iemand van zich af had gegooid. Op de naar boven gekeerde kant van haar gezicht was geen schrammetje te zien.

Er was bijna geen bloed.

Het had een mooie en vredige aanblik kunnen zijn als de huid rond haar ogen niet blauwrood geweest was en een deel van de schedel... misvormd. Ze moest met haar linkerkant de grond hebben geraakt; aan die kant was haar hele schedel in elkaar gedrukt. Tussen haar neus en achterhoofd zat bijna niets meer.

Ook haar bovenlichaam zag er aan de buitenkant nagenoeg ongedeerd uit. Maar haar linkerbeen lag in een hoek waarin geen enkel been ooit hoorde te liggen.

Agnes wilde niet kijken, maar het lukte haar niet haar blik af te wenden.

Ze slikte, en slikte nog eens.

Het leek alsof de pizza in haar maag elk moment naar boven kon komen.

Nadat half Voss een mens uit de hemel had zien vallen, was de chaos weggeëbd. De meeste mensen waren naar huis gegaan of werden opgevangen door het personeel van een crisisteam. Agnes was verbaasd dat het dorp dat zo snel ter plaatse had gekregen. Nieuwsgierigen die zich nog niet hadden kunnen losrukken werden buiten de afzettingen gehouden die de politie had neergezet.

Het was nu doodstil op het Prestegardslandet.

'Ik kan helaas niet zeggen dat ik verrast ben,' zei politiechef Sigmund Storedal met een treurige, maar gezaghebbende blik. 'Het is nog niet zo lang geleden dat we hier een Duitser uit een berk hebben gehaald. Zijn leven hing niet aan een zijden draadje, maar aan een tak. Als ik zo vrij mag zijn: ik vrees dat ze het af en toe in hun broek doen.'

Ze zei niets.

Storedal pikte de hint niet op.

'Er zijn van die mensen... Ik zeg niet dat dat meisje van Liland er daar een van was... maar er zijn mensen die zich drukker lijken te maken over de adrenalinekick dan over de vraag of ze het er levend vanaf brengen. Gelukkig dat het maar zelden zo slecht afloopt als vandaag. Dit heb ik nooit eerder gezien. Dat laatste kun je citeren,' zei hij toen zijn telefoon ging, waarna hij op geïrriteerde toon opnam en zei: 'Viktor, waar ben je in godsnaam?'

Agnes zei nog steeds niets en keek alleen maar toe, tot Storedal het witte laken weer over Veslemøy Liland heen trok. Ze liet haar blik langs het Park Hotel verderop glijden, voorbij de kerk en de basisschool achter de groene bomen en het buitenbad waarin ze als kind in de zomervakanties veel had rondgespetterd, ook als het regende, en verder over de camping en weer terug. Naar het lichaam dat nu bedekt was met de kleur van vrede, maar dat daar nog steeds lag, vastgedraaid in de lijnen van de parachute, in een kapotte klederdrachtjurk.

De avondzon bescheen het wit en legde een al te mooi licht over het onthutsende tafereel. Agnes bedacht dat een leven in een fractie van een seconde afgelopen kon zijn.

Toen herinnerde ze zich dat ze Veslemøy een keer eerder buiten westen had gezien, die keer dat Liland een strakke Miss Sixty-broek en een naveltopje had gedragen. Dat was nog voordat Agnes zelf alcohol was gaan drinken, in de tijd dat ze als buitenstaander hunkerend de alleen-thuisfeesten gadesloeg. Ze keek volkomen nuchter rond in het grote huis van de buren en schrok zich wezenloos toen ze naar de wc ging en daar Veslemøy, die in de tweede klas van de middelbare school zat, aantrof in het bad. Haar lichte haar hing over de rand. Ze lag doodstil, alsof ze een bad nam, maar dan zonder water en met haar kleren nog aan. Agnes werd doodsbang. Als iemand in een film vredig sliep, bleek diegene later, als je beter keek, dood te zijn. Veslemøy reageerde niet toen ze haar een por gaf, dus ze deed iets wat ze in de film had gezien: ze draaide de douche open. Met een schreeuw kwam het tengere lichaam weer tot leven en trilde een paar seconden lang onbeheerst. Het volgende moment was Veslemøy weer even levend als anders. Terwijl ze zich afdroogde, keek ze in de spiegel naar Agnes.

'Niemand kan mij tegenhouden,' zei ze.

'O nee?' vroeg Agnes.

'Hij weet niet wat goed voor hem is,' vervolgde Veslemøy.

'O.' Agnes wist niet wat ze verder nog moest zeggen; ze voelde zich alleen maar klein en dom.

Toen liep het meisje in haar natte doorschijnende naveltruitje de badkamer uit zonder ook maar dank je wel of iets anders te zeggen. Even later zat Veslemøy op de trap met een biertje in haar hand. Agnes ging naar huis en krulde zich op in een hoek van de bank.

Dat was meer dan twintig jaar geleden, en het was, voor zover ze zich kon herinneren, de eerste en de laatste keer dat ze met haar had gesproken – tot eerder op de dag.

Vandaag was er niets wat Veslemøy Liland weer tot leven kon wekken.

Terwijl ze naar de auto liep om naar huis te rijden, naar haar eigen hoekbank, keek ze achterom. Viktor kwam haastig over het gras aangesneld met het overhemd van zijn politie-uniform tot halverwege dichtgeknoopt, terwijl de klederdrachtpop werd opgetild en op een brandcard werd gelegd.

Er stonden twee glazen wijn op de tafel in de kamer, een halfvol glas en een dat helemaal gevuld was.

'Ik ging ervan uit dat je daar wel aan toe was,' zei Fredrik, en hij knikte naar het glas voordat hij naar haar toe kwam en zijn armen om haar heen sloeg.

Ze liet haar hoofd tegen zijn schouder rusten, herkende de ziekenhuisgeur. Anders dan in Amerikaanse tv-series had hij nooit zijn uniform aan als hij thuiskwam, maar de steriele lucht zette zich vast in zijn huid en haar.

'Dank je,' zei ze. Ze bevrijdde zich uit zijn omhelzing en ging op de bank zitten, maar liet het wijnglas staan.

Haar handen trilden nog steeds. De misselijkheid had haar nog in zijn greep.

'Heb je de val gezien?' vroeg hij.

'Iedereen zag het. Kinderen en alles. Een paar mensen filmden het met hun telefoon.'

'Verdomme.'

'Over telefoon gesproken: kun je mij bellen? Ik weet niet waar hij is.'

Fredrik opende de Zoek-mijn-iPhone-app, zoals hij gewend was te doen in Oslo elke keer als ze een telefoon wilden opsporen die ze ergens in de stad op een afterparty of in een taxi waren vergeten. Dat leek nu al iets uit een ander leven.

'Het lijkt erop dat je telefoon... hier is.'

'Ik weet dat hij hier is. Daarom vroeg ik je ook te bellen.'

Eindelijk deed hij wat ze hem gevraagd had. Ze vond de telefoon onder in de cameratas.

'Je moet trouwens morgen naar de tandarts,' zei hij, nog steeds naar zijn display kijkend – in de agenda nu.

'Weet ik, papa.'

Ze knipoogde naar hem en hij glimlachte terug, net genoeg om de kuiltjes in zijn wangen te laten zien.

Een tijdje zwegen ze allebei. Zonder het te volgen keek ze naar het atletiekkampioenschap op tv waar hij naar keek. Hoogspringen, verspringen, hoogspringen, verspringen – het wisselde elkaar af en vroeg niets van je hersens, maar toch werd ze moe van het kijken. Ze had moeten vragen hoe het op zijn werk was geweest. Ze wist dat hij het Rikshospitalet miste, zijn collega's, zijn werk, maar hij zei zelden iets, en als hij zelf niet klaagde had zij geen puf om dat voor hem te doen. In elk geval niet vandaag.

Telkens weer zag ze in gedachten Veslemøy voor zich, de stralenkrans in het gras.

Steels keek ze naar Fredrik. Hoe zou hij hebben gereageerd als zij plotseling was doodgegaan? Zou hij in Voss zijn gebleven of zou hij zijn teruggegaan naar Oslo zo gauw haar lichaam koud was? En wat zou zij hebben gedaan als hij degene was geweest die doodging? Ze probeerde zich zichzelf voor te stellen als rouwende weduwe, probeerde een fysieke reactie te forceren op wat ze vandaag had gezien. Een paar tranen zouden geholpen hebben.

Die kwamen niet. Ze moest er vreemd uitgezien hebben, want Fredrik draaide zich naar haar toe en keek haar vragend aan. Ze keek vragend terug.

'Wil je erover praten?' vroeg hij. 'Moet iemand die getuige is van zo'n dodelijk ongeval niet in elk geval een debriefing krijgen?'

Ze antwoordde niet, want ze voelde opeens gerommel in haar buik. Het verdween even snel als het was opgekomen, maar Agnes bleef roerloos zitten om te voelen wat er gebeurde. Ze zei niets tegen Fredrik. Misschien had ze alleen maar honger.

'Debriefing?' zei ze na een poosje. 'Misschien, ja. Maar ik heb nu net het stuk over het ongeluk ingeleverd bij de digitale krant. Op dit moment heb ik het meest behoefte aan ontspanning.'

Ze nestelde zich in zijn armen toen de intro van het regionale nieuws, Vestlandsrevyen, over het scherm rolde, en de presentatrice met haar overduidelijke Hardanger-dictie de eerste kop voorlas: 'Dramatisch dodelijk ongeval bij de opening van de Ekstremsportveko in Voss.'

Een reporter uit Bergen was al ter plaatse. Hij plukte aan zijn oor en sprak ernstig in de camera vanaf de plek waar hij stond opgesteld, midden op het Prestegardslandet. Het was heel vreemd om het meer, het gras en de berg die ze zo goed kende te zien als achtergrond voor zo'n triest bericht.

'Op dit grasveld, pal naast het populaire Vangsvatnet in het centrum van Voss, stortte tegen vijven vanmiddag een skydiver neer, voor het oog van honderden geschokte toeschouwers,' zei de verslaggever. 'De politie heeft zojuist meegedeeld dat de veertigjarige Veslemøy Liland, moeder van twee kinderen, is omgekomen bij wat vooralsnog een tragisch ongeluk wordt genoemd. Hier naast mij staat Viktor Vormedal, van de politie in Voss. Kunt u ons meer vertellen over wat er is gebeurd?'

In tegenstelling tot de fris geschoren, goed geschminkte tv-journalist zag Viktor er verward en slecht op zijn gemak uit. Ze kon zien dat haar beste vriend zich bijna terugtrok in zijn politie-uniform en begreep niet waarom hij opdracht had gekregen om het woord te voeren. Storedal sloeg een paar minuten in de schijnwerpers nooit af.

'We kunnen helaas nog niet meer informatie geven over de doodsoorzaak en dergelijke – op basis van het onderzoek dus,' zei Viktor, en de blik die hij op de verslaggever richtte leek eerder manisch dan professioneel. 'Maar inderdaad, de politie wil natuurlijk graag tips van iedereen die mogelijk iets weet over deze zaak. Eh... ja, dat was het eigenlijk wel.'

Hij knikte als om zich te verontschuldigen. Ze had oprecht met hem te doen. Je kon van alles zeggen over Viktor, maar een narcist was hij niet. Dat gold niet voor de lange, gespierde, kale man op wie de camera zich nu richtte.

'We hebben hier ook de baas van het festival Ekstremsportveko, Birger Flakne,' zei de reporter. 'Heeft het nieuws over het dodelijke ongeluk gevolgen voor het festival vanavond?'

Flakne, gekleed in een T-shirt met de slagzin VOSS – DORP VOOR GEWELDIGE ERVARINGEN, rechtte zijn rug en liet zelfs een kunstmatige pauze vallen voor hij antwoordde: 'Ik heb met groot leedwezen het bericht ontvangen dat Veslemøy Liland dood is. Ze was een belangrijk lid van de club, en onze gedachten gaan vanavond uit naar haar naaste familie. De saamhorigheid bij zowel de deelnemers aan het festival als in het dorp is gelukkig groot, en we staan allemaal naast elkaar in deze moeilijke tijd.'

De festivalbaas presenteerde zich als een zelfverzekerde en rustige leider die de controle had over zowel het festival als zijn eigen gevoelens, maar alle televisiekijkers zouden de grote bloeduitstorting rond zijn rechteroog zeker zien. Dat, plus het feit dat zijn gezichtsuitdrukking veranderde vlak nadat hij gezegd had wat hij zich had voorgenomen te zeggen. Agnes dacht opeens zowel angst als ontzetting – of was het schaamte? – in zijn blik te zien.

Maandag

Ik weet dat de overledene had gewild dat onze jaarlijkse Ekstremsportveko gewoon doorging, stond er in het persbericht. De e-mail was ondertekend door de leider van het festival, en Agnes vroeg zich zoals altijd af hoe iemand zoiets over iemand anders kon weten. Hoe kon Birger Flakne weten dat Veslemøy Liland gewild zou hebben dat alles gewoon door zou gaan? Hoe wist hij dat ze niet vond dat het hele gedoe afgeblazen moest worden? Het was een beetje zoals wanneer weduwnaars zich rechtvaardigden omdat ze geil waren en een nieuwe vrouw wilden: *Zij zou hebben gewild dat ik de liefde weer zou vinden.* Onzin. Fredrik kon er maar beter mee wachten een andere vrouw te benaderen tot er minstens een jaar voorbij was. Twee. Er moesten tranen zijn en snot, niet het mooiste overhemd aan en onmiddellijk op Tinder.

Flakne had in elk geval wel het benul gehad – of misschien de nadrukkelijke opdracht gekregen – om het springonderdeel uit het programma te schrappen tot de politie de parachute van Liland had onderzocht, noteerde ze terwijl ze de rest van het persbericht snel doornam. Toen nam ze haar schrijfblok, een pen en de mok waarop OSLove stond mee naar het kantoor van de redacteur. Eskildsen had zijn wenkbrauwen gefronst de eerste keer dat ze hem gebruikte, maar nu dronk ze consequent alleen uit deze mok om hem te jennen.

De anderen zaten al rond zijn grote bureau, dat dienstdeed als vergadertafel in de kleine ruimte. Die was geen vierkante centimeter groter dan haar eigen kamer. Ze stelde de horizontale hiërarchie op prijs, maar had er een hekel aan om zo dicht op haar collega's te zitten. Het leek meer op een kampvuur dan op de levendige redactie van een krant. Snel vulde ze haar mok met vers gezette koffie uit de pompthermoskan. Ze moest van deze ene kop genieten, al zou ze er wel tien op kunnen, want het was laat geworden gisteren met het uitschrijven van teksten voor de website en op papier. Ongelooflijk genoeg was het eerste punt op de lijst van de redacteur de raadsvergadering van die dag. Nadat de witharige en corpulente 'Gepensioneerde', zoals Agnes de oudste man van de redactie noemde, de chef verzekerd had dat hij, zoals altijd, de agenda in de gaten hield, wendde Eskildsen zich tot Agnes.

'Tveit, jij houdt je bezig met Veko,' zei hij. 'Ik wil graag een in memoriam voor Liland nu haar naam openbaar is gemaakt. Lukt het je om de meisjes met wie ze sprong te interviewen? Liefst vandaag nog?'

'Ga er maar van uit dat dat wel lukt. Ze zullen zeker de gelegenheid aangrijpen om een paar mooie woorden over hun vriendin te zeggen.'

'Misschien kan ik een condoleanceregister maken voor de website en dat linken aan Facebook?' zei de invalkracht voor de zomer. Het was haar tweede werkweek. Agnes had nog niet met Frida Grådal gesproken, maar ze merkte dat deze kortharige kleine muis met haar vreemde ruimzittende kleding niet van het bescheiden soort was.

'Ja, fantastisch,' zei Eskildsen, en Agnes probeerde haar ergernis over de nieuweling te verbergen.

Ze had zich voorgesteld dat ze zegevierend terug zou komen in Voss. Of zo niet zegevierend, dan toch in elk geval als iemand tegen wie de mensen in het dorp opkeken. Iemand voor wie ze respect hadden. Ze had gespeeld met de gedachte dat het de abonnees zou opvallen dat ze terug was, dat de mensen erover zouden praten bij café Vangen: 'Is het niveau van de artikelen in de krant niet beter geworden de laatste tijd?' 'Ja-ha, die Tveit heeft werkelijk de gave van het woord.' Misschien zou iemand uitdrukkingen gebruiken als 'woordkunstenaar' en 'gouden pen'. In de jaren dat ze bij *VG* werkte, had ze stiekem gedacht dat het tijd werd dat zijzelf eens uitgebreid geïnterviewd werd, zodat ze de mensen hier kon vertellen over alle spannende ervaringen die ze als journalist in Oslo had opgedaan. Maar er belde niemand. En elke keer dat ze hier op bezoek was, voelde ze zich gepikeerd als ze zag van wie er wél een vrijdagportret was gemaakt. Ze wist niet waarom ze het zo belangrijk vond hoe de mensen hier in Vestlandet haar zagen.

Het gevoel dat ze niet gezien werd, zo moest ze teleurgesteld toegeven, was er nog steeds. Er was maar weinig veranderd sinds ze naar haar geboortestreek was teruggekeerd. Het leek af en toe zelfs wel alsof ze nooit was weg geweest, alsof ze weer achttien was. Na een jaar werken had ze niet één lovende reactie gekregen, niet via e-mail en niet mondeling, op iets wat ze geschreven had. De enigen van wie ze iets hoorde, waren haar ouders en de oude zuurpruim die altijd belde over kommafouten.

'Goed initiatief, Grådal,' zei Eskildsen, waarna hij de vergadering sloot. 'Een digitale speurhond zal de future-afdeling geen kwaad doen.'

De deur werd geopend door iets wat eruitzag als een mooi buitenaards wezen.

Joni Roberta Farestveit deed nog steeds denken aan de onopgemaakte knappe hippiemeisjes uit de jaren zeventig en zag eruit alsof ze zojuist op aarde was geland. Rode krullen overheersten haar bleke gezicht. Haar grote groene ogen waren glasachtig en leeg. Ze dwaalden langs Agnes; haar blik hield niets echt vast. Als de situatie anders was geweest, zou Agnes haar hebben gevraagd naar haar baan en haar leven in Oslo – alles waar ze niet aan toegekomen was toen ze de meisjes had geïnterviewd in het gebouw van de skydiveclub. Joni was nooit fotomodel geworden, hoewel Agnes daar op de middelbare school zeker van was geweest. De lange benen waarop ze rondwandelde, de hoge jukbeenderen die het gezicht zo uitgesproken maakten, haar naam die haar altijd een internationaal trekje had gegeven: het was niet moeilijk om je Joni op de cover van *Vogue* voor te stellen. Maar ze was te slim voor zoiets. En nu was ze tenminste gegarandeerd de mooiste van de staf op de universiteit.

'Gecondoleerd,' zei Agnes. 'Hoe gaat het met jullie?'

'Klote,' antwoordde Farestveit.

Agnes kromp ineen. Ze had haar nooit eerder zo horen praten. Joni moest haar reactie opgemerkt hebben, want ze schudde haar hoofd, alsof ze het woord terug wilde nemen en zich wilde verontschuldigen voor wat het verdriet met haar deed.

'Sorry,' zei ze. 'Kom binnen.'

De grote gele, in chaletstijl gebouwde villa in de woonwijk pal tegenover de Palmafossen-school had aan de buitenkant iets verrassend vertrouwds gehad. Agnes herkende de donkerblauwe kozijnen en de deur in dezelfde kleur, en ze herinnerde zich dat ze ooit had gevonden dat het huis wel iets Zweeds had. Was ze hier eerder geweest? Ze was er in haar jeugd in elk geval langs gefietst, want haar tante woonde in deze straat. Of had ze de villa gezien in een advertentie? Kathrine Bøe was onlangs ook teruggekeerd naar haar geboorteplaats, Voss, en het was dus niet onmogelijk dat ze dit huis net gekocht had. Het stond op een steenworp afstand van het hoofdkwartier van de skydiveclub. Naar zo'n mooi pand zouden Agnes en Fredrik lang moeten zoeken.

Gro had gebeld om een afspraak te maken. Haar stem had schor geklonken, verstikt door tranen, maar even afgemeten als altijd. Ook al kon Agnes Viktors partner bijna als een schoonzus beschouwen, het was haar nooit gelukt de juiste toon te vinden. Gro had verteld dat de drie vriendinnen thuis bij de Kat in Palmafossen zaten, maar dat niemand op dat moment veel zin had om te praten. Agnes had beloofd dat ze het kort zou houden en pas later bedacht dat Gro misschien geprobeerd had het interview te weigeren.

Omdat er al twee auto's op de met grind bedekte oprit stonden, een kleine elektrische en een grote Tesla, parkeerde ze die van haar in de straat. Op weg naar het huis kwam ze langs een rij brievenbussen. Op twee ervan stond Bøe: K. BØE en M. BØE. Twee belknopjes bij de voordeur, met dezelfde initialen voor de achternaam. Ze had aangebeld bij K. Nu liet Joni haar binnen in de gang, waar op een van de deuren een roze geverfd bordje was bevestigd met daarop de tekst BØE, en wees haar verder de trap op naar de eerste etage. Het huis was duidelijk een horizontaal gesplitste woning die Kathrine deelde met een familielid. Misschien was het simpelweg het huis uit haar kinderjaren? Er woonden nu in elk geval geen kinderen – alle schoenen in de gang waren voor volwassen voeten – en de familiefoto's die aan de muur hingen waren genomen in de jaren zeventig en tachtig.

Toen ze boven aan de krakende oude trap kwam, zag ze de twee andere meisjes. Ze zaten op de bank. Het viel Agnes op dat ze alle drie te fleurig gekleed waren voor vrouwen die nog maar net iemand uit hun midden hadden verloren. Kathrine droeg een felroze hemdje dat een gigantische getatoeëerde tijger op haar linkerbovenarm vrijliet. Gro zag eruit alsof ze klaar was voor een gezellige avond in haar hemelsblauwe fluwelen jumpsuit. En het T-shirt dat Joni droeg had nagenoeg dezelfde tint rood als haar haar. Maar al die vrolijke kleuren weerspiegelden op geen enkele manier de stemming.

Zwaarmoedigheid vulde de ruimte tussen de grijs geverfde wanden, die behalve met een tv alleen getooid waren met een paar foto's en vier grote letters die het woord HOME vormden. Agnes keek ervan op hoe rommelig de kamer was. Langs een wand stonden kartonnen dozen opgestapeld, alsof Kathrine nog maar net verhuisd was en er nog niet aan toegekomen was om uit te pakken. Tussen glazen, kopjes en een schaal met broodkruimels op de tafel lagen naald en draad en in het midden stond een naaimachine. Op de vloer onder het raam lagen een paar glasscherven en wat potgrond. Tegen de muur stond een veger.

En rook het niet een beetje aangebrand?

Opeens wist ze waar ze het huis eerder had gezien.

'Wil je een kop thee?' vroeg Kathrine, en Agnes had niet de moed om te zeggen dat ze warm water met een smaakje haatte, vooral op warme zomerdagen.

'Ja, graag.'

Dit was beslist een theemoment.

Veslemøy was moeder van een tweeling – jongetjes, vertelde Gro. Ze waren net anderhalf. Kathrine en Joni zwegen en keken naar hun handen toen ze vertelde over de kinderen die met de keizersnede waren geboren en nog geen twee kilo hadden gewogen toen ze ter wereld kwamen. Er waren complicaties geweest, de bevalling was een paar weken voor de uitgerekende datum opgewekt en de kindjes moesten maandenlang in het ziekenhuis blijven. Joni, die in Oslo woonde met haar man en twee stiefkinderen, was naar Voss gekomen en bijna al die tijd hier gebleven; ze had samen met Gro afspraken gemaakt met het personeel van de afdeling voor pasgeborenen en een rooster opgesteld voor overdag en 's nachts. Veslemøy zelf werd het allemaal te veel. 'En aan Steven hadden we ook weinig,' zei Gro op een toon die de indruk wekte dat ze geen hoge dunk van hem had. Nu waren de twee baby's sterke en gezonde jongens die zich goed zouden redden. In elk geval fysiek, zoals ze zei.

Gro zat tussen de twee anderen met een moederlijke hand op hun rug terwijl ze aan het woord was. Agnes dacht dat het maar goed was dat ze gewend was om mensen te interviewen tijdens een persoonlijke crisis. Het was vreemd te bedenken hoe anders de stemming nog maar een dag geleden was geweest: ontspannen, optimistisch en verwachtingsvol. Ze was op de enige vrije stoel in de kamer gaan zitten, bij de kachel, tegenover de bank waarop de anderen zaten. Van een afstandje bekeek ze wat er over was van deze bijzondere vriendinnengroep die ze zo vaak had gadegeslagen.

Destijds had ze op een veilige afstand van enkele meters gestaan. Kathrine tuigde in het speelkwartier een meisje af. Dat was tijdens Agnes' drie jaren in de bovenbouw een van de meest absurde en meest dramatische gebeurtenissen onder schooltijd geweest. Ze wist toen niet wat de aanleiding voor het gevecht was geweest. Later had iemand beweerd dat het meisje uit de parallelklas vuile praatjes had rondgebazuind over een van de meisjes uit de skydivegroep. Ze was nog steeds niet de aanblik vergeten van het meisje dat voor de gymzaal in het gras lag terwijl het bloed uit haar neus liep, nadat de vriendinnen Kathrine hadden weggetrokken. Agnes had niet meegekregen wat Joni, Veslemøy en Gro tegen haar zeiden, maar ze zou nooit vergeten hoe eensgezind de vier samen naar binnen waren gegaan. Zo is het om bij een loyale groep te horen, dacht ze. Als kersverse eersteklasser van de bovenbouw was ze zowel geschrokken als geïmponeerd geweest.

Nu werkte Kathrine – 'de Kat' – Bøe als arts in het ziekenhuis in Voss. Dat was een vreemde gedachte. Kathrine had nog steeds iets strengs over zich. Ze had een beetje spleetogen, alsof ze altijd half gesloten waren, of half dichtgeknepen zoals bij een kat, en misschien was dat ook een reden voor haar bijnaam. Of was het misschien vanwege de tijgertatoeage op haar arm? De strenge indruk werd versterkt door haar korte, lichte pony en de snustabak onder haar lip. Vandaag droeg haar gezicht sporen van urenlang huilen, terwijl haar ogen ook iets anders vertelden, iets wat geduid kon worden als vrees, of woede. Misschien had Kathrine iets kapotgegooid in haar eigen kamer. Misschien was ze nog steeds het heetgebakerde meisje van vroeger.

Gro zag er even irritant goed verzorgd en evenwichtig uit als altijd. Ze maakte zeker ook de indruk dat de situatie haar raakte, maar zelfs op een dag als deze zat er geen haartje verkeerd rondom haar hartvormige gezicht. Haar scheiding was perfect. Agnes had zich er vaak over verbaasd dat Gro altijd kort haar had gehad, vooral omdat ze de aanvoerder van de groep was geworden. Was haar haar misschien te dun om het te laten groeien? Ze deed, zeker op basis van haar kapsel, en ook haar naam, Agnes altijd denken aan een jonge Gro Harlem Brundtland. Maar ook omdat ze een even doelbewuste en karaktervaste indruk maakte als de vroegere minister-president. Haar stem paste bij haar uiterlijk; die was een beetje donkerder en heser dan gemiddeld. Ze had een moedervlek rechts naast haar mond. Die schoonheidsvlek en haar whiskystem waren het eerste waarvoor hij was gevallen, zei Viktor altijd.

Hij en Gro waren een paar jaar elkaars jeugdliefde geweest en waren weer bij elkaar gekomen nadat haar ouders kort na elkaar waren overleden. Agnes was verrast geweest toen Viktor naar Voss verhuisde om met haar samen te zijn. Hij zei dat ze elkaar terugvonden in hun verdriet over het wees-zijn, wat ze raar gezegd vond, want al die tijd wist Viktor strikt genomen niet of zijn vader dood was. Misschien had hij spijt van die woorden nu Henrik Vormedal weer was opgedoken.

Toen Viktor naar Voss verhuisde en een baan kreeg als politieagent, kwam de onverwachte vraag voor het eerst bij Agnes op: zou er voor haar ook een toekomst liggen in Vestlandet? Er kwamen verrassend enthousiaste verslagen van hem, over een nieuw sushirestaurant, over de bar waar een goede whisky sour geserveerd werd, over plannen voor een nieuw hotel, de nieuwe gondelbaan en een outdoor-trainingsterrein dat Voss' antwoord op Muscle Beach in Los Angeles moest worden. Opeens was de hoofdstad ook voor haar niet langer het enige alternatief. Toen kwam ze Fredrik tegen en vergat ze alles – voor een tijdje.

'Agnes?'

Gro's donkere stem, vragend.

De drie vrouwen zaten haar aan te kijken.

'Ja, waar was ik gebleven?' vroeg ze, en ze deed alsof ze zich concentreerde op wat ze had genoteerd op haar schrijfblok. 'Jullie waren van jongs af aan bevriend met Veslemøy, toch?'

'Alleen ik,' zei Kathrine snel, waarna ze zweeg.

Gro's verklaring klonk moederlijk.

'Veslemøy is maar een paar huizen hiervandaan opgegroeid, dus zij en de Kat zaten op de kleuterschool en op de basisschool in dezelfde klas. Joni komt van Modalen en ging op kamers wonen in Vangen toen we naar de bovenbouw van de middelbare school gingen. Ik leerde de anderen kennen in de eerste klas van de middelbare. We volgden dezelfde beginnerscursus bij de skydiveclub. Daarna hebben we contact gehouden, ook al hebben we nooit meer in dezelfde plaats gewoond. Veko was ons vaste ontmoetingsmoment.'

Ze gluurde naar de anderen. 'Dat dit zou gebeuren... hier... dat is...' Gro schudde haar hoofd.

Agnes keek weer op haar schrijfblok. 'Hoe zouden jullie Veslemøy beschrijven? Aan iemand die haar niet kende, bedoel ik?'

Het was alsof Joni in de ene hoek van de bank nu pas wakker werd. Ze keek haar aan met haar buitenaardse blik, die even intens, maar ook even warm was als altijd. Ondanks haar exotische uiterlijk had ze altijd iets milds en toegankelijks gehad. Agnes zou nooit vergeten dat Joni op een dansavond van school iets aardigs had gezegd over de jurk die ze aanhad. Ze waren tegelijk aangekomen op het feest en stonden naast elkaar in de koude gang bij de gymzaal te rillen toen ze hun winterjas uittrokken. 'Dat blauw past goed bij het blauw van je ogen,' zei Joni lachend. Zelf had ze groene ogen. Agnes had nooit eerder met haar gepraat, en ze wisselden verder geen woord nadat ze haar had bedankt, maar ze voelde zich de rest van de avond een prinses. Haar zelfvertrouwen was groot genoeg geworden om uiteindelijk op Alexander Kosanovic af te stappen en een gesprek met hem te beginnen. Het eindigde ermee dat ze voor de eerste keer zoenden, pal voor de hoofdingang. Warme lippen, huiverend van de kou. Die avond ontdekte Agnes dat een compliment van een meisje heel veel meer betekent dan een compliment van een jongen.

'Ze is... was... een heel mooi, bijzonder goed mens,' zei Joni.

'Ja, ze was ruimhartig en hartelijk,' mengde Gro zich weer in het gesprek. 'En stoer. De sterkste van ons allemaal.'

'Degene die het niet verdiende,' zei Joni, die eruitzag alsof ze zou gaan huilen.

'Je zou eigenlijk moeten schrijven dat ze leefde voor het skydiven,' zei Kathrine, en ze glimlachte verdrietig. 'De belangrijkste reden voor haar om leraar te worden was wel dat ze dan zo vaak vrij had.'

Veslemøy had in de weekends en de zomervakanties als instructeur gewerkt. In de jaren dat ze in Nieuw-Zeeland woonde had ze meer lesgegeven, maar nadat zij en haar partner terugverhuisd waren naar hier, had het maar iets meer dan een jaar geduurd voor ze de tweeling kreeg, vertelde Kathrine.

'Ze heeft dus de laatste tijd niet zoveel gesprongen. Ook al spoorde Steven haar aan om door te gaan en maakte hij het haar gemakkelijk. Hij springt zelf ook, hij weet dus hoe het is.'

Agnes noteerde de naam van de partner en aarzelde even voordat ze haar volgende vraag stelde.

'Als ik het vragen mag: wat denken jullie dat er gebeurd kan zijn?'

Ze zwegen even, en toen vertelde Gro dat ze de sprong tot in detail hadden doorgenomen, keer op keer. Veslemøy had de formatie op de gebruikelijke wijze uitgevoerd, zonder problemen, en geen van hen had gemerkt dat er iets mis was. Toen ze zover waren dat ze de parachute zouden opentrekken, hadden ze elkaar losgelaten en zich van elkaar verwijderd, zoals ze altijd deden, zodat de parachutes elkaar tijdens het openen niet zouden raken.

'Pas toen mijn parachute openging en ik van de drie anderen er maar twee zag, drong het tot me door dat er iets fout was gegaan. Ik heb me nog nooit van mijn leven zo beroerd gevoeld.'

Er klonk een snik van Joni. Ze stormde de kamer uit.

Gro ging haar achterna en Agnes stopte haar schrijfblok in haar tas. Het interview was nu wel klaar. Ze wilde net opstaan en bedanken voor de thee toen Kathrine haar plotseling met een matte glimlach aankeek.

'Veslemøy en ik deden een spel toen we klein waren,' zei ze en ze legde een hand op de arm met de tatoeage, alsof ze de tijger over zijn vacht streek. 'Dan gingen we doodstil op de grond liggen luisteren naar onze ademhaling. Het was net yoga, of een soort mindfulnessoefening, ver voordat we ook maar enig idee hadden wat dat was. Ik deed altijd of ik naar mijn eigen ademhaling luisterde, maar meestal lag ik alleen doodstil naar die van Veslemøy te luisteren en dan bedacht ik hoe gelukkig ik was met zo'n levenslustige vriendin.' Ze wendde haar blik af en keek naar de muur. 'En dan te bedenken dat ik er twee bij kreeg! Dat is eigenlijk meer dan ik had gedroomd.'

Agnes draaide zich om en zag dat ze naar een ingelijste groepsfoto van de vier meisjes keek. Ze hadden alle vier hun uitrusting op de rug, een arm om de schouders van hun buurvrouw, en staken hun duim op naar de camera. Het beeld straalde vriendschap uit, een saamhorigheid waarvan anderen, zoals Agnes het zich herinnerde, bijna onmogelijk deel konden uitmaken.

Agnes was opgelucht dat ze kon vertrekken uit het huis in Palmafossen, weg van de trieste en ietwat vreemde stemming en terug naar de redactie. Voordat ze haar aantekeningen van het interview uitwerkte logde ze in op het krantenarchief en zocht op 'Palmafossen + brand'.

Het was zoals ze al had gedacht. De bovenste hit was maar een paar weken oud. Een korte tekst, waarvan ze zich desondanks niet kon herinneren dat ze die in de krant had gelezen, naast een grote foto van de gele villa waar ze net was geweest. MET DE SCHRIK VRIJGEKOMEN, luidde de kop boven het artikel, en in het interview vertelde de achtenzeventigjarige Mona Bøe dat ze midden in de nacht wakker was geworden van een rooklucht. Ze begreep dat er ergens brand was, maar kon niet zien waar, en ze werd ongerust over haar dochter, die op de eerste etage woonde. Omdat de oude vrouw slecht ter been was, riep ze zo hard ze kon naar boven om haar te wekken. De dochter rende de trap af en ze belden de brandweer. Die moest toen al een melding over de brand hebben gekregen, want de brandweerlieden waren al snel ter plaatse. Ze dachten dat het vuur ontstaan moest zijn in een afvalbak in de gecombineerde slaap-werkkamer van de dochter, vertelde Mona aan de krant, maar de brandweercommandant zei in zijn commentaar dat ze zoiets niet geconcludeerd hadden. Gelukkig werd het vuur zo snel ontdekt dat alleen het bureau en het kleed waarop het stond beschadigd waren. Op het moment dat het gordijn vlam vatte, waren de brandweerlieden erin geslaagd de brand te blussen. De inhoud van de kleding- en ladekasten moest uit de kamer verwijderd worden, vooral vanwege de verschrikkelijke stank. 'De materiële schade betekent niets voor de vrouwen in het huis, die alleen maar blij zijn dat de brand zo snel geblust werd,' stond er in het artikel. Kathrine was niet geïnterviewd en stond ook niet op de foto waarop de moeder met een ernstig gezicht voor het huis stond.

Een halfuur later stuurde Agnes haar artikel naar de afdeling die de papieren krant opmaakte en plaatste het op de website: Rouwende vriendinnen van de overledene in shock: 'Veslemøy leefde voor het skydiven.'

Ze stond op van haar bureaustoel, rekte zich uit en ging naar de wc. Nadat ze geplast had bleef ze voor de spiegel staan. Ze keek zichzelf in de ogen; de eerste keer dat ze elkaar ontmoetten had Fredrik die een beetje pretentieus 'azuurblauw' genoemd. Ze bestudeerde haar wipneus en het kuiltje in haar kin en trok haar witte zomerjurk, die haar beter stond als ze bruin was, wat recht. Het slipje dat ze eronder droeg zat zo strak rond haar heupen dat je de vetrolletjes door de katoenen stof heen zag. Het werd tijd voor nieuwe slipjes.

Ze verlangde naar meer zon op haar nog steeds vale gezicht. Haar lange, dunne haar was ook nog niet *beach blonde* geworden; het was eerder een variant op melkboerenhondenhaar – het resultaat van een lange winter en een slecht voorjaar. Ze zou het lichter moeten verven, of misschien moeten capituleren en helemaal donker worden. Of het kort laten knippen, zoals Gro? Het laten knippen in de mooie coupe van een oudere politica? Ze grinnikte bij die gedachte. Maar ze moest binnenkort echt naar de kapper. Ze had hier nog geen eigen kapper gevonden en had niet de fut om zich te oriënteren. Het leek wel of er in dit kleine dorp net zoveel kapsalons waren als in de hoofdstad.

Opeens zag ze iets bij de scheiding midden op haar hoofd. Ze boog zich zo ver over de wasbak dat haar voorhoofd in de spiegel goed zichtbaar werd.

Een grijze haar.

Nee, niet één. Drie.

Ze trok er twee van de drie uit en schrok toen haar telefoon verwoed trilde tegen het porselein van de wasbak. Het was geen bekend nummer en ze herkende het ook niet.

'Spreek ik met *Avisa Hordaland?*' vroeg een krakerige mannenstem waarvan ze zeker wist dat ze die eerder had gehoord.

'Klopt,' zei Agnes terwijl ze probeerde de laatste grijze haar te pakken. 'Met wie spreek ik?'

'Dat is niet zo belangrijk. Ik wil alleen maar gezegd hebben dat ik hierop heb gewacht. Ja, dat dodelijke ongeluk dus. Mensen die op die manier met hun leven spelen terwijl anderen ernstig ziek zijn en vechten voor hun leven? Respectloos, dat is het. Ik heb er meer dan genoeg van. Nu moeten we eens en voor altijd een einde maken aan die gekte. De politiek moet ingrijpen. Ekstremsportveko moet afgeschaft worden.'

'Allemachtig, die heeft het druk.'

Agnes kwam de tandartsenpraktijk uit en wilde de laatste drie traptreden met een sprong nemen. Maar ze bleef abrupt staan toen ze de grijsharige vrouw van begin zestig aan het eind van de entree zag staan, met haar armen over elkaar en een deels verraste en deels verontwaardigde uitdrukking op haar gezicht.

'Tante!' zei ze, en ze koos snel voor een leugentje om bestwil. 'Ik wilde zeker weten dat je klaar was voor vandaag.'

'De laatste patiënt is net vertrokken. Ik bied je graag een kop koffie aan als je tijd hebt.'

Het was jaren geleden dat ze hier voor het laatst was geweest. Achter de deur met het bordje DR. ELINE TVEIT zag het er nog precies zo uit als toen Agnes een tiener was en elke vrijdag vijftig kronen kreeg voor het dweilen van de vloer. De grote zwart-witfoto van de Brooklyn Bridge – vast en zeker gekocht bij IKEA – hing nog steeds boven het bureau. Agnes begreep niet wat het effect ervan moest zijn in de spreekkamer van een arts. Was het de bedoeling dat de patiënten konden wegdromen, of droomde tante van New York? Ze was daar voor zover Agnes wist nooit geweest.

Er stond nu nog maar één naam op de deur, net zoals bij haar appartement. Haar tante had haar bed noch haar werkruimte met iemand gedeeld nadat Viktors vader vele jaren geleden uit deze praktijk was vertrokken. De twee zelfstandig praktiserende artsen hadden de ruimte lang gedeeld. Agnes wist dat ze ook het bed hadden gedeeld; Viktor en zij hadden weleens gekscherend gezegd dat ze elkaar binnenkort nog eens als familie zouden tegenkomen.

Hier in deze praktijk had ze voor de allereerste keer met hem gepraat. Dat moest in het tweede jaar van de bovenbouw zijn geweest, in de tijd dat ze nog had gehoopt dat ze het met Alexander Kosanovic zou doen. Ze was naar Tante Dokter gegaan om op een discrete manier aan de pil te komen – althans, dat dacht ze, maar tante had haar toen ze de deur uit ging nageroepen: 'Je moet wel consequent elke dag die pil nemen, anders word je toch nog zwanger!' In de wachtkamer had een jongen in een oud tijdschrift zitten bladeren. Hij droeg een Kurt Cobain-shirt en had dik, donker haar tot op zijn schouders. Ze herkende hem, hij zat in de derde.

'Ben je zo in trek?' vroeg hij met een grijns.

'Yep, ik ben de seksgodin van het dorp, maar wij hebben elkaar blijkbaar nog niet ontmoet,' antwoordde Agnes.

'Blijkbaar niet, nee.' Hij stak zijn hand uit. 'Viktor Vormedal. Hoopvolle maagd uit Vossestrand.'

'Agnes. Tveit. Ga je naar de dokter voor een goed advies?'

'Ik ga naar papa voor geld. Misschien kan ik dan wat ervaring kopen.'

Agnes giechelde en kreeg zin om langer met deze jongen te praten. Hij klonk een beetje flirterig.

Haar hoop vervloog echter al snel toen ze iets fris gingen drinken en Viktor verrassend vertrouwelijk vertelde dat hij verliefd was op een van de skydivemeisjes uit de parallelklas. Desondanks bleven ze met elkaar kletsen als ze elkaar tegenkwamen, en zelfs toen hij na een poosje de vriend werd van Gro Skutle, van wie Agnes toen al vond dat ze veel te stijf was voor hem, bleven Viktor en zij goede vrienden.

'Gaat het goed met je?'

Haar tante hield haar hoofd schuin op die irritante manier waarmee ze haar bezorgdheid toonde.

'Prima,' zei Agnes.

'Mooi. Heb je de laatste tijd je moeder nog gesproken?'

'Ik ben een paar dagen geleden nog bij haar geweest, ja. Hoezo?'

'Nee, zomaar, ik vroeg het me gewoon af. Alsjeblieft, ik heb een kop salie-thee voor je gezet. Goed voor de vruchtbaarheid.'

Haar tante knipoogde en glimlachte, en Agnes vroeg zich af hoeveel minuten ze moest blijven zitten voordat ze 'm kon smeren naar Ingeborg.

Toen ze eindelijk weer op straat stond, viel het haar op dat het straatbeeld veranderd was sinds het weekend, zoals dat altijd gebeurde tijdens de Ekstremsportveko. Er liepen nu veel meer ongeschoren knappe mannen in casual broeken en met snelle brillen rond in Vangen. Extreemsporters, noemde haar vader hen, zoals hij de deelnemers aan Voss Jazz 'jazzers' noemde.

Een keer had ze na een Veko-feest een Nederlandse basejumper mee naar huis genomen. De stemming aan de ontbijttafel vroeg in de ochtend was op z'n zachtst gezegd stroef geweest. '*Your parents don't like foreigners?*' had de basejumper met zijn sterke accent gevraagd. Misschien staat alleen je smoel hun niet aan, dacht ze chagrijnig.

Er waren heel veel anderen die genoeg hadden van extreemsporters; dat kon je merken aan de lezersbrieven in de krant, zeker de laatste tijd. De Duitser die, zoals Storedal vertelde, in een boom landde, en eerder dat voorjaar de lokale basejumper die bijna verongelukt was tijdens een sprong in Gudvangen. Hij was neergekomen op een bergrichel en zijn val had een omvangrijke reddingsoperatie onder moeilijke omstandigheden tot gevolg gehad. In de weken daarna werd de kleine legendarische telefoonrubriek van de krant, 'Gezien en Gehoord', platgebeld door woedende mensen die zeiden dat die wildebrassen het leven van anderen in gevaar brachten. Ze hadden zelfs een ingezonden brief ontvangen die ze niet konden afdrukken, omdat de anonieme inzender afsloot met: *Deze mensen leven op het randje. Soms zou het voor iedereen beter zijn als ze neerstortten.*

Ze vroeg zich af of de brief van dezelfde persoon kwam die ze aan de telefoon had gehad. Als dat zo was leek hij niet erg met zijn eerdere brief te zitten.

Ingeborg zat met ontblote borsten op de bank die ze toen ze hoogzwanger was donkerblauw had geverfd. Het kind kreeg vast toch al veel fijnstof binnen, dus een beetje meer of minder maakte ook niet meer uit, zei ze. Bovendien was de baby 'zo goed als gaar'. Ingeborgs lange zwarte haar was met een strik samengebonden boven op haar hoofd, en om haar schouders droeg ze een dunne lichtgrijze zijden sjaal. De ochtendzon scheen en van alle kanten wierpen grote hangplanten schaduwen – het kon een paginagrote foto zijn in een woonblad of een tijdschrift voor jonge moeders, en als Agnes niet zoveel van Ingeborg had gehouden, zou ze het plaatje gehaat hebben. Ze was niet eens jaloers geweest toen het kleine, volmaakte meisje geboren werd. Dat was ongewoon voor haar. Bij veel kleinere dingen werd het haar al zwaar te moede.

Als Ingeborg er niet was geweest, dan was ze misschien allang terugverhuisd naar Oslo. Als haar beste vriendin niet volkomen onverwacht had besloten terug te keren uit Londen, na haar verbroken relatie met een Schotse bankier, zou Agnes Fredrik beslist niet hebben overgehaald om naar Voss te verhuizen. Het zaadje dat geplant was toen Viktor terugkeerde naar het dorp groeide toen Ingeborg hetzelfde deed uit tot een stevige groene plant. Plotseling leek het goede leven in Vestlandet een oplossing voor alle problemen. Opeens zag ze alleen maar positieve kanten aan wonen in Voss. Ze begon Oslo zelfs te bekijken met de sceptische blik van de mensen in Vestlandet, die doodenkele keer dat ze door de Karl Johans Gate liep. Er wáren daar inderdaad heel veel bedelaars.

Toen het was gegaan zoals het was gegaan, hadden Ingeborg en zij het optimistische plan opgevat om tegelijk met zwangerschapsverlof te gaan. Haar vriendin had niet het geduld gehad om te wachten tot zich een nieuwe man zou aandienen. Ze was naar Kopenhagen gereisd en had bij de Deense spermabank een rijzige, slimme en knappe donor gevonden – en bij de eerste poging was het meteen raak geweest. Het plan was dat ze hier zouden zitten, op de bank, onder de schaduw van het groen, met hun baby's. Dat ze borstvoeding zouden geven en dagenlang over onzinnige dingen zouden praten. Als Agnes toen ook zwanger was geworden, zouden ze krap een maand samen hebben gehad voordat Ingeborg terug moest naar haar baan als hotelmanager bij Fleischer's. Het zou bijna komisch zijn geweest als er een kind was voortgekomen uit die vervelende neukpartij waarbij ze tien minuten als een zak aardappelen onder Fredrik had gelegen, denkend aan de aflevering van *Keeping up with the Kardashians* die ze net had gezien.

'Onvoorstelbaar dat Veslemøy dood is,' zei Ingeborg toen Agnes binnenkwam nadat ze in de keuken twee dubbele cortado's met gestoomde melk had gemaakt. 'Weet je nog dat ze in mijn parallelklas zat?'

'Ja. Maar je hebt haar nooit zo goed gekend, toch?'

'Nee, eigenlijk helemaal niet. Hoewel ze mijn achternicht is.'

'Zij ook al? Jezus!'

'Ik weet het, het krioelt ervan. Maar ik denk niet dat Veslemøy wist dat wij familie waren. Het was helemaal niet makkelijk om in dat groepje te komen. En neem maar van mij aan dat ik dat heb geprobeerd.'

Agnes was verrast om te horen hoeveel moeite het Ingeborg – dat coole, onafhankelijke meisje dat als tiener bijna overal lak aan had gehad – had gekost om bij Kathrine en Veslemøy in de gunst te komen. Een keer had ze een speciaal gemaakte choreografie ingestudeerd bij 'Push It' van Salt-N-Pepa, een dansje dat ze met haar draagbare cassetterecorder had geshowd bij Veslemøy thuis. Dat was natuurlijk niet genoeg geweest. Een teleurgestelde puber-Spinderella was naar huis afgedropen zonder ook maar de warmte van de groep te hebben gevoeld.

'Nadat Veslemøy en de Kat vriendinnen waren geworden met Joni en Gro noemden ze zich elkaars *wing women*,' zei Ingeborg. 'Het was een woordspeling op *wing man*, omdat hun vriendschap zo hecht was en ze aan skydiven deden.'

'Bedankt voor de uitleg,' zei Agnes, maar alle aandacht van haar vriendin gold opeens de baby, die halverwege de voeding tegen haar borsten in slaap was gevallen. Ze hoorde het schampere commentaar niet.

'Heb je ook niet meer met Veslemøy gesproken nadat je weer hiernaartoe was verhuisd?'

'Op al onze neven-en-nichtendagen, bedoel je?' Ingeborg haalde de baby van haar borst en legde haar voorzichtig in de jarenzeventigkinderwagen die ze op de vlooienmarkt had gekocht, en ze spreidde er een mooi zelfgebreid wit dekentje over uit. Godsamme, dit zou een blog moeten worden. 'Ik weet niet, ik had niet de indruk dat het zo makkelijk was om met haar in contact te komen – naarmate de tijd verstreek steeds minder. Maar misschien is mijn blik gekleurd door wat mensen uit die grote familie van me hebben verteld, over dat ze "veel met haar zenuwen kampte".'

Bij die woorden rolden ze allebei met hun ogen. Voor Agnes was het duidelijk dat 'met je zenuwen kampen' hier in het dorp nog steeds de manier was om te zinspelen op psychische problemen, zeker onder de oudere generatie. Toch was het nieuwe informatie. Ze had er nooit iets over gehoord dat Veslemøy ziek zou zijn.

'Weet je of het ernstig was? Of ze opgenomen is geweest en zo?'

'Ik denk het wel, maar het is dus al lang geleden. Het was vooral toen ze jonger was, in de tijd dat haar moeder overleed. Haar vader – dat moet dan wel mijn moeders neef zijn – trok hier weg en ze had geen broers of zussen. Maar ik denk dat ze een lieve oma heeft. Zij liet Veslemøy het huis overnemen toen ze zelf naar het bejaardentehuis ging. Het is zeker bijna tien miljoen waard, zei ze. Dagny Berge, haar vaders moeder, was trouwens een behoorlijk brutale tante voordat ze dement werd.'

'Hoezo?'

'Ik weet nog dat Veslemøy een keer op heterdaad betrapt werd toen ze bier stal. Ik was toevallig in de winkel toen ze gesnapt werd, en ik bleef achter een schap mijn nicht staan bespioneren. Ze zat op een stoel naar de grond te kijken terwijl de bewaker naar het telefoonnummer van haar ouders vroeg. Ik weet niet of ze haar geloofden toen Veslemøy mompelde dat haar moeder dood was en haar vader verhuisd, maar uiteindelijk belde hij haar oma. Ik bleef nog wat langer in de winkel en ik zie nóg Dagny Berge de winkel binnenbenen en de bewaker uitschelden, zo hard dat iedereen het kon horen. Daarna gingen ze naar de achterkamer, dus ik weet niet hoe het afgelopen is, maar het zou me niet verbazen als zij haar kleinkind uit de nesten haalde. Ik had nooit eerder een oma gezien die zo op het oorlogspad was, en daarna ook niet meer.'

Agnes pakte haar telefoon om iets belangrijks te checken: of ze vrienden was met Veslemøy Liland op Facebook. Zo raar zou dat niet zijn, want veel van de ruim duizend vrienden die ze in de afgelopen jaren had gekregen, waren veel vagere contacten dan Veslemøy. Maar nee, ze waren geen vrienden en haar profiel was afgeschermd. Ze kon Ingeborgs Samsung lenen, het toestel met het kapotte scherm dat ze meerdere keren uit haar hand had laten glippen en op de grond had laten vallen 'vanwege de wazige toestand na de bevalling'. Ook al had ze dan geen contact met haar neven en nichten, Ingeborg en Veslemøy waren in elk geval op Facebook wél vrienden geweest.

Ze zag onmiddellijk dat er geen behoefte was aan het digitale condoleanceregister dat de zomerinvaller had voorgesteld. De pagina van Veslemøys profiel had er al een met 'ik mis je' en 'RIP' en een eindeloze rij rode hartjes en opmerkingen over hoe zinloos het allemaal was.

Ze ging naar de foto's. Dat waren er maar een paar, en de enige die Veslemøy zelf had geplaatst was er een in zwart-wit van de tweeling, duidelijk vrij snel na de bevalling genomen, toen de veel te kleine baby's nog in de couveuse lagen. Verder waren het bijna allemaal luchtfoto's, tijdens het skydiven genomen, van formatiesprongen en mensen in vrije val, en ze zag dezelfde groepsfoto als die bij Kathrine Bøe thuis aan de muur hing. Er was een foto bij waarop Veslemøy en Steven samen met Birger Flakne het glas hieven; dat kiekje leek in het buitenland te zijn genomen. Er waren ook wat feestfoto's bij. De laatste leek er een van een veertigste verjaardag te zijn. Joni, Kathrine en Gro waren daar alle drie, plus nog een paar anderen die Agnes niet kende.

Ingeborg kwam binnen door de verandadeur met een vergeelde plastic tas die ooit wit met donkerblauwe strepen was geweest. Er stond in grote zwarte letters DOMUS op, en in kleiner schrift: DE GROOTSTE SUPERMARKTKETEN IN NOORWEGEN. Alleen al bij de aanblik van de tas werd Agnes nostalgisch.

'Analoog is vaak het best,' zei Ingeborg en ze haalde twee in leer gebonden fotoalbums uit de tas en legde die op de tafel tussen hen in. 'Nu ben ik echt nieuwsgierig naar mijn familie. Dat gebeurt niet vaak, kan ik je vertellen.'

Ze bladerden snel door het eerste album en lachten om de foto van toen Ingeborg belijdenis deed, waarop ze met gesloten mond – om haar beugel te verbergen – poseerde voor de koeien- en paardenstal, en om de andere foto's op plekken van de familieboerderij die ze haatte. Agnes kende Ingeborg toen nog niet. Zelf was ze superblij met haar eigen belijdenisfoto's. Haar pony zat de hele dag mooi recht, zoals het hoorde. Ze vonden geen foto's van Veslemøy in het album, dus Ingeborg legde het weg en sloeg het tweede album open. Op de eerste bladzijde stond ze met haar armen omhoog tot haar middel in het water. Haar T-shirt was kletsnat. Agnes herinnerde zich de zwempartij in het Vangsvatnet goed; zij had de foto genomen. Het was zelden warm genoeg om het daar lang uit te houden, en ook die keer niet, te oordelen naar Ingeborgs geschrokken gezicht. Zij was destijds geweest wat veel klasgenoten boosaardig een 'anti-*Russ*' noemden: iemand die zich niets gelegen liet liggen aan de regels en rituelen van de Russ, de feesten waarmee leerlingen uitbundig afscheid nemen van hun middelbareschooltijd. Voor een uitgesproken tegenstander van het hele concept *Russetid* had Ingeborg verrassend veel foto's gemaakt tijdens de feesten.

Ze sloegen de bladzijden om met foto's van in het rood, blauw of groen geklede scholieren, gniffelden om een natte, naakte Viktor die in een wastobbe stond en gingen bijna helemaal op in hun herinneringen, tot Veslemøy Liland eindelijk opdook. Ze hield een bruin flesje Hansa-bier omhoog naar de camera en naast haar deden Kathrine, Joni, Gro en nog twee jongens hetzelfde. De ene jongen kon Agnes zich niet herinneren. De andere herkende ze als Kathrines jeugdliefde Vegard, een wel leuke, lange knul met een brede kaak en krullen. Ze hadden alle zes het bovenstuk van hun rode of blauwe Russeoverall naar beneden geslagen en rond hun middel geknoopt. Helemaal in overeenstemming met de kledingvoorschriften van de tweede helft van de jaren negentig. Op Veslemøys grijs gemêleerde hoodie stond met grote felroze letters FREEDOM. Ze zag er wat mager uit, en blij, dronken en een beetje raar, precies zoals Agnes zich haar herinnerde.

De volgende foto was bijna hetzelfde, behalve dan dat daarop alleen Veslemøy in de camera keek, terwijl Joni haar armen om haar heen geslagen had en haar kin op de schouder van haar vriendin liet rusten.

'Jezus, wat een heerlijke mensen,' zei Ingeborg. 'Ik voel mijn oude, vertrouwde minderwaardigheidscomplex meteen terugkomen. Jij hebt Joni Farestveit weer ontmoet. Wees eens lief en vertel me of ze een gerimpelde heks is geworden.'

'Het spijt me, maar haar huid is zo glad als de billetjes van een pasgewassen baby. Maar Steven, Veslemøys man, weet jij iets van hem?'

'Niet meer dan dat hij ook uit vliegtuigen springt, en dat hij wat veel drinkt. Maar dat was Veslemøy wel gewend van haar vader,' zei Ingeborg. Op dat moment hoorden ze gehuil uit de kinderwagen, en Ingeborg stond op.

Terwijl haar vriendin haar baby wiegde, dacht Agnes aan wat ze gezegd had over Veslemøy: dat ze 'met haar zenuwen kampte'. Nog niet zo lang geleden had ze in een artikel gelezen dat elk jaar maar liefst zeshonderd Noren zich van het leven beroofden, en dat vooral mensen met psychische problemen een groot risico zouden lopen.

Zou het kunnen dat Veslemøy bewust had nagelaten haar parachute open te trekken?

Hij stond in de keuken en huilde.

Met zijn ene hand wreef hij in zijn ogen, met de andere veegde hij een gesnipperde ui in de koekenpan.

'Heb je vannacht gehoord dat ik tandenknarste?' vroeg Agnes.

'O, ja,' zei Fredrik snotterend. 'Hoezo?'

'De tandarts zei dat ik daarmee moet ophouden. Waarom heb je dat niet eerder tegen me gezegd?'

'Ben je soms een beetje kort van memorie? Ik heb het je zo vaak gezegd. Inmiddels ben ik er zo aan gewend dat ik er bijna niet meer op reageer. Maar nu je erover begint, misschien is dat geknars de laatste tijd wat erger geworden. Wijn?'

'Je hebt het nooit eerder gezegd. Nee, dank je.'

Ze snakte ernaar.

Hij schonk voor zichzelf opnieuw een glas in en zette een anderhalveliterfles Pepsi Max op tafel. Hij droeg een korte broek en een wit synthetisch hemd van het type dat hij altijd 'technisch' noemde. Het was haar niet duidelijk of hij al getraind had of dat hij dat na het eten zou gaan doen. Fredriks meest ergerlijke eigenschap was dat aan zijn gezicht amper te zien was of hij meer dan een kilometer hardgelopen had. Zelf kreeg ze van een beetje joggen al een rooie kop. Was het dan zo gek dat ze altijd nee zei als hij voorstelde 'samen een avondrondje te doen'?

'Misschien heb je iets onder de leden. Het kan iets zijn wat tandartsen "bruxisme" noemen. Tandenknarsen is vaak een gevolg van stress. Heb je stress?'

'Misschien kun jij je houden bij de geneeskunde en de tandheelkunde aan anderen overlaten?'

Hij haalde zijn schouders op en bleef in de pan roeren. Ze was een beetje chagrijnig, zoals wel vaker de laatste tijd. Het leek wel alsof ze niet meer met elkaar konden praten zonder dat een van de twee iets zei dat de stemming bedierf.

Even later rook de keuken niet alleen naar ui, maar ook naar vlees, bonen en tomatensaus. Dat verbeterde haar humeur enigszins. Terwijl Agnes zichzelf rijkelijk voorzag van chili con carne, vertelde ze over de ontmoeting met de vriendinnen bij Kathrine Bøe thuis in Palmafossen.

'Wist je dat we in hetzelfde team werken,' vroeg Fredrik, 'de Kat en ik?'

Daar had Agnes nog niet aan gedacht. Hij had haar ook niet eerder genoemd, maar het sprak vanzelf dat de twee artsen collega's waren.

'Nee, dat wist ik niet, maar als je haar bijnaam gebruikt ga ik ervan uit dat jullie een goede relatie hebben. Is ze goed?'

'Ze is erg goed. Met haar heb ik daar het beste contact. Ik wilde haar eigenlijk een keer hier uitnodigen voor een borrel. Maar daarvoor is het nu misschien niet de beste tijd.'

Agnes zag dat het mooie zomerweer haar geliefde al een gezonde kleur had bezorgd. Ze moest denken aan hoe hij eruit had gezien toen ze elkaar leerden kennen. Zijn zongebruinde huid bij het witte T-shirt – veel mooier dan het trainingshemd dat hij vandaag droeg – was haar het eerst opgevallen, plus de mooie kuiltjes in zijn wangen. Hij was knap op een manier die ze nog nooit bij een man had gezien.

Ze waren op hetzelfde feest geweest en Agnes had aangenomen dat hij journalist was of in de mediawereld werkte, zoals de meeste anderen die daar waren, zoals iedereen met wie ze omging. Toen ze met hem aan de praat raakte en hoorde dat hij chirurg was in het Rikshospitalet, was hij opeens exotisch geweest in de massa, en nog aantrekkelijker.

'Waarom chirurg?' had ze gevraagd toen ze samen op de warme lenteavond op het balkon stonden te roken.

Dat wil zeggen, zij had gerookt; hij 'had genoeg vernielde longen vanbinnen gezien'.

'Waarom journalist?' was zijn wedervraag.

'Omdat ik mensen wil helpen,' antwoordde ze, en ze meende het.

'Door in *VG* over bekende Noren te schrijven?'

'Ja, door over bekende Noren te schrijven in *VG*,' zei ze, en ze keek hem strak aan. 'Of, zoals ik hen bij voorkeur omschrijf: zich profilerende en moedige mensen die de aandacht die ze genereren gebruiken om te praten over groepsdruk, relatieproblemen, depressie, ouder worden en andere belangrijke thema's die anders nooit in een krant aan de orde zouden komen.'

Uitnodigend hief ze haar glas op om te proosten.

Hij schudde zijn hoofd en zei dat hij hoopte dat ze in elk geval goed betaald werd.

Idioot, dacht ze gepikeerd, en ze wilde weer naar binnen gaan, maar toen pakte hij haar bij haar arm en kuste haar, met sigaret en al, en de volgende ochtend, toen ze tegen zijn naakte, zongebruinde borst onder het dekbed lag en zich nog steeds een beetje dronken voelde, vroeg hij of zij 'zo'n dorpsmeisje uit Voss' was dat alleen maar wachtte op het moment dat ze weer terug kon naar Vestlandet.

'Nee,' zei ze.

'Mooi,' zei hij. 'Want ik kan me voorstellen hoe het voor mij is om jou hier in de stad te hebben. Om mij met van alles en nog wat te helpen.'

Agnes veegde met een stukje brood de rest van de tomatensaus van haar bord. Fredrik nam de laatste slok van zijn wijn.

Hij had vast al getraind. Nog even en hij zou weer dat gezicht zetten, nog even en hij zou haar rug strelen.

Ze moest eerder naar bed gaan dan hij, zodat ze niet met hem hoefde te vrijen op een onvruchtbare dag.

Dinsdag

De wind sneed haar in het gezicht.

Ze voelde de luchtdrukdaling achter haar ogen. Ze had het gevoel alsof haar hoofd zou exploderen.

De grond kwam steeds dichterbij. Hoe dichter ze bij de grond kwam, hoe sneller het ging. Dit is het einde, dacht ze, nu is alles voorbij.

Ze zag bomen en paden en bloemen, en alles was zo mooi en vredig, tot ze besefte dat ze afkoerste op een kinderbedje midden op de groene vlakte.

Er lag een slapende baby in.

Ze landde hard, verpletterde het bed en het kind, maar stelde opgelucht vast dat ze het zelf had overleefd.

Toen werd ze wakker, trillend en bezweet.

Agnes bleef roerloos op haar rug liggen bijkomen voordat ze opstond. Pas na een paar minuten opende ze haar ene oog, reikte naar haar telefoon op het nachtkastje en zag dat ze een berichtje van Eskildsen had.

PERSCONFERENTIE OP HET POLITIEBUREAU 08:00 – JIJ GAAT.

Het was acht voor acht.

Fuck.

Ze trok de witte jurk die ze gisteren had gedragen over haar hoofd en zorgde ervoor dat de stof niet aan haar bezwete lichaam bleef plakken. Vervolgens stapte ze in een paar ballerina's die ze onder uit de kast had gevist – godzijdank was het deze zomer echt zomer – en griste op weg naar buiten haar autosleutels mee.

Om precies één minuut over acht parkeerde ze haar Polo voor de ingang van het politiebureau. Ze rende naar de toegangsdeur en sloop naar binnen.

Sigmund Storedal zat achter een tafeltje wat papieren in te kijken. Naast hem zat een andere man in politie-uniform, iemand die ze niet kende.

Iets aan Storedal was anders, dacht ze, en toen zag ze het: de politiechef had zijn haar laten knippen.

Misschien had hij daarom Viktor laten opdraaien voor het Vestlandet-journaal zondagavond: omdat hij nog geen tijd had gehad om naar de kapper te gaan. Voor hem stond een aantal microfoons, twee van NRK, een van TV2, een van *BT* en een vierde van VGTV.

Agnes keek discreet om zich heen om te zien wie *VG* had gestuurd, maar op dat moment schraapte Storedal zijn keel, sloeg zijn ogen op en keek ernstig – of misschien een beetje nerveus? – naar het groepje mensen voor hem.

'Zoals jullie misschien al weten, betreft dit het dodelijke ongeval tijdens de opening van de Ekstremsportveko,' zei hij.

Het ergerde haar dat ze nog niet wist waarover het ging.

Er had op z'n minst een bericht van Viktor op haar telefoon moeten zijn toen ze wakker werd.

'De uitrusting van de omgekomen vrouw is gisteren in de namiddag onderzocht door vertegenwoordigers van de onderzoekscommissie van de parachutefederatie en adviseurs van de Bergense parachuteclub. Op basis van hun conclusies heeft politiedistrict *Vest* besloten een moordonderzoek te starten.'

Verdomme.

Vervolgens stelde Storedal de politiejurist uit Bergen voor die naast hem zat, en hij vertelde dat een tactisch en een technisch rechercheur van de landelijke Kripos-eenheid uit Oslo ook onderweg waren. Ondertussen waren ze begonnen met uitgebreide verhoren en ze zouden vandaag nog starten met de beoordeling van het technisch bewijsmateriaal. Hij zei dat hij daarom wilde wachten met het geven van meer informatie, maar dat hij zou proberen eventuele vragen van de pers naar beste kunnen te beantwoorden.

De journalist van NRK vroeg of hij iets meer kon zeggen over de parachute-uitrusting, wat ervoor had gezorgd dat de politie een misdrijf vermoedde, waarop het antwoord van Storedal was dat hij met het oog op het onderzoek niet verder kon ingaan op details.

Vlak voor haar schoot een stevige zongebruinde arm de lucht in, en toen een lelijke nasale stem in Sørlands dialect vroeg of de politie op dit moment al verdachten had in de zaak, voelde ze een steek in haar hart.

Er bestond geen enkele twijfel over wie *VG* de bergen over had gestuurd. Hij had vast zichzelf gestuurd, vreesde ze.

Tor Erik Åkervold was even oud als zijzelf, maar desondanks een type dat je zou kunnen karakteriseren als een 'ouwe rot'. Hij was het soort journalist op wie de personages in films en boeken gebaseerd zijn, iemand die met zijn paspoort in zijn achterzak liep en zijn reistas klaar had staan onder zijn bureau voor het geval er ergens brand was. Iemand die de adrenaline voelde stromen als hem verzocht werd om uit te rukken, die bronnen had bij zowel de politie als de boeven, en die met alle plezier de vakantie met zijn gezin annuleerde als hij lucht kreeg van een goede zaak.

Åkervold was op zo goed als alle fronten het tegenovergestelde van Agnes. Hij behoorde ook tot degenen die haar de meeste angst hadden aangejaagd tijdens haar stage voor de school voor journalistiek. Ze had gesolliciteerd bij de feature-afdeling en was daar ook geplaatst, maar *VG* eiste dat ze eerst een paar weken op de nieuwsafdeling zou werken, bij Reportages. Åkervold was toen plaatsvervangend afdelingshoofd en op de derde ochtend, toen Agnes bij de afdelingsvergadering had gezeten zonder ook maar één goed idee in haar schrijfblok en ze weer een dag voor zich zag van berichtjes schrijven die de krant niet zouden halen, stuurde hij haar naar Lier, bij Drammen. Hij wilde dat ze een tip zou natrekken over twee paarden die in een meer gevallen zouden zijn. Een wonderlijk onderwerp voor de nieuwsafdeling van de grootste krant in het land, dacht Agnes toen ze ernaartoe reed met de fotograaf, eveneens nieuw en onervaren. Toen ze aankwamen was de reddingsoperatie afgerond. Het ene paard had het overleefd, het andere niet. Dat wordt niks, daar waren de twee het over eens, en ze reden terug. Voor de lift kwam ze Åkervold tegen en het eerste wat hij vroeg, was of ze een foto hadden van het dode paard. Ze moest tot haar ongenoegen zeggen dat ze die niet hadden. Hij schudde zijn hoofd en zei twee weken lang geen woord meer tegen haar.

Ze had opgelucht ademgehaald toen ze eindelijk bij Feature kwam, waar zowel de mannen als de vrouwen vriendelijker waren en waar ze iets kon gebruiken wat ze zelf nog steeds beschouwde als haar sterke punt als journalist: haar vermogen om iemand tot openhartigheid te verleiden. Het was een eigenschap die ze als kind al had gehad, hadden haar ouders gezegd. Als ze met vakantie waren, praatte ze met iedereen, van hoog tot laag: receptionisten, taxichauffeurs, bewakers. Haar moeder zei dat Agnes, die geen broers of zussen had, eenzaam was en daarom voortdurend behoefte had aan sociaal contact. Zelf had ze zich nooit eenzaam gevoeld. En ze speelde zelden met kinderen van haar eigen leeftijd. Ze praatte liever met volwassenen, omdat die veel meer spannende dingen te vertellen hadden. Nu begreep ze wel dat haar ouders haar daar nou niet bepaald toe aanmoedigden. Eigenlijk moest je kinderen juist leren om níét met vreemden te praten. Ze was dus nooit zo dom geweest om in een auto te stappen om met iemand te praten. Maar de leuke ijsverkoper op het strand in Denemarken was na hun gesprekken jarenlang een trouwe penvriend gebleven.

Voordat zij haar vaste aanstelling kreeg bij VG's amusementsafdeling *Spotlight*, was Tor Erik Åkervold zowel buitenlandcorrespondent voor het Midden-Oosten als schrijvend journalist bij de hoofdredactie. Ze werkte nog voor VG toen hij weer terug was bij 'de schoften', bij wie, zoals ze hem op de vrijdagmiddagborrel had horen zeggen, hij zich het meest thuis voelde. Dat hij naar Voss was gestuurd moest wel betekenen dat het skydiveongeluk al een hoge prioriteit had bij de landelijke pers. Die zou het in elk geval nu krijgen.

De vraag of de politie verdachten had, had Åkervold alleen maar gesteld om te laten merken dat hij ter plaatse was. Hij wist heel goed dat de politiechef niet zou antwoorden. Tor Erik zou op een persconferentie nooit een goede vraag laten liggen.

Storedal rondde af door in de microfoon te zeggen dat er waarschijnlijk binnenkort een volgende persconferentie zou komen. Daarna streek hij met zijn handen door zijn haar. Hij was klaar om gefotografeerd te worden.

Agnes had een vieze smaak in haar mond. Ze probeerde net zo stilletjes weg te sluipen als ze gekomen was.

'Tveit?' hoorde ze de stem achter zich roepen.

Ze vloekte binnensmonds en draaide zich om. Åkervold schonk haar een brede grijns, met grote witte tanden. In combinatie met zijn brede schouders en zijn gladgekamde haar deed hij haar zo altijd aan Ken denken: knap op een manier die door Barbies op prijs gesteld wordt.

'Ha, ik dacht al dat jij het was! Dus hier heb je je verstopt?'

'Gefeliciteerd dat je me gevonden hebt,' zei Agnes. 'Welkom op de boerderij.'

Ze had onmiddellijk spijt dat ze hem munitie had gegeven voor plagerijen over de paardenkwestie. Hij hapte in elk geval niet en vroeg of het klopte dat ze bij een lokale krant werkte. Ze knikte.

'Er is actie hier, zeg – parachutemoord en zo. Jezus, dit is het meest opwindende wat er de laatste weken in dit gezapige land is gebeurd. Maar jij hebt zeker geen tijd om aan deze zaak te werken? Staat jouw agenda niet vol met fancy fairs waarover je moet schrijven?'

'Geestig, hoor. Ik moet nu gaan. We spreken elkaar nog wel,' zei Agnes.

Toen ze zich omdraaide en wegliep zou ze zweren dat ze gehinnik achter zich hoorde.

Ze was bloedchagrijnig toen Viktor op de parkeerplaats naar haar toe kwam. Als een gehoorzame soldaat had hij tijdens de persconferentie naast Storedal gestaan en uit protest had ze hem niet aangekeken.

Hij had haar informatiebron moeten zijn. Daar hadden ze op gedronken toen ze bij de krant begon, toen ze allebei nog ambities hadden en vol goede moed waren. Eigenlijk had ze nog nooit een informatiebron nodig gehad, tot nu.

'Het spijt me,' zei Viktor voordat hij haar begroette. 'Malin heeft gisteravond de halve nacht gespuugd, ik had letterlijk mijn handen vol.'

'Prima. Het is je vergeven, min of meer. Brand nu maar los met wat je weet: denk je echt dat Veslemøy is vermoord?'

'Daar bestaat geen twijfel over. Ik heb geen verstand van parachutes, maar de mensen die ernaar gekeken hebben, waren blijkbaar geschokt.' Hij keek om zich heen en dempte zijn stem. 'Het klopt niet helemaal dat ze het pas ontdekten bij nader onderzoek. Ze zagen meteen dat alle lijnen die aan de parachute zaten waren doorgesneden.'

'Oei.'

'Toen Veslemøy de hoofdparachute losmaakte, vouwde die zich uit, maar doordat de lijnen waren doorgesneden, vloog hij gewoon de lucht in. De reserveparachute – die ze ook wel de noodparachute noemen – moet dan automatisch opengaan, en dat deed hij waarschijnlijk ook, maar dat hielp niet veel, omdat de lijnen daarvan ook waren doorgesneden. Allebei de parachutes zijn verdwenen. De experts zijn honderd procent zeker van hun theorie: iemand heeft haar uitrusting volledig vernield en de parachutes daarna weer op de gebruikelijke manier ingepakt.'

Koude rillingen liepen Agnes over de rug.

'Weten ze al wat meer?'

Viktor keek om zich heen en aarzelde even. 'Kom om vijf uur naar de Brukiosk,' zei hij.

Viktor bedoelde de parkeerplaats bij de brug waar de kiosk had gestaan, bij het begin van de Langebrua, voordat die werd afgebroken. Ze hadden daar een keer in de rij gestaan voor een nachtelijke snack, dronken en lacherig. Nu zou Agnes willen dat het worstkraampje er nog was, want zoals altijd duurde het bijna een kwartier voordat Viktor instapte en op de passagiersstoel ging zitten.

Van opzij zag Agnes dat het donkere, dikke haar van haar vriend grijs begon te worden bij zijn slapen. Hij ook al. Lieve hemel, het verval zette veel eerder in dan ze had gedacht. Viktors ogen waren rood en stonden vermoeid, maar hij kon dat tenminste wijten aan een leven met een klein kind.

'Ik kon daar niet verder praten, want Storedal wilde wachten tot de mensen van Kripos er waren voordat hij verdere informatie gaf,' zei hij. 'Maar we hadden Steven Smith – Veslemøys partner dus – voor de persconferentie al als getuige opgeroepen.'

'Het spreekt toch voor zich dat hij als eerste wordt verhoord?'

'Jawel. Maar we hadden zijn reactie niet verwacht.'

Viktor en Storedal hadden tegen zevenen die ochtend bij hem aangebeld, omdat ze hem niet aan de telefoon kregen. De bedoeling was dat ze hem vóór de persconferentie zouden vertellen wat ze hadden ontdekt bij Veslemøys parachute en dat ze een moordonderzoek waren gestart.

'Maar voordat we ook maar iets konden zeggen, begon hij zich op z'n zachtst gezegd verdacht te gedragen,' zei Viktor. 'Hij stortte in en begon te hyperventileren. En herhaalde keer op keer dat het zijn schuld was.'

'Oei. Een bekentenis?'

'Dat denkt Storedal. Maar we hebben nog geen enkel ander bewijs. Daarom hebben we hem nog niet gearresteerd. We wachten op het uitlezen van Veslemøys telefoon. Die is kapotgevallen toen ze neerstortte. Volgens het voorlopige sectierapport zijn ook haar meeste inwendige organen zwaar beschadigd.'

Agnes probeerde het beeld dat op haar netvlies verscheen van zich af te zetten: het beeld van een mooie pop in klederdracht die er aan de ene kant onbeschadigd uitzag, maar aan de andere volkomen verpletterd was.

'Maar Storedal denkt dat de zaak snel opgehelderd zal worden?'

'We moeten overleggen met Kripos, maar ik verwacht dat de puzzelstukjes snel op hun plaats vallen. Vooral omdat Steven Smith in de wereld van de extreme sport bekendstaat als een onverbeterlijke waaghals.'

'Waaghals?' vroeg Agnes.

'Ik heb hem persoonlijk nooit goed leren kennen, wat eigenlijk wel raar is, omdat onze geliefden goede vriendinnen van elkaar zijn. Maar misschien is het ook weer niet zo gek. Gro is niet bepaald zijn grootste fan. Ze noemt hem meestal *the crazy kiwi* als ze het over hem heeft. De details ken ik niet, maar ik weet dat hij een paar jaar geleden een conflict heeft gehad met de leiding van de skydiveclub omdat hij zich niet aan de regels hield en zich onverantwoordelijk gedroeg. Volgens mij was hij zelfs bijna uit de club gegooid.'

'En daarom denkt Gro dat Steven achter de moord zit?'

'Zij denkt waarschijnlijk niets. Ze weet nog niet eens dat we het gaan onderzoeken als moord. Hoewel ik denk dat dat gerucht zondagavond binnen de groep al de ronde deed.'

Agnes besefte dat geen van de vriendinnen daarover bij Kathrine thuis iets had gezegd.

'Goed dat je me helpt herinneren,' ging Viktor verder. 'Ik moet Gro bellen. Ze is in elk geval altijd sceptisch geweest over Steven. Niet op grond van hoe hij deed tegen Veslemøy, denk ik, maar ze vond hem wel een aansteller. Ze heeft meer dan eens gezegd dat mensen als hij de bestaande vooroordelen over extreme sport alleen maar bevestigen.'

Viktor moest gaan. Agnes bleef in de auto zitten zonder de motor te starten. Ze voelde zich leeg en moe – vast heel anders dan hoe Åkervold zich gisteravond had gevoeld toen hij over de zaak had gehoord en in een auto van VG naar Vestlandet was gescheurd.

Het was geen prettige gedachte dat hij in het dorp verbleef.

Nog onaangenamer was de gedachte dat Steven Smith de moeder van zijn kinderen zou hebben vermoord.

Kort voordat ze bij VG wegging, had ze een groot artikel over partnermoord geschreven. Vijfentwintig procent van alle moorden in Noorwegen in dat jaar betrof de partner, herinnerde ze zich. Ze wist ook nog dat volgens een psycholoog die ze had geciteerd partnermoord vaak gepleegd werd als een van de twee de relatie wilde verbreken.

Ietwat versuft bleef ze in de auto zitten, tot haar telefoon ging. Eskildsen.

'Ze hebben moordalarm geslagen,' zei Agnes.

'Ik las het in *VG*. Vergeet het maar, er gaat toch niemand naar onze website voor breaking news. Frida houdt hier vanaf de redactie de zaak in de gaten, maar kun je wat rondvragen en kijken of je meer informatie kunt krijgen?'

Ze besloot nog even niet te vertellen wat Viktor had gezegd. Ze had hem ook beloofd dat ze daarover pas zou schrijven als Steven Smith officieel als verdachte was aangemerkt. Zodra dat gebeurde, zou haar artikel met één toetsaanslag klaar moeten zijn voor publicatie.

Met Åkervolds witte, zelfvoldane lach en de irritante ijver van de zomerinvaller als een waas voor haar ogen zei ze tegen Eskildsen dat ze wel wat rond kon vragen. Goed, actie. Eerst de chocoladekoekjes opeten die in het handschoenenvakje lagen. Dan zorgen dat ze een fatsoenlijk ontbijt naar binnen kreeg. En vervolgens uitzoeken waar die arme kinderen van Steven en Veslemøy waren. Snel stuurde ze een berichtje naar Viktor, want als hij het niet wist zou dat onverantwoordelijk zijn. Zijn antwoord kwam even snel: IK NEEM AAN DAT JONI FARESTVEIT NOG STEEDS MET DE JONGENS BIJ HEN THUIS IN DE MILTZOWGATA IS. STEVEN VROEG ONS HAAR TE BELLEN.

Het parkeerterrein bij de grote begraafplaats, dat gek genoeg tussen twee van de scholen lag waarop zij gezeten had – de basisschool en de middelbare school –, en nu ook pal naast het nieuwe zwembad, was vol. Vanaf de trap naar de vijfmeterduikplank konden de kinderen door het gigantische raam dat uitkeek op de graven naar dode familieleden zwaaien. In plaats van terug te rijden naar Vangen besloot Agnes haar auto bij de sporthal te parkeren en het kleine stukje terug te lopen.

Veslemøy en Steven woonden in een van de weinige vrijstaande huizen die nog steeds midden in Vangen stonden. Ze had het grote huis in de Miltzowgata al eerder opgemerkt; het moest gezien de huidige huizenprijzen in Voss een vermogen waard zijn, ook al had je aan de ene kant uitzicht op het lelijke gebouw van de sociale dienst en aan de andere kant op de middelbare school.

Toch was Agnes een beetje jaloers op iedereen die zo'n oude, idyllische villa bezat, of op iedereen die een mooier huis had dan zijzelf. Voordat ze naar Vestlandet verhuisden was ze maandenlang een slaaf geweest van de huizenapp en ze had geconstateerd dat niet alleen de chique makelaars Voss hadden weten te vinden, maar dat ook de huizenprijzen die in Oslo achterna waren gegaan. Het verraste haar niet dat Voss aantrekkelijk was geworden. Je kinderen veilig laten opgroeien op aanvaardbare reisafstand van de tweede stad in Noorwegen was ook haar eigen idee geweest, tot ze besefte dat de lokale pers er zo langzamerhand even slecht voor stond als de landelijke. De vrijstaande bungalow met een woonoppervlak van honderdvijftig vierkante meter die ze uiteindelijk hadden gekocht was in de eerste plaats niet oud genoeg naar haar smaak. Het huis had geen ziel; het was in de jaren tachtig gebouwd en leek te veel op de andere huizen in de buurt. En ten tweede lag de bungalow in Gjernes, aan de verkeerde kant van het Vangsvatnet dus. Vergeleken met hoe het in haar jeugd was geweest, was alles precies andersom. Ze raakte er maar niet aan gewend dat de kerk rechts stond als ze naar buiten keek.

Nadat ze haar parkeerbonnetje achter de voorruit had gelegd, nam Agnes de kortste weg via het kerkhof. Ze had nooit eerder gezien dat op veel van de oude grafstenen het beroep van de overledene boven diens naam was gegraveerd. CONTROLEUR, las ze op een steen, en boven een andere naam stond VLIEGENIER; deze man was omgekomen in de oorlog. Alleen bij de mannen was het beroep vermeld. Bij de vrouwen stond geen beroep; zij waren alleen vrouw en echtgenote. Tegenwoordig zag je helemaal geen beroepen meer op de grafstenen. Deze praktische informatie was vervangen door de frase dat hij of zij gemist zou worden, of dat er van haar of hem gehouden werd. De tekst die haar het minst aansprak was RUST IN VREDE. Er waren ongetwijfeld veel mensen die daar na een lang leven behoefte aan hadden, maar het was geen laatste eer en slechts een aansporing. Wat zou er op haar grafsteen komen te staan na haar dood? JOURNALIST AGNES TVEIT zou wel te gek zijn, maar dan zouden mensen die de steen zagen denken dat ze een oude vrijster zonder familie was geweest.

GELIEFD was beter. GELIEFD EN BEWONDERD.

Het kleurrijke deurbord met de tekst HIER WONEN STEVEN, VESLEMØY, LASSE EN THEODOR zag eruit alsof het van boetseerklei was gemaakt, en ze moest denken aan de kerstcadeaus waarvan ze er als kind tientallen had gemaakt. Het vakantiehuis van haar ouders stond vol met haar maaksels. Agnes herinnerde zich hoe beledigd ze was geweest toen ze had ontdekt dat steeds meer van haar kunstwerken weggeborgen werden in het zomerhuis.

Ze belde aan en zuchtte diep. De deur werd geopend en ze werd begroet door dezelfde groene ogen als de vorige dag in Palmafossen. De blik van Joni Farestveit was nog steeds leeg, maar haar krullen waren getemd in een knotje en vandaag had ze iets kalms en onaantastbaars over zich. Ongetwijfeld omdat ze in elke hand een kinderhandje vasthield.

'Agnes. Hallo.'

Joni leek in elk geval niet kwaad te zijn.

'Sorry dat ik zo onverwacht langskom,' zei Agnes. 'Maar ik hoorde dat je hier was en wilde even vragen hoe het gaat.'

Ze keek naar de twee jongetjes, die allebei een luier om hadden en een Batman-shirt droegen en de onbekende bezoeker ernstig aankeken. Het kon geen eeneiige tweeling zijn; ze waren juist heel verschillend. Het ene jongetje had een hoog voorhoofd en leek noch op Veslemøy, noch op de foto van Steven Smith die Agnes had gezien. Het andere kind leek als twee druppels water op zijn moeder; hij had haar mond en ogen, en begon zo'n beetje Veslemøys haar te krijgen. De twee kleintjes begrepen vast nog niets van wat er met een van hun ouders was gebeurd. Ze hadden ongetwijfeld al naar hun moeder gevraagd, maar zouden misschien algauw vergeten zijn dat ze er een hadden gehad. Bij die gedachte kreeg Agnes een brok in haar keel.

'Dank je. Het gaat wel,' zei Joni met een vermoeide glimlach. 'Wil je even binnenkomen? Ik zou net de kinderen naar bed brengen voor hun middagslaapje, maar als je tijd hebt om even te wachten kan ik daarna een kop thee voor ons zetten.'

Toen Joni de deur naar de kinderkamer had dichtgedaan, viel het Agnes op hoe provisorisch het huis was ingericht. De muren waren lichtbeige geverfd, als espresso met melk. Er hing niets aan de muren, afgezien van een grote ingelijste foto van een meer dat niet Noors leek en een paar potloodtekeningen van Voss in vroegere tijden. De tekeningen waren niet van het soort dat een jong stel zou willen ophangen. Als het klopte wat Ingeborg had verteld, dat Veslemøys oma hier eerst had gewoond, waren het ongetwijfeld spullen die zij had achtergelaten. De hele kamer zag er trouwens uit als een mix van de inrichting van een ouder iemand en die van een gezin met kleine kinderen. De vloer was bezaaid met kleurrijk plastic speelgoed, maar in de hoek stonden een oud spinnewiel en een grote klok die hoogst irritant tikte. Agnes begreep niet waarom iemand, en vooral mensen die nog niet oud waren, er constant aan herinnerd zou willen worden dat de tijd voorbijtikte. Dat Veslemøy en Steven de klok hadden gehouden, moest ofwel uit respect zijn, ofwel het was een gevolg van luiheid, of eventueel een combinatie van die twee.

Op een oude ladekast naast de staande klok stonden een foto van Veslemøy als tiener en een foto van een vrouw die een oudere uitgave van haar leek. Dat moest haar moeder zijn. Ze hadden eenzelfde jurk aan, een zwarte met donkerpaarse bloemetjes. Daarnaast een kaart met een beer die een groot hart vasthield: GEFELICITEERD MET JE EERSTE MOEDERDAG! WE HOUDEN VAN JE. KUSJES VAN JE JONGENS.

Overal op de vloer lagen stukken bruin behang, waarvan Agnes niet kon zien waar ze vandaan kwamen. Misschien waren Veslemøy en Steven begonnen aan een opknapbeurt. Zou een muur met bruin behang iets zijn voor haar eigen huis? Ze stak een stukje in haar zak, zodat ze het niet zou vergeten, en kreeg een kleur van schrik toen Joni plotseling in de deuropening verscheen. Zou ze het gezien hebben?

Joni legde haar vlakke gevouwen handen tegen haar wang om aan te geven dat de kinderen sliepen en liep toen naar de keuken.

'Pas op voor etensresten op de stoelen,' zei ze met een hoofdbeweging naar de tafel bij het raam. 'Ik wilde gaan schoonmaken, maar had er de fut nog niet voor.'

Ze zette de waterkoker aan, pakte twee zakjes earl grey van de plank erboven en hing ze in twee paarse kopjes. Tegen het aanrecht geleund wreef ze snel met een hand in haar ogen.

'Sorry dat ik gisteren de kamer uit stormde en je niet gedag kon zeggen. Het lukt me de laatste dagen vaak niet om mijn emoties in bedwang te houden. Het is bij mij vanbinnen net een achtbaan.' Ze legde haar handen op haar borst.

'Geeft niks,' zei Agnes. 'Dat snap ik wel. Ik weet immers dat jullie close waren met z'n vieren.'

Joni kreeg weer die lege blik in haar ogen. 'Ja... Maar dat is het niet alleen. Veslemøy en ik waren heel hecht. Ze heeft ontzettend veel voor me betekend. Er waren tijden dat ik niet zonder haar had gekund.'

Agnes wist nog goed dat Joni en Veslemøy vroeger van die vriendinnen waren geweest die elkaars hand vasthielden en elkaars haar vlochten. Als het warm was, lag de een met haar hoofd op de buik van de ander in het gras voor de middelbare school. Het zag er vertrouwd uit en zijzelf had zo'n fysieke vriendschap met haar enige hartsvriendin gemist. Toen ze een keer doelloos door Vangen slenterden, had Agnes geprobeerd Ingeborgs hand vast te pakken, maar Ingeborg had die snel teruggetrokken en gevraagd: 'Wat is dit?' Daar was het bij gebleven en ze hadden er nooit meer over gesproken.

'Is het niet moeilijk voor je om nu hier in dit huis te zijn?' vroeg Agnes.

Joni keek om zich heen en knikte. 'Ja, maar ook wel fijn. Om íéts te kunnen doen, zeg maar.'

Agnes vond het raar dat er niemand van de naaste familie was. Het was alsof Joni haar gedachten kon lezen, want ze beantwoordde de vraag die niet gesteld was.

'Veslemøys moeder is jaren geleden overleden. Met haar vader had ze ongeveer sinds die tijd geen contact meer. Ze heeft geen broers of zussen en had dus alleen haar oma. Dagny is nu in de negentig, ze woont in een bejaardentehuis,' zei ze. 'Het moest er nog bij komen dat ik niet zou helpen! Stevens ouders zouden graag gekomen zijn, maar zijn vader is slecht ter been en een vlucht van Nieuw-Zeeland hiernaartoe duurt lang en kost veel geld. Ik ga er hoe dan ook van uit dat Steven snel klaar is met het verhoor en thuiskomt. Dan zijn we in elk geval met ons tweeën en kunnen we elkaar helpen.'

Het water in de koker borrelde. Joni schonk het in de kopjes en bracht die naar de tafel, tegelijk met een schoonmaakdoekje. Voordat ze ging zitten boende ze eerst stevig over een ingedroogde ketchupvlek op een van de stoeltjes van de kinderen.

Agnes nam aan dat ze niet wist dat de politie de vader van de kinderen van moord verdacht. Ze betwijfelde of zij degene moest zijn die het haar vertelde.

'Je geeft les aan de universiteit van Oslo, hè?' vroeg Agnes om die beslissing uit te stellen.

'Ik ben universitair hoofddocent. In retorica en mondelinge communicatie.'

Joni had een keer op de voorpagina van *Hordaland* gestaan omdat ze de hoogste cijfers op haar diploma had van de hele provincie. Het was een miniportret, en via dat artikel was Agnes ook de geschiedenis achter haar bijzondere naam te weten gekomen: de oma van vaderskant van de wereldberoemde zangeres Joni Mitchell was aan het eind van de negentiende eeuw vanuit Farestveit in Modalen naar Canada geëmigreerd. Twee generaties later kreeg ze haar kleinkind Joan Roberta, die haar naam veranderde in Joni toen ze de wereld van de muziek in ging. Toen er vijfendertig jaar later een meisje geboren werd op Farestveit, noemden haar ouders haar Joni Roberta, als eerbetoon.

Ze gebruikte zelf 'Roberta' bijna nooit, maar van alle mensen met een zeldzame naam hier in het dorp had Joni de naam die het best bij haar paste, had Agnes toen gedacht. Misschien omdat ze wel iets van een superster had. De combinatie van knap en slim had ervoor gezorgd dat Agnes uit pure jaloezie aan haar de grootste hekel had gehad van het hele groepje springers. Dat was voordat Joni haar een compliment had gegeven op de dansavond van school.

Ze voelde zich dik onder haar jurk, want ze kon Joni's gespierde bruine benen zien in de korte spijkerbroek die ze droeg, met hetzelfde T-shirt als gisteren. Agnes vroeg zich af of het haar niet gelukt was om het shirt te wassen of dat ze er meer dan één exemplaar van had. Joni rook in elk geval niet naar zweet.

'Eigenlijk had ik in de ontwikkelingshulp gewild,' zei Joni. Ze legde het schoonmaakdoekje weg. 'Veslemøy en ik zouden internationale ontwikkelingshulp gaan studeren en dan in Afrika veldwerk gaan doen, of alleen maar daarheen gaan voor vrijwilligerswerk.'

Bij Veslemøy was die drang het sterkst geweest, zei ze; zij wilde weg en wilde zich met iets heel anders bezighouden nadat haar moeder zo lang ziek was geweest. Joni had ook veel zin gehad om weg te gaan nadat ze was opgegroeid in de op één na kleinste gemeente van Noorwegen, met ouders die 'een interessante, maar ietwat vermoeiende combinatie van hippie en boer' waren. Het hele laatste jaar op de middelbare school hadden de vriendinnen de verschillende mogelijkheden bekeken en erover gepraat hoe ze zouden kunnen reizen om de wereld te redden. Ze hadden ook uitgezocht of ze dan ook konden springen. Hun droom was een sprong boven de Kilimanjaro.

'En toen kwam ze Steven tegen en kwam er niets meer van onze plannen terecht,' zei Joni. 'Vanaf dat moment maakte ze plannen met hem. *C'est la vie*. Ik ging naar Parijs en hoefde de wereld niet meer zo nodig te redden.'

'Wat heb je gedaan in Parijs?'

Joni keek haar aan met een glimlach die Agnes deed denken aan de singer-songwriter naar wie ze vernoemd was.

'Laten we zeggen dat ik Franse wijnboeren hielp met de omzet van hun producten.'

Agnes glimlachte terug. Ze voelde zich aangetrokken tot deze vrouw, wat maar bij heel weinig anderen hier in het dorp het geval was. Misschien kwam het doordat hun werkgebieden dicht bij elkaar lagen of – en dat was waarschijnlijker – doordat Joni in Oslo woonde.

'Heb jij er ook over gedacht om terug te verhuizen naar Vestlandet?' vroeg ze.

Joni schudde verwoed haar hoofd.

'Ik heb van mezelf een Oost-Noor gemaakt en ben daar tevreden mee. De kinderen – mijn stiefkinderen – zijn zeven en negen, en gaan al naar school.

Ik heb geen plannen om ze los te rukken uit het leven dat ze nu hebben. Bovendien red ik het prima door regelmatig vrienden en familie hier te bezoeken.'

Agnes voelde een steek, misschien opnieuw van jaloezie.

'En jij, heb jij er nooit spijt van dat je weer hiernaartoe bent verhuisd?' vroeg Joni.

Alleen al de vraag maakte dat iets in Agnes' borstkas lichter werd. Nooit eerder had iemand haar dat gevraagd. Niemand had er zelfs maar een greintje begrip voor getoond dat ze het leven in de hoofdstad hier misschien miste. Iedereen ging ervan uit dat ze dolblij was om terug te zijn.

'Op z'n minst om de andere dag. Soms vaker,' zei ze. 'Ik mis een heleboel, meer dan ik had gedacht, zoveel dat het laatste jaar meer dan eens door me heen is gegaan dat ik misschien meer een Oost-Noor geworden ben dan een West-Noor. Wat dat dan ook moge betekenen.'

'Dat je al "kliko" zegt in plaats van "vuilnisvat"?'

'En dat ik de gekookte schapenkop of de Vosser schapenworst helemaal niet heb gemist?'

Joni glimlachte.

Agnes aarzelde even en besloot toen het te zeggen. Joni zou het vroeg of laat toch te horen krijgen.

'Heeft Steven nog iets gezegd over het gesprek dat hij zou hebben met de politie?'

'We hebben amper kunnen praten. Hij moest zo snel weg dat hij alleen een paar praktische zaken over de jongens kon doorgeven. Al sinds vanochtend vroeg heb ik mijn handen vol.'

'Je hebt het nieuws dus ook niet gehoord?'

'Nee, maar ik zag net wel dat ik een paar gemiste oproepen op mijn telefoon heb,' zei ze, en ze keek meteen ongerust. 'Wat is er gebeurd? Hebben ze iets gevonden?'

'Ze zijn een moordonderzoek gestart.'

Joni bleef roerloos zitten en staarde haar aan. 'En... ze verdenken Steven?'

Agnes aarzelde. 'Hij is alleen maar getuige,' zei ze. 'Voorlopig.'

Joni sloeg haar handen voor haar gezicht. Agnes wilde haar over haar hoofd aaien, maar ze wist niet of ze haar moest troosten of met rust moest laten, en uiteindelijk deed ze geen van beide. Ze bleef zitten, keek naar de vieze keukenstoelen en voelde zich ongemakkelijk. Het leek een eeuwigheid te duren voordat Joni naar haar opkeek, met ogen die door de tranen nog groener leken te zijn geworden.

'Ik moet er niet aan denken dat de jongens nog meer te verduren krijgen,' zei ze. 'Ze kunnen niet ook nog hun vader missen. Dat kan gewoon niet! De politie heeft het mis. Steven heeft Veslemøy niet vermoord.'

'Waarom geloof je dat niet?'

'Omdat hij van haar houdt! En hij houdt van de tweeling. Zijn gezin is zijn hele leven, hij zou nooit – nooit – iets doen waardoor hij hen kwijt zou raken.'

Ze sloeg haar handen weer voor haar gezicht en wreef stevig met haar vingers over haar voorhoofd. Agnes kon horen dat ze probeerde te kalmeren door diep in en uit te ademen.

Opeens stond er een kleine dreumes in de deuropening met een teddybeer in zijn hand.

'Peen?' zei hij.

De moederlijke trek kwam terug op Joni's gezicht. Het was duidelijk dat ze, net als alle ervaren ouders, gewend was aan snelle wisselingen van bezigheden en stemmingen, waarbij de kinderen altijd op de eerste plaats kwamen. Ze stond op van haar stoel en tilde het ventje op.

'Ben jij je speen kwijt, kleintje? Kom, dan gaan we die zoeken.'

Agnes bleef zitten en voelde de pijnlijke brok in haar keel weer, samen met een ander gevoel in haar maag. Misschien zat de politie op een verkeerd spoor.

De statistieken wezen wel uit dat partnermoord het meest waarschijnlijk was. Maar Joni had een punt: waarom zou Steven Smith in vredesnaam de moeder van zijn kinderen vermoorden?

Op dit moment leek het nog het meest waarschijnlijke scenario dat hij niet voor moord veroordeeld zou worden en in zijn eentje de verantwoordelijkheid voor de twee jongens zou krijgen, zonder een familielid in de buurt om hem te helpen.

Was dat niet ook een soort levenslang?

Ze pakte haar telefoon van een opgedroogde jamvlek op de tafel en zag dat ze hier al bijna een uur zat. Het onaangeroerde kopje thee schonk ze leeg in de gootsteen en ze scheurde een vel uit een tekenblok. Haastig schreef ze een bericht aan Joni om haar te bedanken voor de thee en het gesprek, en ze voegde eraan toe dat ze haar niet langer wilde storen. Daarna noteerde ze haar telefoonnummer en schreef dat Joni altijd kon bellen als ze verder wilde praten.

Nadat ze even had nagedacht voegde ze er nog een PS aan toe: Ik vind het ook moeilijk te geloven dat Steven hierachter zit.

De gespierde man met zijn gladgeschoren hoofd stond op het pad een eindje van het terrein voor de kajakwedstrijd te telefoneren. Birger Flakne had, zo viel Agnes op, een bijna volmaakt figuur. Niet het soort lichaam dat je kreeg van gewichtheffen in de sportschool. Zijn bovenlijf zag er meer uit als dat van een zwemmer, en zijn benen waren precies lang genoeg, zoals bij een tennisser.

Jammer alleen dat hij een kale kop had.

Toen ze dichterbij kwam, zag ze dat hij een T-shirt droeg met de tekst VOSS UP en dat de grote blauwe plek rond zijn linkeroog paars was verkleurd. De Veko-chef zag haar en wees naar zijn mobieltje terwijl hij zijn hoofd schudde; ze kon niet uitmaken of hij er bezorgd of enthousiast uitzag.

De waterval schuimde agressief en in een hoek van bijna negentig graden kwam er een kajak over de steile stroomversnelling naar beneden. Het witte schuimende water werd één met de witte lucht. Het was nog steeds warm, ook al had de zon een rustpauze genomen.

'Vijfentwintig gemiste oproepen *and counting*,' zei Flakne toen hij eindelijk het gesprek afsloot. 'Niemand maakt zich nog druk over het festivalprogramma. Zelfs de internationale pers niet die er dit jaar is, mensen die ik jarenlang vergeefs heb uitgenodigd. Dat was natuurlijk ook te mooi om waar te zijn.'

'Wat bedoel je?' vroeg ze.

'Dat alles helemaal volgens plan zou verlopen. Dat zelfs het weer zou meewerken. Nu staat er boven de artikelen in de krant "Het festival van de dood" in plaats van "Het beste extreme-sportfestival ter wereld".'

'Wat is er met je oog gebeurd?'

Flakne raakte de blauwe plek voorzichtig aan.

'Ik zou graag opscheppen dat het macho en gevaarlijk was, maar veel spannender dan dat ik thuis in het weekend een ongelukje heb gehad met de bezem is het helaas niet.'

Een ongelukje met de bezem. Ongeveer even geloofwaardig als mishandelde vrouwen die tegen de deur aan lopen.

Flakne leunde over het hek en riep: 'Go, go, GO!' naar een nieuwe kajak die zich langs de waterval worstelde. Toen Agnes haar gezicht naar het water keerde, kon ze de druppels voelen. De kajak verdween in de kolkende rivier, en ze was er zeker van dat hij te pletter was geslagen tegen een van de grote stenen. Maar opeens dook hij weer op en schoot naar beneden langs de waterval.

Flaknes telefoon ging weer. Hij gebaarde er verontschuldigend naar en liep een eindje bij haar vandaan.

Ze hadden vandaag geen handen geschud. Prima zo. Ze herinnerde zich met afschuw het slappe handje dat hij haar had gegeven toen ze hem had begroet voor het portretinterview een paar weken geleden. Dat klopte niet met haar eerste indruk van Birger Flakne als alfaman. Ze was ervan overtuigd dat iemand die je met zo'n futloze hand begroette even futloos was in bed.

Flakne was een Vossenaar, maar niet iemand die ze zich uit haar schooltijd herinnerde, had ze gedacht toen ze hem de vorige keer ontmoette. Het was dan ook niet zo gek dat ze erachter kwam dat hij maar liefst zes jaar jonger was dan zij. Ze voelde zich een oude taart en vond het vreselijk dat ze niet langer jong en veelbelovend was. Dat dertigers de nieuwe twintigers waren, of veertigers de nieuwe dertigers, dat waren leugens en bedrog. Ze zag geen enkele positieve kant aan negenendertig zijn. Daar stond tegenover dat ze er altijd voordeel van had gehad om de jongste te zijn. Ze voelde nog steeds de tintelende trots als ze eraan terugdacht dat ze als twintigjarige haar eerste vakantiebaan had gekregen, de laatste keer dat ze Eskildsen had overgehaald om haar werk te geven. Ze had in de startblokken gestaan om de wereld te veroveren, en ze had medelijden gehad met journalisten met een vaste aanstelling bij een lokale krant, waarbij ze ervan uitging dat het lang geleden was dat ze gepiekt hadden, als ze al ooit hadden gepiekt. Zij stak er met kop en schouders bovenuit, had ze gedacht. Dat dacht ze nog steeds, maar het was haar niet ontgaan hoe graag Eskildsen een zomerkracht had willen aannemen. Na het ochtendoverleg gisteren had ze gehoord dat hij Frida 'vers bloed' op de redactie noemde en haar nog eens had geprezen voor haar suggestie om digitaal te denken. 'Wij ouderen hechten nog te veel aan papier,' had Eskildsen gezegd tegen iemand in zijn kamer, en ze was bang dat zij een van die ouderen was die hij bedoelde.

'Je hebt nooit actief gekajakt, waarschijnlijk weet je dan ook niet dat de Åsbrekkgjelet de bijnaam "Moneydrop" heeft, of wel?'

Flakne kwam weer naast haar staan.

Ze schudde haar hoofd. Haar hele volwassen leven was haar gevraagd, als iemand erachter kwam dat ze uit Voss kwam, of ze skiede. Elke keer als ze antwoordde dat ze geen groot skiër was en nog nooit op telemarkski's had gestaan of had gesnowboard, was de volgende vraag of ze aan extreme sport deed. En andermaal moest ze dan verontschuldigend antwoorden dat ze een slechte Vossenaar was.

'Het is een klassieker onder de watervallen hier in het land, maar hij ziet er gevaarlijker uit dan hij is,' ging Flakne verder. 'Daarom duurde het lang voordat iemand hem voor de eerste keer bedwong. Nu zijn de meesten hier wel geweest, inclusief Veslemøy.'

'Kajakte zij ook?'

'Jaren geleden. Maar skydiven was haar ding. Na een tijdje moest ze prioriteiten stellen, zeker na de geboorte van de jongens.'

Het verraste haar dat Birger Flakne vlak nadat hij over Veslemøy was begonnen letterlijk een duw leek te krijgen. Zijn bovenlichaam klapte voorover en zijn hele lijf trilde. Het duurde maar een paar tellen, waarna hij zich omdraaide naar de rivier en over het hek bleef hangen. Het leek alsof hij zich moest vasthouden om niet te vallen, en toen hij haar weer aankeek, was het moeilijk te zien of zijn gezicht nat was van het water of van de tranen.

Even later herpakte hij zich.

'Sorry,' zei hij, en hij wreef stevig met zijn hand over zijn kale kop. 'Ik doe mijn uiterste best om alles te laten verlopen zoals altijd, maar dat is moeilijker dan ik dacht.'

'Je kende Veslemøy goed, neem ik aan?'

Hij slikte een paar keer en draaide zich weer naar de rivier, alsof de natuurkrachten hem konden helpen.

'We waren goede vrienden. En buren. Dat waren we ook in Skjerpe, waar we zijn opgegroeid. Ik heb haar mijn hele leven gekend.'

'En Steven Smith?'

'Wat is er met hem?'

'Zijn jullie vrienden?'

Er verscheen iets in Flaknes blik dat ze interpreteerde als scepsis, alsof hij zich afvroeg of zij iets wist.

'Zeker weten,' zei hij.

'Ik heb gehoord dat hij het... niet zo nauw nam met de veiligheid van zichzelf en anderen.'

Birger lachte – een vreemd werktuiglijk lachje.

'Dat gerucht heeft de pers ook bereikt, begrijp ik. Ik moet allereerst zeggen dat Steve veel gedaan heeft voor de skydivesport hier in het dorp. Ik vind dat de mensen daarnaar zouden moeten kijken in plaats van naar zijn verleden. Hij heeft de verantwoordelijkheid voor twee kinderen, verdorie; hij is zo mak geworden als een lammetje.'

'Maar daarvóór?'

Birger dacht even na en leek zijn woorden te wegen voordat hij ze uitsprak.

'Hoor eens, ik ben hier niet gekomen om over mijn kameraad te gaan staan roddelen. Wat hebben die vragen voor nut? Ik hoop niet dat de krant van plan is over geruchten te schrijven.'

'Ik wilde je eigenlijk vragen of je me kunt laten zien hoe je een parachute vernielt,' zei Agnes.

'Ben je van plan om copycat te spelen?' vroeg Birger. 'Moet ik bang worden?'

Het was een ongepaste grap, op geen enkele manier leuk voor iemand die zich een goede vriend noemt van een slachtoffer van moord.

'Ik wil alleen graag weten wat er gebeurd kan zijn.'

'Aha, de plaatselijke pers heeft zich dus op de misdaadjournalistiek gestort. Veel succes ermee!' Hij wees naar zijn telefoon toen een nieuwe kajak onbevreesd de Åsbrekkgjelet in dook. 'Oké, kom over een halfuur maar naar de skydiveclub, dan zal ik je laten zien hoe je iemand om zeep helpt.'

IF YOU ARE NOT BAREFOOT, YOU ARE OVERDRESSED, stond er op het plakkaat dat aan de muur hing naast een grote foto van iemand die bij stralend zomerweer in formatie sprong.

Gelukkig was Agnes op tijd. Ze was de geur van wafels gevolgd naar de kantine en had betaald voor twee wafels met aardbeienjam. Ze legde ze op elkaar en at de wafelsandwich snel op. Jammer alleen dat de zure room op was.

De stemming bij Voss Skydive was verrassend ontspannen, ondanks de nog onopgehelderde en in haar ogen verontrustende zaak. Een rood-met-gele Cessna, net zo'n toestel als waar Veslemøy en haar vriendinnen zondag uit gesprongen waren, stond alleen op de kleine startbaan tegen een achtergrond van aardappelvelden en oude familieboerderijen. Er waren hier – niet zo verwonderlijk – minder mensen dan anders. De speelplaats naast het clubgebouw was leeg. Een rommelig groepje skydivers lag languit in het gras en anderen trapten ongeïnspireerd een balletje. Aan een van de buitenmuren hing een plakkaat met de tekst: *IF AT FIRST YOU DON'T SUCCEED, SKYDIVING IS NOT FOR YOU.*

'Trieste boel,' zei Birger Flakne, en Agnes wist niet of hij het vliegverbod of de hele situatie bedoelde.

Vanwege de zon en het zachte briesje was het een ideale dag om te springen, maar vandaag was de lucht alleen voor de vogels.

'Is het hele springprogramma afgelast?'

'Dat bekijken we nog. Maar wij beschouwen parachutes als luchtvaartuigen. Als daar een ongeluk mee gebeurt, blijven alle vliegtuigen van hetzelfde type aan de grond tot uitgezocht is wat de fout was. Hetzelfde geldt voor een parachute. Die wordt pas weer luchtwaardig als de commissie de zaak grondig heeft uitgezocht.'

Flakne vertelde dat er minder vaak skydiveongelukken gebeurden dan veel mensen denken: één ongeluk op vijftigduizend sprongen. De definitie van een ongeluk was wel wat anders dan bij andere sporten, viel haar op. De statistiek had alleen betrekking op ongelukken met dodelijke afloop of verwondingen met blijvend letsel tot gevolg – niet op wat Flakne 'gebroken polsen en andere kleinigheden' noemde. Zulke verwondingen komen veel vaker voor, zei hij, en hij voegde eraan toe dat een menselijke fout de meest voorkomende oorzaak van ongelukken was – dingen die gebeurden nadat je de parachute had geopend. Mensen landden te hard en braken hun rug of een been.

'Een tijdlang ging het fantastisch. Vier, vijf jaar zonder ook maar één ongeluk in Noorwegen,' zei Birger.

Agnes vond dat niet erg lang.

'En toen opeens waren er drie dodelijke ongelukken in één seizoen,' ging hij verder. 'Toen kwam er natuurlijk veel discussie – over wat er gebeurd was, of er wel genoeg aan de veiligheid was gedacht, en meer van dat soort bullshit. Hallo zeg, kijk eens naar andere sporten: hoeveel wielrenners sterven er jaarlijks? Duikers? Wat denk je van de mensen die doodgaan in sportscholen? Wie reageert er op zulke sterfgevallen? Net zoals wanneer er een vliegtuig neerstort. Dat is uiteraard dramatisch, maar er is misschien sprake van een paar honderd mensen die daarbij omkomen. Jaarlijks verongelukken er een miljoen mensen in het autoverkeer.'

'Maar dit is moord. Dat is iets anders,' zei ze.

'Ja,' zei Flakne, alsof het hem weer begon te dagen. 'Dat is iets anders.'

Hij ging haar voor naar de andere kant van het clubgebouw, naar precies dezelfde plek waar ze Veslemøy en de anderen zondag geïnterviewd had. Een parachute lag uitgepakt klaar in het gras. Agnes herkende het platte scherm met een wirwar van lijnen eraan vastgemaakt. Verder had ze geen idee waar ze naar keek, en toen Flakne begon te praten begreep ze ook weinig van wat hij zei. Na een poosje leek hij door te hebben dat ze er niet veel van snapte.

'Om het simpel te zeggen,' zei hij, duidelijk ongeduldig, 'het is niet zo moeilijk om te knoeien met de hoofdparachute, of de reserveparachute, maar het is veel moeilijker om dat te doen zonder ontdekt te worden. Je moet minimaal gecertificeerd materiaalcontroleur zijn, een zogenoemde MC, of het werk van een MC geleerd hebben. En je moet de verzegeling kunnen omzeilen, zodat de eigenaar niet kan zien dat er iemand aan de uitrusting heeft gezeten – en daardoor ook geen argwaan heeft.'

Hij wees naar een plat zegel van dezelfde grootte en dezelfde kleur als een vies muntje van tien øre. Op het zegel stonden de letters FCO.

'Het merkteken op de verzegeling bestaat uit drie letters,' verklaarde hij. 'Iedere MC heeft zijn eigen, unieke individuele combinatie. Zo kunnen we achterhalen wie wat gedaan heeft.'

'De letters op de parachute van Veslemøy kunnen dus onthullen wie hem vernield heeft?'

'Als de dader de sporen heeft gewist door de reserveparachute weer te verzegelen – ja. En als dat niet gebeurd is, zou je denken dat het Veslemøy was opgevallen en dat ze de parachute niet gebruikt zou hebben. Maar nogmaals: als dit moord is...'

Flakne trok een grimas, alsof hij daar niet helemaal in geloofde, wat ze maar raar vond.

Steven Smith was een gecertificeerde MC, vertelde Flakne, net als Veslemøy, Gro, de Kat, Joni en hijzelf. Er waren ook veel anderen, zowel in de skydiveclub als onder de bezoekers. En er zouden er zeker nog meer komen.

'Het meest vermoeiende onderdeel van deze sport is immers het inpakken van de parachute. Tijdens een festival, zoals Veko, is het niet ongebruikelijk dat je dat aan iemand anders overlaat. Er komen hier Polen als seizoensarbeider werken als parachutepakker. Ze krijgen vijftig, zestig kronen per parachute, tot honderd voor een tandemparachute.'

'Moeten die seizoensarbeiders ook materiaalcontroleur zijn?'

'Nee, zij leren alleen het vak van parachutepakker. Sommige springers zijn niet zo nauwkeurig; anderen zijn achterdochtiger en controleren hun uitrusting meerdere keren.'

Agnes had nooit genoeg op vreemden vertrouwd om zelfs maar een werkster te willen hebben. Ze moest uitzoeken of Veslemøy haar parachute zelf had ingepakt of dat ze iemand had betaald om dat te doen.

'In het algemeen heb ik de indruk dat mensen meer dan vroeger bezig zijn met de controle van het materiaal waar ze zelf mee gaan springen,' zei Flakne. 'Dat zal zeker niet veranderen na deze... gebeurtenis, zal ik maar zeggen.'

'Hoelang doe je erover om een parachute te vernielen en weer in te pakken?'

‘Dat ligt eraan. Een halfuur, een uur?’

Ze bedankte Flakne voor zijn hulp en kreeg weer een slap en weinig sexy handje.

'Ik heb gehoord dat die vent van haar heeft geknoeid met de parachute,' zei de puber met de zware sporttas op zijn rug tegen de twee anderen met wie hij stond te praten.

Agnes liep hun voorbij op weg naar Voss Wind, de enorme windtunnel waar mensen van heinde en verre naartoe kwamen om in een veilige omgeving het gevoel van een vrije val te krijgen. Ze ging naar binnen. Twee volwassen vrouwen zaten op een bank koffie te drinken uit een kartonnen beker en zachtjes te praten terwijl ze naar hun kinderen keken, die niet ouder dan zes, zeven jaar waren en geroutineerd op hun buik op de wind dreven.

'Ze wilden hier alleen naartoe fietsen vandaag, maar ik heb ze gezegd dat ze dat wel konden vergeten,' zei een van de vrouwen. 'Ik laat de kinderen nu niet alleen gaan.'

'Ik ook niet,' zei de ander. 'Niet voordat die Nieuw-Zeelander opgesloten zit, zeg maar.'

Agnes stelde vast dat het sterke saamhorigheidsgevoel waarover de Vekochef op het journaal had opgeschept barsten begon te vertonen. Ze liep naar Viktor, die bij wijze van uitzondering ditmaal op haar wachtte in plaats van andersom. Hij zat aan een van de tafeltjes een boterham te eten – met cervelaatworst erop, rook ze toen ze dichterbij kwam. Hij stak haar een verse, stinkende snee toe, maar ze bedankte.

'Moet jij nu niet in een belangrijke vergadering met Kripos zitten?'

'Ja, dat zou wel moeten. De onderzoeksleider bespreekt de zaak op dit moment met Storedal,' zei hij. 'Ik heb gevraagd of ze mijn hulp nodig hadden, maar van hen hoefde ik er niet bij te zijn. En dus kan ik net zo goed hier met jou lunchen in plaats van in mijn eentje boven mijn toetsenbord te zitten kruimelen.'

Niet dat hij niks te doen had, zei hij. Hij was hier om de dagelijkse leiding te spreken, had de boodschap gekregen om te praten met 'Jan en alleman, iedereen in de wereld van de extreme sport'. De Kripos-rechercheurs hadden onmiddellijk versterking uit Bergen laten komen en waren begonnen iedereen te verhoren die zich die bewuste zondagmiddag op het springveld had bevonden. Het was een veelomvattende opdracht, want het had er gekrioeld van zowel festivaldeelnemers als publiek.

'Ik heb met een hele reeks ooggetuigen gesproken, maar de onderzoeksleider heeft Steven Smith urenlang verhoord,' zei hij zachtjes, zodat de twee vrouwen hem niet zouden horen. 'Dat is vast en zeker een stevig verhoor geweest.'

'Hij heeft niet bekend?'

Viktor schudde zijn hoofd.

'Hij draaide om als een blad aan de boom toen hij hoorde wat we hadden gevonden over de vernieling van de parachute. Nu houdt hij bij hoog en bij laag vol dat hij er niets mee te maken heeft. De onderzoeksleider trok zijn wenkbrauwen op toen hij het strafblad zag dat Steven de laatste jaren heeft opgebouwd. Ik wist er niets van, dus het kan niet gebeurd zijn tijdens mijn weekenddiensten, maar hij is meer dan eens opgepakt wegens dronkenschap. En hij praat het liefst met zijn vuisten. Er zijn dus meerdere aanwijzingen die hem tot de meest waarschijnlijke moordenaar van Veslemøy maken.'

'Was hij tegenover haar ook gewelddadig?'

'Niet dat ik weet. Ze kan dus niet iets bij ons gemeld hebben,' zei Viktor, en hij vervolgde nog zachter: 'Smith had toegang tot Veslemøys laptop, zowel thuis als op de skydiveclub in de uren voor het ongeluk op zondag. Dat is dus het meest voor de hand liggende spoor om te volgen. Maar ik heb daar een beetje een ongemakkelijk gevoel bij. Hij had bij de skydiveclub en ook op het Prestegardslandet die jongetjes bij zich. Ik betwijfel in elk geval of hij daar kon zitten knoeien met de laptop. En zou hij de tweeling meenemen om hun moeder te pletter te zien vallen? Kan iemand zo slecht zijn?'

Agnes knikte. 'En waarom zou Steven op die manier Veslemøy om het leven hebben willen brengen?' vroeg ze. 'We hebben het hier nu niet bepaald over doodslag in een vlaag van woede tijdens een ruzie.'

'Kripos werkt vanuit de theorie dat jaloezie het hoofdmotief is. Jaloezie is wel vaker een motief voor moord geweest, dus daar hebben ze wel een punt.'

'Maar op wie zou hij dan jaloers geweest zijn?'

'Zo ver kan ik op het onderzoeksmateriaal niet ingaan, mijn beste nieuwsgierige trol,' zei Viktor. 'Ik heb toch al te veel gezegd. En iets zegt me dat het jou op je eigen manier ook wel lukt om erachter te komen.'

'Natuurlijk. Ik heb jou niet nodig.'

Viktor lachte en veegde een paar broodkruimels van zijn uniformjasje.

'Ik weet niet hoe deze zaak zich verder zal ontwikkelen. Maar één ding is zeker: er wordt nu grote druk op Steven Smith uitgeoefend. Iedereen probeert hem te laten bekennen, en ik moet zeggen dat ik niet uitkijk naar het moment waarop een vermoeide alleenstaande vader onder druk schuld bekent aan iets wat hij helemaal niet gedaan heeft.'

'Over vermoeid gesproken – sorry dat ik niet eerder gevraagd heb hoe het met Malin gaat. Is het spugen voorbij?'

'Ja, gelukkig wel. Mijn vader heeft vanmiddag zelfs een paar uurtjes op haar gepast.'

Het verraste Agnes dat Viktor 'mijn vader' zei, omdat hij tot voor enkele weken tegen iedereen had beweerd dat hij wees was. Hij had zijn vader meer dan twintig jaar niet gezien toen Henrik Vormedal op Viktors veertigste verjaardag volkomen onverwacht op de stoep stond. Zonder vooraf te bellen of te schrijven stond hij daar met een bos rozen van het tankstation en verontschuldigde zich dat hij geen vader voor hem was geweest. Viktor was volkomen in de war, zei hij. Maar ook blij. Agnes had zelf papa Vormedal nog niet ontmoet, maar ze was benieuwd of de vader-zoonrelatie na zoveel jaren nog echt hersteld kon worden. Het ergerde haar bijna dat Viktor zijn hartelijkheid zo gemakkelijk aanvaardde.

'Ik vroeg me al af of hij nu niet zou kunnen helpen. Hoe gaat het met hem? En met jullie?'

Viktor haalde zijn schouders op. 'Het is vreemd,' zei hij. 'We hebben eigenlijk nog niet echt met elkaar gepraat. Maar ik kan niet ontkennen dat het fijn is dat hij hier is. Vind je dat stom?'

'Nee. Ik begrijp het wel. Ik ben blij voor je.' Ze streek haar vriend over zijn haar. 'Maar nu even iets anders: kun je me naar het politiebureau brengen en me de uitrusting laten zien?'

'Ik denk niet dat Gro dat leuk zal vinden.'

'Dit is niet het juiste moment om leuk te zijn, hè? Ik snap wel waarom echte politiemensen jou buitensluiten.'

'Echte politiemensen zouden wel wat humor kunnen gebruiken, kan ik je vertellen. Maar goed, rij maar achter me aan. De parachute ligt bij de in beslag genomen goederen. We moeten wel snel zijn, voordat de onderzoeksleider terug is, want zij is nog strenger dan ik als het om bezoek van journalisten gaat. Die VG-journalist was er trouwens ook even,' zei Viktor. 'Ken jij hem?'

'Mwah. Het is een arrogante kwal.'

Ze had nu geen zin om meer te vertellen over Åkervold.

In het politiebureau was het verrassend rustig. Er was niemand te zien, alsof het een doodnormale, slaperige dag was. Alsof er nooit een moord gepleegd was die het hele dorp op zijn kop zette.

Ze volgde Viktor door het gebouw. Het was ongewoon en spannend om hier zo rond te sluipen, want ze had nooit eerder een eigen bron bij de politie gehad. Ze voelde zich er een echte journalist door. Viktor haalde een card uit zijn broekzak die op een hotelsleutel leek en hield die voor het magneetslot van de deur naar de ruimte met in beslag genomen goederen. Het slot lichtte rood op. Hij probeerde het opnieuw. Weer rood.

'Kutsysteem!'

'Het moet toch minimaal veilig zijn wanneer anderen dan de politie hier binnenkomen,' zei Agnes, die aan de andere kant van de smalle gang geduldig tegen de muur leunde.

Eindelijk kwam er groen licht en een klikje, gevolgd door een opgeluchte zucht van haar vriend.

'In mijn vorige baan was de ruimte voor in beslag genomen goederen een normaal kantoor met alleen een gewone sleutel, zonder videobewaking en alarm,' zei Viktor en hij duwde de deur open. 'Volgens de huidige normen is dat niet meer te verdedigen, maar het is wel veel beter voor zo'n atechnisch iemand als ik.'

Hij liep meteen naar de parachute, die nog steeds uitgepakt op de grond lag en zo ongeveer de hele vloer van de kleine ruimte bedekte. De verpakking van de parachute was identiek aan het exemplaar dat Birger Flakne haar had laten zien, behalve dan dat zowel de hoofd- als de reserveparachute ontbrak. Ze wist precies waar ze naar moest kijken.

De teleurstelling kwam onmiddellijk.

De verzegeling ontbrak ook.

Haar kleine, vieze Polo stond komisch onderdanig geparkeerd naast Gro's dieprode glimmende Tesla. Het huis in functionalistische stijl dat de erfgenaam van het Skutle-concern samen met Viktor had gebouwd, lag hoog op de helling bij het skipark in Bavallen. Recht ertegenover lagen de skipistes er kaal en groen bij, uitnodigend voor de *downhill*-fietsers die daar vandaag hun wedstrijden hadden.

Agnes wilde graag van Gro zelf horen wat zij van Steven Smith vond, maar ze had ook een bijbedoeling met haar bezoek: de teruggekeerde stiefvader begroeten. Ze wilde niet graag besmet worden met een of andere ziekte die nu heerste, maar Gro had door de telefoon bevestigd dat haar dochter al snel was opgeknapt en dat ze waarschijnlijk iets verkeerds had gegeten.

Toen Agnes binnenkwam, zat er een verrukkelijke vierjarige op een van de krukken bij het keukeneiland. Ze was een kloon van Viktor, met haar donkere dikke haar en bleke tengere lijfje. Maar zo beschaafd als dit kind was Viktor nooit geweest. Het meisje zag eruit als iemand op het omslag van een boek over etiquette.

'Jeetje, wat stop je in haar eten?' vroeg Agnes.

Misschien niet zo'n handige opmerking, met de gedachte aan de eventuele voedselvergiftiging, maar Gro leek het zich niet aan te trekken. Ze keek met onverholen trots naar haar dochter. Het marmeren tafelblad was brandschoon, hoewel er een ongebruikt servet naast de soepkom lag. Het meisje begroette de bezoeker met een beleefde glimlach voordat ze zonder te morsen haar soep verder opat. Agnes zou het liefst willen dat ze haar 'tante Agnes' noemde en zich in haar armen zou storten als ze kwam, dat zij een van de mensen was die het meisje snoep gaven, ook al mocht dat niet, en die haar kietelden tot ze gierde van het lachen. De waarheid was dat ze de kleine niet half zo vaak zag als ze zou willen en haar niet zo goed kende. Als Viktor alleen was geweest, zou ze beslist een paar keer per week voor de deur hebben gestaan, maar ze was altijd bang dat Gro haar opdringerig zou vinden.

'Ik ben alleen maar blij dat ze zo snel weer beter is. Een ziek kind komt nu op z'n zachtst gezegd slecht uit. En omdat ze weer beter is, mag ze vanmiddag toch naar de extreme speeldag georganiseerd door Veko. Dat wordt vast heel leuk, hè, wat jij?' zei Gro tegen Malin, en Agnes vroeg welke extreme spelletjes ze zouden gaan doen. Niet omdat ze daar benieuwd naar was, maar omdat ze het gevoel had dat ze het gesprek gaande moest houden terwijl Malin haar soep opat.

Gro droeg een witte overhemdblouse en een donkergrijze uniformbroek. Het leek erop dat ze vandaag moest werken. Dat zou opmerkelijk zijn, gezien het nieuws over het moordonderzoek. Maar zo vreemd was het nu ook weer niet dat ze even naar haar werk moest. Ze leidde nu het hele meubelbedrijf en de zaken liepen ongetwijfeld als een trein. Veel mensen knapten tegenwoordig hun huizen op en kochten nieuwe meubels, ook hier in het dorp. De spullen die deze grote kamer met open keuken vulden waren vast niet gekocht in de meubelzaak in Voss, dacht Agnes. Ze was ervan overtuigd dat die uit een trendy designwinkel in Kopenhagen of Londen kwamen. Ze vormden in elk geval een groot contrast met de tweedehandsmeubels waarmee Viktor en zij in het studentenhuis in Oslo hun kamer hadden ingericht. Een keer hadden ze er een hele middag over gedaan om een bank de trappen naar de vierde etage op te slepen. Iemand had de driezitsbank met bruine corduroybekleding aan de straat gezet, en ze waren het erover eens geweest dat die perfect was voor twee arme studenten, tot de kolos eindelijk in de kamer stond en ze op de armleuning iets ontdekten wat niets anders kon zijn dan spermavlekken. Ze losten het probleem op door er een plaid over te leggen.

Viktors smaak was veranderd sinds die tijd en was nu veel verfijnder. Hij beweerde zelfs dat hij zich voor kunst begon te interesseren. Dat was niet zo moeilijk als je vrouw de erfgename was van een miljonair. Maar Agnes begreep niet waarom die twee, met zoveel geld, een perceel hadden uitgezocht dat uitkeek op Skulestadmoen en niet op het Vangsvatnet. Ze konden door de grote glaswand dan wel de bergen en de groene dalen zien, maar het uitzicht werd bedorven door het middelbareschoolgebouw, een lelijk betonblok met de Rema 1000-supermarkt, en ook nog een tankstation.

'Henrik?' riep Gro. 'Wil je soep voordat je gaat?'

Agnes keek heimelijk in het rond op zoek naar Henrik Vormedal, de opa van wie Viktors dochter tot voor enkele weken waarschijnlijk niet had geweten dat ze die had. Uit de badkamer kwam de man die Agnes meer dan twintig jaar niet had gezien.

'Bedankt voor het aanbod, maar we moeten ervandoor,' zei hij.

Ze had wel geweten dat Henrik Vormedal een baard had, maar die was nooit zo lang geweest als nu. Vroeger was het haar op zijn hoofd en rond zijn kin rood, nu was het grijzig. Hij was slanker dan ze zich hem herinnerde, en zijn gezicht was uitgezakt als een plant die geen water had gekregen. Hij droeg een schoon overhemd en jeans, maar Vormedal was echt een oude man geworden sinds de laatste keer dat zij hem had gezien.

'Hallo!' zei Agnes, en ze stak haar hand uit. 'Kent u mij nog? Ik ben een nicht van dokter Tveit en een oude vriendin van Viktor.'

'Dat is lang geleden,' zei Vormedal, en hij pakte haar hand. 'Hoe is het je vergaan?'

'Ik ben journalist. Ik heb een poos bij VG gewerkt en nu ben ik naar Voss verhuisd en werk ik bij *Hordaland*.'

'Echt waar?'

Hij leek niet bijzonder onder de indruk.

'Henrik gaat met Malin naar Bømoen,' zei Gro, en ze wees naar de klok aan de muur. 'Je hebt gelijk, jullie moeten nu gaan.'

Ze spoelde snel de kom schoon onder de kraan en zette hem in de afwasmachine, waarna ze een lunchtrommeltje in de Fjällräven-rugzak stopte. De stemming hier in huis was ongewoon goed gezien wat er was gebeurd.

Nadat de dochter een knuffel had gekregen – alleen van haar moeder; ze liet op geen enkele manier merken dat ze door Agnes geknuffeld wilde worden – en ze de buitendeur hadden horen dichtvallen, kreeg Gro's gezicht een andere uitdrukking.

'En nu een sigaret,' zei ze op minder kindvriendelijke toon.

Ze gingen naar het balkon bij de keuken aan de andere kant van het huis, waar ze uitkeken op een paar lage zomerhuisjes tegen de skihelling. De stem uit de luidspreker kondigde een fietser aan met een Duits klinkende naam. Gro viste een pakje Marlboro vanachter een bloempot op een plankje hoog aan de muur. Ze hield Agnes het pakje voor, maar die schudde haar hoofd. Als ze ergens trek in had, dan was het geen sigaret, maar eten. Het verbaasde haar dat de perfecte Gro stiekem behoefte had aan nicotine. Ze zag dat haar vingers trilden toen ze de sigaret aanstak.

'Ik probeer alles zo normaal mogelijk te laten verlopen als Malin thuis is,' zei ze, en ze nam een diepe trek. 'Maar ik weet eigenlijk niet hoe ze zich voelt. Ze was er zondag bij op het Prestegardslandet. Ik geloof niet dat ze iets gezien heeft, maar... ze moet iets gemerkt hebben van de paniek en de chaos die ontstond. Maar nu, als het echt... moord is. Jezus! Ik geloof niet dat ze dat opgepikt heeft, maar wie weet wat ze te horen krijgt in het dorp. Ik hou mijn hart vast dat ze daar nachtmerries en angsten van zal krijgen. Ze kende Veslemøy immers goed en noemde haar tante.'

Agnes vroeg zich af of Gro jaloers was geweest op haar vriendschap met Viktor. Gro Skutle was degene die was gebleven. Degene die, in tegenstelling tot haar vriendinnen, nooit ergens anders had gewoond dan in Voss. Toen zij en Viktor het uitmaakten, vlak na de middelbare school, en hij naar Oslo kwam, waren Agnes en Viktor vrijwel meteen bij elkaar ingetrokken. Als Gro al dromen had opgegeven toen ze in de meubelbusiness bleef hangen, was dat aan de buitenkant niet te zien. Nu had ze een goede man, een mooi kind, en meer dan genoeg geld om alles te doen waarvan ze eventueel nog droomde.

Agnes liet haar blik rusten op Gro's schoonheidsvlekje. Ze verbaasde zich erover dat een moedervlek een teken van schoonheid kon zijn. Ze schrok toen Gro haar plotseling recht aankeek.

'Wat ik je nog wilde vragen,' zei Agnes snel, 'is waarom Steven Smith *the crazy kiwi* wordt genoemd.'

Gro nam nog een trek van haar sigaret en keek weer strak als een politicus.

'Het probleem met Steven,' zei ze, 'is dat hij altijd verder gaat dan hij zou moeten gaan. Hij was een van de eersten die sprongen in een wingsuit, hij was er vroeg bij met basejumpen in Gudvangen. Hij is zo iemand die er niet van houdt als dingen te veilig worden, als er geen risico's meer zijn. Dat heeft in de club tot veel irritatie geleid.'

Smith had een tijdje gewerkt als centrumleider, degene die de weersomstandigheden bekijkt en beslist of een vlucht doorgaat of niet. Soms landden de springers expres ergens anders dan op Bømoen. Dat was een uitdaging, zei ze, want je kon niet zien waar je landde en daarom was het een vereiste om een team ter plaatse te hebben met een landingskruis en eerstehulp-uitrusting. Op sommige plaatsen, vooral in de bergen, kon de wind verraderlijk onvoorspelbaar zijn. Een keer, vorig jaar herfst, zat Gro bij de eerste groep die zou springen en ze had zelf gezien dat de omstandigheden zo slecht waren dat springen niet verantwoord was. Ze belde Steven en gaf hem opdracht de volgende vlucht te annuleren. Hij negeerde haar waarschuwing en stuurde de springers toch op pad. De meesten vreesden voor hun leven toen ze bij sterke wind moesten landen.

'Er was daarna veel gedoe en er werd besloten dat Steven niet langer voor Voss Skydive kon werken,' zei Gro.

'Werd hij niet uit de club gezet?'

'Dat had moeten gebeuren, maar van Steven ben je niet zomaar af. Het hielp dat hij Veslemøys geliefde was, zeg maar. Maar hij kreeg daarna in elk geval geen baan als centrumleider meer.' Haar gezicht verhardde weer. 'Hij mocht blij zijn dat Veslemøy hem überhaupt nog wilde hebben. Ik hoop echt niet dat hij hierachter zit.'

'Denk je dat?'

Gro liet de sigaret helemaal tot aan het filter opbranden voor ze antwoordde. 'Wie kan het anders geweest zijn?'

Het grote witte doek over de tent midden op het Prestegardslandet was versierd met honderden zwarte ballonnen. Aan de ene kant was het vreemd te bedenken dat het festival al tweeëntwintig jaar bestond; aan de andere kant was het alsof het er altijd was geweest. En ook al had Agnes zelf nooit deelgenomen aan de activiteiten, ze kon zich onmogelijk een zomer in Voss voorstellen zonder Veko.

Ze herinnerde zich de eerste jaren nog goed. De sportbeoefenaren waren door enkelen 'extremisten' genoemd, een woord dat in de wereld van nu op z'n zachtst gezegd niet meer zo goed klonk. In een groter artikel over de festivalgeschiedenis dat ze een paar weken geleden had geschreven, citeerde ze de woordvoerder die zei dat Voss altijd de naam had gehad een beetje wild te zijn, ook al had ze niet veel sympathie voor woordvoerders die zich zo uitdrukten. Agnes had ook de allereerste leider van de Ekstremsportveko geïnterviewd, een vrouw van begin vijftig die na een harde confrontatie met de grond bij een basejump nu in een rolstoel zat.

Het raftingcentrum en de paragliderclub van Voss hadden het initiatief voor het festival genomen, de skydiveclub en de kajakclub deden ook mee. De eerste keer, in 1998, waren er tweehonderd deelnemers. Het was een matig succes, vanuit het standpunt van de skydivers bekeken. Hun vliegtuig had geen toestemming gekregen om op Bømoen te landen en ze hadden de hele tijd met een privévliegtuig van iemand uit Bergen de mensen de lucht in moeten krijgen.

Sindsdien was het festival gegroeid en had het zich ontwikkeld tot het grootste evenement voor extreme sport ter wereld, met bijna vijftienhonderd deelnemers uit veertig landen. Niemand kon beweren dat dit niet indrukwekkend was, en toen Agnes de vrouw in de rolstoel interviewde had ze zich op de succesverhalen gefocust. Ze had niet gevraagd naar het aantal doden en ongelukken die er in de loop der jaren waren geweest. Misschien moest ze daar een apart artikel over schrijven, dacht Agnes, terwijl ze bukte en met haar hand over het gras streek.

Ze voelde zich een idioot, vooral toen een jong stel op een kleed een eindje verderop naar haar keek.

Maar het was het proberen waard.

Hoe Sherlock-fucking-Holmes zou het zijn als ze de verzegeling vond en deze zaak in haar eentje oploste?

Als Kripos zondag al de sporen op de plaats delict had veiliggesteld, zou ze zich de moeite van het zoeken bespaard hebben. Ze wist hoe belangrijk *the golden hour*, het eerste uur vlak na een gebeurtenis, was. De Kripos-rechercheurs zouden gegarandeerd met een stofkam door het grasveld zijn gegaan voordat ze de politieafzetting verwijderden. Iets zei haar dat Viktor en de anderen van bureau Voss niet noodzakelijkerwijs net zo precies waren geweest. Ze hadden minder ervaring met moordzaken en voerden alle routinehandelingen misschien minder nauwkeurig uit.

Langzaam liep ze over het gras waar ze twee dagen geleden naar het lijk van Veslemøy Liland had staan staren. De zon scheen even fel als zondag, maar met de wind die erbij gekomen was waren de omstandigheden voor windsurfen op het Vangsvatnet nu perfect. Er was een groot aantal slingerende zeilen te zien op het glinsterende water; het zag eruit als een cursus voor beginners. Er was minder activiteit dan anders, ook hier. Op zo'n stralende dinsdag tijdens de Veko zouden er voortdurend skydivers in de luwte moeten neerdalen.

Plotseling vergat ze dat ze bekeken werd, want in de zon lichtte er een voorwerp op in het gras vlak bij de grote berkenboom.

Toen ze zich vooroverboog, leek het alsof er in haar borstkas een bubbelbad werd aangezet.

Het bubbelbad werd weer uitgeschakeld.

De mooie schittering in het gras was niet wat ze gehoopt had. Ze hield het voorwerp omhoog. Sherlock Holmes zou dit zeker geen spoor hebben genoemd.

Maar was het wel een teken?

Het was in elk geval een voorwerp dat haar herinnerde aan iemand met wie ze misschien zou moeten praten.

Maar eerst moest ze iets heel anders doen.

'Is het stom?' vroeg hij. 'Is het te vroeg?'

Toen hij haar had gevraagd mee te gaan trof hij haar net op een dag dat ze een opgeblazen gevoel had en in een optimistische bui was. Over een week, had ze gezegd. Dus toen Fredrik haar belde om haar eraan te herinneren dat het vandaag de laatste dag was van de 'mega aanbieding' – het was schokkend hoe vaak reclameteksten hier in het dorp fouten bevatten tegen de regels voor het aaneenschrijven van samengestelde woorden – kon ze geen nee zeggen. Ze hadden afgesproken bij Amfi voor zijn dienst begon, en nu stonden ze zij aan zij in een schel verlichte winkel propvol met commodes, kinderwagens, onnatuurlijk kleine kleertjes en heel veel andere dingen, spullen waarvan ze geen idee had waarvoor ze bedoeld waren. Ze staarde naar iets wat Emmaljunga City Cross heette. Het voelde volkomen absurd en ze wilde net 'Te vroeg' zeggen tegen Fredrik toen een van de verkoopsters voor hen opdook.

'Hier zullen jullie geen spijt van krijgen,' zei de jonge vrouw met de kleurrijke oogschaduw en een knopje in een van haar oren. 'Dit is een combikinderwagen met een solide onderstel en uitstekende stabiliteit. En dan heb ik het over eersteklas Zweedse kwaliteit. De fabrikant maakt al kinderwagens sinds 1925. Deze kunnen jullie gebruiken voor alle kleine kinderen.'

De verkoopster – Agnes dacht haar van vroeger te herkennen uit een van de kledingwinkels in Vangen – keek snel naar haar buik. 'Gefeliciteerd, vergat ik nog te zeggen! Hoe ver ben je?'

Fredrik kwam snel tussenbeide. 'We zijn nog niet zwanger, maar we hopen dat het zaadje een dezer dagen wordt geplant, dus we wilden voor één keer een beetje vroeg zijn,' zei hij, en hij toonde zijn charmante lach. 'En voordelig uit.'

'Dat klinkt verstandig,' zei de verkoopster, en ze lachte bemoedigend terug. 'Dat zouden meer mensen moeten doen. Heel wat stellen komen hier op het laatste moment binnenlopen en hebben dan meteen een hele babyuitzet nodig. Maar sommigen weten dan ook pas dat ze zwanger zijn als ze al bijna op het punt van bevallen staan.'

Agnes staarde nog steeds naar de kinderwagen. Fredrik keek onzeker van haar naar de verkoopster.

'Ja, ik denk dat we voor deze gaan,' zei hij, 'maar misschien kunnen we eerst een kop koffie drinken en het even bespreken voor we definitief beslissen?'

'Goed hoor. We zijn tot zeven uur open.'

Als hij haar zo goed kende als hij geacht werd haar te kennen, zou hij nu een *wienerbrød* kopen, dacht ze toen ze Fredrik in de rij zag staan van de koffiebar in het winkelcentrum. Dit soort gelegenheden vormde een nieuwe niche in de horeca en bestond eruit dat er geen concept of eigen stijl was, alleen een harde bank om op te zitten en een paar minuten uit te rusten voor je verder winkelde. Maar wienerbrød smaakte in zulke etablissementen meestal goed.

Hij stond bij de pinautomaat, met zijn rug gebogen. Toen hij zich omdraaide, probeerde hij het dienblad in evenwicht te houden. Er stonden twee witte koffiekoppen op en verder niets. Toen hij bij haar was, zette hij eerst het dienblad op tafel en reikte haar daarna een kop aan. Vervolgens nam hij een grote slok uit de zijne.

'Dat hadden we net nodig,' zei hij. Hij smakte met zijn lippen en keek haar met een tevreden glimlach aan, als om haar op te monteren, alsof een kop zwarte filterkoffie de beloning was omdat je had geprobeerd iets te bereiken. 'Hé, gaat het wel? Je was daar net in die winkel zo gesloten als een oester.'

'Het gaat prima,' zei Agnes, en ze vroeg zich af of ze zelf een wienerbrød zou gaan kopen.

'Het gaat altijd prima, ja. Maar het was wel zo makkelijk geweest als je iets meer had kunnen vertellen over wat er in je omgaat. En dan bedoel ik niet daar,' zei hij, wijzend naar haar buik, 'maar hier en hier.' Hij boog over de tafel en drukte zijn wijsvinger tegen Agnes' voorhoofd en opzij tegen haar linkerborst, alsof daar haar hart zat. Jawel, de chirurg.

'Het gaat prima. En ik meld het je wel als ik je iets te vertellen heb, oké?'

Ze wist dat hij dit niet zomaar zou accepteren. Deze discussie herhaalde zich telkens weer en liep vaak uit op ruzie. De Noor uit het oosten van het land wilde over gevoelens praten; die uit het westen meed dat als de pest. Af en toe leek het wel of ze niet in verschillende delen van het land waren opgegroeid, maar op verschillende planeten.

Ze bleven een poosje van hun koffie zitten nippen zonder iets te zeggen.

'Nu zit je te tandenknarsen,' zei Fredrik terwijl hij met lege ogen de ruimte in keek.

Ze keek hem aan. Hij haalde zijn schouders op.

'Wat nou? Je wilde het toch weten?'

'Weet je, Fredrik,' zei ze met een zucht. 'Ik weet het niet zo goed. Ik... Die kinderwagen...' Ze besloot er geen doekjes om te winden. 'Om heel eerlijk te zijn voelt het een beetje als onnodige stress om een babyuitzet in huis te halen nog voordat ik zwanger ben. Ik wil het liefst wachten. Kun je ermee leven dat we straks een kinderwagen kopen voor de volle prijs?'

Fredrik hield zijn hoofd schuin. 'Natuurlijk wel. Ik begrijp het. Je hebt net een deurtje van de vesting geopend. Mooi!'

Hij glimlachte, maar ze zag dat hij toch ook teleurgesteld was, want zijn schouders zakten een beetje, net zoals wanneer ze niet met hem wilde vrijen.

Ze dronk de rest van haar koffie in twee slokken op en was opgelucht dat ze ergens anders naartoe moest.

Ze was niet meer in het verzorgingscentrum in Vetleflaten geweest sinds ze zo haar best had gedaan voor het interview met het kroonprinselijk paar dat daar op bezoek was. In dorpen moesten ze gewend zijn aan niet-geroutineerde vakantiekrachten, want ze hadden niet gereageerd toen zij zich versprak en 'u' zei in plaats van 'koninklijke hoogheid'. Ze had niet-kritische en oninteressante vragen gesteld, zoals dat traditie was in het koninkrijk Noorwegen, maar ze herinnerde zich nog wel dat ze zich belangrijk had gevoeld en gelijkwaardiger aan de koninklijke hoogheden dan aan de horden Vossenaren die daar stonden met vlaggetjes en de droom op tv te komen.

Die dag was er feest geweest in het bejaardentehuis. Dat kwam vast niet vaak voor. De meeste dagen waren waarschijnlijk zoals vandaag: stil als het graf dat voor alle bewoners het volgende en laatste punt op het programma was.

De receptie was onbemand en ze zag ook geen bel waarmee ze de aandacht kon trekken, dus bleef ze bij de balie staan wachten. Het ruikt hier naar oude kleren van de vlooienmarkt, dacht ze, en ze stak haar hand in de zak van haar jurk. Daar voelde ze het gouden hartje weer dat ze in het gras had gevonden. VOOR VESLEMØYS BELIJDENIS, LIEFS VAN OMA, stond er met piepkleine lettertjes in gegraveerd, en Agnes vroeg zich af of ze ook al een bril nodig had.

'Kan ik u ergens mee helpen?'

Een in het roze geklede vrouw stak haar hoofd om de hoek van wat een kantine moest zijn. Ze had een snee brood in haar hand, zo te zien tarwebrood. Agnes merkte dat ze er zelf ook wel een lustte; ze had ja moeten zeggen tegen

Viktors boterham met cervelaatworst of zelf dat stomme wienerbrød moeten kopen.

'Ik zou graag Dagny Berge bezoeken, kan dat? Mijn naam is Agnes Tveit, ik ben journalist van *Hordaland*.'

De roze receptioniste keek haar aan, maar er viel verrassend genoeg geen scepsis te bespeuren in haar blik, die er zeker geweest zou zijn als Agnes met zo'n boodschap bij een instelling in de hoofdstad was aangekomen.

Ze had vroeger weleens slinks een kortere route geprobeerd, toen ze nog gehaaider te werk ging. Ze had plastisch chirurgen gebeld en gezegd dat ze het kleinkind van een Noorse topactrice was. Ze had geprobeerd een scoop te scoren door met vooraanstaande getrouwde mannen uit de financiële wereld te flirten om te zien of ze zouden toehappen. Maar ze had achteraf altijd spijt gekregen en had nooit informatie gebruikt als ze die niet op een nette manier had gekregen. Het was een tijdlang bijna een hobby geweest. Ze had Fredrik nooit verteld over deze riooljournalistiek.

'U kunt het proberen,' zei de roze dame. 'Maar de kans is klein dat u veel te horen krijgt. De afgelopen dagen was het moeilijk te beoordelen hoe ze eraan toe is. Het zou fijn zijn als u haar niet al te zeer vermoeit. Ik neem aan dat het over haar kleindochter gaat?'

'Is haar verteld wat er gebeurd is?'

De roze dame knikte. 'Maar het is moeilijk in te schatten of ze het begrijpt of onthoudt.'

Een verzorgster die zich niet voorstelde en haar evenmin begroette, maar zich als een in het wit geklede robot voortbewoog, liep met haar langs een tv-kamer en een eetzaal die naar bruine saus rook. Het eten in dit soort instellingen werd altijd geserveerd op opmerkelijke tijden, alsof het personeel bewust probeerde de ouderen uit de pas te laten lopen met de buitenwereld. Ze klopte op een deur, en nog voordat ze antwoord kreeg, opende ze die en stak haar hoofd naar binnen. De bewoonster van de kamer kreeg geen kans om te protesteren tegen de plotselinge invasie in haar privéleven.

'Er is bezoek voor u,' was het enige wat ze te horen kreeg, en daarna werd de deur achter Agnes gesloten.

Ze gleed bijna uit over de veelkleurige voddenkleden die op de vloer lagen, maar wist overeind te blijven en liep met uitgestoken hand naar Dagny Berge.

'Arme meid,' zei de vrouw zonder zelf haar hand uit te steken.

Haar bleke huid ging bijna onmerkbaar over in haar witte haar. Ze zat in een bordeauxrode stoel, die er niet comfortabel genoeg uitzag om er het grootste deel van de dag, van het jaar en van het leven dat je nog restte in door te brengen.

Agnes vroeg zich af of ze haar bedoelde, omdat ze bijna languit op haar gezicht gevallen was toen ze binnenkwam, maar het oudje keek helemaal niet naar haar. Ze keek langs haar heen naar de muur, waar een potloodtekening van een kerk hing. 'Arme meid,' zei ze weer.

'Gecondoleerd,' zei Agnes. 'Het is verschrikkelijk wat er is gebeurd.'

'Ben jij het, lieverd?' vroeg Dagny Berge.

'Nee, ik ben Agnes, journalist bij *Hordaland*. Ik zat een klas lager dan Veslemøy op de middelbare school.'

'Arme meid.'

'Ja.'

Een poosje zwegen ze allebei. Veslemøys oma leek zich in haar eigen wereld te hebben teruggetrokken. Ze zat nog steeds naar de tekening aan de muur te kijken, en Agnes vroeg zich af of ze nog iets zou vragen of maar gewoon zou vertrekken. Ineens besefte ze hoe slecht ze met oude mensen kon omgaan.

Ze besloot weg te glippen. Dagny zou vast niets merken.

'Hij was niet aardig,' klonk het uit de leunstoel toen ze op het punt stond de deur open te doen.

Agnes draaide zich om.

'Wie was niet aardig?' vroeg ze. 'Steven?'

Glazige ogen staarden haar aan.

'Ben jij het, lieverd?' vroeg Dagny Berge.

Zodra ze buiten stond, stuurde ze Eskildsen een berichtje om te vragen of hij nog een artikel van haar verwachtte vandaag. Het was al twee uur. GEEN HAAST, antwoordde hij. Ze zouden haar artikel dit weekend plaatsen, en de zomerkracht had wat geschreven op basis van de summiere officiële informatie die de politie had verstrekt. BEL ALS JE IETS HEBT.

Ze voelde meteen faalangst opkomen. 'Bel als je iets hebt' betekende dat ze naar feitelijk nieuws moest graven. Bedoelde Eskildsen dat ze vandaag al iets moest vinden? Werd er niet van haar verwacht dat ze zich op de redactie zou melden voordat ze 'iets had'? Moest ze overwerken?

Åkervold had natuurlijk al van alles.

Ze werd zo moe van de gedachte aan alles wat zij zou kunnen of moeten doen dat ze nergens meer aan kon denken. Daarom besloot ze te doen wat ze altijd deed als ze moe was en honger had.

Haar moeder zat aan de keukentafel een kruiswoordpuzzel op te lossen.

De twee boterhammen met gekookte ham, Jarlsberg-kaas en schijfjes komkommer lagen al op het bordje. De twee sneeën brood waren op elkaar gelegd en schuin doorgesneden, zoals al die keren dat ze haar lunchpakketje had opengemaakt, twaalf jaar lang.

Toen al had ze zich afgevraagd hoe haar moeder daar zin in kon hebben. Ze had natuurlijk nooit iets gezegd, bang dat de service dan achteruit zou gaan. Het geplaag van haar klasgenoten had ze lijdzaam over zich heen laten komen. Ze had te horen gekregen dat ze een verwende snotneus was als ze haar 'sandwiches' at, zoals zij het noemden. Daar kon ze prima mee leven. Bovendien had haar moeder altijd gezegd dat het niet veel méér tijd kostte om voor haar een lunchpakketje te maken als ze dat toch ook voor zichzelf deed. Waarom zou zij, als de brave dochter die ze was, daar vraagtekens bij zetten?

Ze omhelsde haar moeder vluchtig en stortte zich op het blauwe bordje waarvan ze als kind elke dag haar ontbijt en avondmaaltijd had gegeten. Het bloemmotief was hier en daar vervaagd door het vele afwassen.

'Waar is papa?' vroeg Agnes.

'Die doet een middagdutje.'

'Vóór het middageten?'

'Ja, maar maak je maar geen zorgen. Na het eten slaapt hij ook.'

Het voelde goed om hier aan de keukentafel te zitten, bij haar ouders. Ze was sinds haar terugkeer in veel dingen teleurgesteld, maar niet in hen. Zij waren een belangrijke reden dat Fredrik en zij hier waren. Fredriks ouders waren in de eerste plaats gescheiden en in de tweede plaats waren ze zo jong dat ze nog steeds werkten en het de komende jaren allebei nog erg druk zouden hebben. Zo zag Agnes haar leven met kleine kinderen niet voor zich: dat ze alles zelf zou moeten doen. Wat zij voor zich zag waren twee enthousiaste grootouders met veel tijd, die de kinderen uit de crèche haalden, hen mee naar huis namen en daar de kleintjes verwenden met snoep en de groten met extra eten.

Haar moeder had verraster geklonken dan Agnes verwacht had toen ze haar belde om te vertellen dat ze – zij samen – besloten hadden te verhuizen. Maar ze waren blij, allebei, dat wist ze. Haar vader en moeder waren allebei net gestopt met hun respectievelijke banen bij Vekselbanken en Vegvesenet, en Agnes wist zeker dat ze meer dan tevreden waren dat ze konden uitkijken naar de dagen met hun enige dochter en haar gezin.

Elke dag die verstreek zonder dat zij hun een kleinkind schonk, gaf haar het gevoel dat ze hen in de steek liet.

'Ik zag dat je over dat arme meisje van Liland hebt geschreven,' zei haar moeder. 'Denk je echt dat ze vermoord is?'

'Geen twijfel mogelijk. Ken jij de familie?'

Voordat ze antwoord kon geven klonk er een harde riedel vanaf het aanrecht. Haar moeder sprong op en reageerde zoals veel van haar generatiegenoten, alsof een sms'je krijgen of gebeld worden even dramatisch en storend als spannend was.

'Tveit. Met wie spreek ik?' zei ze toen ze opnam, alsof ze de vaste telefoon gebruikte. Ze hadden zich door Agnes laten overhalen om die af te schaffen. Meteen verbrak ze de verbinding, zonder iets te hebben gezegd. 'Die stomme telefoonverkopers ook!'

'Je kunt toch ook vriendelijk bedanken, mama?'

'Ja, dat weet ik. Wil je nog wat?'

Agnes knikte, en haar moeder liep terug naar het aanrecht en sneed twee nieuwe boterhammen af op de snijplank die Agnes in de zevende klas bij handvaardigheid had gemaakt, voor zover ze zich herinnerde met uitgebreide hulp van haar leraar. Terwijl haar moeder met haar rug naar haar toe stond, kreeg ze een hoestbui die zo hevig was dat ze het broodmes moest neerleggen en naar buiten ging.

'Gaat het?' vroeg Agnes toen ze terugkwam. 'Tijd om een keer naar de dokter te gaan misschien? Volgens mij hoest je al wekenlang, of niet?'

Haar moeder, die nog steeds een rood gezicht had, wuifde het weg. 'Ik overleef het wel. Waar waren we gebleven? O ja, Oddmund Liland. Wat een klootzak was dat.'

Voordat Agnes de tweede driehoekige sandwich verorberd had, had ze het hele verhaal over de vader van Veslemøy Liland aangehoord. In de jaren tachtig ging het gerucht dat hij zijn vrouw zo vaak en zoveel sloeg dat ze een paar keer per maand bij de huisartsenpost zat. Het was bekend dat hij maar wat doelloos rondzwierf in Vangen, vaak met, zoals haar moeder het omschreef, 'een agressieve uitstraling'. Ze liep altijd met een grote boog om hem heen, zei ze. Uiteindelijk had Veslemøys moeder hem eruit gegooid, en kort daarop had hij het dorp verlaten.

Agnes bedacht dat haar moeder dezelfde uitdrukking – 'iemand eruit gooien' – had gebruikt toen de buren gescheiden waren. Als kind van acht had ze gedacht dat de buurvrouw haar man letterlijk uit het raam had gegooid. Daarna had ze nooit meer met haar gepraat en zich alleen maar afgevraagd hoe het die arme man was vergaan die de pech had gehad om te trouwen met een vrouw die mannen mishandelde.

Haar moeder had nooit meer iets gehoord over Oddmund Liland. Ze wist dus niet of Veslemøy contact had met haar vader, maar ze kon zich dat niet voorstellen, zei ze. Ze zou dat zelf in elk geval nooit hebben gewild, als zij degene was geweest die jarenlang in een hel had geleefd. Wist Agnes dat acht procent van alle Noorse vrouwen slachtoffer was van huiselijk geweld?

'Geef mij maar zo'n luiwammes als je vader,' zei ze, en ze moest weer hoesten, zodat ze alleen nog maar kon uitbrengen: 'Wie slaapt zondigt niet.'

Agnes liep de tuin in. Achterin bij de appelboom stond nog steeds het speeltoestel dat er al had gestaan vanaf dat ze klein was.

Agnes ging op de houten plank zitten en schommelde zachtjes. Ze nam de tijd om van het mooiste uitzicht in het dorp te genieten. Links zag ze Vangen, de kerk, het cultuurhuis, het sportveld en het Prestegardslandet. Ze liet haar blik naar rechts over het Vangsvatnet glijden. Hier had ze moeten wonen. Dit was het uitzicht waarvoor je naar Voss kwam. In stilte had ze gehoopt dat haar ouders serieus plannen zouden gaan maken om een appartement te kopen toen zij en Fredrik hadden verteld dat ze naar Voss zouden verhuizen. Tegelijk kon ze zich haar vader en moeder moeilijk voorstellen op tachtig vierkante meter zonder tuin om over te klagen.

Ze pakte haar telefoon en checkte *VG*.

DOOR MOORD GETROFFEN EKSTREMSPORTVEKO BIJNA FAILLIET, luidde een van de koppen.

Åkervold was dus meteen op de financiële kant van het verhaal gedoken. Niet zo verrassend, maar Birger Flakne zou daar niet erg blij van worden. De getallen in Åkervolds artikel waren bloedrood: de laatste drie, vier jaar waren zowel de bezoekersaantallen als het aantal sponsoren gestaag gedaald. Agnes moest toegeven dat ze geen idee had gehad hoe slecht Veko er financieel voor stond en er evenmin aan gedacht had dat te bekijken, ook niet toen ze Flakne had geïnterviewd voor een portret in de weekendeditie van vorige week. En ook al was ze er zelf waarschijnlijk nooit op gekomen om deze invalshoek te kiezen, ze ergerde zich nog meer toen ze las dat de festivalbaas een financieel wanbeleid voerde. Het verhaal dat hij bezorgd was over zijn levenswerk had ze moeten meenemen in het portretinterview.

Birger Flakne is alles voor Veko. Veko is alles voor Birger Flakne, had ze geschreven in de introductie van haar eigen interview. Dit jaar was zijn tienjarig jubileum als festivalbaas. Agnes kon zich amper herinneren dat er eerst iemand anders was geweest, ook al had Flakne verteld dat hij net afgestudeerd was als ingenieur in Kopenhagen toen de baan bij Veko vrijkwam. 'Passie wint het van geld,' zei hij. De geringe inkomsten maakten hem niet uit, want het was 'geen baan, maar een manier van leven'. Wat een cliché, had ze gedacht. Maar ze had het toch opgenomen in het interview.

Agnes dacht aan zijn slappe handje. Had deze man ooit iets buitenissigs gedaan in bed? Hoe was het eigenlijk om met fanatiekelingen als Flakne en Steven Smith te leven? Moest je zelf skydiver zijn om hun egoïsme te kunnen verdragen? Flakne had, voor zover ze wist, kind noch kraai. Dat was misschien niet toevallig. Het moest wel lastig zijn om tegenover kleine hummels te rechtvaardigen dat papa in het weekend alleen maar uit vliegtuigen wil springen. Of mama, in dit geval. Ze was dolblij dat Fredrik en zij niet zulke extreme behoeftes hadden. Hij had daarentegen zijn lievelingssport drastisch opgeschroefd sinds ze naar Voss waren verhuisd. Dat was voor hem een van de redenen geweest om ook te willen verhuizen, wist ze; hij had er altijd van gedroomd om meer in de bergen te lopen. Nu gebruikte hij niet alleen elke vrije minuut om te gaan rennen, hij was ook met rolskiën begonnen.

Ze had een monster gecreëerd.

Haar reactie was om zelf rustig op haar krent te blijven zitten. Ze wist niet waarom, maar hoe meer hij trainde, des te minder trainde zij. Het leek een wedstrijd, die ze al bij voorbaat had verloren.

Toen ze van de schommel af sprong en naar de auto slenterde, kwam haar moeder opeens gehaast het huis uit.

'Ik heb voor de zekerheid nog een paar boterhammen gemaakt. Je kunt nu maar beter geen last krijgen van een lage bloedsuikerspiegel,' zei ze, en Agnes werd warm vanbinnen, omdat haar moeder haar zo goed kende, en omdat de sandwich op de gebruikelijke manier mooi ingepakt was in doorzichtige vershoudfolie, precies zoals bij een cafetaria.

Ze wilde net de auto starten toen haar telefoon ging. Het nummer op de display kende ze niet. Het eerste wat ze hoorde was het zachte schrapen van een keel.

'Met Steven Smith,' zei de stem. 'De partner van Veslemøy. *I was wondering if we could talk.*'

Het boetseerkleibordje met de vier namen leek ergens mee besmeurd te zijn sinds de laatste keer dat ze hier was geweest, iets stroperigs dat langs de deur naar beneden gegleden was. Agnes keek naar de grond, en op de deurmat lagen witte stukjes, zo te zien eierschaal.

De man die de deur opendeed had een verjaardagskroon van blauw papier op zijn hoofd. '1 JAAR' stond er met goudkleurige glitter op geschreven.

Steven Smith was de meest trieste clown die ze ooit had gezien. Hij had peper-en-zoutkleurig dun haar dat nodig geknipt moest worden en een tenger bovenlichaam, maar uit zijn bermuda staken gespierde benen. Knap kon je hem niet noemen. Zijn ogen stonden ver uit elkaar en deden Agnes aan een diepzeevis denken. Zijn lippen daarentegen waren groot en pruimrood. Al met al was er veel bij Smith dat niet bij elkaar paste. Hij had een verbandje om zijn rechterhand, maar zijn handdruk was niettemin stevig. Pas toen ze naar zijn hoofd keek, begon het hem te dagen dat hij de kroon nog droeg. Hij rukte hem af.

'De jongens willen niet gaan slapen als ik deze niet op heb,' zei hij. '*And I already felt bad for not being here all day.*'

Agnes keek langs hem heen de gang in. 'Is Joni hier?'

'Ze is een blokje om. Wilde een frisse neus halen en naar huis bellen. Het is niet gek dat ze moe is, ik heb vandaag veel aan haar overgelaten.'

Hij zag er op z'n zachtst gezegd zelf ook moe uit. Steven Smith bleef in de deuropening staan en staarde secondelang nietsziend voor zich uit.

'*Where are my manners?*' zei hij plotseling, en hij rechtte zijn rug. 'Sorry. Kom binnen. Fijn dat je wilde komen.'

Er waren geen kinderen te zien, maar op de tv in de kamer flitste een tekenfilm die over een varkensgezin leek te gaan. Op de tafel stonden twee kommetjes met restjes pap. Smith had haar gevraagd na kinderbedtijd te komen, maar het was alsof het huis nog steeds tot rust moest komen na de chaos van de middag. De vader van het grut leek het geluid van de televisie noch de onappetijtelijke papklonters op de tafel en op de vloer op te merken. Hij plofte neer op de bank.

Agnes was erg nieuwsgierig naar waar hij met haar over wilde praten.

Opeens keek hij haar recht aan. 'Meende je dat, wat je schreef?' vroeg hij.

Ze wilde vragen welk artikel hij bedoelde, maar toen herinnerde ze zich het briefje dat ze bij Joni had achtergelaten.

'Het is niet aan mij om überhaupt iets te vinden,' zei ze. 'Ik...'

'Je hebt gelijk,' onderbrak hij haar. 'Ik heb haar niet vermoord. Maar iedereen denkt van wel. De politie. De mensen in het dorp. Vanmiddag heb ik spuug en ei van de voordeur moeten weghalen. *They think I'm a killer.*'

'Zo raar is het misschien niet dat ze dat denken... Je hebt immers zelf tegen de politie gezegd dat...'

'Dat is precies waar ik met je over wilde praten.'

Smith keek naar zijn handen. Zijn vingers waren lang en dun; haar moeder zou ze 'pianovingers' hebben genoemd. 'Het klopt dat ik dacht dat ik schuldig was aan Veslemøys dood. Maar dat was voordat ik te horen kreeg dat ze vermoord is.'

De herkenningsmelodie kondigde het einde van de tekenfilm over de varkensfamilie aan, maar meteen begon er een nieuwe aflevering. Agnes kon niet meer denken. Ze pakte de afstandsbediening en drukte net zo lang op de rode knop tot het scherm eindelijk zwart werd.

Afgezien van het tikken van de staande klok werd het stil in de kamer.

'Wat bedoel je?' vroeg ze.

Smith keek haar nog steeds niet aan. 'Ik dacht dat ze in de lucht een aanval had gekregen,' zei hij. 'Veslemøy had epilepsie.'

Agnes staarde niet-begrijpend naar de man op de bank. Ze wist niet veel van epilepsie, maar één ding wist ze wel: je hoorde niet uit een vliegtuig te springen als je die ziekte had.

Was dat eigenlijk wel toegestaan?

'Niemand wist ervan,' zei Smith. 'Ze vertelde het aan niemand, want dan zou ze niet meer mogen skydiven.'

Agnes voelde kwaadheid opkomen.

Jezus, wat onverantwoordelijk. Tegenover de skydiveclub, tegenover de mensen met wie ze sprong, en tegenover haar kinderen. De te vroeg geboren kinderen!

Was mevrouw suïcidaal geweest?

Of alleen maar dom?

Ze verbeet zich en zei nog steeds niets, maar was bang dat haar gezichtsuitdrukking haar verried.

'Ik dacht dat het niet zo ernstig was,' zei hij met een dunne, verontschuldigende stem. 'Ze had haar eerste en enige incident toen we in Nieuw-Zeeland woonden.'

Steven Smith verloor zich in zijn herinneringen. Hij begon te vertellen over de dag dat hij op het idee was gekomen om zijn lief ten huwelijk te vragen. Het was zo'n dag waarop alles perfect was, vertelde hij, en hij was nog verliefder op haar dan anders. Hij was blij omdat ze het zo naar haar zin leek te hebben in zijn geboorteplaats; ze leek Noorwegen nauwelijks te missen. Misschien konden ze daar trouwen en voorgoed met z'n tweetjes in Queenstown blijven. Ze waren boven Lake Wakatipu samen uit het vliegtuig gesprongen, hand in hand, en toen ze hun parachutes geopend hadden en hij zijn vriendin van een afstandje opnam, nam hij een besluit: zodra ze allebei op de grond stonden zou hij op zijn knieën gaan.

Maar hij vergat zijn spontane huwelijksaanzoek weer toen Veslemøy na de landing met een verward gezicht op het gras bleef zitten. Vlak nadat de parachute was opengegaan, was ze begonnen te trillen, zei ze. Ze wist niet meer of ze misschien even buiten bewustzijn was geweest en kort voor de landing weer was bijgekomen. In elk geval was ze keihard op de grond gesmakt.

'De arts met wie we spraken dacht dat ze een lichte epileptische aanval had gehad. Hij waarschuwde dat de ziekte ernstiger zou kunnen worden. Maar skydiven was enorm belangrijk voor haar, ze zei dat het gevoel dat ze daardoor kreeg *as important as breathing* was. Ze moest er niet aan denken dat ze nooit meer zou kunnen springen. En ik moest er niet aan denken dat het haar verboden zou worden. Ik stemde er dus mee in om haar epilepsie geheim te houden, vond het goed dat ze bleef springen, ook nadat we hierheen verhuisd waren… na de geboorte van de kinderen.'

Smith keek haar aan met ogen die nu meer rood dan wit waren rond de pupillen.

‘*When she fell*… Ik was gebroken, had last van een slecht geweten, hield het bijna niet meer uit tegenover de jongens. Ik had het gevoel dat ik hun hun moeder had afgenomen door haar ermee door te laten gaan. Toen de politie vanmorgen vroeg aan de deur kwam, had ik mijn tweede slapeloze nacht op rij gehad. *I was completely broken down*. Pas toen ik in de verhoorkamer zat hoorde ik dat er geknoeid was met haar parachute en dat iemand anders verantwoordelijk is voor haar dood.’

De trieste clown glimlachte ongelukkig. ‘*But by then, it was already too late*.’

Agnes was nog steeds geïrriteerd. ‘Waarom vertel je me dit?’ vroeg ze.

‘Omdat ik bang ben dat de politie me zal beschuldigen van moord,’ zei Steven, en hij streek met zijn pianovingers door zijn dunne haar. ‘En als dat gebeurt heb ik niet zoveel invloedrijke vrienden in dit dorp die me kunnen helpen. Ik wil dat jij uitzoekt wie mijn geliefde heeft vermoord.’

Het enige wat zij wilde was een zak kaasflips.

Een beetje rust.

De afstandsbediening van een Apple TV zonder tekenfilmvarkens.

Het was zo'n lange dag geweest dat die wel langer dan één dag had leken te duren. Haar hoofd zat vol met gesprekken en indrukken, en ze was vooral moe en verward door haar ontmoeting met Veslemøys echtgenoot.

Terwijl Fredrik de borden en wijnglazen op tafel zette, vroeg ze zich af of ze hem kon vertellen wat ze zojuist in de Miltzowgata had gehoord. Weliswaar had ze Steven Smith beloofd het geheim te houden, maar ze wist nog steeds niet of dat wel zo'n goed idee was. Ze wist überhaupt niet of ze deze man wel kon vertrouwen.

Tersluiks keek ze naar haar partner. Hij had zijn trainingsoutfit aan en zijn lichte haar was duidelijk bezweet bij de slapen. Waarom kon hij niet gaan douchen vóórdat hij ging koken?

En kon ze erop vertrouwen dat haar partner zijn mond hield?

Fredrik kende nog steeds maar zo weinig mensen in Voss dat hij in elk geval de minst riskante persoon was om het aan te vertellen.

Ze móést het aan iemand kwijt.

'Veslemøy Liland had epilepsie,' zei ze snel.

Met in elke hand een mes bleef Fredrik staan en hij fronste zijn voorhoofd voor hij verderging met tafeldekken.

'Dat betwijfel ik,' zei hij.

'Volgens haar man wel.'

'Serieus? Een skydiver met epilepsie?' vroeg hij, waarna hij naar de oven liep en er een schaal uit haalde met een onduidelijk kipgerecht dat verrukkelijk rook. 'Dat is toch volkomen gestoord?'

'Yep.'

'Het is levensgevaarlijk om uit een vliegtuig te springen als je epilepsie hebt.'

'Dat hoef je mij niet te vertellen.'

'Je loopt het risico van krampaanvallen en ongecontroleerde spierbewegingen!'

'Mm-mm.'

'In een vrije val een paar duizend meter boven de grond!'

Ze kreeg spijt dat ze iets had gezegd.

Terwijl Fredrik de kruiden fijnhakte die voor het serveren nog over de kip moesten, ging Agnes met haar MacBook aan de keukentafel zitten. Ze zocht naar 'parachute + epilepsie'. De eerste hit was een artikel van een internetkrant, duidelijk gepubliceerd in de tijd dat redacteuren dachten dat clickbait het einde van de mediacrisis zou betekenen: *Krijgt epilepsieaanval tijdens parachutesprong. Wat nu volgt beneemt je de adem.* Daaronder stond een link naar een video met de omschrijving: *Guy has seizure while skydiving.*

De video startte met een groep skydivers die hun duim opstaken naar de camera. Een van hen had een camera aan zijn helm bevestigd, en toen hij uit de deur van het vliegtuig naar de grond keek, ver beneden hem, bleef Agnes gespannen toekijken.

Ze dacht aan de allesoverheersende spijt die ze zelf had gehad op het moment dat ze de opdracht had gekregen om van het smalle treetje aan de buitenkant van net zo'n vliegtuig af te stappen. Het was de eerste en de laatste keer geweest dat ze iets extreems had geprobeerd. Ze had er helemaal geen zin in gehad, maar toen ze in Florida op vakantie waren had Ingeborg erop aangedrongen dat ze zich er letterlijk aan zouden overgeven, want springen was daar stukken goedkoper dan thuis. Agnes was uiteindelijk meegegaan, zoals ze altijd meedeed met dingen die boeiend leken, maar waarvan ze spijt kreeg als het te laat was om zich te bedenken. Pas toen ze de wind in haar gezicht had gevoeld en besefte dat ze haar leven in handen had gelegd van een tandeminstructeur die naar Red Bull rook, wist ze waarom ze dit thuis nooit geprobeerd had: het was geen hoogtevrees, maar claustrofobie. Ze raakte in paniek in situaties waarin ze niet gewoon kon opstaan en vertrekken wanneer ze dat wilde. Dat kon zijn wanneer ze helemaal achter in een overvolle bus zat of een plaats bij het raam had in een vliegtuig als ze alleen reisde, of alleen al bij de gedachte aan een kleine kamer zonder ramen. Als er hindernissen waren tussen haar en de een of andere vorm van vrijheid, werd haar keel dichtgeknepen, begon ze te zweten en voelde ze zich ongemakkelijk.

In het propvolle vliegtuigje dat hen hemelwaarts zou brengen had ze zich verrassend goed weten te houden. Ze had er niet eens aan gedacht dat het te benauwd was, want de stemming was opgewekt geweest, bijna zinderend. Pas toen de man met wie ze zou springen haar vroeg om zich gereed te houden, zodat ze zich samen naar de open deur konden begeven, begon het haar te dagen dat ze zich niet meer van hem kon losmaken voordat ze op de grond stonden. En in plaats van de laatste seconden te gebruiken om iets bemoedigends tegen haar te zeggen over hoe leuk het zou zijn, benadrukte de tandeminstructeur hoe belangrijk het was om te 'drukken' tijdens de vrije val – dat wil zeggen: gekromd als een soort bananen tegen elkaar aan te gaan liggen, volgens de instructies die ze hadden gekregen – en fluisterde hij schalks in haar oor: '*Arch or die.*' Ze herinnerde zich naderhand weinig van de sprong, maar ze was ongelooflijk genoeg wel met die klojo in bed geëindigd nadat ze diezelfde avond veel te veel sangria had gedronken.

De jongen op de video sprong uit het vliegtuig en het ging goed in de wind, maar na een seconde of twintig begon hij ongecontroleerd om zijn as te draaien, en je kon aan zijn rug zien dat hij spastische bewegingen maakte. Plotseling verdween hij naar beneden. Wonder boven wonder – ze begreep nu waarom deze video viraal gegaan was – lukte het degene met de camera op zijn helm om bij de stumper te komen, hem vast te grijpen en zijn parachute te openen. Christopher became conscious at 3000 feet and safely managed to land the parachute, stond er met witte letters op het zwarte scherm.

Nooit meer, dacht Agnes, en ze merkte dat ze haar kaken op elkaar had geklemd. Pas toen zag ze dat het eten op tafel stond. Fredrik was al begonnen.

'Moet je geen doktersverklaring hebben om te skydiven?' vroeg hij terwijl hij opschepte.

'Goed punt,' zei Agnes. 'Je zou haast denken dat jij een medische opleiding hebt gevolgd of zoiets.'

Ze zat nog maar net op de bank of ze hoorde haar telefoon.

Begrafenisborrel voor Veslemøy vanavond, schreef Viktor. Dacht dat je dat wel wilde weten. Gro is al bij de Tre Brør.

Weer een groep rouwenden. Weer gepraat. Weer geroddel.

Ze trok het niet. Ze zette de tv aan, opende het startmenu van Netflix en zocht iets luchtigs waar ze niet te veel bij na hoefde te denken.

Ze bleef maar scrollen door het seriemenu. Niets aantrekkelijks, niks wat bleef hangen. De onrust was in haar lichaam gaan zitten. Haar voeten tintelden van nieuwsgierigheid.

'Verdomme!' riep ze, en ze gooide de afstandsbediening van zich af en beende naar de slaapkamer.

Moest je je opmaken voor een begrafenisborrel? Moest ze iets zwarts aantrekken, alsof ze naar de begrafenis ging? Ze realiseerde zich dat ze ook met dit soort aangelegenheden weinig ervaring had, noch privé, noch voor haar werk. Behalve haar grootouders was er in haar naaste omgeving nog nooit iemand overleden. En alle vier haar grootouders waren een natuurlijke en vredige dood gestorven, aan het einde van een lang leven.

Ze opende haar kast en schoof de felroze hoodie opzij die ze vlak na hun verhuizing hiernaartoe gekocht had. Het prijskaartje zat er nog aan. Ze vond het eigenlijk ongepast om hoodies te dragen op je werk, maar hier in Voss was die voor de meeste mensen dagelijkse kledij, net als andere kleurrijke vrijetijdskleding. De winkels hingen er vol mee. Iedereen zag eruit alsof hij op weg was naar een buitenactiviteit; zelfs senioren met een rollator waren gekleed alsof ze zó de bergen in zouden gaan. Kleding was ook zoiets wat haar het gevoel gaf dat ze hier niet paste. Ze had het geprobeerd: na het laatste mooie voorjaar in Oslo was ze bruin geweest van de zon en had ze gedacht dat de roze kleur haar mooi zou staan.

Ze had de hoodie beschouwd als een symbool voor de start van haar nieuwe leven in Voss.

Nu lag hij in de kast, netjes opgevouwen en nog nooit gedragen.

Het gerenoveerde Hålandshuset, midden op het plein, had iets wat ze in het dorp van haar jonge jaren had gemist: een goed eetcafé en een gezellige kroeg. Vroeger gingen ze meestal naar het hotel, maar ze kon de discotheek daar moeilijk een stamkroeg noemen, om nog maar te zwijgen van de pianobar op de eerste verdieping. Toch had ze veel moeite gedaan om met de identiteitskaart van een ouder nichtje langs de portiers te komen.

Pas aan het eind van de middelbare school kreeg ze het naar haar zin. Achteraf vond ze het triest dat het zo lang had geduurd voordat ze vrienden kreeg: Viktor, die op de lelijkste kamer van heel Voss woonde in plaats van bij zijn vader, een halfuur verderop. En Ingeborg, de eerstgeborene die de boerderij in Kyte zou erven, die bang was voor dieren en stallucht haatte. Ze vonden elkaar in alles wat ze niet leuk vonden, met als resultaat dat Viktor en Ingeborg kind aan huis waren bij Agnes en praktisch in het souterrain kwamen wonen. Haar ouders deden niet moeilijk en waren misschien alleen maar opgelucht toen ze zagen dat hun dochter vrienden kreeg om wie ze zich bekommerde.

Agnes nam niet alleen afscheid van haar oude vriendinnen en van voetbal, ze besloot ook de festiviteiten tijdens het laatste middelbareschooljaar te boycotten, op dezelfde manier als Ingeborg en Viktor dat hadden gedaan. Net als die twee, die na de middelbare school een jaar in Voss waren gebleven om geld te verdienen door in die verschrikkelijke pianobar te werken, besteedde ze haar geld aan de trein naar Bergen, concertkaartjes en bier. Ze praatten over hun dromen en telden de dagen af tot ze dit akelige dorp konden verlaten en de wereld zouden veroveren.

Het was bijna niet te geloven dat ze nu alle drie terug waren. En zelfs Viktor, die altijd had beweerd dat hij geen kinderen verdroeg, had zich voortgeplant.

Toen Agnes de oude, zware toegangsdeur van de Tre Brør opende, was het alsof ze op een zaterdag tegen twaalven ging stappen. De ruimte was stampvol met mensen, de lucht was warm en dik, en als ze niet had geweten dat het een begrafenisborrel was, zou ze hebben gezegd dat er iets van verwachting in de lucht hing. Maar toen ze beter keek, zag ze dat de vertrouwelijke gesprekken ernstig waren, dat de blikken die elkaar ontmoetten niet licht en flirtend waren, maar donker, triest en sceptisch.

Kathrine 'de Kat' Bøe liep langs haar heen op weg naar de bar, maar bleef toen staan. Vandaag had ze geen paardenstaart en droeg ze geen hoodie. Haar blonde – en, zag Agnes nu, vrij dunne – haar hing los tot op haar schouders. Ze was gekleed in een zwarte jurk met spaghettibandjes die veel te kort was voor de gelegenheid. Het leek eerder alsof ze de stad in ging om een vent op te pikken. Haar bovenlip met daaronder zichtbaar een portie snustabak en haar tijgertatoeage vielen net zo op als altijd, en onder haar pony waren haar ogen aangezet met zwart potlood. Ze leek vandaag nog meer op een kat dan anders.

'Wat doe jij hier?' vroeg ze, niet al te hartelijk.

Agnes wist niet precies wat ze hier kwam doen, maar ze voelde een wonderlijke behoefte om in Veslemøy Lilands vriendenkring de vlieg op de muur te zijn.

'Ik ga een paar interviews doen,' loog ze. 'Hoe gaat het met jullie?'

'Niet zo goed,' zei Kathrine, ook al was ze gekleed en opgemaakt voor een feest en had ze een hoog glas in haar hand dat naar gin-tonic rook. 'Het is allemaal zo... krankzinnig.'

Agnes keek om zich heen. 'Is Steven er ook?'

Kathrine nam zo'n grote slok dat het rietje in haar drankje gorgelde tegen de bodem van het glas. 'Zou jij naar een bijeenkomst gaan waar de helft van de aanwezigen denkt dat jij de moordenaar bent?'

'Denk jij dat ook?'

'Daarover laat ik me niet uit.'

Agnes knikte en wachtte. Het was een van haar journalistentrucjes. Zwijgen was effectiever dan aandringen wanneer ze wilde dat iemand verder zou praten. Kathrine bleef staan en stak een nieuw stukje snustabak onder haar lip nadat ze het oude had verwijderd.

'Ze hadden zo hun problemen,' zei ze. 'Maar voor mij is het niet te bevatten. Het leek altijd alsof hij veel van haar hield. En ik had de indruk dat ze allebei heel gelukkig waren toen ze in Nieuw-Zeeland woonden.'

Steven had Veslemøy hier in Voss ontmoet, vertelde Kathrine. Niet lang daarna waren ze een stel geworden, en ze hadden samen in Bergen gewoond terwijl zij studeerde voor lerares en hij als ober werkte. Na een poosje kreeg hij heimwee en zij was toe aan een pauze na haar studie, dus besloten ze om voor een jaar naar Nieuw-Zeeland te verhuizen.

Het werden er uiteindelijk bijna tien.

In al die jaren was Veslemøy bijna niet in Noorwegen geweest, maar het was dan ook behoorlijk prijzig om heen en weer te vliegen naar de andere kant van de wereld. Kathrine studeerde in die tijd medicijnen aan de universiteit van Bergen, waarna ze een baan kreeg in het Haukeland-ziekenhuis en zich specialiseerde in kindergeneeskunde. Ze werd vooral in beslag genomen door haar eigen beslommeringen. Maar ze had hen een keer in Queenstown bezocht en was verrast geweest toen ze daar was, zei ze, want Steven en Veslemøy leidden wat zij noemde een 'hippiebestaan'. Ze hadden baantjes in restaurants en werkten zoveel als ze maar konden als skydive-instructeur; ze leefden goedkoop en gaven het meeste geld uit aan eten, bier en marihuana. De eerste dagen was Kathrine, die gewend was aan een gedisciplineerd bestaan, niet erg enthousiast over hun ongebonden en vrije manier van leven. Ze vond bovendien de woongroep waarin ze woonden smerig en sjofel. Maar toen reden ze een keer naar Glenorchy, een bergdorpje dat *the gateway to paradise* werd genoemd, en had ze meteen begrepen waarom Veslemøy daar zo graag was. Kajakken in de Dart en skydiven boven het spectaculaire landschap dat ze herkende als Midden-aarde uit *Lord of the Rings*, was fantastisch. 'Voss in het kwadraat', noemde Kathrine dat.

'Hun manier van leven leek nu niet bepaald gezond, maar Veslemøy was heel tevreden, en Steven zei keer op keer dat hij dacht dat het goed voor haar was om daar te zijn.'

'Hoezo dat?'

'Het leek hem goed voor haar om uit Voss weg te zijn. Ze had hier te veel slechte herinneringen, herinner ik me nog dat hij zei.' Kathrine viel even stil. 'Ik neem aan dat hij haar ouders heeft gesproken.'

'Waarom kwamen ze dan terug?'

'Veslemøy was in wezen een slimme tante en ze voelde dat ze iets met haar lerarenopleiding moest doen. In Nieuw-Zeeland was het voornamelijk skydiven. Ze had ook altijd kinderen gewild en wilde die graag in Noorwegen krijgen. Uit het feit dat Steven met haar mee terugkwam blijkt wel hoeveel hij van haar hield,' zei Kathrine, en Agnes dacht aan Fredrik. 'Maar het is niet altijd zo mooi geweest, want onder ons gezegd en gezwegen: het was voor hem moeilijk om hier een baan te vinden, of een baan te houden. Hij houdt van feesten. Ze hebben zoals gezegd hun problemen gehad – mijn god, wie heeft dat niet? Het leven is voor de meeste mensen nu eenmaal geen rozengeur en maneschijn.'

Agnes knikte en kreeg zin om Kathrine te vertellen hoe weinig rozengeur en maneschijn er op dat moment in haar eigen leven was.

In plaats daarvan vroeg ze: 'Je bent nog steeds behoorlijk actief in het wereldje van de skydivers hier in het dorp, toch?'

'Niet meer zo actief als ik was. Maar sinds ik hierheen verhuisd ben, spring ik wel weer vaker. Gro, Veslemøy en ik proberen daar in elk geval één weekend per maand voor vrij te houden. Joni komt dan over uit Oslo, als ze kan.' Kathrine loerde naar de bar.

Agnes had zelf ook wel zin in een drankje.

'Heb jij er iets van gemerkt dat Veko financieel in zwaar weer verkeert?' vroeg ze.

'Ik weet dat het de laatste jaren moeilijker is geworden, wat ook niet zo vreemd is. Iedereen weet nu inmiddels wel dat het weer erg onstabiel kan zijn. Ik las in *VG* dat een negatief resultaat voor dit jaar mogelijk het einde betekent van Veko. Birger is er vast niet blij mee dat dat bekend is. Hij was ten einde raad voordat het festival begon.'

'O ja?'

Die indruk had ze niet toen ze hem geïnterviewd had.

'Heb je het Engelse persbericht gelezen? Hij is dit jaar druk bezig geweest om meer buitenlandse journalisten hiernaartoe te krijgen, om Veko opnieuw onder de aandacht te brengen. Ik heb hem laten weten dat ik zijn woordkeus... een beetje op het randje vond.'

'Heb je dat persbericht toevallig nog?'

Kathrine gaf Agnes haar glas en haalde haar telefoon uit een zwart tasje. In de tien seconden die Kathrine nodig had om haar het schermpje te laten zien dreven de geuren van gin en fijnspar haar neusgaten in. Ze scrolde snel naar beneden en fronste haar voorhoofd. *Come join us in the beautiful town of*

Voss, stond er, *where the fine line between life and death can sometimes be blurry.*

'Een beetje ongepast, hè? Zeker in het licht van... wat er gebeurd is,' zei Kathrine, zachter nu. Ze schudde haar hoofd. 'Burger kan af en toe een idioot zijn.'

'Burger?'

'Ja, zo werd hij vroeger genoemd, toen hij klein en dik was.'

'Werd hij gepest?'

'Mwah, ik weet niet of het nu direct pesten was, maar hij was als kind wel een buitenbeentje, en ik denk niet dat dat uit vrije keus was.'

Toen de barman Agnes een nieuwe alcoholvrije Munkholm gaf, stond Gro opeens naast haar en knikte vragend naar haar buik. Moeders hadden een sterk instinct voor zoiets.

'Er wordt aan gewerkt,' zei Agnes. 'Hoe gaat het met jou?'

'Heel slecht,' zei Gro, en ze vroeg de barman om een glas water. Ze droeg een wijde broek en een blouse, allebei zwart. Het zag er elegant en stijlvol uit, in combinatie met een keurig Gro Harlem Brundtlandt-kapsel. 'Maar met Joni gaat het nog slechter. Ik vond het niet zo'n goed idee om haar de hele dag alleen op de jongens te laten passen. Ze heeft nu meer dan anders behoefte aan goede vrienden en sterkedrank. Maar ze bleef erbij dat Steven vanavond niet alleen kon zijn.'

Gro dronk haar glas water in één teug leeg en zei dat ze naar huis moest om 'schoonvader' af te lossen, want Viktor moest vanavond laat weer werken.

Henrik Vormedal was daadwerkelijk toegetreden tot de kinderoppastroepen.

Op weg naar de deur draaide Gro zich om en haar eerdere duistere blik keerde terug. 'Ik vind het niet prettig dat Joni zoveel samen is met Steven nu de situatie zo onduidelijk is. Iedereen zegt dat het geruchten zijn, maar wie kan nu weten of er niet meer mensen gevaar lopen? Of Joni gevaar loopt?'

'Voor ik het vergeet,' zei Agnes. 'Ik wilde je nog wat vragen: weet jij of Veslemøy zondag zelf haar parachute heeft ingepakt?'

'Veslemøy pakte altijd haar eigen parachute in,' zei Gro. 'Ze vertrouwde niemand.'

Birger Flakne had zich omgekleed in jeans en een T-shirt met de tekst ALLEEN VOSS IS VOSS. Hij zag er vermoeid uit, maar toen hij Agnes in het oog kreeg, knikte hij en kwam naar haar toe.

'En?' vroeg hij. 'Ben je iets wijzer geworden vanochtend?'

'Niemand zou zich nu veilig moeten voelen,' zei ze, maar ze kreeg meteen spijt dat ze meedeed met zijn grap; dat was onprofessioneel en flauw. 'Nee, dat niet, maar als ik er toch over moet schrijven is het goed om een beetje te begrijpen hoe een en ander met elkaar samenhing.'

'Of niet samenhing,' zei Flakne.

'Ben je nu ook al misdaadjournalist?' Kathrine stond plotseling weer achter haar met een nieuw drankje. Het glas was al halfleeg en ze keek anders uit haar ogen dan een paar minuten geleden. Ze zag er een beetje overmoedig uit, alsof de alcohol plotseling was gaan werken, wat niet zo raar was gezien het tempo waarin ze dronk. Opnieuw voelde Agnes de kleine steek onder water.

Het begon haar te irriteren. Hadden de mensen na al die jaren nou echt zo weinig respect voor haar werk? Oké, ze had misschien nog niet eerder een moord verslagen, maar ze was wel mooi journalist geweest bij de grootste krant van het land.

'De lokale pers heeft geen misdaadjournalisten. Ik heb een perfecte titel: "allround journalist". Dus ja, ik moet ook over deze zaak schrijven. En als je iets weet of iets hoort wat van belang kan zijn, dan hoop ik dat je het me vertelt.'

'Ze hadden ruzie de dag ervoor.' Kathrine sprak snel en keek weer naar haar drankje.

Flakne draaide zich met een verbaasd gezicht naar haar om.

'Wie?' vroeg Agnes, en ze voelde dat ze kippenvel kreeg.

'Steven en Veslemøy. Ik hoorde het van iemand die op zaterdagavond langs hun huis was gekomen. Ze hadden de ramen openstaan. Degene die het me vertelde vond het raar dat de kinderen niet wakker werden van het kabaal. Heb jij niets gehoord? Je woont ernaast,' vroeg ze Flakne.

'Ik was niet thuis,' zei hij.

'Weet je waarover ze ruzie hadden?' vroeg Agnes.

Kathrine schudde haar hoofd. Onvast bleef ze op haar benen staan en haar blik gleed door de ruimte. De gin had blijkbaar zijn werk gedaan. Birger Flakne was zichtbaar slecht op zijn gemak. Het was moeilijk uit te maken of dat door Kathrine kwam of door hemzelf.

Dan kon ze net zo goed het ijzer smeden nu het heet was.

'Je weet niet of... Waren er mensen die Veslemøy... niet mochten?'

Kathrines gezichtsuitdrukking veranderde opnieuw; die werd alerter, en Agnes had meteen spijt. Ze voelde hoe geforceerd en onprofessioneel het klonk, als de vraag van een kind dat detectiveje speelde.

'Ik zou niet weten of Veslemøy vijanden had, als je dat bedoelt. En als ik het geweten had, zou ik dat aan de politie hebben verteld, niet aan jou. Maar het is eerder een probleem dat ze te goede vriendinnen had.'

Kathrine liep op wankele benen weer naar de bar. Birger bleef staan.

'Let maar niet op haar,' zei hij. 'Ze is van streek. Dat zijn ze allemaal. Dan zeg je de dingen botter dan ze bedoeld zijn. De Kat lijkt misschien stoer, maar ik weet dat ze vanbinnen gebroken is. Zonder Veslemøy was ze hier misschien niet geweest.'

'Was ze niet in leven geweest, bedoel je?' zei Agnes.

'Nou nee, ik dacht in de eerste plaats aan haar carrière. Ze heeft er altijd van gedroomd arts te worden, maar in haar laatste jaar op de middelbare school was ze plotseling meer bezig met skydiven en feestvieren dan met studeren. De Kat heeft mij vaak genoeg verteld over alle keren dat Veslemøy, die een feestbeest was maar het toch goed deed op school, bij haar thuis kwam aanzetten met leerboeken van exacte vakken en haar dwong te blokken.'

'Goede vriendin.'

'Goed in elk opzicht.'

Flakne leek een poosje in gedachten verzonken en schrok op toen zijn telefoon ging.

'*Sure, I can talk, just give me one minute*,' zei hij, en hij stak zijn hand op naar Agnes.

Ze keek hem na toen hij de deur uit liep.

Was de op het oog zelfverzekerde Veko-baas in wezen een onzekere ziel die warmte had gezocht, en gevonden, en nu doodsbenauwd was dat hij weer de kou in zou worden gestuurd?

Thuis stond de deur van het schuurtje op een kier. Agnes ving een glimp op van de kartonnen dozen die daar opgestapeld stonden.

Ze deed de deur stevig dicht. Ze wist niet meer wat er in de dozen zat. Ze miste niet echt iets en had geen behoefte om de dozen te openen en uit te zoeken. Eerlijk gezegd wist ze niet of ze wel zin had om meer van haar leven hier uit te pakken. Door Kathrines verhalen over Nieuw-Zeeland kreeg ze juist zin om haar koffers te pakken en te vertrekken, weg van alles wat haar deed tandenknarsen.

Ze dacht dat ze met hun verhuizing naar Voss de touwtjes in handen had genomen. Dat ze controle had over haar carrière, haar relatie, haar lichaam. Maar in werkelijkheid had ze de controle juist verloren. Alles was anders, alles was moeilijker. Zelfs overzicht krijgen over zaken, over mensen. Ze dacht dat ze controle zou hebben over alles en iedereen in het dorp, maar ze voelde zich als een vis op het droge.

Het zou goed zijn om te vertrekken, terug naar de hoofdstad of een heel andere stad, waar ze niemand kende. Om zich op iets volkomen onbekends te storten.

Maar, zag ze nu opeens in, ze had precies het tegenovergestelde gedaan.

Het heldere inzicht dat alcohol vaak geeft, was nu ook met de alcoholvrije Munkholm gekomen, want het was haar opeens duidelijk wat haar probleem was: ze had te vroeg aan de touwtjes getrokken. Voss was haar parachute.

Het voelde alsof de tweede helft van haar leven verdwenen was. Alle belevenissen, alle ervaringen, alle kennis en vaardigheden die ze verworven had, lagen ergens anders, in de geheugens van anderen, mensen met wie ze nauwelijks nog contact had. Het leek er niet op dat iemand in Oslo haar miste, in elk geval niet als ze afging op hoe zelden ze iets hoorde van vrienden of vroegere collega's. Uit het oog, uit het hart. Ze voelde zich daar vergeten en hier voor lief genomen. De enige verbinding tussen haar oude leven en haar nieuwe was Fredrik. En hij kon evenmin voorkomen dat ze zich losgekoppeld voelde.

Op een rare manier versterkte hij dat alleen maar.

Ze was teruggekomen met iemand die hier niet thuishoorde, die hier misschien ook helemaal niet zo graag wilde zijn.

Het was precies hetzelfde als Veslemøy Liland had gedaan.

Maar Veslemøy en Steven hadden in elk geval een paar kinderen over wie ze zeggenschap hadden.

Ze ging naar de keuken, die ze in een opwelling had geverfd, iets waar ze nu spijt van had. Ze had alweer genoeg van de kleur, want geel paste zelden bij haar humeur. Ze was nu niet moe meer, maar had alleen honger. Tegen middernacht was de Tre Brør langzaam leeggelopen. Het zou raar geweest zijn als zij als enige was achtergebleven. Niemand vond het gepast om de hele nacht op een begrafenisborrel te blijven, ook al had ze een paar mensen gezien die zoveel gedronken hadden dat ze benieuwd was hoe die thuis zouden komen.

Kathrine Bøe was een van hen.

Haar drankgebruik was vast ook een reactie op alles wat er gebeurd was.

Het laatste wat ze van de Kat had gezien was dat ze op weg naar de deur zo ongeveer over de schouder van Birger Flakne heen had gehangen.

Zelf leek ze ook aangeschoten te zijn, ook al had ze geen alcohol gedronken. Ze wist dat ze naar het plafond zou blijven staren als ze nu naar bed ging, dus besmeerde ze drie boterhammen met een dikke laag smeerkaas met baconsmaak en vulde haar HELLO, IS IT TEA YOU'RE LOOKING FOR-mok – met een afbeelding van Lionel Ritchie – met Pepsi Max. Met haar MacBook ging ze aan de keukentafel zitten en ze logde in op het krantenarchief.

'Ekstremsportveko + 1998' leverde zo'n lange lijst artikelen op dat ze voelde hoe moe ze ondanks alles in haar hoofd was. Ze zocht op 'Ekstremsportveko + 1998 + Steven Smith'. Geen hit. Ze wiste Steven Smith en schreef 'Ekstremsportveko + 1998 + Veslemøy Liland'.

STOERE MEIDEN OP VEKO, was de kop boven het eerste artikel. 'Gro (18),

Kathrine (19), Joni Roberta (19) en Veslemøy (18) zijn niet bang om de jongens achterna te springen.' Joni vertelde in het artikel dat ze een jaar daarvoor samen met de cursus waren begonnen en algauw goede vriendinnen waren geworden. 'Is een cursus skydiven niet heel duur?' vroeg de journalist die volgens de byline niemand minder was dan de Gepensioneerde. Veslemøy, Kathrine en Joni zeiden dat ze het geld gespaard hadden dat ze met vakantie- en parttimebaantjes verdiend hadden, terwijl Gro vertelde dat zij de cursus had gekregen als voorschot op het cadeau voor haar achttiende verjaardag. Alle vier hoopten ze in de loop van de zomer het A-diploma te krijgen als zelfstandig springende skydiver en zich op langere termijn professioneel te kunnen bezighouden met formatiespringen.

'Welke eigenschappen moet je hebben als je een geoefend skydiver wilt worden?' vroeg de Gepensioneerde. Gro antwoordde: 'Je mag geen hoogtevrees hebben. Verder denk ik dat we alle vier verschillende eigenschappen hebben waar we profijt van kunnen hebben als we een team zijn. Joni is slim, zorgzaam en behulpzaam. Kathrine geeft nooit op en heeft ook een temperament dat goed van pas komt bij wedstrijden. Veslemøy heeft het juiste humeur en een aanstekelijk enthousiasme; zij is nog het meest bezeten van springen.' Joni voegde daaraan toe: 'En Gro heeft leidinggevende capaciteiten, ze is Russe-president geweest en kan ons dus in toom houden!'

Op de foto stonden ze naast elkaar: de lichte Kathrine, de donkere Gro – die als tiener al een kort, praktisch kapsel had – en de roodharige Joni. Ze glimlachten alle drie hun tanden bloot. Veslemøy, met haar lichte haar en donkere blik, glimlachte niet. Ze zag eruit alsof ze aan iets heel anders dacht, iets wat veel minder leuk was dan skydiven.

Was Veslemøys geringe enthousiasme op de foto toeval?

Agnes bleef uit het raam naar de veranda zitten staren. Op tafel lagen een fles zonnebrandcrème, een paar kranten en een boek, en er stond een bordje met broodkruimels – alle rommel zichtbaar in de lichte zomernacht.

Het zou interessant zijn geweest om te weten of de vier, die sinds dat artikel hechte vriendinnen waren geweest, zichzelf vandaag de dag op dezelfde manier zouden afschilderen. Zouden ze dezelfde eigenschappen naar voren brengen, of waren die overschaduwd door nieuwe eigenschappen en zwakheden?

Welke eerbewijzen en littekens krijg je in de loop van twintig jaar?

Was zijzelf een beter of slechter mens geworden?

Ze verorberde de laatste halve boterham terwijl ze de rest van het artikel las.

'De meisjes, die nu klaar zijn met de middelbare school, kijken ernaar uit om de ervaren springers uit de hele wereld te volgen wanneer ze boven het dorp hun luchtacrobatiek uitoefenen, en tegen een beetje geflirt zullen ze geen nee zeggen. "Alleen Gro heeft een vriendje, dus we verheugen ons," glimlachte Kathrine Bøe ondeugend.'

Daarna checkte ze haar telefoon en zag dat ze bijna een uur geleden een berichtje had gekregen.

BEN JE WAKKER? KAN IK JE BELLEN? ALS JE HIERVAN WAKKER WORDT: SORRY. JONI.

Agnes antwoordde meteen, verontschuldigde zich dat ze het bericht niet eerder had gezien en schreef dat Joni gewoon moest bellen als ze nog niet sliep.

Twintig seconden later ging haar telefoon. Joni's stem klonk gedempt, alsof ze niemand wakker wilde maken.

'Gro zei dat ze je had gezien op de begrafenisborrel,' zei ze. 'Ik had de moed niet om daarheen te gaan. Hoe vond jij het?'

'Het was... mooi. Veel mensen. Misschien dat Kathrine wat veel dronk; ze zag er heel moe uit toen ik wegging. Ik hoop dat het goed met haar gaat.'

Joni zuchtte. 'Dronken op de begrafenisborrel? Tja, we reageren allemaal op onze eigen manier. Typisch de Kat.'

Ze klonk niet erg onder de indruk.

'Praten jullie veel over wat er gebeurd is?' vroeg Agnes. 'Jij, Kathrine en Gro?'

'Veel te weinig. Je zou verwachten dat we elkaar opzoeken in ons verdriet, maar in werkelijkheid hebben we elkaar amper gezien sinds jij ons maandag bij de Kat thuis trof. Ik weet niet, het is net alsof er iets tussen ons kapot is gegaan nu Veslemøy er niet meer is. Ik weet dat Gro sceptisch is ten opzichte van Steven, en ik geloof dat zij en de Kat denken dat hij iets met de moord te maken heeft, net als de rest van het dorp. Ikzelf weet niet wat ik moet geloven of doen. Maar iemand moet toch Steven en de jongens helpen? Zij hebben immers niemand anders.'

Ze bleef even stil. Agnes luisterde of ze geluiden hoorde die op huilen duidden.

‘Ik hoorde trouwens dat je hem hebt gesproken,’ zei ze. ‘Daar belde ik eigenlijk voor, om je daarvoor te bedanken. Voor mij betekent het ook veel dat er meer mensen zijn die in hem geloven.’

Ze kon geen partij kiezen, dacht Agnes, en dat had ze strikt genomen ook niet gedaan. Maar ze zei niets.

‘En bedankt dat ik mocht bellen,’ zei Joni. ‘Met jou praten... dat is bijna als praten met Veslemøy.’

Agnes zag nieuwe parallellen tussen de vermoorde vrouw en haarzelf. Er waren duidelijk meer mensen die die parallellen zagen.

‘Denk je dat ze gelukkig was?’ vroeg ze. ‘Veslemøy, bedoel ik?’

Aan de andere kant van de lijn slaakte Joni een diepe zucht.

‘Is iemand van ons wel gelukkig?’ zei ze.

Woensdag

Wakker worden met een knallende koppijn na drie flesjes alcoholvrij bier, dat moest wel dé definitie van zinloos zijn.

Agnes had liever een kater gehad. Ze had graag een paar uur van de dag opgeofferd om er weer zover bovenop te komen dat ze zichzelf voor de lunch een cheeseburger kon gunnen waar het vet vanaf droop. Niet zo'n kleine, veel te dure hipstervariant of die onmogelijke tien centimeter hoge gehaktballen tussen twee broodjeshelften die je met mes en vork moest eten. Nee, een van de genoegens van het verhuizen naar deze plaats was de herontdekking van de oude vertrouwde snackbar, die zeldzaam oer-Noorse gelegenheid waar de hamburger gekruid werd met Piffi en bijna twee keer zo zwaar was door de bleekoranje dressing die uit een houder aan het plafond geknepen werd. In Oslo kon je natuurlijk ook genoeg van zulke tenten vinden, maar hier voelde het vulgairder, behalve midden in de nacht. Fredrik zou nooit een voet gezet hebben in een snackbar, hier noch daar.

Na een snelle blik op de klok besloot ze een kaastosti te maken als ontbijt. Ze pakte twee sneetjes van het gesneden, toastvriendelijke brood waarvan Fredrik zei dat het meer lucht dan voeding was en smeerde er aan de ene kant boter en aan de andere kant een dunne laag mayonaise op. Ze bleven aan de broodplank plakken toen ze de sneetjes bedekte met een dikke laag extra belegen Norvegia-kaas. Nadat ze de twee sneetjes in een koekenpan had gelegd bleef ze staan wachten tot de kaas smolt. Ze moest denken aan de schrijfster die in een podcast zei dat ze altijd vóór het ontbijt begon te schrijven, omdat ze dan 'ook op andere manieren hongeriger werd', in de betekenis van geconcentreerd en vooruitdenkend. 'Je geeft geen belangrijk interview vlak nadat je een grote biefstuk hebt verorberd,' aldus de schrijfster. Agnes had de methode meteen uitgeprobeerd en was naar haar werk gegaan zonder ontbijt. Voordat de ochtendvergadering afgelopen was, had ze een collega uitgescholden en haar maag zo hard horen rommelen dat ze de ruimte moest verlaten.

Ze legde de boterhammen op elkaar en drukte ze een beetje aan met een houten spatel, tot de kaas eruit begon te druipen. Op het moment dat ze de tosti omkeerde, hoorde ze dat op de eerste verdieping de douchekraan werd opengedraaid.

De ovenklok gaf 7.23 uur aan.

Fredrik zou over precies twee minuten de douchekraan weer dichtdraaien.

Ze schoof de kaastosti terug op de broodplank, schonk een groot glas appelsap in en ging bij het aanrecht zitten.

Toen ze haar tanden in haar ontbijt zette, werd het stil boven.

7.25 uur.

'Hoe ging het gisteren?'

Hij rook fris, zonder parfum. De hoofdpijn die net begon te wijken door de gesmolten kaas golfde weer door haar heen.

'Hoe het ging? Ik heb met het halve dorp gepraat, maar ben nog niks wijzer.'

'Niemand verwacht dan ook dat jíj deze zaak zult oplossen,' zei Fredrik, en hij streek lichtjes over haar kin voordat hij het espressopotje pakte en het pak koffiebonen waarvoor hij speciaal naar Bergen was gereisd. 'Je bent niet bepaald een superdetective.'

Plotseling knapte er iets in haar.

'Jij weet verdomme helemaal niet wat ik wel en niet ben!' riep ze uit, zodat de spetters appelsap haar mond uit vlogen en Fredrik een paar stappen achteruit deed naar de koelkast.

Afwerend stak hij zijn handen in de lucht. Toen trok hij een ernstig gezicht. 'Sorry, ik wilde je niet beledigen. Wat is er gebeurd?'

Ze antwoordde niet en concentreerde zich op het kauwen.

Plotseling verscheen er een schaapachtige grijns op Fredriks gezicht. 'Zijn het de hormonen?' vroeg hij.

Agnes beende de keuken uit en stampte de trap op en de badkamer in. Ze deed de deur op slot en douchte twintig minuten.

De badkamer was een sauna geworden. Ze zette het raam op het laatste gaatje en veegde de waterdamp van de spiegel, zodat ze haar eigen rode gezicht kon zien. Ze was niet altijd eerlijk tegen Fredrik. Maar zijn welgemeende, vermoeiende bezorgdheid kreeg langzamerhand een averechts effect op haar. Ze schaamde zich het te moeten toegeven, maar ze dacht vaak dat hij hier niet thuishoorde. Fredrik Johannes Dahl, die was opgegroeid in een eengezinswoning in Asker, die een gerespecteerde en vakkundige arts was geweest op de afdeling voor plastische en reconstructieve chirurgie van het Rikshospitalet, bleek schokkend genoeg twee linkerhanden te hebben. Hij had nog nooit een frambozenstruik gesnoeid of de muren in een huis geverfd, en hij was zo onhandig dat hij haar vader moest bellen als er een plank aan de muur bevestigd moest worden. Haar vader zei dat hij het alleen maar fijn vond om te helpen, maar Agnes had aan zijn gezicht gezien dat hij een andere voorstelling van zijn schoonzoon had gehad. Misschien was hij zelfs een beetje teleurgesteld. Zij was dat in elk geval wel. Ze had nooit gedacht dat zulke dingen belangrijk waren, maar Fredriks onhandigheid viel enorm op in een dorp vol arbeiders en boerenzonen.

Haar schoonmoeder grapte nog steeds dat haar zoon haar had verlaten voor een boerendochter uit Vestlandet, ook al wist ze donders goed dat zij ook uit een gewone woonwijk kwam. Ze had nooit direct gezegd wat ze van de verhuizing vond, maar Agnes wist dat ze blij was dat Fredrik en zij samen waren. Het was alweer een tijd geleden dat ze keurig opgevouwen rompertjes in genderneutraal beige en lichtgrijs goed zichtbaar in de kast van haar schoonmoeders gastenbadkamer had zien liggen.

Eerst hadden ze gedacht dat het vanzelf zou gaan. Zo vaak als ze bang was geweest dat ze zwanger was toen ze begin twintig was, zo euforisch was ze geweest op de dag dat ze de pil in de afvalemmer kieperde – wat ook meteen het einde betekende van haar hormoonschommelingen. Eerst dacht ze dat ze alles nauwkeurig moesten voorbereiden, dat het belangrijk was het exacte ogenblik te onthouden waarop zij samen een nieuw leven creëerden. Maar na verloop van tijd hadden ze de kaarsen en de romantische muziek gelaten voor wat ze waren, en waren ze in plaats daarvan begonnen met vluggertjes tussen twee afleveringen van een tv-serie. Het was hun gezamenlijke project met een concreet doel, iets wat alleen zij tweeën deelden, en het was verwachtingsvol en spannend.

Toen er nog meer maanden verstreken zonder dat er iets gebeurde, verdween ook het plezier.

Wat overbleef was saaie seks en een project dat meer en meer van haar alleen leek te zijn. Ze wist dat Fredrik dolgraag vader wilde worden; dat was voor hem een belangrijke reden geweest om ermee in te stemmen naar het westen van het land te verhuizen. Maar het was niet zíjn baarmoeder waarmee niets gebeurde. Hij hoefde niet bij te houden wanneer de eisprong was, hij hoefde niet op te letten dat hij niets at of deed wat de vruchtbaarheid zou verminderen of de kans op een miskraam zou vergroten. En hij hoefde zijn hoofd niet glimlachend schuin te houden elke keer als een buur of iemand anders hen tegenkwam in een winkel en tersluiks informeerde of er al een kleintje aan zat te komen. Het doel heiligde de middelen, daarover waren ze het eens, maar de consequentie was dat de intimiteit verdween. De maanden waren nu in tweeën gedeeld: een hoopvolle en relatief ontspannen periode als ze, nadat de eisprong geweest was, hadden gevreeën, en een akelige en steeds vermoeiender tijd die begon telkens als haar menstruatie precies op tijd kwam.

Haar telefoon piepte. Een bericht van Ingeborg de Vruchtbare: IK HEB GISTERAVOND NOG EEN POOSJE NAAR OUDE FOTO'S ZITTEN KIJKEN, schreef ze. KWAM IETS TEGEN WAT JIJ MISSCHIEN MOET ZIEN.

Ze keek op de klok. Ze had geen tijd meer om bij haar langs te gaan voor het werk. Ze had niet eens meer tijd om haar ontbijt op te eten als ze het ochtendoverleg wilde halen. Fredrik was naar zijn werk gegaan terwijl zij onder de douche stond. Ze verpakte de rest van haar kaastosti in aluminiumfolie en verheugde zich er al op die in alle rust in haar kamer op te eten.

Na de ochtendvergadering riep de redacteur de 'parachutemoordgroep' bijeen.

Agnes had niet geweten dat ze zo'n groep hadden, maar de vakantiekracht had gisteren het een en ander geproduceerd, zowel op de website als op papier, terwijl ze op eigen houtje had 'rondgevraagd'. Ze waren dus in elk geval met z'n tweeën. Agnes was er niet eens aan toegekomen om een aantal van deze artikelen te lezen, maar een vlugge blik leerde dat ze alleen officiële informatie van de politie bevatten. Niets dus.

Frida Grådal kon dan wel vers bloed zijn, maar het verbaasde en irriteerde Agnes dat dit boerenmeisje uit Bordalen de opdracht had gekregen het dorp van de stand van zaken op de hoogte te houden.

Ze was nog verbaasder over de toon die Grådal aansloeg. 'Heb je iets?' vroeg ze.

'Heb jíj iets?' vroeg Agnes op haar beurt.

'Heeft een van jullie beiden iets?' vroeg Eskildsen met opgetrokken wenkbrauwen.

Agnes zond Frida een blik waarmee ze wilde aangeven dat zij minstens tien jaar meer ervaring had en geen onzin accepteerde van groentjes, hoe goed haar digitale vaardigheden ook mochten zijn.

Toen begon ze te vertellen.

Over de psychische problemen van Veslemøy Liland, over haar gewelddadige vader die ervandoor was gegaan, over haar demente moeder die iets had gezegd over iemand die niet aardig was geweest. Ze noemde de internationale versie van het persbericht over Ekstremsportveko, vertelde hoe je een parachute onklaar maakt, zei dat reserveparachutes verzegeld moesten zijn met initialen. Ze vertelde ook dat Veslemøy en Steven ruzie hadden gehad op de dag voor de moord.

Alleen de epilepsie noemde ze niet.

Hoe meer ze vertelde, des te meer ze besefte hoeveel informatie ze feitelijk had gekregen. Voor het eerst sinds lange tijd voelde ze haar journalistenbloed weer kriebelen. Ze had dat gevoel zo lang niet meer gehad dat ze bang was geweest dat ze het voorgoed kwijt was.

Eskildsen legde de pen neer die hij in zijn mond had gehad terwijl zij aan het woord was. 'Ik denk dat we ons maar beter kunnen houden aan de officiele informatie van de politie,' zei hij.

Ze wendde zich naar hem toe. De redacteur had een koffievlek op het borstzakje van zijn overhemd. Die kon niet nieuw zijn, want hij had geen koffie gedronken tijdens de vergadering. Had hij thuis de vlek niet gezien? Had hij niet genoeg waardigheid om een schoon overhemd aan te trekken voordat hij naar zijn werk ging?

'We gaan verder zoals gisteren. Jij hebt contact met de politie en schrijft een artikel voor de donderdagkrant,' zei hij tegen Frida, die bezig was met haar mobieltje zonder dat hij daar iets van zei. Toen keerde hij zich naar Agnes.

'Goed werk, Tveit, maar bij veel van wat je vertelt moet ik denken aan een scène uit een soap. Het is aan je vroegere werkgever om dat te publiceren, niet aan ons. Je kunt een artikel schrijven over de begrafenis, morgen, maar vanavond heb ik je ergens anders voor nodig. Voetbalclub Voss. Competitiewedstrijd.'

Ze reageerde niet en bleef alleen demonstratief naar de koffievlek kijken.

Het dubbele gevoel dat ze had drukte zwaar op haar terwijl ze met een lege blik naar haar computerscherm zat te staren. Ze wist niet of ze nou vooral opgelucht, beledigd of kwaad was. Haar verstand zei dat het goed was om het los te laten; ze kon terugvallen op de routine van haar werk en zich concentreren op datgene wat ertoe deed, waarvoor ze naar Voss was gekomen. Haar gevoel zei echter, enigszins tot haar verrassing, dat het gekkenwerk zou zijn om nu alles los te laten.

Haar verstand won.

Voetbalwedstrijd, zei dat.

Voetbal was top, behalve dat ze nog steeds niet de moeite had genomen om de buitenspelregel en andere belangrijke onderdelen van het spel te leren. Ze moest Viktor bellen en vragen of hij tijd had om ook deze keer met haar mee te gaan. Hij was haar persoonlijk commentator geweest de vorige keer dat ze als sportverslaggever een opdracht bij elkaar had moeten bluffen. Ze was bang geweest dat ze zichzelf voor paal zou zetten, want voetbalartikelen in de krant werden onder een vergrootglas gelegd. Maar met Viktor als sidekick was het goed gegaan. Hij legde uit wat er gebeurde en wie aan de bal was, en zij schreef op wat hij zei. Het 'Wat gaat er nu door je heen?'-interview na afloop deed ze zelf; dat kon immers iedere idioot.

Ze pakte de telefoon uit haar tas om hem te bellen en bedacht dat ze vergeten was te reageren op het berichtje van Ingeborg. Ze toetste snel een antwoord: GEEN GRAP, IK SCHRIJF NIET MEER OVER DE ZAAK.

Even later bedacht ze zich. Ze was nieuwsgierig, wilde graag met eigen ogen zien wat Ingeborg had gezien. Dat was ze verschuldigd aan haar onderbuikgevoel. Bovendien wilde ze graag de kans krijgen om te klagen over de laffe krantenredacteur.

Ze wiste de tekst en schreef: BEN ER OM VIJF UUR.

Vandaag zat er niemand op de bank in de tuin.

Op de tafel onder de groene hangplanten lag een half opgegeten boterham met jam in een plasje appelsap waarin drie wespen zichzelf hadden uitgenodigd als badgast.

Agnes ging door de verandadeur naar binnen en trof Ingeborg ijsberend aan in de keuken, gekleed in bh en slip, met een huilende baby op haar arm en een vermoeide uitdrukking op haar gezicht.

'Ik weet niet wat er gebeurde,' zei haar vriendin. 'Ze zette een keel op tijdens het ontbijt en nu weigert ze te slapen. Kun jij haar even nemen? Ik doe het bijna in mijn broek.'

Agnes kreeg de baby aangereikt en Ingeborg rende naar de wc. Agnes bleef staan en hield het meisje met gestrekte armen voor zich uit. Ze rook naar melk en poep. Het voelde onnatuurlijk en raar om haar vast te houden, alsof ze voor het eerst een baby zag. Ze besefte opeens dat ze het hummeltje nog maar nauwelijks had vastgehouden, terwijl ze toch vaak bij Ingeborg kwam.

Wat er toen gebeurde, leek wel een scène uit een film, want de baby hield prompt op met huilen.

Toen Ingeborg terugkwam, lag haar dochter zoet in haar wieg te slapen.

'Serieus?' zei ze.

Agnes haalde haar schouders op. 'Wat wilde je me laten zien?'

Haar vriendin trok een T-shirt en een joggingbroek aan, en met ieder een dubbele cortado gingen ze op de bank zitten met een fotoalbum tussen hen in. Het was het laatste album waar ze de vorige keer in hadden gekeken, met de foto's van het laatste schooljaar. Nu bladerde Ingeborg snel en doelgericht tot even voorbij het midden. Toen wees ze naar een foto van drie jongens die Agnes alleen van gezicht kende; Ingeborg moest hen gekend hebben voordat zij vriendinnen werden. Achter hen kon je de rotstekeningen zien en ze staken hun tong uit.

'Wat is er met hen?' vroeg Agnes.

'Niks. Kijk eens goed,' zei Ingeborg.

Achter de schouder van een van de jongens, verderop in het bos, stonden twee andere scholieren, in een innige omhelzing.

'Kathrine en haar vent. Vegard Saue, toch? Wat is er zo bijzonder aan die twee? Ze waren de hele middelbareschooltijd samen.'

'Dat klopt. En eerst zag ik ook niets bijzonders. Tot ik zag dat het niet de Kat is die daar met Vegard staat. Het is Veslemøy.'

Agnes keek met halfdichtgeknepen ogen naar de foto, die met een analoge camera was genomen en was afgedrukt door de plaatselijke fotograaf. De twee meisjes waren in die tijd helemaal niet zo verschillend, en omdat ze allebei een paardenstaart hadden was het bijna onmogelijk om ze uit elkaar te houden. Toch zou ze nog steeds gedacht hebben dat het Kathrine was.

Toen zag ze de trui.

Ze kon een deel zien van een grote felroze F en daarnaast een R in dezelfde kleur. De eerste twee letters van FREEDOM.

'Ze kunnen van trui geruild hebben in de loop van de avond,' zei ze.

'Dat zou kunnen, ja,' zei Ingeborg. 'Maar we weten ook dat Veslemøy als tiener een behoorlijk feestbeest was. Niet om mijn familie af te vallen, maar het is niet onmogelijk dat ze in haar dronkenschap ergens in verzeild is geraakt.'

'En wat zou dat dan te betekenen kunnen hebben? Dat Kathrine Veslemøy uit de weg heeft geruimd omdat ze op een avond twintig jaar geleden heeft gezoend met haar jeugdliefde?'

'Je bent toch niet dat meisje vergeten dat ze buiten westen sloeg?' zei Ingeborg. Agnes dacht dat dat een jaar eerder gebeurd moest zijn. 'Maar ja, het is wel een beetje vergezocht, dat zie ik. Maar als het Veslemøy is op die foto, kan dat er dan op wijzen dat er meer speelde tussen die twee meiden dan je eerst zou denken? Ik weet het niet, ik wilde alleen laten zien wat ik heb gezien. Ik voelde me net zo'n alerte privédetective van de tv toen ik het ontdekte.'

'Ik krijg hoe dan ook geen toestemming meer om verder te spitten in deze zaak,' zei Agnes, en ze dronk haar laatste slok koffie op. 'Maar mooi om met jou herinneringen aan vroeger op te halen. Ondanks alles ben ik blij dat ik geen achttien meer ben.'

Ingeborg keek naar de wieg, waaruit een geluidje kwam dat elk ogenblik kon omslaan in babygehuil op volle sterkte.

'Ik weet nog niet of ik het daar wel mee eens ben.'

Toen Agnes het gebouw van de krant binnenliep was ze zo in gedachten verzonken dat ze tegen iemand op botste die naar buiten liep.

Joni glimlachte vanonder haar rode haar, dat loshing maar er vandaag zachter en minder wild uitzag. Misschien had ze het net gewassen. Ze droeg een smalle haarband over haar krullen, wat de hippielook alleen maar versterkte.

'Hé! Sorry, ik zit te veel in mijn eigen wereld,' zei ze.

'Nee, ik liep te suffen,' zei Agnes. 'Wilde je mij spreken?'

'Een minder leuke boodschap, vrees ik. Ik heb het overlijdensbericht gebracht.'

Joni had een doorzichtige map bij zich, en een paarse plastic tas waarin wat papieren zaten. Agnes vroeg maar niet of ze wist dat je zoiets ook via de mail kon sturen.

'Hoe gaat het eigenlijk met je?' vroeg Agnes. Ze zag dat Joni's gezicht ondanks haar glimlach nog net zo getekend was als de vorige keer dat ze haar had gezien, alleen op een andere manier. 'Dat heb ik je gisteren niet gevraagd.'

Ze schudde haar hoofd. 'Het klinkt misschien afschuwelijk en harteloos, en ik weet dat ik bang, kwaad, ongerust en van streek zou moeten zijn, maar ik moet toegeven dat ik er nu vooral naar uitkijk dat de begrafenis voorbij is. Ik zie er erg tegen op en wil alleen maar naar huis. Het is te pijnlijk om hier te zijn,' zei Joni. 'Bovendien zijn de kinderen ongeduldig, en mijn man ook. Ik zou eigenlijk zondagavond al vertrokken zijn en maandag een seminar hebben gehad, dus dat begint ook een probleem te worden.'

'Jeetje, dat klinkt alsof je wel genoeg op je bordje hebt. Maar nu je hier toch bent: heb je tijd voor een kop zure filterkoffie?'

'Zure filterkoffie klinkt eigenlijk wel goed.'

Agnes ging snel de trap op en vulde bij het koffieapparaat twee kartonnen bekers, die ze voorzichtig mee naar beneden nam. Ze trok Joni met zich mee naar de andere kant van het krantengebouw. Ze namen plaats op de bank met uitzicht op het Vangsvatnet. Daar bleven ze zwijgend zitten zonder dat het ongemakkelijk werd.

'Komt jouw familie naar de begrafenis?' vroeg Agnes na een poosje.

'Ik heb gezegd dat dat niet hoeft. Het is raar, maar ik heb mijn leven hier altijd gescheiden gehouden van mijn leven in Oslo, zonder dat ik precies weet waarom – behalve dan de praktische redenen natuurlijk. Mijn ouders wonen immers in Modalen. Als ik in Vestlandet ben, neem ik de kinderen daar altijd mee naartoe.'

'Beginnen ze nog niet te zeuren of ze mogen springen?'

'Ze hebben er wel iets over gezegd, ja. Het is alleen nog maar de vraag of ze hierna nog van hun vader op cursus mogen. Hij is een echte vaderkloek en is vast alleen maar blij dat hij nu een excuus heeft om het te weigeren. Ik hoor dat hier in het dorp de extreme sporten, en ook wij, degenen die zich daarmee bezighouden, weer met scepsis worden bekeken. Veslemøy zou het vreselijk hebben gevonden dat haar dood wordt gebruikt om mensen af te schrikken. Ze zou het echt gehááT hebben.'

Agnes overwoog even of ze Joni zou vragen of ze wist van de epilepsie, maar wilde haar nu niet verder belasten.

'Dat begrijp ik heel goed,' zei ze alleen maar. 'Ik hoop dat de politie verder is gekomen met het onderzoek. Heb jij je eigenlijk afgevraagd of er iemand belang bij kan hebben gehad om haar te vermoorden? Op die manier?'

Joni peuterde aan het randje van de kartonnen beker. Haar nagels waren helemaal afgekloven.

'Dat heeft de politie me ook gevraagd. Ik weet het niet. Ik weet het echt niet. Ik weet alleen dat Veslemøy vaak aan het kortste eind trok.'

'Birger Flakne zei dat hij dacht dat dit het werk van een gestoorde man moest zijn,' zei Agnes.

'Of een gestoorde vrouw,' zei Joni.

Agnes wilde net vragen wat ze daarmee bedoelde toen Joni's telefoon rinkelde. Ze stond op. 'Mijn werk, ik moet deze nemen, maar we spreken elkaar nog, oké?'

Agnes bleef zitten toen ze vertrok. Er lag een A4'tje op de bank dat uit Joni's plastic map gevallen moest zijn.

Lieve Steven, stond er bovenaan het vel.

Verder niets.

Agnes maakte een artikel voor de cultuurpagina's af over de bekendmaking van de eerste artiesten volgend jaar op Voss Jazz, een van de jaarlijkse evenementen in het dorp waar ze naar uitkeek. Toen klikte ze naar *VG*. Voor zover ze kon zien was er maar één artikel dat verband hield met de moord in Voss, geschreven door een journalist in Oslo. Het ging over eerdere parachutemoorden, met links naar de eigen artikelen van de krant over de gebeurtenissen.

Een was van 2003, een stad in Zuid-Engeland. Net als bij de moord op Veslemøy Liland zag het er eerst uit als een tragisch ongeluk. De tweeëntwintigjarige Matthew Carr was op een hoogte van dertienduizend voet uit een vliegtuig gesprongen 'zoals zo vaak daarvoor', maar deze keer had de parachute noch het noodscherm zich geopend, en hij was dood neergevallen. 'Het duurde echter niet lang voordat de Britse politie ontdekte dat ze met moord te maken hadden,' stond er. De politie had honderden mensen verhoord in deze zaak, onder wie meerdere studiegenoten van Carr op een militaire academie en de universiteit waar hij studeerde. Het rechercheteam had een specialist laten komen op het gebied van skydiven, om meer inzicht te geven in het springwereldje en gedetailleerde technische kennis te verschaffen. Drie mannen waren aangehouden en weer vrijgelaten, en er stond niets bij over een motief. Ze werd nieuwsgierig, opende een nieuw venster en zocht op 'Matthew Carr + moordenaar'. Ze kreeg een reeks artikelen over de gebeurtenis, die nog steeds een onopgehelderd mysterie bleek te zijn. Na tien maanden onderzoek was de politie met een verrassende conclusie gekomen: Carr moest zelf zijn parachute onklaar hebben gemaakt. DNA op de parachute-uitrusting en op een schaar die in zijn auto was gevonden en waarvan men dacht dat die was gebruikt om de parachutes onklaar te maken, toonde aan dat alleen Carr met de parachute in aanraking was geweest – er kon geen derde partij bij betrokken zijn. De politie concludeerde daarom dat de parachutist zelf een eind aan zijn leven had gemaakt.

Agnes wist niet of de politie DNA-monsters had genomen van Veslemøy Lilands parachute. Ze hield daar wel rekening mee en zou er straks Viktor naar moeten vragen. Het zou hoe dan ook wel even duren voordat de uitslag van het DNA-onderzoek er was, dacht ze. Was het nog steeds mogelijk dat ook Veslemøy op een spectaculaire en groteske manier een zelfmoord in scène had gezet? Ze probeerde het scenario in haar fantasie af te spelen, maar werd gestoord doordat er iemand op de deur klopte. De Gepensioneerde stak zijn neus om de hoek.

'Lunch?' vroeg hij.

Ze knikte en haalde de samengekleefde resten van de kaastosti uit haar tas, maar bleef voor haar scherm zitten eten terwijl ze het *VG*-artikel verder las, over een ander parachuteongeluk, dat uiteindelijk een moord bleek te zijn. *Ze hielden van dezelfde man. Maar slechts één van hen overleefde de sprong van vierduizend meter hoogte*, stond er. Een echte passiemoord, meende de Belgische politie, die concludeerde dat Mila Visser de moeder van twee kinderen, Tess de Vries, in 2007 had vermoord. Ze hadden beiden een verhouding met een skydiver die alleen aangeduid werd als 'Luuk', en toen deze drie een sterformatie zouden springen samen met een vierde man, viel De Vries te pletter. Geen van de parachutes ging open, en na twee maanden onderzoek werd de vriendin gearresteerd op verdenking van de moord.

En Eskildsen noemt de omstandigheden rond de moord op Veslemøy Liland een soap, dacht Agnes. Met haar mond vol kaas wierp ze een gepikeerde blik in de richting van de kamer van de redacteur.

Toen er een persbericht van de politie binnenkwam dat Kripos zowel de sporen in het huis had veiliggesteld als de gesprekken via de mobiele telefoon van Veslemøy Liland, belde ze in een opwelling Viktor.

'Agnes, ik kan niet alle informatie die ik krijg doorgeven,' zei hij. 'Dan vlieg ik eruit.'

'Maar ik zal die nergens voor gebruiken. Eskildsen wil dat ik alleen de informatie die officieel naar buiten gebracht wordt gebruik voor mijn artikelen.'

'Verstandige man. Maar ik heb dus nog geen digitale data gezien, als je daar soms naar zit te vissen. Het duurt een paar dagen voordat we de uitslag krijgen.'

'Oké, als jij mij belooft je informatie te delen, mag je vanavond met mij mee om een voetbalwedstrijd te verslaan.'

'Ik beloof niets.'

'Natuurlijk. Maar je gaat wel mee, toch?'

'Vind je dat ik nog niet genoeg heb om me mee bezig te houden?'

'Please?'

'Ik vraag even of het Gro uitkomt.'

VESLEMØY WAS ALS EEN DOCHTER VOOR ONS, luidde de kop boven het hoofdartikel in *Dagbladet*. Op de foto keek een ouder, bleek echtpaar ernstig in de camera. Agnes kende de naam van de journalist die het artikel had geschreven niet en hij had geen *Dagbladet*-adres; ze gokte dat de chef Reportages een student journalistiek in Australië te pakken had gekregen en hem naar de ouders van Steven Smith had gestuurd. De krant had wel vaker lokale studenten gebruikt en het wemelde ervan aan de oostkust. Natuurlijk hadden ze geen geld om eigen mensen naar Nieuw-Zeeland te sturen.

Het was anders geweest toen zij pas begon met werken. Agnes vond het vreselijk dat ze zo oud was dat ze kon praten over de Noorse media 'van vroeger', maar het was echt een andere tijd geweest. Een tijd waarin de kranten nog geld hadden. Een tijd waarin zij de halve wereld over gestuurd was voor slechts één interview. *Dagbladet* had weliswaar toen ook al te maken gehad met dalende oplagecijfers. Ze zou nooit vergeten dat haar chef Reportages bij *VG* erachter kwam dat ze gesolliciteerd had bij de concurrent. Hij legde zijn cowboylaarzen op zijn bureau en vroeg: 'Wil je echt vergaan met de Titanic als je verder kunt varen met The World?'

Ze besloot te overleven en kreeg niet lang daarna een vaste aanstelling bij *Spotlight*.

Dagbladet had beslist een scoop vandaag, maar de schoonouders van Veslemøy hadden niets interessants te melden, alleen dat ze het vervelend vonden dat ze nu zo ver van hun zoon en kleinkinderen verwijderd waren.

Ze bezocht een paar andere websites – geen enkele was up-to-date –, en plotseling werd het Agnes duidelijk dat zij misschien meer informatie had dan de journalisten van de hoofdstedelijke pers.

Ze had alleen geen toestemming om met haar informatie iets te doen.

De geur van drukinkt prikte in haar neus toen ze tussen de luidruchtige machines stond.

Een drukkerij in de kelder van de krant was heel praktisch als je zo ongeduldig was om je artikel gedrukt te zien dat je niet tot de volgende dag kon wachten. Of alleen maar zo nostalgisch was ingesteld dat je hield van het gevoel om een kersverse papieren krant in je handen te houden. Agnes voelde zich altijd een onderdeel van iets groters als ze een krant pakte die net van de pers was gerold. Ze voelde verbondenheid met belangrijke persmensen vóór haar: individuen die presidenten hadden afgezet en revoluties hadden teweeggebracht, die bij *The New York Times* werkten of *The Washington Post*, mensen die ze op tv had gezien en die haar zodanig inspireerden dat ze als kind van twaalf al in een opstel had geschreven dat ze 'sjoernalist' wilde worden.

'Je moet aan je spelling werken,' had de leraar in de kantlijn geschreven.

Ze was halverwege het nieuwste boek van Watergate-reporter Bob Woodward, *Fear*, over Donald Trump en de chaos in Washington. Woodwards methode was, zoals altijd, het gebruik van anonieme bronnen. In een interview vertelde hij dat hij alle interviews begon met de woorden: 'Ik heb je hulp nodig.' Dat waren de vijf meest effectieve woorden, zowel in de journalistiek als in overige relaties tussen mensen, meende hij. Volgens hem was de beste manier om een goed verhaal te krijgen 'behoedzaam op je doel afgaan, met je achterste omhoog en je neus naar de grond'.

Ze herinnerde zich hoe het gevoeld had om op zaterdagochtend nadat ze koffie had gekocht naar de kiosk op Tøyen te lopen en haar eigen artikel te zien shinen op de krantenstandaard. Dat tintelende, verwachtingsvolle gevoel was ze allang kwijt.

Ze had nog wat tijd voor de voetbalwedstrijd en was nieuwsgierig naar het verslag van de parachutemoord in haar eigen krant. Het was het hoofdartikel op de voorpagina, ook al bevatte het geen nieuws: DE POLITIE WERKT MET MEERDERE THEORIEËN, luidde de – vriendelijk gezegd – weinig prikkelende kop. Bob Woodward zou niet onder de indruk zijn geweest. Op een van de binnenpagina's stond een interview met de onderzoeksleider van Kripos, die zei dat ze meerdere theorieën hadden, maar geen ervan bekend wenste te maken. 'Hopelijk zullen de sectie en de technische onderzoeken meer antwoorden geven,' zei ze.

De sectie was Agnes totaal vergeten. Was er epilepsie aangetoond?

Vast niet.

Niemand had iets over epilepsie gezegd nadat ze met Steven had gesproken. Sprak hij eigenlijk wel de waarheid?

Ze bladerde snel door de rest van de donderdagkrant en wilde die net in haar tas stoppen toen haar beweging stokte. Een gezicht dat voorbijflitste op een van de bladzijden had iets bekends. Dat gebeurde wel vaker. Waarschijnlijk was het een van haar vele bijna-bekenden in het dorp, maar ze was nieuwsgierig genoeg om de krant weer open te slaan.

Ze bladerde hem opnieuw door, langzamer deze keer. Toen ze bij de middenpagina was gekomen, trok ze haar wenkbrauwen op.

De grote portretfoto rechts van het artikel toonde een ernstige man die naast het grote VOSS-bord bij het grasveld van het cultuurhuis stond. Hij droeg een colbertje en een das, en had een krachtige kin en blonde krullen. Hij was wat dikker geworden, maar voor de rest was hij makkelijk te herkennen.

MET DE WET AAN ZIJN ZIJDE, luidde de titel van het interview in de rubriek 'Zomergast'.

En de inleiding: *Na tien jaar als gevolmachtigd advocaat kreeg Vegard Saue (40) twee maanden geleden de eervolle baan van landsadvocaat in Oslo. Voordat hij in zijn nieuwe functie begint, geniet hij van zijn vakantie bij zijn familie in Voss.*

Ze verplaatste haar blik naar de byline.

Frida Grådal had zowel de tekst geschreven als de foto genomen. Ze was iets meer dan een week geleden aan haar vakantiebaan begonnen. Met andere woorden, het interview moest kortgeleden gemaakt zijn.

Ze hoefde het berichtje van Viktor niet te openen om te begrijpen dat hij EEN PAAR MINUTEN LATER was. Ze parkeerde bij de oude Bru-kiosk, stapte uit de auto, leunde tegen de motorkap en gunde zichzelf even wat zon op haar gezicht.

Toen ze Tor Erik Åkervold in het oog kreeg, die verderop in de straat de Coop Prix uit kwam, stapte ze snel weer in. Opeens was ze Eskildsen dankbaar omdat ze nu niet met de tanker Verdens Gang hoefde te concurreren. Ook al zou ze het nooit willen toegeven, ze wist dat ze een paar elementaire eigenschappen miste als het op misdaadjournalistiek aankwam. Het zou om meer dan één reden vermoeiend zijn geweest om de hete adem van Åkervold in haar nek te voelen.

Ze sloot even haar ogen en ging wat meer rechtop zitten, toen iemand hard op de ruit tikte. Geërgerd draaide ze haar hoofd om tegen Viktor uit te vallen, maar ze keek recht in de witte Ken-glimlach.

Åkervold opende het portier en ging op de passagiersstoel zitten. 'Goedendag, mevrouw!' zei hij met een overdreven accent. 'Hoe staat het ermee? Al iemand gevonden die zijn hart bij je gelucht heeft? Of ben je vooral aan het verkennen vanuit de auto?'

Ze gluurde naar haar vroegere collega. Dit type journalist zou er smoezelig moeten uitzien en stinken en overgewicht moeten hebben, in plaats van eruit te zien als een plastic pop uit een Amerikaanse fabriek.

'Eerlijk gezegd ben ik op weg om een voetbalwedstrijd te verslaan,' zei ze. 'Een waanzinnig belangrijke wedstrijd. FBK Voss tegen Åsane Fotball. Ze staan op de achtste plaats in de vierde divisie. Het wordt spannend. Ik heb geen tijd of ruimte om over parachutemoorden te schrijven.'

Åkervold humde, en in plaats van bot commentaar te leveren leunde hij met zijn hoofd achterover. Ze was duidelijk geslaagd met haar 'hoe tem ik de schoft'-tactiek.

'Ik heb zelf ook nog niet veel nieuws, moet ik bekennen,' zei hij. 'De restanten van de uitrusting bevatten maar weinig sporen, zeker nu de verzegeling waarschijnlijk tegelijk met de parachute verloren is gegaan.'

Ze knikte en deed alsof zij tot dezelfde conclusie was gekomen. Ze dacht eraan dat ze in het gras had gezocht en voelde zich dom.

'Ik zit eigenlijk alleen te wachten tot die kerel gearresteerd wordt, zodat ik met mijn gezin het vliegtuig naar Italië kan nemen,' zei Åkervold. 'Over spannend gesproken! Zullen we samen een biertje drinken voordat ik vertrek?'

Ze keek hem aan en schudde haar hoofd. 'Dat lijkt me niet slim, Tor Erik.'

Vlak nadat hij vertrokken was, stapte Viktor in. Vragend keek hij haar aan.

'Vraag maar niks,' zei ze, en ze moest lachen toen ze zag dat haar vriend zijn trainingspak had aangetrokken. 'Je neemt je opdracht als sportverslaggever serieus, zie ik?'

'Ik moest even mijn uniform uitdoen. Sinds zondag heb ik bijna onafgebroken gewerkt.'

'Hoe gaat het met jullie onderzoek?'

'Vraag je dat als gewetenloze misdaadverslaggever of als Agnes?'

'Als Agnes. Ik mag nergens over schrijven, zei ik je toch?'

'In dat geval kan ik zeggen dat het verdomde slecht gaat.'

'Hoezo?'

'Omdat Steven Smith niks bekent, terwijl Kripos druk op hem blijft uitoefenen. Die man lijkt de wanhoop nabij.'

'Hebben ze uitgezocht of het verband om zijn hand iets te maken heeft met het blauwe oog van Birger Flakne?'

'Ja, natuurlijk. Smith zegt dat hij zijn hand gebrand heeft aan het fornuis, Flakne had het over een bezem. Dat klinkt geen van beide erg geloofwaardig.'

Agnes vroeg of er al meer bekend was over de parachute, en Viktor vertelde dat Veslemøys parachute hooguit tien minuten onbeheerd in het clubhuis kon hebben gelegen, wat volgens de experts uit Bergen te kort was om hem te openen, te vernielen en weer in te pakken.

Het was ook veel korter dan Birger Flakne had ingeschat dat zo'n operatie zou duren, dacht Agnes.

'Het idee is nu dat de parachute op voorhand al onklaar moet zijn gemaakt,' zei Viktor.

'Waar bewaarde Veslemøy haar parachute altijd?'

'Thuis in de berging. Er zaten vingerafdrukken van Steven op, maar ook die van Gro, Joni en de Kat. Dat is niet zo vreemd; ze helpen elkaar waarschijnlijk een handje om de parachutes goed vast te zetten op hun rug. En dat er geen andere vingerafdrukken te vinden zijn, kan alleen maar betekenen dat de dader slim genoeg was om handschoenen aan te trekken.' Viktor zuchtte. 'Kripos wil nog steeds de Steven-theorie niet loslaten, maar ik vind dat we meer met de andere hypotheses zouden moeten doen.'

'Wat zijn die dan?'

'Agnes, mijn baan!'

'Oké.'

Agnes startte de auto en verliet de parkeerplaats. Ze schonk haar vriend een warme glimlach. 'Weet je, als politieagent doe je het zo slecht nog niet.'

'Voetbalverslaggever, graag.'

Ze kon zich laten meeslepen door wereld- en misschien ook wel Europese kampioenschappen, en had vaak genoeg voor de tv gestaan om een ploeg aan te moedigen van een land waar ze geen enkele binding mee had. Maar het Noorse voetbal was eerder iets waar ze zich lijdzaam doorheen worstelde, alleen om Fredrik een plezier te doen. Als de lieve vriendin die ze kon zijn had ze tijdens wedstrijden van de eredivisie op de bank voor zich uit zitten staren.

Zelfs Fredrik zou vierdedivisievoetbal in een leeg stadion in Voss saai hebben genoemd.

Godzijdank ging Viktor mee. Het probleem was alleen dat hij zijn taak zo serieus opvatte dat hij over niets anders wilde praten dan over aanval en verdediging.

Vanaf de bovenste stoel in het midden van de kleine tribune keek ze uit over het veld waarop ze zelf in haar jonge jaren had rondgerend. Ze dacht niet met plezier terug aan de sportdagen van school; ze had altijd opgezien tegen de zestig meter hardlopen en de coopertest, niet omdat ze langzaam was of een slechte conditie had, maar omdat de druk om te presteren haar zo zenuwachtig maakte dat ze de nacht ervoor niet kon slapen. Dat ze wist hoe hard of langzaam ze zelf rende veranderde daar niets aan als ze niet wist welke snelheid de anderen hadden.

Vlak achter het voetbalveld begon het Prestegardslandet, dat zich uitstrekte tot het Vangsvatnet met zijn wirwar van smalle paden tussen hoge bomen. Ze had weleens gehoord dat daar honderdveertig verschillende vogelsoorten zaten. Vaak genoeg had ze op haar rug onder een boom gelegen om te proberen of ze de geluiden van verschillende vogels kon onderscheiden.

Zou Voss in de toekomst minder bekend komen te staan als 'natuurparadijs', 'mekka voor extreme sporten' en 'ski-eldorado', en meer als 'het dorp van de parachutemoord'? Er waren veel kleine plaatsen die een dergelijk imago nooit meer waren kwijtgeraakt – dorpen waar kinderen waren ontvoerd, afgelegen plekken waar de burgemeester had gerommeld met jonge meisjes. Zulke dingen werden nooit vergeten.

Opeens viel haar oog op twee even lange en gelijk geklede jongetjes die alleen over de gravelweg renden. Ze vroeg zich eerst af of ze alleen waren, maar toen zag ze een eindje verderop Steven Smith en een vrouw staan, dicht bij elkaar. Zelfs van deze afstand was het rode haar van de vrouw makkelijk te herkennen.

De rest van de voetbalwedstrijd volgde Agnes het spel nog minder dan bij het begin. De scheidsrechter gaf het eindsignaal, en het magere applaus van het schaarse thuispubliek haalde haar uit haar overpeinzingen.

'Hebben we gewonnen?'

'1-1,' zei Viktor. 'Vergeet nou niet je interview na de wedstrijd. Vraag de aanvoerder maar of hij vindt dat de 4-4-2-opstelling optimaal heeft gewerkt, en waarom hij nooit de kans heeft benut om het bed te delen met Agnes Tveit in hoogsteigen persoon.'

Ze keek naar het sportveld, nieuwsgierig naar wie Viktor bedoelde. De spelers van FBK Voss waren op weg naar de kleedkamer en kwamen hun kant op. Het was alsof iemand haar tackelde toen ze zag wie de aanvoerdersband om zijn arm droeg.

Het kon niet missen, ook al was het tijden geleden dat ze hem had gezien: Alexander Kosanovic, de Bosnische jongen met het kastanjebruine haar, die gitaar speelde, de enige die haar knikkende knieën had bezorgd. Verdomme!

Toen hij het water uit zijn fles over zijn verhitte hoofd goot, voelde ze dezelfde spanning in haar maag als ze vroeger had gevoeld elke keer als ze bij hem in de buurt was. Het was alsof alles wat daarna was gebeurd was uitgewist.

'Viktor,' zei ze zacht, 'dat is Alexander.'

'Hállo, dat weet ik. Ik dacht dat je hem allang had gezien. Ik kwam hem een poosje geleden tegen op straat. Hij woont in Evanger.'

'In Evanger? En jij vertelt mij niets?'

Met gefronst voorhoofd keerde Viktor zich naar haar toe. 'Waarom zou ik jou iets verteld moeten hebben?'

'Omdat het Alexander is!' Ze wierp Viktor een norse blik toe, waarna ze haar notitieblok van hem overnam, haar spiegelreflexcamera pakte en langzaam de tribune af liep, terwijl ze in de gaten hield of Alexander nog steeds bij de dug-out stond.

Viktor dacht vast dat hij op de middelbare school zomaar een van haar verliefdheden was geweest, maar dat was niet zo. Ze had na haar schooltijd vaak aan hem gedacht en had in haar single-periodes als twintiger vaak over hem gesproken, op zo'n manier dat Ingeborg haar een keer had gevraagd of hij *the one that got away* was. Ze had hem nooit gehad, niet echt. Maar ze was er dichtbij geweest. Ze herinnerde zich nog hoe zacht zijn volle lippen haar kusten en hoe lekker zijn eau de toilette rook. Af en toe rook ze die geur weer in een winkel of een bar, en dan moest ze zich beheersen om er niet achteraan te gaan. Ze wist nog goed hoe hij voor het eerst lust in haar had opgewekt. Als haar vader haar niet verboden had om bij hem te blijven slapen, zou hij haar eerste geweest zijn. Was hij dat maar geweest. Maar het was gebleven bij fantasieën in haar meisjeskamer, met haar eigen hand tussen haar benen.

Misschien dat ze hem dáárom nooit was vergeten.

Hij had haar nog niet gezien. Ze tikte hem zacht op zijn schouder. Toen Alexander zich omdraaide, rook hij zoals hij altijd had geroken. Misschien was het helemaal geen eau de toilette. Misschien was het gewoon zijn lichaamsgeur.

'Wauw!' riep hij, en hij trok haar tegen zijn bezwete voetbalshirt, haar neus in het kuiltje van zijn hals. Ze wilde daar nooit meer weg. 'Je bent geen spat veranderd! Wat doe jij hier nou?'

Ze deed een stap terug en hield haar camera en haar notitieblok omhoog. 'Ik moet met je praten over 4-4-2.'

Ze had internationale beroemdheden geïnterviewd, leden van de koninklijke familie en bekende politici; ze had acteurs en rocksterren geportretteerd, maar ze kon zich niet herinneren dat ze ooit zo gebloosd had als toen ze sprak met een voetballer uit de vierde divisie. Het opgelaten gevoel bleef nog lang na haar thuiskomst hangen. Ze was nu tien jaar ouder en wijzer dan de laatste keer dat ze tegenover hem had gestaan. Ze was een volwassen vrouw die had geleefd. En toch gedroeg ze zich als een giechel van veertien. Dáárom had het nooit iets kunnen worden tussen hen: het was onmogelijk om je niet van de wijs te laten brengen als iemand die fysieke reactie bij je opriep. Toen Alexander haar in het kort vertelde dat hij vijf jaar als muzikant had gewerkt in Brussel, dat zijn Belgische vrouw een zuurdesembakkerij was begonnen in Evanger, dat ze drie – drie! – kinderen hadden, voelde ze zich weer de onzekere puber van toen. Ze wilde niet meer aan hem denken; ze at twee boterhammen met huzarensalade, daarna een flink stuk chocola, en ging op de bank liggen.

Toen pas dacht ze weer aan wat ze die middag had gezien. Noch Veslemøys beste vriendin, noch haar man leek bang te zijn voor praatjes. Joni was wel erg veel samen met Steven en de jongens. Verdacht veel, zouden velen ongetwijfeld denken.

Maar zou Agnes niet hetzelfde hebben gedaan als ze in haar schoenen stond? Als Ingeborg degene was geweest die gestorven was, zou ze zeker graag gewild hebben dat Agnes haar treurende echtgenoot zou steunen, als ze die had gehad.

Toen dacht ze aan wat Gro had gezegd bij de Tre Brør: dat misschien ook anderen gevaar liepen.

Ze zette de tv aan. En ook al wilde ze liever op onderzoek uit en voelde het totaal verkeerd om op de bank te blijven liggen, toch dwong ze zichzelf daartoe. Ironisch genoeg was de dagelijkse uitzending van de NRK over de Ekstremsportveko al begonnen. Het verbaasde haar dat ze de tv-uitzendingen over het festival door lieten gaan na alles wat er was gebeurd, maar zo'n productie vergde waarschijnlijk veel organisatie en het uitzendschema veranderen was dan lastig. Bovendien ging alles gewoon door, afgezien van het springprogramma, dus er waren genoeg activiteiten voor een tv-uitzending.

De cameraman die vanaf het hoogste punt van een bergwand de presentator filmde, draaide zijn camera naar links om de kijkers thuis te laten zien hoe steil de helling was. De bergwand moest Nåli zijn. Dat werd bevestigd door de stem van Birger Flakne, die blijkbaar buiten beeld geïnterviewd werd. De camera richtte zich weer op de festivalbaas. Hij zag er, vond Agnes, wat al te ontspannen en opgewekt uit voor iemand die een sportevenement leidt waar een moord heeft plaatsgevonden. Hij sprak enthousiast over Nåli, de steile wand die een soort natuurlijke klimaatbeheersing had, terwijl Bolstadøyri – niet ver van Evanger, waar Alexander woonde – in een van de gebieden lag waar de meeste regen ter wereld viel.

'Maar Nåli is altijd droog,' zei hij. 'Je gelooft het bijna niet, maar de wand is zo steil dat de regen daar nooit komt. Zelfs als de zon niet schijnt, lijkt hij toch licht te vangen.'

Vorig jaar had een basejumper zeventig meter boven de grond vastgezeten. Hij had zich vijf uur lang vastgeklampt aan een kleine bergrichel, tot de reddingscentrale in Sola een helikopter stuurde en een groep klimmers naar Nåli-basecamp zond. Het had de klimmers veel tijd gekost om een plan te bedenken om de man naar beneden te krijgen, zo gevaarlijk was de opdracht geweest. Het is niet zo gek dat het verboden is te basejumpen vanaf de elfhonderd meter hoge Trollveggen, had ze gedacht toen de stakker eindelijk op de grond stond. Ze vroeg zich af hoe opgelucht, maar ook hoe ontzettend dom de basejumper zich moest hebben gevoeld.

De camera draaide naar de rand van de berg, waar twee nieuwe optimisten zich vanaf wierpen.

Onderweg ving de camera een andere man in vleugelpak op, die even snel weer uit beeld verdween. Hij droeg geen helm, zodat je zijn krullen kon zien.

Ze tuurde naar het scherm. Misschien zou ze hem niet herkend hebben als ze niet eerder op de dag foto's van hem had gezien.

Nu twijfelde ze niet.

Het was Vegard Saue.

Ze schrok van de ringtoon van haar telefoon. Het was Steven Smith. Even overwoog ze niet op te nemen; ze had totaal geen behoefte aan dagelijks contact met die man. Het was niet voor niets dat de politie hem in het vizier had.

'Kunnen we even praten?' vroeg Smith zonder een groet.

'Als het niet te lang duurt,' zei ze. 'Ik moet nog een paar dingen afmaken.'

'*While you're watching tv?*'

Met bonzend hart sprong ze van de bank.

Ze keek van het raam naar de verandadeur en zag naast de pruimenboom een gestalte staan.

Hij stond naar haar te kijken.

Wat was dat, verdomme?

Was de buitendeur wel op slot? De verandadeur?

Uitgerekend nu ze Fredrik een keer thuis nodig had, was hij aan het werk.

'*Didn't mean to scare you,*' zei Smith, en hij zwaaide onhandig terwijl hij nog steeds in de telefoon praatte. 'Ik had misschien moeten aanbellen.'

'Je had helemaal niet naar mijn huis moeten komen.' Haar stem was hard, bang.

'Mag ik binnenkomen?'

Van z'n leven niet.

'Ik kom wel naar buiten.'

Haar hart klopte in haar keel toen ze haar sandalen aantrok en de verandadeur opendeed. Wie ging er nou op zo'n manier bij iemand naar binnen staan gluren?

Iemand die had gedronken, rook ze op afstand.

Ze zag nu dat zijn ogen lodderig stonden; hij leek nog meer op een diepzeevis dan de vorige keer. Hij wankelde. Er was weinig over van de vriendelijke vader van twee kleine kinderen die ze in de Miltzowgata had ontmoet. Waar had Steven Smith de tijd vandaan gehaald om zo dronken te worden in de paar uur nadat ze hem met Joni en de kinderen op het Prestegardslandet had gezien?

'Heb je iets gevonden?' vroeg hij, alsof ze zijn compagnon was, alsof ze lid waren van dezelfde Mickey Mouse-detectiveclub.

Met onverholen minachting keek ze hem aan. 'Steven, je moet morgen de moeder van je kinderen begraven. Je kunt beter naar huis gaan en gaan slapen. En ja, ik zou wat rondvragen, maar ik kan niet je privédetective zijn. Ik heb een baan. En je zou er gewoon op moeten vertrouwen dat de politie zijn werk doet. Welterusten!'

Ze draaide zich om en liep terug naar het huis. Maar toen haar arm stevig werd vastgepakt bleef ze abrupt staan.

'Daar heb ik geen tijd voor,' zei Steven Smith zonder zijn greep te verslappen.

Het deed pijn. Geschokt keek ze naar hem op. Zijn ogen waren zwart en vochtig.

Heel even was ze verlamd van angst.

Toen rukte ze haar arm los en rende naar binnen.

Donderdag

Er hingen zware, dreigende wolken boven de bergen toen ze het gebouw van de krant binnenstapte. De regen kwam terug, het leek wel of de wolken op springen stonden en het slechts een kwestie van tijd was voordat de bui zou losbarsten.

Agnes zette haar tas op haar bureau en ging naar Eskildsen.

Frida Grådal zat met een kop thee in de verder lege kamer van de redacteur, en Agnes dacht wat ze altijd dacht: dat ze mensen die 's morgens geen koffie dronken niet vertrouwde. Net zoals ze sceptisch werd bij iedereen die zei dat hij nooit tv-keek. Ze keek op haar horloge en zag dat ze vijf minuten te vroeg was. Haar lichaam liep momenteel echt met de meeste dingen uit de pas. Toen ze vanmorgen wakker werd had ze gedacht ze dat ze zich had verslapen, nadat ze de hele nacht licht en slecht geslapen had. Ze pakte haar rechterbovenarm vast, zich bewust van de grote bloeduitstorting die te zien was vlak onder de mouw van haar T-shirt. Die was vannacht komen opzetten, na haar ontmoeting met Steven Smith gisteravond.

'Waar studeer je eigenlijk?' vroeg ze.

Het had geen zin terug te gaan naar haar eigen kamer; dat zou er alleen maar op uitdraaien dat ze te laat terugkwam.

'OsloMet,' zei de zomerkracht. 'Ik zit nu in mijn laatste jaar journalistiek. Daar heb jij toch ook gestudeerd? Heette het toen niet nog de Hogeschool van Oslo?'

Ze besloot het schaap te laten geloven dat zij daar inderdaad gestudeerd had. Ze vond het niet nodig te vertellen dat het in die tijd moeilijk was om toegelaten te worden tot de afdeling Journalistiek en dat haar cijfers daarvoor lang niet goed genoeg waren geweest. Godzijdank waren er andere manieren om journalist te worden. Agnes beschouwde zichzelf graag als een van de oude rotten in het vak, die het belangrijker vonden om iets te dóén dan om kennis uit boeken te halen. Mensen die hun vaardigheden in de praktijk hadden geleerd of, zoals zijzelf, een paar jaar op een particuliere hogeschool hadden gezeten.

'Studenten zijn tegenwoordig vast niet erg optimistisch,' zei Agnes. 'Het wordt moeilijk om een vaste baan te krijgen nu de mediawereld op z'n gat ligt.'

'Zou kunnen,' zei Frida. 'Maar ik heb eigenlijk ook niet zo'n behoefte aan iets vasts. Ik schrijf een beetje voor *Morgenbladet* en de rest van mijn tijd schrijf ik aan een toneelstuk waarvoor ik subsidie heb gekregen van Het Vrije Woord, en aan mijn blog. Ik had het geluk dat ik niets hoefde te lenen, door de advertentie-inkomsten die ik daarvan krijg.'

Agnes besloot op dat laatste in te gaan. Ze grinnikte bij de gedachte dat dit muisje blogger was.

'Je verdient dus geld met schrijven over wat je aanhebt en zo?'

'Haha! Dat zou wat moois zijn,' zei Frida, en ze spreidde haar armen. 'Moet je me zien!'

Haar truttige bruine jurk leek rechtstreeks uit de kledingkast van haar moeder te komen, maar het zou Agnes niet verbazen als dit voor twintigers de laatste mode was.

'Ik blog níét over mode, nee. Ik schrijf over trends in de sociale media, over technologische ontwikkeling. De laatste tijd ben ik ook erg geïnteresseerd in kunstmatige intelligentie. Mijn adverteerders zijn meestal softwarebedrijven en IT-firma's.'

Agnes werd chagrijnig. Waarom vond Frida het in vredesnaam leuk om hier te werken, terwijl ze met zoveel andere dingen bezig was, dacht ze, maar toen ze daarnaar wilde vragen, kwam Eskildsen binnen, met zijn versleten bruinleren tas over zijn schouder. Agnes kon zich niet herinneren dat ze hem ooit zonder die tas had gezien. Hij leek verrast dat de twee vrouwen daar samen zaten.

'Dat komt goed uit,' zei hij zonder hun goedemorgen te wensen. 'De fotograaf heeft zich weer ziek gemeld voor de rest van de week – iets met zijn heup of COPD. Hoe dan ook, ik vroeg me af of jullie vandaag naar Lilands begrafenis kunnen gaan. Jij maakt sowieso betere foto's dan hij, Frida.'

Ze knikte.

Agnes werd nog chagrijniger.

'Dat laatste blijft onder ons, uiteraard,' zei Eskildsen. 'Ik wil hier niemand op zijn ziel trappen. Maar is het een idee? Hebben we een nieuw future-team?'

Agnes bleef in de deuropening staan toen de zomerkracht naar buiten ging. Ze wees naar de krant van vandaag, die de redacteur op zijn bureau had gelegd toen hij binnenkwam. 'Wist je dat de nieuwe landsadvocaat in Oslo een relatie heeft gehad met een van de vriendinnen van Veslemøy Liland, in hun tienerjaren?'

Eskildsen keek half geïnteresseerd naar haar op. 'O ja? En waarom is dat interessant?'

Ze haalde haar schouders op. 'Ik dacht dat het misschien een beetje... ongevoelig zou zijn als we hem een paar dagen na de moord interviewen. Hij vindt het vast ook wat ongepast. De een zat maar een klas hoger dan de ander, en de een is supersuccesvol en de ander wordt om zeep geholpen?'

'Tveit, kom op zeg! Je bent nu in een dorp. Als ik bij alle artikelen die we publiceren zou moeten letten op alle vroegere relaties die mensen hebben gehad, had ik geen krant kunnen uitgeven. Het kan kloppen wat je zegt, dat Vegard in zijn jongere jaren omging met Veslemøy, maar nu is hij gelukkig getrouwd met iemand uit het noorden. Vorig jaar was ik bij zijn bruiloft. Ze zijn getrouwd in de IJszeekathedraal in Tromsø. Schitterend was het.'

'Ben je familie van hem?'

Het zou niet de eerste keer zijn dat Eskildsen kolommen vrijmaakte voor een bekende of dierbare. Zowel zijn vrouw, de dirigente van het plaatselijke koor, als zijn kinderen hadden vaker dan gemiddeld in de krant gestaan.

'De zoon van de zus van mijn vrouw,' zei hij, terwijl hij zijn bril opzette en tikkend met zijn wijsvinger inlogde op zijn pc.

'Hij deed toch aan basejumpen?'

'Ach ja, met die onzin is hij laatst begonnen.'

'Vreemd dat hij daar niets over heeft gezegd in ons interview.'

Eskildsen keek over de rand van zijn brillenglazen. 'Moet jij niet een begrafenis verslaan?'

Joni Farestveit stond met een witte langstelige roos over de kist van haar hartsvriendin gebogen.

Alleen de mensen die zo goed keken als Agnes zou het opvallen dat ze de steel met de doorntjes zo stijf omklemde dat haar hele hand rood zag. Wat iedereen kon zien was dat haar rug begon te schokken, dat Kathrine Bøe en Gro Skutle haar een arm gaven en haar voorzichtig maar resoluut naar hun plaatsen op de tweede rij in de stampvolle kerk leidden.

Joni bleef zitten met haar handen in haar schoot en haar blik neergeslagen. De jurk die ze droeg, waarvan Agnes het gevoel had dat ze die al eerder had gezien, had een dessin van donkerpaarse bloemetjes. Het jarenzeventigmodel stond haar prachtig.

Toen de kerkklokken begonnen te luiden rechtte ze haar rug op haar staanplaats op de galerij. Ze liet haar blik over de honderden gebogen hoofden beneden gaan en keek toen zoals altijd op naar de engelenschildering.

Die bedekte het hele plafond en was heel mooi. In de tijd dat ze zich voorbereidde op haar belijdenis, een half leven geleden, had de aanblik van deze engelen vele vroege zondagochtenden met verplichte kerkdiensten voor haar gered. Ze had vaak gedacht dat ze hier zou trouwen, onder deze vleugels. Maar Fredrik was geen lid van de staatskerk, dus dat was niet aan de orde. Ze dacht ook niet dat hij haar überhaupt een aanzoek zou doen; hij was geen fan van zulke 'niet-originele ceremonies', had hij een keer gezegd. Het was niet zo belangrijk voor haar, had zij gezegd, ook al had ze bij zichzelf gedacht dat Fredrik op andere gebieden evenmin bepaald 'origineel' was. In bed was het meestal de missionarishouding, en niet pas toen ze begonnen met hun vermoeiende pogingen om een baby te maken.

Die ene keer op het dak was een uitzondering. Het kon niet meer dan een jaar zijn geweest nadat ze een stel waren geworden. Het was tijdens een housewarming in de nieuwe flat van Fredriks vriend, al wat later op de avond. Toen ze naar de keuken was gegaan om een nieuwe fles wijn open te trekken, stond hij opeens achter haar. 'Kom,' zei hij. Eerst dacht ze dat hij om de een of andere reden kwaad op haar was, maar Fredrik trok haar mee de gang in en de trap op, naar het dakterras. Het was eind oktober en haar tepels werden meteen koud en stijf onder haar dunne jurk, maar ze wilde niet dat het zou stoppen toen ze in een berijpte stoel boven op hem zat. Hij was harder dan ze hem ooit gevoeld had; zij was opgewondener dan ooit. Daarna, de rest van de nacht, had hij haar amper aangekeken. Ze had het merkwaardige gevoel gehad dat hij zich schaamde, en ze hadden het er nooit meer over gehad.

De orgelmuziek rukte haar uit haar zondige gedachten. Allemachtig, wat had ze een hekel aan de klank van een kerkorgel. Als ze hier ooit naar het altaar zou schrijden, moest dat op vioolmuziek.

'Stel je voor dat ooit de mist is verdwenen' was de volgende hymne. Ze vroeg zich af of die gekozen was vanwege vage associaties met skydiven of met het weer. Wie had eigenlijk de liederen en de teksten uitgezocht voor de begrafenis? Dat moest Steven hebben gedaan, of de vriendinnen, of misschien de dominee? Ragnhild Therese Kyte was een jonge en net afgestudeerde catecheet in Voss geweest toen Agnes belijdenis deed. Ze was verrassend cool voor een kerkelijk leider; de vijftienjarigen hadden het stoer gevonden dat ze raftte naast haar studie theologie. Nu had Kyte veel ervaring en leek ze een betrouwbare en in alle opzichten waardige vertegenwoordiger van de kerk. Ze was ook nog steeds actief bij Voss Rafting. Het was niet meer dan passend dat zij Veslemøy Lilands begrafenisdienst leidde.

Nadat de laatste orgelklanken waren weggestorven, werd het stil. Agnes kon de vloer horen kraken toen Steven Smith de paar stappen zette van zijn plaats op de eerste rij naar het spreekgestoelte. De microfoon ving het keelgeschraap en geritsel met papier op. Steven, gekleed in een pak met gekreukte mouwen dat eruitzag alsof het lang in een doos had gelegen, keek niet naar de mensen die waren gekomen om afscheid te nemen van Veslemøy. Hij richtte zijn blik op zijn tekst, haalde diep adem en stak van wal.

'*If you are lucky, you meet someone who takes your breath away,*' begon hij.

Agnes zag in gedachten meteen weer de levenloze vrouw in het gras liggen.

'Mij gebeurde dat op mijn twintigste al, toen ik voor het eerst in Voss kwam en een mooi, stoer meisje ontmoette. Bijna vanaf het eerste moment wist ik dat jij het was, dat jij het altijd zou blijven.' Steven richtte zich tot de kist die naast hem stond. 'Want jij was degene die me de adem benam, *my dear.* Jij was degene die mijn dagen leven inblies. Je hebt onze zoontjes het leven geschonken en je zult altijd bij ons zijn, in de wind, in de kamer, *like a breath of fresh air that will never disappear.*'

Agnes had niet verwacht dat ze ontroerd zou raken. Niet na gisteren. Maar opeens vielen er een paar dikke tranen op het bovenste vel van haar notitieblok en kleurde het papier blauw doordat de inkt van de paar letters die ze had geschreven uitliep. Zomerkracht Frida stond daar met een grote camera om haar nek, waardoor ze nog kleiner leek. Ze keek haar met opgetrokken wenkbrauwen aan. Agnes dwong zichzelf te denken aan Steven Smiths harde greep om haar arm en haar tranen droogden onmiddellijk op.

'*Even though my heart is heavy with sorrow, it is also filled with gratitude.* Omdat we zo weinig familie hebben hier, ben ik dankbaar dat Veslemøy vriendinnen had die er altijd voor haar waren, en die er deze week waren voor mij. Dank jullie wel. En dank aan de anderen van de skydiveclub die zoveel betekenden voor mijn geliefde en die mij hebben laten zien hoeveel zij voor hen betekende. Samen met onze kinderen zal ik de vlucht in jouw geest voortzetten, Vesla, en...'

Steven keek voor de eerste keer de kerk rond.

Plotseling leek hij ineen te krimpen. Hij had zijn ogen gericht op iets – of iemand – en keek niet meer naar zijn tekst. In plaats daarvan staarde hij strak voor zich uit.

'*... and make sure that whoever took your life, will get their punishment.*'

De rillingen liepen Agnes over de rug in de dikke lucht die in de kerk hing. Prompt hoorde ze de kerkdeur dichtgaan. Iemand moest laat gekomen zijn, of vroeg vertrekken.

'Ik ben niet altijd een goede echtgenoot voor je geweest,' ging Steven verder, en pas nu keek hij weer op zijn papier. 'Of een goede man überhaupt. Maar ik hoop dat je je geliefd en geborgen voelde. Want ik heb altijd meer van jou gehouden dan van het leven zelf. Ik zal er nooit mee stoppen om voor je te zorgen en ik beloof je dat ik blijf ademen – voor jou en voor de jongens.'

Nadat hij zwaar op de kist had geleund en een paar tellen bij de rouwkransen was blijven staan, liep Steven met gebogen hoofd terug naar zijn plaats.

Hij ging tussen zijn zoontjes zitten. Ze droegen identieke pakjes en waren rustig blijven zitten. Misschien hadden ze geen idee wat er gebeurde. Misschien voelden ze instinctief aan dat de begrafenis van je moeder niet het moment was om lawaai te maken.

Agnes keek opnieuw naar de drie vriendinnen op de eerste rij, naar het blonde, het donkere en het rode achterhoofd. En toen wist ze waarom de jurk van Joni haar zo bekend voorkwam: die leek heel sterk op de jurk die Veslemøys moeder aanhad op de foto in het huis in de Miltzowgata.

Het Vestlandse weer was helemaal omgeslagen.

De regen gutste over de Vangs-kerk alsof iemand op het dak stond met emmers water – een sadistisch spel met als doel de mensen zo nat mogelijk te maken. De stakkers die de kist droegen hadden geen schijn van kans. Al zodra ze de poort uit liepen waren Steven Smith, Birger Flakne en de vier andere mannen die Veslemøy Liland naar haar laatste rustplaats droegen kletsnat.

Agnes bleef onder haar uit de toon vallende groengespikkelde paraplu staan en zag dat de rest van de begrafenisstoet zich voortbewoog door het voetgangersgebied, langs de touringcars naar de Prestegardsallee, als een lang, aaneengesloten zeildoek. Onder een van de grote paraplu's aan het eind van de stoet zat Dagny Berge, Veslemøys oma, in haar rolstoel. Ze zag er nog ouder uit hier onder de mensen, ook al was haar witte haar zo te zien pas gekapt voor deze ontmoeting met oude bekenden. Ze leek verward te zijn en keek steeds van links naar rechts, alsof ze niet wist waar ze was of wat al die andere mensen hier deden.

Ook al was Agnes eigenlijk van plan geweest het slechte weer te ontlopen door snel terug te gaan naar de krant, toch sloot ze zich aan bij de begrafenisstoet.

Ze bleef pal achter Dagny Berge lopen, en het viel haar op dat de man die de rolstoel duwde te oud was om een bejaardenverzorger te zijn. De twee praatten niet met elkaar en de grootmoeder leek niet te merken wie haar duwde; de man keek alleen maar ernstig voor zich uit. Agnes stelde vast dat zijn neus rood en gezwollen was, als van een zware drinker. Hij had helderblauwe ogen, waarvan ze het gevoel had dat ze die eerder had gezien.

Was dit Oddmund Liland? Dan was het raar dat hij helemaal achteraan liep en niet vooraan bij de kist. Maar misschien was het ook niet zo gek. Als het klopte dat Veslemøy en hij helemaal geen contact meer hadden gehad, was het misschien passend dat hij zich op de achtergrond hield. Zijn dochter had vast niet gewenst dat hij plotseling zou opduiken om zich te laven aan de rouwpraal van de begrafenis.

'Gecondoleerd.' Het ontglipte Agnes voordat ze zich kon bedenken.

Dagny Berge en de man keerden zich allebei naar haar toe.

'Ik was een vriendin van Veslemøy en ik wil alleen maar zeggen hoe verschrikkelijk ik het vind.'

Ze had meteen spijt. Waar was ze mee bezig? De oma kon weten dat ze journalist was, want ze hadden elkaar nog maar een paar dagen geleden in het bejaardentehuis ontmoet. Maar het zag er niet naar uit dat de oude vrouw haar herkende, want ze glimlachte alleen maar. De man vertrok geen spier, mompelde een bedankje en vervolgde de tocht naar de grafkuil.

Agnes bleef hen in de stromende regen staan nakijken.

Toen pas zag ze dat Sigmund Storedal, Viktor en twee andere geüniformeerde politiemannen onder een paraplu naast een dienstauto aan de rand van de begraafplaats stonden.

Waar wachtten zij op? Of op wie?

Ze probeerde oogcontact te maken met Viktor, maar hij zag haar niet of deed alsof.

Agnes drukte op verzenden en leunde achterover in haar bureaustoel. Ze was tevreden over de tekst en had niet zo'n behoefte gehad om er zoveel emotie in te leggen als ze gewend was wanneer ze begrafenissen versloeg. Ze hoefde niet te overdrijven. De toespraak die Steven Smith had gehouden was alleen al sensationeel genoeg geweest.

Het duurde tot haar verbazing maar een paar minuten voor het artikel op de website stond. Eskildsen was er voor deze ene keer mee akkoord gegaan om het niet achter een betaalmuur te zetten. Ze besloot het nog een keer door te lezen, maar was pas halverwege toen er een bericht van het politiebureau binnenkwam.

De politie zou over twee uur een persconferentie geven.

Ze moesten iemand hebben opgepakt. Dáárom waren die geüniformeerde agenten natuurlijk op het kerkhof geweest.

Ze pakte haar telefoon en belde Viktor, maar kreeg de voicemail.

Er was gegarandeerd iets gebeurd.

Ze hoopte maar dat ze Steven Smith gearresteerd hadden.

In de straten aan weerszijden van de kerk was geen sterveling te bekennen.

Het asfalt begon alweer droog te worden, maar de stoelen en tafels op het terras van de Tre Brør waren nog kletsnat. Grote druppels vielen omlaag vanaf de parasols. Onder een daarvan zat een eenzame ziel die onmiddellijk Agnes' aandacht trok. Het was de man die Dagny Berge had voortgeduwd in de begrafenisstoet. Hij droeg nog steeds het donkere pak, maar had een pet van de boerencoöperatie Felleskjøpet over zijn hoofd getrokken tegen de regen. Voor hem stond een halve liter bier. Hij keek niet op toen ze voorbijliep.

Ze had nog een heel uur voordat ze de meest uitgesproken en meest aanmatigende plaatselijke historicus zou interviewen; die tijd kon ze nuttig besteden door een boodschap te doen die ze maar het best kon doen op een dag dat er weinig mensen in de winkels waren.

Ironisch genoeg adverteerde de apotheek met een 'drie voor de prijs van twee'-aanbieding voor zwangerschapstesten. Agnes wist niet of ze de apotheek moest prijzen omdat die de mensen bij wie het niet in één keer raak was financieel wat wilde ontlasten of dat ze de verkoopster de huid vol zou schelden omdat zo'n aanbod weinig fijngevoelig was. Ze deed geen van beide, pakte alleen drie doosjes en ging in de rij staan.

'Wat spannend,' fluisterde de vrouw achter de kassa toen ze wilde betalen, en pas toen keek Agnes op. Het meisje dat in de witte apothekersjas nog net zoveel overgewicht had als op de middelbare school, glimlachte.

O, wat miste ze de anonieme hoofdstad.

'Ik wil graag pinnen,' zei Agnes zo vriendelijk als ze kon.

Het meisje zag eruit alsof ze zich niet meer kon inhouden toen ze de doosjes en de kassabon in een plastic tasje stopte. 'Denk eraan dat je ochtendurine moet gebruiken!' riep ze tegen Agnes' rug toen ze wegging.

Ze wilde net de Tre Brør voor de tweede keer voorbijlopen toen ze zich bedacht en bleef staan. Vervolgens liep ze op de man af die daar nog steeds naar zijn bierglas zat te staren. Pas toen ze bij zijn tafeltje stond keek hij op.

'Jij bent een vriendin van Veslemøy, hè?'

'Ja,' loog Agnes, en ze trok de stoel naast hem naar achteren en ging zitten. 'Bent u haar vader?'

Van dat woord leek hij enigszins te schrikken, maar toen nam hij een grote slok bier uit zijn halveliterglas en knikte langzaam. 'Op papier, ja,' zei hij. 'Maar voor Vesla ben vast ik nooit een vader geweest. Alleen maar een klootzak.'

Oddmund Liland had nog steeds een hand om het glas. Die hand zat vol grote en kleine littekens, en moest ooit een echte werkmanshand zijn geweest. Een hand die ook sloeg, als de informatie van haar moeder klopte. Zijn blik was wazig. Dat was vast niet zijn eerste biertje vandaag, dacht Agnes, en ze keek snel op haar mobieltje in haar tas. Het was twee uur. De begrafenis was voor elven afgelopen, dus misschien had hij hier al die tijd gezeten. Ze moest gaan en hem met rust laten, want ze had geen opdracht om rond te snuffelen.

'Was u niet lief?' vroeg ze.

'Ik was niet lief voor haar moeder, nee. Maar ik was wel lief voor Vesla, en zij was goed voor mij... Ze lette erop dat ik niet te veel dronk, zorgde ervoor dat ik naar mijn werk ging, als ik nog werk had. Ze was heel goed voor me.'

'Maar jullie verloren toch het contact?'

'Ze kampte met haar zenuwen.'

'Na de dood van haar moeder?'

Liland keek haar aan alsof ze zoiets hoorde te weten als ze zo'n goede vriendin van zijn dochter was, maar toen nam hij een nieuwe slok bier en leek hij het weer te vergeten.

'In die tijd, ja. Toen ze naar de middelbare school ging, of vlak daarna, Joost mag het weten. Eerst dacht ik dat het was omdat ik dronk, maar er moet meer zijn geweest, want ik kende haar niet meer terug. Ze was de ene dag schrikachtig en bang, de volgende versuft en somber. Van de ene dag op de andere kon ze totaal veranderen. Toen haar moeder stierf, sloot Veslemøy mij totaal buiten. Ze verhuisde naar haar oma en wilde mij niet meer zien of spreken.'

'Wat hebt u toen gedaan?'

Zijn ogen leken dood.

'Nou, ik deed wat iedere klootzak zou hebben gedaan: ik ging ervandoor.'

Gro Skutle zag er niet meer zo moederlijk uit.

Ze was nog steeds in het zwart gekleed, maar haar doorgaans zo keurige kapsel zat nu een beetje in de war terwijl ze op het balkon zat te roken. Haar behoefte aan nicotine bleef voor Agnes enigszins schokkend. Zij, Gro, die zo fatsoenlijk was, bijna pedant!

Ze had eerst een paar keer geprobeerd Joni te bellen, zonder resultaat, en ze aarzelde even voordat ze Gro's nummer intoetste. Viktors vrouw zou haar vast opdringerig vinden, dacht ze. Zo klonk ze ook toen ze opnam, maar toch zei ze dat een kort bezoek voordat haar dochter thuiskwam prima was. Nu gaf Agnes in hoog tempo haar gesprek met Oddmund Liland weer, terwijl Gro diep inhalerend haar sigaret rookte.

'Het was niet zo vreemd dat ze die gek buitensloot,' zei Gro. 'Hij tuigde haar moeder af en misschien ook Veslemøy, wie zal het zeggen? Ik voelde me behoorlijk geprovoceerd toen ik hem zag vandaag. Ik was bijna op hem af gestapt om hem ervan langs te geven. Ben ik even blij dat ik geen herdenkingsdienst georganiseerd heb, met hem erbij! Met zo'n vader was het niet vreemd dat Veslemøy iets nodig had om zich door de examentijd en alles heen te slaan.'

'Iets nodig?' vroeg Agnes.

Ze vermoedde dat Gro verdovende middelen bedoelde, maar wilde dat niet klakkeloos aannemen. Zelf had ze daar zo weinig ervaring mee dat ze een keer bij een concert had gedacht dat haar xtc werd aangeboden toen iemand haar alleen maar oordopjes wilde verkopen.

Gro zag eruit alsof ze spijt had van wat ze had gezegd, maar na een lichte aarzeling besloot ze kennelijk toch door te gaan.

'Je kunt er natuurlijk niet veel van zeggen. Er waren er zoveel die hasj rookten in die tijd, maar bij Veslemøy werd het een beetje veel. Ik herinner me de zomer toen we van de middelbare school af kwamen nog goed. Ze zat overdag vaak op haar kamer bij haar oma te roken en begon om te gaan met mensen die niet alleen maar recreatief gebruikten. Maar goed dat ze gepakt werd, ik ben bang dat het anders uit de hand gelopen zou zijn.'

'Werd ze gepakt? Door de politie?'

'Ja, die deed op een avond in augustus een keer een grote inval bij Park, weet je dat niet meer?'

Natuurlijk herinnerde Agnes zich die politie-inval. Zelf had ze die avond alleen maar groene flesjes *wine cooler* gedronken, zoveel dat ze het meeste had uitgekotst nog voordat het feest goed en wel was begonnen. Het was onvoorstelbaar hoe snel ze weer nuchter was geweest toen de uniformen plotseling de hoteldiscotheek binnenstormden. Agnes zat nog maar in de eerste klas en was te jong om daar te mogen zijn, en ze was zo bang dat er naar haar legitimatie gevraagd zou worden dat ze ertussenuit kneep zodra ze de kans zag. Later gingen er geruchten over wie er allemaal opgepakt waren, maar voor zover ze zich herinnerde waren dat alleen wat oudere jongens geweest, jongens voor wie ze een beetje bang waren en die ze 'narcomanies' noemden.

Dat Veslemøy een van hen was geweest, was op z'n zachtst gezegd verrassend om te horen.

'Ze had alleen een paar gram hasj bij zich,' zei Gro. 'Ze kwam er dus met een boete vanaf, maar dat was toen erg genoeg.' Ze keek haar vermoeid aan en betastte haar schoonheidsvlek met dezelfde vingers die de sigaret vasthielden. Agnes was bang dat ze zich zou branden aan het puntje. Opeens werd haar blik scherper. 'Denk je dat de moord daar iets mee te maken kan hebben?' vroeg Gro. 'Veslemøy heeft daarna nooit meer in zulke kringen verkeerd, in elk geval niet voor zover ik weet.'

'Ik denk niets, ik probeer alleen maar te begrijpen wie ze was, toen en nu.'

'Veslemøy was in elk geval niet dom,' zei Gro, en ze drukte haar sigaret uit in een bloempot. 'Ze was bijvoorbeeld slim genoeg om haar oma over te halen haar testament te veranderen. Ze heeft ervoor gezorgd dat die ouwe zuiplap van een vader van haar min of meer onterfd werd.'

De regen kletterde weer op de voorruit toen ze over de bochtige weg van Bavallen terugreed naar Voss. De thermometer op het dashboard van de Polo liet zien dat de temperatuur sinds gisteren met de helft gedaald was.

Dertien graden.

Het kon net zo goed een natte januaridag zijn. De jaargetijden aan deze kant van het land waren onbetrouwbaar, alle vier.

Ze zette haar telefoon op handsfree en belde Viktor. Deze keer nam hij op.

'Wat gebeurt er bij de persconferentie?' vroeg ze.

'Niets waar je je druk over hoeft te maken als je niet meer over de zaak schrijft.'

'Ik heb alleen toestemming om over de officiële informatie van de politie te schrijven. Dit ís officiële informatie – ik wil die graag eerder hebben dan de anderen.'

'Helaas, deze keer zul je moeten wachten. Het is de Kripos-rechercheurs niet ontgaan dat wij vrienden zijn, en daar houden ze niet van. Als *Hordaland* vandaag de eerste is met het nieuws, is het niet zo moeilijk te bedenken wie er gelekt heeft.'

'Prima. Dan dring ik niet verder aan. Je hoeft alleen maar één ding voor me te checken.'

'En dat is?'

'Veslemøys strafblad.'

'Dat hoeft niet meer, daar heb ik al naar gekeken. Het is net zo onbeschreven als mevrouw zelf.'

'Wordt er geen melding gemaakt van inbeslagname van drugs?'

'Hè?' zei hij luid, waarna hij zijn stem dempte. 'Nee, hoezo, heb je dan gehoord dat ze daarmee te maken had?'

De communicatie op de designbank van Viktor en Gro is duidelijk niet optimaal, dacht Agnes, en ze moest toegeven dat dat haar deugd deed.

'Ze zou een keer gepakt zijn, al was het met maar een paar gram hasj.'

'Dan heeft ze hoogstwaarschijnlijk een boete gekregen die niet geregistreerd is op het strafblad,' zei hij. Agnes hoorde hem over de linoleumvloer in het politiebureau lopen. 'Ik weet eigenlijk niet of iemand bekeken heeft welke boetes ze heeft gehad. Ik heb dat in elk geval niet gedaan. Wacht even.'

Terwijl ze hoorde dat hij probeerde in te loggen op zijn pc en vloekte omdat hij een paar keer het verkeerde wachtwoord intoetste, bedacht ze opnieuw dat haar vriend gelukkiger zou zijn geworden als hij zijn dagen wroetend in de aarde had kunnen doorbrengen.

'Dat is dan het antwoord,' zei hij, en het was moeilijk uit te maken of hij tegen zichzelf sprak of tegen haar. 'Natuurlijk werd ze opgepakt. In juli 1998 kreeg Veslemøy Liland een boete van drieduizend kronen voor het bezit van acht gram hasj. Van wie heb je dat gehoord?'

'Dat hoef jij niet te weten.'

Ze had eigenlijk schamper willen opmerken dat hij maar eens met zijn vrouw moest praten, maar Viktor viel plotseling stil.

Viktor was zelden stil.

'Hm,' zei hij ten slotte.

'Wat is er?' vroeg ze.

Vlak daarna hoorde ze dat er een deur gesloten werd. 'Ik hoor dit natuurlijk niet aan jou te vertellen, maar nu je me op het spoor hebt gezet, moet je eigenlijk ook weten dat er een andere aantekening over Veslemøy is die ik over het hoofd heb gezien. In de maand voordat ze werd opgepakt voor het bezit van hasj, deed ze zelf aangifte bij de politie.'

Het water in de Vosso stond hoog, waarschijnlijk door de zware regenbuien van de afgelopen uren. Agnes volgde onder haar paraplu de loop van de rivier zo ver ze kon kijken, waarna ze haar ogen weer op het beginpunt richtte en opnieuw het water volgde. Voor haar stonden twee oudere mensen in regenbroek en regenjas – vast en zeker zo'n echtpaar dat, weer of geen weer, een dagelijkse wandeling maakte. Ze stonden hand in hand en zwegen, zoals ze misschien meestal deden zonder dat het hen stoorde. Ook zij keken naar het water.

Plotseling brak er zonlicht tussen de donkergrijze wolken door en een paar seconden later verscheen er recht boven hen een regenboog. Het oude echtpaar zag het en wees. Het was een mooi en enigszins magisch ogenblik.

Maar in Agnes woelde onrust.

Ingeborg nam gelukkig snel de telefoon op.

'Met mij,' zei Agnes. 'Kun jij nakijken of er een datum staat op de foto die je gisteren in je album tegenkwam, waarop Kathrine en Vegard staan óf Veslemøy en Vegard?'

'De privédetective is aan het werk, geef me twee minuten. Praat jij intussen met de baby.'

Agnes hoorde een bonk, waarschijnlijk van de telefoon die op de grond werd gelegd. Ze zei niets, maar hoorde gebrabbel aan de andere kant. Er begon weer iets te kriebelen in haar buik. Misschien was het communicatie op een ander niveau: *baby whispers*.

'Waarom staat er bij foto's geen datum meer op de achterkant? Dat was toch verrekte handig,' zei Ingeborg toen ze terug was. 'De datum is 16 mei 1998. En het is Veslemøy, zeker weten. Je moet me vertellen waarom je je dat afvraagt, nu ik je geheime assistente geworden ben. Jij bent mijn Batman, ik ben jouw Robin.'

'Oké,' zei Agnes. 'Maar je moet me beloven dat je het aan niemand vertelt.'

'Niet eens aan mijn achterneven? Nee, geintje. Hallo zeg, jij bent op dit moment een van mijn weinige sociale contacten in dit dorp. Ik héb niet eens iemand om mee te roddelen, al zou ik het willen. En dat wil ik niet. Vertel!'

'Veslemøy heeft Vegard Saue bij de politie aangegeven voor verkrachting op de dag nadat de foto genomen werd.'

'Shit.' Ingeborg zweeg een paar seconden. 'Betekent dat dat mijn foto bewijsmateriaal kan zijn?' vroeg ze. 'En heb je gezien dat Vegard Saue in de krant staat vandaag?'

'Ja, op dat laatste. En nee, de foto is nauwelijks bewijs dat hij haar verkracht heeft. Maar het is in elk geval wel bewijs dat er fysiek contact is geweest tussen die twee. De zaak werd trouwens geseponeerd.'

Agnes kende de strafrechtelijke terminologie minder goed dan zou moeten, maar één ding wist ze wel: als verkrachtingszaken werden geseponeerd was dat meestal omdat de politie geen schuld kon bewijzen. Als reden voor de seponering van Veslemøys zaak was 'gebrek aan bewijs' opgegeven. Dan was er óf geen sperma gevonden na het lichamelijke onderzoek dat zeker bij haar moest hebben plaatsgevonden nadat ze naar de politie was gegaan, óf er zat te veel tijd tussen de daad en het veiligstellen van het bewijsmateriaal. Dat laatste kon niet het geval zijn, omdat er aangifte van de vermeende verkrachting was gedaan op de dag nadat de foto in Ingeborgs album was gemaakt. En als het daarvóór was gebeurd, zou Veslemøy die avond dan in zo'n innige omhelzing met Vegard op het Prestegardslandet hebben gestaan?

Ingeborg sprak uit wat Agnes zelf niet hardop durfde te zeggen: 'Ik zit hier naar die foto te kijken, en met het risico dat ik niet solidair ben met alle vrouwen in de wereld en uit de hele geschiedenis: het lijkt mij tamelijk vrijwillig.'

'Mm-mm. Ik denk niet dat ik een zakelijke beoordeling van een hotelmanager zal gebruiken als basis voor hypotheses,' zei Agnes. 'Er kan immers van alles gebeurd zijn nádat de foto was genomen. Een nacht duurt lang. Maar ik ben wel nieuwsgierig waarom de zaak zo snel werd geseponeerd. Als ze seks hadden gehad, had dát in elk geval bewezen moeten zijn. Als ze geen seks hadden... Maar waarom gaf Veslemøy hem dan aan bij de politie?'

'Misschien durfde ze de Kat niet te vertellen dat ze had gerotzooid met haar vriendje en verzon ze daarom een verhaal over misbruik?'

‘Dat zou vrij psychopathisch zijn. Ik vind het merkwaardig klinken. Iets anders wat ik raar vind is dat ik me uit die tijd geen enkel gerucht over verkrachting kan herinneren. Jij wel?’

‘Nee. Maar we waren er allebei zo trots op dat we overal tegen waren dat anderen toen misschien niet naar ons toe kwamen met roddelverhalen. Eén ding kunnen we in elk geval vaststellen, Batman,’ zei Ingeborg, ‘en dat is dat het niet zo vreemd is dat Veslemøy “met haar zenuwen kampte”, of ze nu op haar negentiende werd verkracht, of dat ze zoveel problemen had dat ze aangifte deed van een verkrachting die nooit had plaatsgevonden.’

Ze was laat voor haar afspraak met de plaatselijke historicus. Om niet in Vangen rond te hoeven rijden op zoek naar een parkeerplaats, zette ze haar auto bij de discounter Europris. Gehaast liep ze daarna over de voetgangersoversteekplaats, sloeg links af bij Endeve Sport en holde de Vangsgata door. Ze sprong het trappetje van Ringheimskafeen op, dat jaren geleden de nieuwe en modernere naam Ringside had gekregen en later van de eigenaren de oude naam terugkreeg. De klok aan de muur wees kwart over, maar de man die bij het raamtafeltje zat keek alsof hij daar uren had zitten wachten.

Ze had de historicus eerder geïnterviewd. Hij gaf elk jaar een boek uit en kon regelmatig rekenen op aandacht in de krant. Zijn boeken werden blijkbaar goed verkocht, dus waren ze góéd, had Eskildsen gezegd, en nu lag de nieuwe jaarlijkse uitgave op tafel. Hij rekende er vast op dat Agnes ook de klassieke lokalekrantenfoto zou maken: 'Persoon Met Product Dat Hij Wenst te Verkopen'.

'Gaat u niet met pensioen?' vroeg ze in een poging de stemming, die net zo lauw was als de koffie in zijn kopje, wat aangenamer te maken. Ze bedacht dat deze man de gewoonte had tien minuten te vroeg te komen. 'Kan ik u verleiden met een ovenvers kaneelbroodje?'

Agnes wist dat witte broodjes zijn zwakke punt waren. Zodra hij knikte stond ze weer op en liep naar de zelfbediening. Haar eigen maag schreeuwde om eten, en ze legde een smørrebrød met garnalen en eentje met ei en veel mayonaise op haar dienblad en nam een cola, waarna ze betaalde en terugliep naar de tafel.

De historicus keek haar met opgetrokken wenkbrauwen aan.

'Sorry!' riep ze, en ze haastte zich terug om het kaneelbroodje te kopen.

Er stonden nu meer mensen voor haar in de rij en terwijl ze daar stond knikte ze naar Eskildsen. Hij zat op zijn vaste plaats bij de grootste tafel aan het raam, samen met de rest van de groep die hij 'de club van ouwe-jongens-krentenbrood' noemde. De burgemeester, een voormalig politiechef die door kinderen 'Oom Agent' werd genoemd, en nog een paar witharige heren, waarschijnlijk huisartsen en advocaten. Deze huidige en vroegere koninkjes troffen elkaar een paar keer per week hier in het café, altijd aan de grootste tafel dicht bij de kassa. Agnes vond het enigszins ouderwets, vertederend en ook wat provocerend. Ze vroeg zich af waarover ze spraken, of het politieke discussies waren of dorpsroddels. Zou Viktor ook ooit in zo'n gezelschap ingelijfd worden hier in het dorp? En zijzelf? Tot nu toe had geen enkele vrouw toegang gekregen. Politiechef Sigmund Storedal, die ook lid was van de club, was er vandaag niet, stelde ze vast. Hij had vast genoeg andere zaken om zich mee bezig te houden.

De rij schoot niet op. Ze ving de blik van de historicus en rolde demonstratief met haar ogen. Toen pakte ze haar telefoon en zocht het nummer van Kathrine Bøe. Er was in Voss maar één iemand met die naam, dus Agnes drukte op de groene knop, maar kreeg meteen spijt. Ze zette een gevoel van walging van zich af. Dit kon belangrijk zijn. Op grond van haar ervaring met het interviewen van beroemdheden wist ze dat gebeurtenissen in de kwetsbare jeugdjaren van grote invloed konden zijn op de rest van een leven.

En een aangifte van verkrachting was beslist zo'n voorval.

Ze was nieuwsgierig naar wat Kathrine erover te vertellen had.

De telefoon bleef overgaan zonder door te schakelen naar de voicemail, en opeens zei een schelle stem: 'Twee dertig' – vast niet voor de eerste keer.

Agnes verbrak de verbinding, betaalde en haastte zich naar de tafel.

'Waar waren we gebleven?' vroeg ze, en ze zette het bordje voor de historicus op tafel.

'We waren nog niet begonnen,' zei hij zuur. Zijn stem, zo drong het opeens tot haar door, leek verdacht veel op die van degene die anoniem de krant gebeld had en had geëist dat het festival voor extreme sporten zou worden stopgezet.

Toen ze terugkwam op haar kamer raakte ze haar pc niet aan en bleef voor het zwarte scherm naar haar spiegelbeeld kijken. Ze zag er moe uit. Ze wás ook moe, zowel in haar hoofd als in haar lijf, en dat was alleen maar erger geworden door het interview over het zeshonderd pagina's dikke boek over de middelbare school van Voss. Ook al was het een onderwerp dat haar interesseerde omdat ze zelf op deze school had gezeten, ze had geen puf meer om zich erin te verdiepen. Ze had zichzelf op de automatische piloot gezet en het interview afgenomen met zo'n overtuigend gespeeld enthousiasme dat de historicus weer was opgeleefd en niet had gereageerd toen ze twintig minuten later wilde afronden. Ze moesten voldoende tijd hebben voor de foto, had ze gezegd, en ze had hem dwars door Vangen meegetrokken de helling op naar de middelbare school, precies de plek waar ze haar auto had geparkeerd. Toen ze afscheid namen, leek de schrijver tevreden. Agnes kon gelukkig tot morgen wachten met het uitschrijven van het interview; het zou toch pas in de zaterdagkrant verschijnen.

Ze had nog niets van Kathrine gehoord, en het duurde nog een halfuur voor de persconferentie zou beginnen. Ze tilde de vuistdikke pil over de middelbare school op haar schoot. Ze had een 'Nee, dank u' niet over haar lippen kunnen krijgen toen de historicus haar een exemplaar wilde geven. Nu bladerde ze snel door het boek en stelde vast dat het in elk geval rijk geïllustreerd was. Oude zwart-witfoto's van poserende, netjes geklede leerlingen en leraren werden opgevolgd door fletse kleurenfoto's uit de jaren zeventig en tachtig, en tot slot een aantal pagina's met duidelijkere foto's die minder sterk waren vervaagd. Ze stopte bij het hoofdstuk met de titel 'Middelbare school Voss van 1990 tot nu' en bekeek de pagina's van links naar rechts, op zoek naar bekende gezichten. Op één foto stond een rijzige jongen achter een microfoon op het toneel in de gymzaal. Het onderschrift vermeldde dat dit de toespraak van juni 1998 was: 'De voorzitter van de leerlingenraad, Vegard Saue, bedankt de leerlingen en leraren voor drie fijne jaren op de middelbare school in Voss.'

Agnes schoof met haar muis om de pc tot leven te wekken. Ze ging naar Facebook en voerde zijn naam in het zoekveld in. Ze kreeg drie profielen; twee bleken van oudere mannen te zijn, maar het derde herkende ze snel. Hij woonde in Oslo en had gestudeerd aan de universiteit van Tromsø, dat was de weinige informatie die ze te zien kreeg van zijn verder afgeschermde profiel.

Haar telefoon ging. Agnes herkende het nummer, het was van het ziekenhuis. Ze veronderstelde dat het Fredrik was.

'Met Kathrine Bøe. Iemand heeft mij vanaf dit nummer gebeld.' Haar stem klonk even bang als sceptisch.

'Klopt, hallo, met Agnes Tveit van *Hordaland*. Ik vroeg me af of je tijd hebt om even te praten, maar dat komt je misschien slecht uit? Ik dacht dat je vandaag niet aan het werk was.'

Op lichtere – of opgeluchte? – toon zei Kathrine dat ze over een uur pauze had; dan konden ze wel even praten als het Agnes lukte om naar het ziekenhuis te komen.

De persconferentie zou tegen die tijd hopelijk afgelopen zijn. Ze spraken af elkaar te treffen in de kantine. Agnes pakte haar autosleutels en tas, maar hield bij de deur haar pas in.

Ze draaide zich om en liep terug naar haar bureau. Er was iets wat ze snel wilde nagaan. Ze opende Facebook weer en klikte op Vegard Saues 'vrienden'. Ze hadden er tien gemeenschappelijk, allemaal Vossenaren. Ingeborg was er een van.

Robin was gelukkig actiever op sociale media dan Batman.

Agnes wurmde zich op een van de lege stoelen in het politiebureau. Er waren bij deze persconferentie nog meer mensen aanwezig dan bij de eerste, wat misschien niet zo onlogisch was nu bevestigd was dat Veslemøy Liland op spectaculaire wijze was vermoord. Agnes moest het beeld van de vrouw in het gras uit haar hoofd zetten – het voor de ene helft mooie en voor de andere helft verminkte gezicht.

De onderzoeksleider zat samen met Storedal klaar achter de tafel. Ze was, gokte Agnes, begin vijftig en was zwaar opgemaakt. Haar voorhoofd gefronst, een scherpe blik.

Storedal heette alle aanwezigen welkom voor hij zijn collega introduceerde en haar het woord gaf.

De Kripos-chef verspilde evenmin tijd aan overbodige prietpraat. 'Politiedistrict *Vest* heeft vandaag een man van in de veertig gearresteerd voor de moord op Veslemøy Liland,' zei ze met vaste stem. 'De man werd even voor twee uur vanmiddag voor zijn woning aangehouden; de aanhouding verliep rustig. Hij ontkent. Momenteel kan ik nog geen informatie geven over de nationaliteit van de man en zijn relatie met het slachtoffer.'

Alsof er ook maar iemand in deze ruimte, of in dit dorp, was die niet begreep dat de arrestant Steven Smith was. Ze hadden hem gearresteerd vlak nadat Veslemøy was begraven.

'De basis voor de aanklacht zijn de mededelingen die de man heeft gedaan tijdens het verhoor door de politie, gecombineerd met digitale vondsten op de mobiele telefoon van het slachtoffer. Betrokkene wordt later vandaag voorgeleid voor voorlopige hechtenis bij de rechtbank in Bergen.'

Met haar lichte haar en witte uniform ging Kathrine 'de Kat' Bøe bijna op in de muren van het ziekenhuis.

Ook al had ze nog steeds die strenge trek op haar gezicht, ze was erg veranderd sinds ze klasgenoten in elkaar had geslagen op het schoolplein. Dat werd nog duidelijker nu haar kleding de tijgertatoeage bedekte en ze geen snustabak meer onder haar bovenlip had. Zoals ze er nu uitzag zou ze de hoofdrol kunnen spelen in een ziekenhuisserie op tv: de onverschrokken, idealistische dokter die met vaste hand en een natuurlijk overwicht kinderen beter maakte en altijd een wijs woord had om hun mee te geven voor hun latere leven. Een vrouw die na haar dienst van twaalf uur naar huis ging en haar uniform verruilde voor een zijden nachthemd, zich in de veilige arm van haar geliefde vlijde en in bed haar vakliteratuur las. Dan kuste de geliefde haar op haar oor, klapte zij haar boek dicht, zette haar leesbril af en hadden ze gepassioneerde seks.

'Ik zou natuurlijk ook niet werken vandaag. Maar door ziekte en vakantie waren er zoveel mensen afwezig op de afdeling dat ik toch een avonddienst moest overnemen. En het is eigenlijk wel fijn om aan andere dingen te denken,' zei Kathrine. 'Is er iets gebeurd?'

Met haar handen nog steeds in de zakken van haar doktersjas ging ze zitten. Ze keek om zich heen, alsof ze uitkeek naar iemand, als een kat die gevaar voelt. Agnes gaf haar een kop koffie uit de automaat, en toen Kathrine daar een slok van nam leek het of haar lichaam wat meer tot rust kwam. Ze haalde een doosje tevoorschijn en nam er wat snustabak uit; dat mocht blijkbaar in de pauzes.

Agnes besloot nog niet te vertellen dat Steven was aangeklaagd.

'Ik wil alleen maar even met je praten, als dat goed is. Wat meer achtergrondinformatie krijgen.'

Kathrine knikte en leek opgelucht. 'Natuurlijk. Zeg... sorry als ik onbeleefd tegen je was bij de Tre Brør,' zei ze. 'Het was niet mijn bedoeling je... professionele vaardigheden... in twijfel te trekken. Ik was alleen verdrietig, moe en lusteloos.'

En zat, dacht Agnes.

'... en het laatste waar ik die avond behoefte aan had was praten met journalisten. Maar nu begrijp ik dat jij niet zo'n soort journalist bent.'

Agnes vroeg zich af wat voor journalist zij dan wel was in Kathrines ogen, maar dit leek niet het juiste moment om daarnaar te vragen.

'Jij lijkt me iemand met wie je kunt praten,' ging Kathrine verder. 'Dat hoor ik ook van anderen. Gro had het gevoel dat ze eerder op de dag wel wat veel had gezegd, zoveel zelfs dat je misschien een negatieve indruk hebt gekregen van Veslemøy, en van ons. Ik hoop dat dat niet zo is.'

Ze keek haar aan met een blik die Agnes niet kon peilen.

'Nee hoor. Ik kreeg alleen de indruk dat Veslemøy het moeilijk heeft gehad, zeker toen ze jong was.'

'Ze heeft het niet makkelijk gehad, nee,' zei Kathrine, nu met haar doktersgezicht – een geruststellende blik die ze vast vaak gebruikte om patiënten te kalmeren. 'Maar ze is altijd heel sterk geweest. Vanaf dat we klein waren heeft ze zich in haar eentje gered.'

'Hoe dan?' vroeg Agnes.

'Op allerlei manieren. Er ging nooit iemand met haar mee als ze ergens heen ging, ze ging de bergen in en stond alleen op de ski's toen ze nog maar net naar school ging. Haar ouders waren er vaak niet, om verschillende redenen. Haar moeder was ziek en lag jarenlang vaak op bed voordat ze stierf, en haar vader... Tja, die geschiedenis ken je nu, heb ik begrepen. Voor Veslemøy was het enorm belangrijk om er voor haar eigen kinderen te zijn.'

Agnes dacht aan skydiven en epilepsie, maar zei niets. 'Heb je zelf geen kinderen?' vroeg ze.

Kathrine schudde haar hoofd. 'Het is er nooit van gekomen. Lange tijd had ik helemaal geen kinderwens. Mijn studie duurde zes jaar, en toen ik in het Haukeland begon te werken, ging ik me ook specialiseren. In die tijd was een gezin stichten helemaal niet aan de orde.'

Ze zweeg, maar Agnes zei niets, en algauw sprak ze verder. 'Jarenlang heb ik een relatie op afstand gehad, en na verloop van tijd leek het me steeds fijner om toch een gezin te hebben. Dat gevoel werd sterker, en ten slotte vertelde ik mijn vriend dat ik moeder wilde worden. Hij wilde echter per se geen vader zijn. Het ging uit en al snel kreeg hij een kind met iemand anders. Zo zit het dus,' zei ze. 'Maar ik heb nu een prettig leven. En hier in het ziekenhuis heb ik dagelijks met kinderen te maken.'

De kwetsbare Kathrine beviel Agnes veel beter dan het gin drinkende, brutale type.

'Waarom ben je eigenlijk terugverhuisd naar Voss?' vroeg ze.

'Om voor mijn ouders te zorgen. Is dat niet voor ons allemaal de reden om hier terug te komen? Ik heb jarenlang voor een hulpbehoevende oom in Bergen gezorgd, maar toen werd mijn moeder hier in Voss ouder en had zij ook meer hulp nodig. Een poos heb ik op en neer gereisd, maar dat werd te vermoeiend naast mijn werk, en uiteindelijk ging de zorg voor haar voor. Ik had nooit gedacht dat ik naar mijn ouderlijk huis zou terugkeren, maar nu woon ik hier, een verdieping hoger dan mijn oude moeder. Er komen daar helaas maar weinig mannen over de vloer. En jij?' vroeg Kathrine, en ze keek naar de klok. 'Ik heb maar een halfuur pauze en ik neem aan dat je niet hierheen gekomen bent om over mijn dramatische leven te praten.'

'Ik hoor er graag meer over,' zei Agnes, en ze meende het. 'Maar nee, ik ben gekomen om je iets anders te vragen. Ik vraag me iets af wat niet zo belangrijk is, zeker niet na al die jaren. Maar in een zaak als deze kan nu eenmaal alles van belang zijn... Nou ja, toen ik een oud fotoalbum bekeek, kwam ik een paar... foto's tegen van jullie laatste schooljaar.'

Ze zag Kathrine haar voorhoofd fronsen. Oei, ze was met de verkeerde vraag begonnen. Ze had meteen over de verkrachting moeten beginnen.

'En op een van die foto's zag ik... Het zag eruit alsof... Veslemøy en Vegard...'

Meer hoefde Agnes niet te zeggen. Kathrine trok voor haar ogen wit weg. Opeens had niet meer alleen het haar van de dokter dezelfde kleur als haar uniform.

'Is er... iets gebeurd? Terwijl jij en Vegard samen waren?'

'Weet je, het is heel wat jaren geleden dat ik daaraan gedacht heb,' zei Kathrine, en ze hanneste wat met haar doosje snustabak. 'Maar zodra ik eraan denk, merk ik dat ik nog steeds kwaad ben.'

'Begrijpelijk.'

'Mijn vriendin en mijn vriendje. Natuurlijk, we waren jong en hadden vast te veel gedronken, maar voor mij was het verraad – een behoorlijk pijnlijk verraad ook. Begrijp je nu dat ik meestal aan het kortste eind trek?'

Kathrine lachte kort en vreugdeloos, en Agnes was plotseling niet meer zo zeker van haar zaak.

'Hoe kwam je erachter wat er gebeurd was?' vroeg ze.

'Veslemøy vertelde het me een paar dagen later,' zei Kathrine. 'Ik heb het diezelfde dag nog uitgemaakt met Vegard. Veslemøy en ik hebben het er nooit meer over gehad.'

'O? Waarom niet?'

'Nou, omdat ik het uitstelde, omdat ik laf was, omdat ik het niet kon opbrengen. Ik wachtte tot zij naar mij toe zou komen om zich te verontschuldigen, en als ze dat niet zou doen, zou ik de confrontatie aangaan zodra ik er de moed voor had. Maar toen stierf haar moeder en kwam er van het een noch van het ander iets terecht. Niemand kwam te weten wat er gebeurd was. Veslemøy zal zich wel te veel geschaamd hebben om het aan anderen te vertellen.'

Agnes begreep er niets van. Wist Kathrine niet dat Veslemøy naar de politie was gestapt? Ze zou haar vriendin toch wel verteld hebben over de verkrachting?

Opeens moest ze denken aan het interview van de Gepensioneerde met de Veko-meisjes. Dat kon niet meer dan een kleine maand na de Russetid geweest zijn. Agnes herinnerde zich dat Kathrine in dat artikel lovend over Veslemøy had gesproken, en in het licht van wat er was gebeurd leek dat nu wonderlijk. Maar het kon natuurlijk ook voor de bühne geweest zijn. De Gepensioneerde had het verschil vast niet gehoord.

'Hoe kon je dan vriendin blijven met Veslemøy?' vroeg Agnes. 'Die gebeurtenis moet toch jaren hebben liggen smeulen.'

'Weet je, ik besloot de hele kwestie van me af te zetten. Veslemøy was belangrijker voor me dan dwaas gedoe in de Russetid.'

'Weet je of ze later nog contact hebben gehad?'

'Wie, Vegard en Veslemøy?' Het leek alsof Kathrine ergens aan moest denken, want haar ogen werden donker en ze leek opeens bijna bang. 'Daar weet ik niets van,' zei ze. 'Maar ik moet nu echt gaan. Was er nog meer?'

Agnes knikte. 'De politie heeft daarnet een persconferentie gehouden waarop bekendgemaakt werd dat ze iemand hebben aangehouden voor de moord.'

Een geschokte, maar beheerste Kathrine Bøe pakte de twee lege kopjes en zette ze in het blauwe plastic rek. Dat rek zou straks een grote industriële afwasmachine in gaan en gereinigd worden met kokend water, zodat nieuwe patiënten, hun naasten en de ziekenhuismedewerkers opnieuw hun tranen en de afdruk van hun lippenstift konden achterlaten op hetzelfde serviesgoed. De dokter zweefde door de ziekenhuiskantine als een engelachtige gestalte. Agnes werd verrast door het effect dat dit op haar had: ze werd misselijk.

Ze had het onderwerp waarover ze met Kathrine wilde praten niet durven aansnijden. Ze durfde opeens de vermeende verkrachting niet meer ter sprake te brengen, had de moed niet om het verleden nog verder op te rakelen. Ze was bang voor Kathrines reactie. Ze rechtvaardigde haar lafheid met de gedachte dat er waarschijnlijk helemaal geen verband was tussen een gebeurtenis van twintig jaar geleden en de zaak waar ze nu aan werkte.

Maar ze was nog net zo nieuwsgierig als toen ze kwam. Misschien nog wel nieuwsgieriger.

Deze kans om het Kathrine Bøe te vragen had ze laten lopen, maar er was nog iemand met wie ze kon praten. Snel nam ze een besluit. Soms was het beter meteen te handelen, zonder nadenken. Ze pakte haar telefoon, zocht het nummer waarvan ze dacht dat het het juiste was en terwijl ze wachtte tot het toestel over zou gaan, probeerde ze er niet aan te denken dat ze tegen het telefoongesprek opzag, dat ze niet wist welke consequenties het zou kunnen hebben. Ze stond er niet bij stil dat ze geen idee had wat ze zou moeten zeggen.

'Hallo, je staat op de speaker,' zei de man aan de andere kant van de lijn, en ze hoorde een kind 'Lille Petter Edderkopp' zingen.

Het was te laat; ze kon zich niet meer bedenken.

'Spreek ik met Vegard Saue?'

'Ja. Sorry voor de herrie, ik zit in mijn auto. Waar gaat het over?'

Ze voelde het bloed naar haar gezicht stijgen toen ze haar naam zei. En ze had Veslemøy Liland nog niet genoemd of ze kon horen dat Saue snel zijn auto stilzette, 'Blijf zitten' tegen iemand zei, uitstapte en het portier dichtsloeg.

'Wat wilde je, zei je?'

Nu kon ze niet meer terug, dus ze haalde diep adem. 'Ik vroeg me af of u nog contact hebt gehad met Veslemøy nadat ze u in het voorjaar van 1998 had aangegeven voor verkrachting.'

Het bleef zo lang stil dat ze bijna ging geloven dat hij iets zou gaan vertellen.

Ze had het helemaal mis.

Vegard Saue praatte zo hard dat ze de telefoon een eind van haar oor af moest houden.

'Wie denk je verdomme wel dat je bent?! Wat geeft jou het recht om met beschuldigingen te komen over iets waarvoor ik nooit ben veroordeeld of zelfs maar aangeklaagd – een aangifte van twintig jaar geleden die vrijwel meteen weer ingetrokken werd? Dat had mijn leven wel kapot kunnen maken, snap je dat? Om nog maar te zwijgen over mijn carrière. Dit kleine rotdorp gaat niet nog meer voor mij verkloten dan het al gedaan heeft!'

Hoe harder Saue brulde, hoe rustiger ze zelf werd, heel anders dan wanneer ze ruzie had met Fredrik.

Door de manier waarop hij reageerde nam Agnes aan dat zij niet de eerste was die hem hierover gebeld had. De politie had vandaag vast ook al contact met hem opgenomen, en Saue klonk niet alsof hij na zijn tirade nog meer zou gaan zeggen. Ze verontschuldigde zich dat ze hem had lastiggevallen, zei hem gedag en verbrak de verbinding.

Als de beschuldigingen tegen hem ongegrond waren, snapte ze wel dat hij geïrriteerd was. Aan de andere kant reageerden mensen vaak heftiger als ze zich ergens schuldig over voelden – toch?

Rondneuzen op internet kon hoe dan ook niemand haar verbieden. Het eerste wat haar trof nadat ze ingelogd had op de Facebookpagina van Ingeborg, was dat Vegard Saue een paar jaar geleden zijn vrienden had gebombardeerd met foto's van een schattig donkerharig knulletje dat later in zijn leven zijn vader misschien zou haten omdat hij een naaktfoto van hem op internet had geplaatst. Het andere was dat er opvallend weinig Vossenaren te zien waren op zijn foto's. Ze wilde net zijn profiel sluiten toen ze toch nog een bekend gezicht ontdekte. Op een familiefoto van de bruiloft zag ze redacteur Eskildsen, in smoking, kaarsrecht achter de bruidegom staan. En toen ze een andere groepsfoto bestudeerde waarop Vegard Saue getagd was, met het bijschrift 'Reünie 2008', dook er warempel nog iemand op die ze kende, zelfs nog beter.

Verdorie, was Viktor echt naar het tienjarig jubileum van het eindexamenjaar geweest, terwijl hij niet eens aan de Russ had meegedaan? Ze kon zich niet herinneren dat hij haar dat verteld had. Meteen belde ze hem.

'O, dat was ik straal vergeten,' zei hij nadat ze hem ernaar gevraagd had. 'Maar het was een heel leuke avond.'

'Weet je nog of je toen Vegard Saue hebt gesproken?'

'Ja, dat heb ik inderdaad. Hij studeerde toen rechten in Tromsø. Leuke vent. Het verbaast me nog steeds dat hij werd aangeklaagd voor verkrachting.'

'Hebben ze hem verhoord?'

'Nou, de landsadvocaat is hier even binnen geweest, maar alleen om ons te laten weten dat de politie volgens het Wetboek van Strafrecht paragraaf 230 niemand kan dwingen om een verklaring af te leggen. En daar had hij helemaal gelijk in. Een beetje onnodig om daar een probleem van te maken, vind ik, maar aan de andere kant begrijp ik wel dat het voor iemand in zijn positie belastend kan zijn om op basis van een oeroude aangifte bij een moordzaak betrokken te worden.'

Ze wilde net opstaan om de ziekenhuiskantine te verlaten toen er een jongeman binnenkwam die een doorzichtige plastic bak op wielen voor zich uit duwde. Agnes begreep eerst niet wat er in die bak lag; het leek op een hoopje met een deken erover. Ze vroeg zich af of hij in het ziekenhuis werkte, maar hij droeg geen uniform en zijn wangen zagen rood, alsof hij het warm had. Toen viel haar aan één kant van de bak een lichtblauw mutsje op. De baby kon niet meer dan een dag oud zijn. De jongeman, die amper baardgroei had, zag eruit als een kersverse vader. Was hij de jongere broer van iemand die bij haar in de klas had gezeten? Hij leek niet te weten wat hij moest doen of wat hij met het kind aan moest, want zonder zich te verroeren keek hij verlangend naar het buffet met warm eten en toen weer naar de plastic bak.

'Zal ik op hem passen terwijl jij eten haalt?' vroeg Agnes.

De jongen keek haar onzeker aan. 'Kunt u dat? Mag dat...?'

'Ik beloof dat ik er niet met je kind vandoor zal gaan,' zei ze met een glimlach, maar dat grapje leek de jongen nog onrustiger te maken. 'Ga maar. Het is maar tien meter naar het buffet, je kunt de hele tijd naar me zwaaien.'

'Oké, dank u wel.' De jongen glimlachte dankbaar, waarna hij de slapende baby een kus op zijn voorhoofdje gaf en snel naar de gehaktballen liep.

Ze herkende hem nu. Hij was de veel jongere broer van een van haar klasgenoten met wie ze al lang geen contact meer had. Agnes herinnerde zich dat hij geboren was in het laatste jaar dat ze naar de middelbare school gingen, nadat de ouders van de vriendin gescheiden waren en de moeder een andere man had leren kennen. Ze wist niet meer hoe hij heette, maar hij kon niet ouder zijn dan begin twintig. Stel je voor: vader worden terwijl je zelf amper je puberteit achter de rug hebt. Zelf had ze op die leeftijd geen enkele zorgbehoefte gehad.

'Agnes?'

Fredrik kwam naar haar tafel toe en keek in verwarring van haar naar de baby in de bak.

'Wat doe jij hier?' vroeg Agnes.

'Ik werk hier.'

'Ja, ha, dat weet ik!'

'Wat doe jíj hier?'

'Ik ben aan het babysitten. Dichter bij een baby ben ik niet gekomen.'

Hij leek haar grapje niet speciaal leuk te vinden, maar op dat moment kwam de jonge vader aanlopen met een gehaktbal en een rood sapje op een dienblad. Hij zette het neer op een tafeltje en haalde daarna de bak met zijn zoon op.

'Heel erg bedankt voor uw hulp, dat was superaardig,' zei de jongen voor hij aanviel op zijn eten.

De baby naast hem werd plotseling met een brul wakker, en de gestreste bijna-tienervader propte haastig vrijwel de hele gehaktbal in zijn mond, waarna hij er op een drafje vandoor ging.

'Over baby's gesproken. Heb jij trouwens...' Fredrik kwam bij haar aan het tafeltje zitten, keek haar vragend aan en ging fluisterend verder. 'Ben je ongesteld geworden deze maand? Je hebt daar niks over gezegd.'

'Nog niet.'

Ze zag de hoop gloren in Fredriks ogen. Ze vertelde niet dat ze vier dagen over tijd was en dat er thuis in de badkamer drie ongeopende doosjes met zwangerschapstests lagen te wachten. Hij droeg clogs, zag ze, van het soort dat je aan kleine voetjes op de kleuterschool zag. Bepaald niet sexy.

'Maar wat doe je hier nou echt?' vroeg hij.

'Ik heb iemand gesproken,' zei ze, en ze hoopte maar dat hij niet verder zou vragen.

'Niet over de zaak waar je je verder buiten moet houden, neem ik aan?' Hij hield haar blik vast. Ze wist dat hij het aan haar kon zien wanneer ze loog. Zwijgend klemde ze haar kaken op elkaar. Hij leunde achterover op zijn stoel, sloeg zijn armen over elkaar en knikte langzaam.

'Goh, Agnes Tveit gaat op de solotoer. Ik ben onder de indruk. Je doet toch geen domme dingen, hè? Vergeet niet dat er een moordonderzoek gaande is. Dat is geen kinderspel.'

'Wie zegt dat ik dat doe?'

'Niemand, niemand.' Fredrik leek bang dat ze weer zou ontploffen. 'Maar ik weet dat je de Kat hebt gesproken. Ik kwam haar daarnet in de gang tegen. Ben je misschien vergeten dat we collega's zijn?'

Ze boog zich naar haar geliefde toe. 'Welke indruk heb jij eigenlijk van haar?'

'Ha, ik ben dus eindelijk ergens goed voor?' zei Fredrik met een glimlach. 'Tja, wat zal ik zeggen? Kathrine is bekwaam, heel bekwaam. We hebben het erover gehad dat we het werk in een groter ziekenhuis missen, allebei.'

'Het is toch te prijzen dat ze ontslag heeft genomen bij het Haukeland om hierheen te verhuizen en voor haar moeder te zorgen?'

'Zei ze dat het daarom was?'

'Hoezo, klopt dat dan niet?'

'Jaaa, zeker wel.'

'Hé, zeg op!'

'Sorry,' zei Fredrik, en hij maakte het gebaar van zijn mond op slot draaien. 'Zwijgplicht.'

Agnes zuchtte diep. 'Met andere woorden, je bent dus nergens goed voor.'

KOMEN JULLIE ETEN! schreef haar vader. Aan het bericht was een emoji toegevoegd van een kat die huilde van het lachen. Ze wist dat ze niets achter haar vaders gebruik van uitroeptekens in plaats van vraagtekens moest zoeken, of zijn enthousiaste gebruik van emoji's, die zelden bij de inhoud pasten. Hij leek er elke keer willekeurig een uit te zoeken. Zo kon hij GOED ARTIKEL VANDAAG! schrijven en er een met een zuur gezicht aan toevoegen. NOG STEEDS VERKOUDEN? en een dansende vrouw. Toen haar vader deze plaatjes die hij bij een bericht kon plaatsen had ontdekt, had ze geprobeerd hem de combinatie van tekst en beeld uit te leggen. Ze had algauw ingezien dat het bij hem alleen maar chaos bleef. Mensen van boven de zestig zou je niet hun gang moeten laten gaan met een mobiele telefoon.

FREDRIK MOET WERKEN, MAAR IK KOM, antwoordde ze, en ze liet een emoji achterwege.

Het kwam haar heel goed uit. Ze moest nu dringend iets eten, want haar bloedsuiker was weer te laag. En ze wilde haar ouders iets vragen.

Toen ze haar auto op de oprit van haar ouderlijk huis parkeerde, waren alle donkere wolken verdwenen en scheen de zon weer. Haar vader zat op het trapje, met ontbloot bovenlijf en in een korte broek die zijn witte, onbehaarde benen liet zien waar ze hem altijd om uitlachte. Het moest wel tropisch heet zijn voordat hij zijn lange broek uit liet. Het leek of hij op haar zat te wachten. De deur stond op een kier en de geur van *lapskaus* dreef naar buiten.

'Hoe gaat het met jou, meisje?' vroeg hij, en hij schoof een beetje op zodat ze naast hem kon komen zitten.

'Het gaat prima. Veel te doen op mijn werk. En voor ik helemaal bedwelmd word door de etensgeuren en vergeet het je te vragen: weet jij nog wie er in 1998 politiechef was?'

'In '98? Dat was Svein,' zei haar vader. 'Svein Vatle, die in het bruine huis naast de school woont.'

'Is hij Oom Agent?'

'Het is al wel een tijdje geleden dat hij zo genoemd werd, hij is meer Opa Agent nu, maar ja, dat is Svein. Hij is een jaar of tien, twaalf geleden met pensioen gegaan, maar hij doet nog steeds mee als we één keer per maand gaan bowlen, ook al is hij bijna tachtig.'

Ze besloot om te gaan kijken of de oude man thuis was. Maar eerst eten.

'Zullen we naar binnen gaan?' vroeg ze.

'Ja, maar ga eerst even zitten. Ik wil graag iets met je bespreken,' zei haar vader.

Ze werd onmiddellijk ongerust, zoals altijd als iemand met haar 'ergens over wilde praten', want dan was het in de regel geen praatje over iets aangenaams.

'Is het je opgevallen dat mama de laatste tijd nogal hoest?'

'Of dat me opgevallen is? Ik heb haar gezegd dat ze naar de dokter moest om zich te laten onderzoeken op bronchitis, want het lijkt me duidelijk dat ze antibiotica nodig heeft. Ze hoest de longen uit haar lijf.'

Ze probeerde haar toon luchtig te houden, omdat haar vader er opeens erg serieus uitzag. Hij leek even te aarzelen voordat hij verderging.

'Wat is er, papa?'

Ze werd bang toen ze zijn blik zag.

'Ze ís ook naar de dokter gegaan. Het is geen bronchitis. Er moesten longfoto's gemaakt worden om te kijken of het een longontsteking zou kunnen zijn,' zei hij, en Agnes kreeg het koud in haar bezwete T-shirt, want als hij dat op die manier zei, was het ook geen longontsteking. 'Maar het... Ze zagen een tumor. In één long.'

Ze staarde haar vader aan. 'Een tumor,' herhaalde ze. 'In één long.'

Hij knikte. 'Mama wil niet dat jij het weet voordat ze een CT-scan heeft gehad. En ze meer weet over... de prognose.'

Agnes dacht aan haar moeder die in de keuken boterhammen voor haar had staan smeren. 'Wat? Probeer je me nou te vertellen dat mama longkanker heeft?' Ze begon plotseling te lachen, een lach die pijn deed in haar keel. 'Nu moet je ophouden.'

Haar moeder, die zo lang Agnes leefde nog geen sigaret had aangeraakt. Die woedend was geworden toen ze Agnes op heterdaad betrapte op roken, stiekem achter hun huis.

Bijzonder.

Anti-rokers kregen geen longkanker.

'Geloof me, meisje, ik zou ook willen dat het niet waar was.' Haar vader keek haar met lege ogen aan.

'Nee,' zei ze, want zoiets wilde niemand geloven, wilde *zij* niet geloven.

'Zoals ik al zei: ze wil er niet over praten en ze weet niet dat ik het je nu vertel. Maar ik wilde dat je het zou weten, meteen. Zodat je je niet van alles hoeft af te vragen. Zodat je voorbereid bent... op wat er kan komen.'

Wat er kan komen.

De dia van een oma die peperkoekjes bakte met haar kleinkinderen werd bruusk naar rechts geschoven, en van links kwam er een nieuwe dia, van kinderen die aan een ziekenhuisbed zaten met daarin een stervende oude vrouw. Het beeld van een kwieke oma die haar kleinkinderen uit de kleuterschool haalde werd vervangen door dat van een kist die naar beneden zakte in de aarde.

Opeens verscheen haar zongebruinde moeder in de deuropening. Ze glimlachte. 'Wat zitten jullie hier te koekeloeren? Jullie moeten nu komen en de lapskaus eten terwijl die nog warm is!'

Agnes knikte.

Toen ging ze naar de wc om haar handen te wassen en om te huilen.

Het huis van Oom Agent was even gemoedelijk als ze zich hemzelf herinnerde.

Voordat ze naar het huis toe liep moest ze eerst een eind omlopen omdat haar ogen nog vochtig waren van de tranen.

Tijdens het eten had ze naar haar bord gekeken en niets gezegd. Niet omdat ze haar moeders idiote wens wilde respecteren, maar omdat ze het zelf niet kon opbrengen erover te praten. Omdat ze het niet verdroeg dat het meer werkelijkheid zou worden.

Nooit van haar leven had ze gedacht dat haar moeder ziek zou worden. Al die jaren dat ze in Oslo woonde en had gedacht dat ze daar zou blijven was ze juist bang geweest dat haar vader ziek zou worden. Dat haar moeder alleen zou achterblijven. Zelfs van die angst had ze jarenlang niet gedacht dat die werkelijkheid zou worden. Haar ouders waren pas in de zestig, jong en kras. Ze gingen in de zomer elk weekend de bergen in en peddelden in hun kajak op het meer bij hun hut. Allebei hadden ze een goede conditie en waren ze sportief. Tanige, zongebruinde zevenenzestigjarigen in een kajak krijgen geen longkanker.

Midden op straat bleef ze staan en pakte haar telefoon om te zoeken op 'longkanker + niet-roker'. Ze las dat vijftien tot twintig procent van de longkankerdiagnoses in het Westen niets te maken had met het gebruik van tabak. En dat iets meer dan veertig procent van de vrouwen die deze ziekte kregen na vijf jaar nog leefde.

Het gevoel dat alles in haar leven uit elkaar dreigde te vallen overviel haar zo plotseling en was zo overweldigend dat het haar te veel werd. Ze vermande zich, droogde haar tranen en ging terug naar het bruine huis, waar ze geen bel kon vinden en kort en hard op de deur bonsde.

Er kwam niemand opendoen, maar toen Agnes om het huis naar de andere kant liep en de weelderige tuin in keek, zag ze een stijlvolle, wat oudere man die onder een appelboom *Bergens Tidende* zat te lezen. Hij had een strohoed op ter bescherming tegen de avondzon, en het was in alle opzichten een idyllisch tafereel, als een reclame voor een pensioenverzekering. Precies zoals Agnes zich haar ouders op latere leeftijd had voorgesteld.

'Hallo?' riep ze vanachter het houten hek, voor het geval hij slechthorend was. 'Svein Vatle, klopt dat?'

'Dat ben ik, ja, maar gebruik mijn naam niet ijdel!' zei de man vrolijk, en hij tilde zijn hoed op, als een gentleman uit een andere tijd. 'En wie bent u, jongedame?'

Oom Agent was een paar keer op school geweest toen zij nog een klein meisje was, en hij had hun verteld over het gebruik van reflectoren, en waarom je een fietshelm moest dragen en geen drugs moest gebruiken.

'Ik ben Agnes Tveit,' zei ze. 'De dochter van...'

'Nee maar, is dat de dochter van Tveit!' onderbrak Vatle haar. 'Wel, wel! Wat ben je gegroeid sinds je hier aan de deur kwam met zelfgemaakte loten die je zogenaamd voor de turngroep verkocht. Ha, dat vergeet ik nooit! Je bent journalist geworden, zie ik? Ik heb gelezen wat je geschreven hebt, voor *VG* en voor *Hordaland*. Het was een gouden greep van Eskildsen om jou aan te nemen.'

Het verbaasde Agnes dat de oud-politiechef de nieuwtjes over beroemdheden las, maar ze was blij dat eindelijk iemand waardering had voor haar werk, dat er even een lichtpuntje was in alle narigheid. Ze kreeg zin om hem een knuffel te geven.

Vatle stond op en gebaarde naar het hekje bij de brievenbus. 'Kom binnen en ga zitten, dan krijg je iets kouds te drinken van me,' zei hij. 'Ben je hier vanwege je werk?'

'Zo'n beetje,' zei ze. 'Ik heb een paar vragen.'

Svein Vatle klapte snel een tuinstoel uit, waarna hij zoveel water uit een kan met ijsblokjes in een glas schonk dat het overstroomde op het plastic kleed. Toen boog hij zich over de tafel naar haar toe.

'Brand los,' zei hij. 'Wat het ook mag zijn waar een oude, afgedankte politieman je mee kan helpen, het is me een genoegen. Is het de parachutemoord?

Ik heb dat verhaal de afgelopen week op de voet gevolgd.'

'Ja. Misschien heeft het daarmee te maken, maar misschien ook niet,' hakkelde ze. 'Het is misschien een beetje raar om er hier mee aan te komen, maar ik vroeg me af of u zich kunt herinneren of de politie op 17 mei 1998 een aangifte heeft gekregen van een verkrachting.'

Ze zou zweren dat Vatles glas even vlak voor zijn mond bleef steken toen hij een slok wilde nemen.

'Op concrete, gesloten zaken kan ik helaas niet ingaan. Ik heb nog steeds zwijgplicht, ook al ben ik gepensioneerd,' zei hij met het gezag en de blik van een politieman die niet te veel kan zeggen – een rol waarvan Agnes zich kon voorstellen dat hij die miste hier onder de appelboom. 'Maar nu je het zegt, het is mogelijk dat er een keer zo'n aangifte gedaan is op onze nationale feestdag. Als ik het goed heb, werd de zaak geseponeerd.'

Plotseling was het alsof ze in een vergaderkamer op het politiebureau zaten en niet in de tuin van een oude man.

'Inderdaad,' zei ze. '"Bij gebrek aan bewijs," stond er in het politierapport. Maar ik vraag me af waarom de zaak zo snel geseponeerd werd, en ook waarom er niets is vastgelegd over de manier waarop het bewijsmateriaal bewaard is.'

'Het bewijsmateriaal is er niet meer,' zei Vatle. 'Als een zaak gesloten is, ofwel omdat er vonnis is gewezen, ofwel omdat de zaak is geseponeerd, is de hoofdregel dat het bewijsmateriaal weggegooid of vernietigd moet worden.'

'Is dat niet een beetje vreemd?'

'Veel mensen vinden van wel, maar die procedure is vastgelegd in de wet. Sommigen vinden het een aantasting van de rechtszekerheid. Het wordt daardoor bijvoorbeeld moeilijk om op een later tijdstip op een zaak terug te komen.'

'Herinnert u zich nog waarom deze zaak zo snel werd geseponeerd?'

Vatle glimlachte. 'Goede journalisten hebben in de regel meer dan één vraag,' zei hij. 'Ik zou je graag helpen, maar ten eerste is er die zwijgplicht, en ten tweede ben ik een oude man. Zulke details herinner ik me allang niet meer. Maar het lijkt me het meest waarschijnlijk dat de aangifte werd ingetrokken.'

'Waarom dat? Kwam het vaker voor dat mensen een aangifte introkken?'

'Vaak, vaak... Het gebeurde van tijd tot tijd. Vooral als het ging om een melding van seksueel misbruik. Veel mensen krijgen spijt. Ik kan niet specifiek ingaan op deze zaak, maar het komt wel voor dat jonge meisjes over zulke zaken niet de waarheid spreken. Niet zelden is er alcohol in het spel, en als ze dan weer nuchter zijn, zien ze in dat wat er gebeurd is vrijwillig was. En dan komen ze erop terug, omdat ze een ander niet willen blootstellen aan een heksenjacht.'

Haar lippen deden pijn, zo hard had ze erop gebeten in het halfuur dat ze bij de sympathieke Oom Agent had gezeten. Hopelijk was Svein Vatle toen hij nog werkte niet zo behoudend geweest als hij op zijn oude dag was geworden. Agnes wilde wedden dat hij tegenwoordig ook niet erg te spreken was over migranten of werkende moeders met kleine kinderen.

Ze had een vreemd gevoel. Voor een groot deel was het onrust over wat haar vader haar had verteld. En verder werd ze steeds nieuwsgieriger naar Veslemøy Liland.

Agnes snapte nog steeds niet dat Veslemøy Vegard Saue bij de politie had aangegeven wegens verkrachting en daarna spijt had gekregen.

Ze kon zich voorstellen dat vrouwen die aan zulk misbruik waren blootgesteld het zo belastend vonden wanneer de afhandeling van de zaak zo lang duurde dat ze uiteindelijk de spanning van een eventuele rechtszaak niet meer aankonden. Want zoveel wist Agnes wel: verkrachtingszaken werden zelden zo snel behandeld als zou moeten. Ze had gelezen dat er een termijn van honderddertig dagen was om dergelijke zaken op te lossen, maar dat de politie daar zelden in slaagde. Een paar jaar geleden was het gemiddelde tweehonderdzeven dagen geweest. Meer dan een halfjaar – veel te lang.

Veslemøys zaak daarentegen was al na drie dagen geseponeerd. Als ze echt spijt had gehad en de aanklacht tegen Vegard Saue had ingetrokken, had ze dat slechts een paar dagen nadat ze naar de politie was gegaan gedaan.

Agnes had sterk het gevoel dat er iets niet klopte.

Was er niet iemand anders die hier meer van wist?

Toen ze in de auto zat stuurde ze Viktor een bericht met de vraag of hij kon achterhalen of politiechef Svein Vatle op 17 mei 1998 dienst had gehad.

Het antwoord kwam meteen: NEE, HET WAS EEN BRIGADIER DIE DIENST HAD, TORGEIR TVEITERÅS. MAAR JIJ ZOU TOCH NIET MEER OVER DEZE ZAAK SCHRIJVEN?

De online telefoongids gaf geen Torgeir Tveiterås in Voss. Maar er was wel een vast nummer van iemand met die naam in Askøy, dat vlak bij Bergen lag.

De telefoon ging meer dan een minuut over zonder dat er werd opgenomen. Agnes bleef geduldig wachten. De voormalige politieagent kon slecht ter been zijn en veel tijd nodig hebben om de kamer door te lopen naar de gang, waar natuurlijk het 'telefoonbankje' stond.

Plotseling hoorde ze dat iemand zijn keel schraapte, gevolgd door: 'Tveiterås.' Dat ene woord werd gevolgd door nog meer keelschrapen. De stem was duidelijk nog niet gebruikt vandaag.

'Dag meneer Tveiterås, u spreekt met Agnes Tveit, van de krant *Hordaland* in Voss.'

'Ja, goeiendag.'

'Ik ben journalist en schrijf over de parachutemoord,' loog ze. 'Zou ik een paar achtergrondvragen mogen stellen over uw tijd als politieagent? Het gaat om een aangifte van verkrachting die de overledene, Veslemøy Liland, deed bij de politie in 1998, blijkbaar tijdens uw dienst. Ik vroeg me af of u zich nog iets herinnert van die zaak, en of u weet waarom die zo snel geseponeerd werd.'

Opnieuw keelgeschraap. Een kleine pauze.

'Neem me niet kwalijk,' zei hij. 'Ik kan me daar niet over uitlaten.'

'Kunt u mij niet vertellen of de aangifte ingetrokken werd?'

'Nou, als u het zo zegt... Zo is het inderdaad gegaan,' zei de man in de hoorn.

'Maar kunt u iets meer...'

'Bedankt voor het bellen. En veel succes met uw werk.'

Vanaf het moment dat ze hier waren komen wonen had ze zich geërgerd aan het donkerpaarse vlekje op het plafond, zo groot als een muntstuk van één kroon. Was het een spoor van een dode vlieg? Rode wijn? Bloed? Bah. Ze staarde ernaar. Ze moest het zien weg te krijgen; in deze al te lichte zomernachten zou ze niet over zoiets moeten liggen te piekeren.

Naast haar maakte Fredrik een heleboel lawaai. Ze verbeeldde zich dat zijn gesnurk het zelfgenoegzame geluid was van iemand met zo weinig problemen in zijn leven dat hij vast sliep en geen rekening hield met degene die naast hem lag.

Agnes overwoog op de bank te gaan liggen voordat ze echt kwaad werd, maar toen realiseerde ze zich dat ze de gewone dekbedden na hun verhuizing hadden vervangen door een groot tweepersoonsdekbed. Viktor had daar erg om moeten lachen en had hun een maand gegeven voordat ze het dekbed weer zouden afdanken, maar Agnes had volgehouden dat Fredrik en zij zo romantisch waren dat ze dat niet zouden doen.

Nadat ze er even over had nagedacht of ze een schaar zou gaan halen om het dekbed in tweeën te knippen en de idylle eens en voor altijd te beëindigen, pakte ze in plaats daarvan de geluiddempende koptelefoon die ze altijd in het vliegtuig gebruikte. Met dat ding op kon ze alleen maar op haar rug gaan liggen, maar het hielp wel.

Zo hadden ze ook naast elkaar gelegen die nacht in Oslo toen ze hadden besloten naar Voss te verhuizen. Toen ze erover begon was Fredrik eerst met bezwaren gekomen.

'We kunnen hier toch nog wel een jaar of twee wonen, en pas verhuizen wanneer de oudste naar de kleuterschool moet of zo?' stelde hij voor.

Hij kende meer stellen die het op die manier hadden gedaan, want pas als de kleintjes zelfstandig konden ronddartelen, kreeg je behoefte aan een grasveld voor je woonkamerraam. Maar ze was vastbesloten geweest, en ongeduldig. Opeens zag ze een leven als moeder voor zich; ze was er nu klaar voor. En de Vestlandse lucht zou het vast makkelijker maken om zwanger te worden. Bovendien kon ze nu een vertrekpremie aanvragen, maar dat noemde ze niet als reden waarom het een goed moment was om de stad uit te gaan.

En toen had Fredrik ja gezegd, alsof hij bang was dat hij haar anders zou kwijtraken. Daarna was hij in slaap gevallen en had even onbekommerd gesnurkt als altijd.

Net zoals in die nacht kon ze de slaap onmogelijk vatten. Haar hoofd was zo vol dat ze dat niet eens hoefde te proberen.

Ze dacht aan haar moeder.

Ze dacht aan Veslemøy Liland, en besefte dat de kanker die hun moeders trof ook iets was wat ze gemeen hadden.

Ze dacht aan de moord.

Morgenochtend vroeg zou ze opnieuw naar Eskildsen gaan, met alle informatie die ze gekregen en niet gekregen had. Ze hoopte dat hij van mening zou veranderen over hoe deze zaak verslagen moest worden.

Morgen moest ze nog iets doen, bedacht ze, en ze schrok op toen het gesnurk opnieuw aanzwol.

Even fantaseerde ze hoe het zou zijn om een kussen op die snurker naast haar te drukken. Toen bleef ze naar de vlek op het plafond staren, zonder dat ze kon slapen.

Ze keek op de klok. Bijna middernacht. Ze dacht even na en stuurde toen Joni een bericht met de vraag of ze wakker was.

Agnes trok de versleten rode ochtendjas aan die ze van haar moeder had overgenomen en ging op de bank zitten. De badstof rook nog steeds sterk naar haar parfum. Meestal vond ze dat niet prettig, omdat dat haar eraan herinnerde dat ze de ochtendjas eerst had moeten wassen voordat ze hem in gebruik nam.

Vanavond maakte de geur haar aan het huilen.

De telefoon trilde in haar handen, dus ze droogde haar tranen en kwam overeind. Ze had haar telefoon op stil gezet, zodat Fredrik niet wakker zou worden.

'Hallo,' zei een gedempte stem aan de andere kant. 'Slapeloos in Vossevangen?'

'Yep. Jij ook?'

'Elke nacht.'

'Je past weer op de tweeling, neem ik aan?'

'Ja. Die jochies zijn heel schattig, maar het breekt mijn hart dat ze de hele tijd naar hun moeder en vader vragen, de stakkers, en ik weet niet wat en hoeveel ik ze moet vertellen. Maar waar ben jij mee bezig?'

'Ach, zeg het maar als je vindt dat ik te veel zit te wroeten, maar ik heb een dringende vraag voor je.'

'Brand los,' zei Joni.

Agnes besloot in het diepe te springen. 'Wist jij dat Veslemøy in de Russetid Vegard Saue heeft aangegeven voor verkrachting?'

Het bleef even stil. 'Wat zeg je me nou?' zei Joni toen.

'Ja, dat heeft ze gedaan. Op 17 mei 1998.'

'Verdorie! Waarom weet ik dat niet?' riep Joni aan de andere kant van de lijn. 'Die arme Veslemøy.'

'De zaak werd geseponeerd. Ik heb Vegard gesproken. Hij zegt dat het een valse aanklacht was.'

Joni dempte haar stem. 'Vast wel, ja. Maar ik kende Veslemøy beter dan de meeste anderen en zij zou nóóit iets bij de politie gemeld hebben als ze daar geen reden voor had.' Ze zweeg even en vervolgde toen: 'Nu snap ik beter waarom ze zo fel reageerde toen ze hoorde dat Saue benoemd was als nieuwe landsadvocaat. Dat was tijdens een telefoongesprek, en ik begreep er niets van toen ze zei dat ze de BT-journalist die hem geïnterviewd had zou bellen om hem te vertellen wat voor vent die nieuwe landsadvocaat eigenlijk was. Ze zei alleen dat ze iets over hem wist en dat ze me er later meer over zou vertellen.'

Joni zweeg opnieuw.

'Ik moet met Kathrine praten,' zei ze ten slotte.

'Over de aanklacht voor verkrachting?'

'Ja. En over dat iemand Vegard Saue gisteren haar huis uit zag komen.'

Vrijdag

Toen ze het plastic verwijderde was het zo stil in huis dat ze de regen in de dakgoten kon horen vallen.

Ze moest zo nodig dat ze de witte tester uit het doosje haalde voordat ze de slaap uit haar ogen wreef. Het dopje gooide ze weg en ze kreunde toen ze eindelijk de druk kon verlichten. Geroutineerd lette ze erop dat ze eerst een beetje plaste voordat ze het witte staafje onder de straal hield, precies zoveel seconden als op de verpakking vermeld stond.

De vrouw in de apotheek had eens moeten weten. Agnes had dit al zo vaak gedaan dat ze een cursus zwangerschapstests gebruiken zou kunnen geven.

Het enige waar ze slecht in was, was de uitslag.

Dertien streepjes, geen kruis. Dat was de trieste totaalscore tot dusver.

Ze bleef op de wc-pot zitten en dwong zichzelf om nog niet naar het staafje te kijken. Het raampje in de badkamer was het enige in huis dat uitzag op het oosten, het uitzicht dat ze eigenlijk graag had gewild. Ze richtte haar blik op de Horndalsnuten, waarvan de top het hele jaar met sneeuw was bedekt en die hoog uittorende boven het centrum. De berg verdween bijna in de dichte mist die sprookjesachtig boven de platte richels in het groen lag, alsof er iets brandde achter de kleinere toppen. De mist hing ook laag boven het Vangsvatnet, waardoor het dorp nog meer ingesloten leek.

Haar hart hamerde.

Over een paar tellen kon de toekomst een andere kleur hebben, een andere smaak, een nieuwe geur. Het zou haar iets nieuws kunnen geven om over na te denken, iets anders dan longkanker en moord.

Ze ademde diep in en liet de lucht langzaam door haar mond ontsnappen.

Toen hield ze het staafje omhoog.

Het venstertje toonde rode streep nummer veertien.

Agnes bleef zitten en wachtte nog even op de kruisende streep, die niet kwam – die nooit kwam.

En ze kreeg een vreemd, onverwacht gevoel.

Opluchting.

De geur van koffie drong door tot onder het dekbed en lokte haar uit de veilige dichte duisternis.

Ze had geen idee hoe laat het was.

Fredrik zette het dienblad voorzichtig op het dekbed, zodat het vervaarlijk op haar benen balanceerde. Behalve dat hij koffie had gezet in de cafetière, had hij twee sneetjes brood besmeerd met een dikke laag Nugatti. Hij keek haar met een schuin hoofd aan en Agnes begreep dat hij de zwangerschapstest in de afvalemmer in de badkamer had gezien.

Het was zijn sorry-dat-ik-je-deze-maand-weer-niet-zwanger-heb-gemaakt-ontbijt op bed.

Ze dronk een slok koffie zonder iets te zeggen.

'Ben je het zat?' vroeg Fredrik.

Ik ben jou zat, dacht ze.

'Het gaat goed.'

Hij kwam naast haar in bed zitten en leunde met zijn hoofd tegen het hoofdeinde.

'Misschien wordt het tijd om aan een alternatief te denken?' zei hij. 'Er is nu al flink wat tijd verstreken, misschien moeten we uitzoeken hoe je hulp kunt krijgen.'

Agnes draaide zich langzaam naar hem toe. 'Ík moet hulp krijgen? Waarom is het zo zeker dat ik degene ben met wie iets mis is?'

'Nee, dat is inderdaad niet zeker,' zei Fredrik. 'Maar de kans dat het probleem bij jou ligt is groter, omdat ik immers... eerder materiaal geleverd heb.'

Het probleem.

Eerder materiaal geleverd.

Agnes voelde zich net zo heet worden als de inhoud van haar kopje.

'Hállo! Dat je als tiener je zaad rondstrooide hoeft nog niet te betekenen dat je sperma vandaag nog net zo levensvatbaar is! Jezus, dat is bijna vijftien jaar geleden!' zei ze, en ze mompelde er meteen achteraan: 'En vijftienduizend flessen wijn.'

'Wát zei je?'

'Niks.'

'Agnes.'

'Goed dan. Ik vind dat je te veel drinkt. Alcohol doodt de zaadcellen.'

Fredrik keek haar aan alsof ze niet goed wijs was.

'Wat nou? Dat heb ik ergens gelezen.'

'In de eerste plaats is het een fabeltje, dat heb ík gelezen, en ik durf te beweren dat de medische artikelen die ik lees meer gewicht hebben dan wat jij leest. Recent onderzoek toont aan dat er geen enkele reden is om alcohol te laten staan als je een kind wilt, maar dat je zuippartijen uiteraard moet vermijden. Dat geldt trouwens voor mannen én vrouwen, en volgens mij ben jij het afgelopen jaar vaker over de grens gegaan dan ik. Ik drink een paar avonden per week een paar glaasjes wijn, maar nu doe jij alsof ik bijna alcoholist ben.'

'Dat zijn jouw woorden. Maar het gaat ook om je houding. Ik merk er niks van of het überhaupt wel iets voor jou betekent. Als je glas leeg is, maak je je nergens meer druk om.'

'Nu moet je ophouden, Agnes. Heb je er weleens bij stilgestaan dat ik misschien af en toe een glas wijn nodig heb juist omdát het voor mij zoveel betekent? En dat je het voor elkaar hebt gekregen dat ik mijn carrière als chirurg in het Riks heb opgegeven om op de Spoedeisende Hulp van een klein rotziekenhuis te gaan werken in dit winderige en kletsnatte deel van Noorwegen juist omdát wij dan ouders konden worden? Mijn zaad kan niet beter zijn. Ik eet walnoten omdat dat goed zou zijn voor de kwaliteit van het sperma. Walnoten, verdomme! Ik haat walnoten. En jij doet alleen maar kil en afwijzend. Het moest er nog bij komen dat ik me niet zo nu en dan kan ontspannen met een glas wijn. Ik moet toch iets doen, zodat het me niet allemaal te veel wordt.'

Het gebeurde niet vaak dat Fredrik kwaad werd. Hij vloekte bijna nooit. Agnes moest toegeven dat het haar wel beviel dat deze welopgevoede jongen terugsloeg en de controle een beetje verloor.

'En jij dan?' ging Fredrik zuur verder. 'Jij doet niet bepaald veel moeite om je lichaam in topconditie te brengen voor een zwangerschap. De laatste keer dat ik erover las, heetten een gezonde levensstijl en een goede conditie bevorderlijk voor de vruchtbaarheid. Wanneer heb jij voor het laatst op een spinningfiets gezeten, of een gewone fiets? Wanneer heb je voor het laatst hardgelopen? Bijna een jaar geleden? Vijf? En ik denk ook niet dat de betweters op het Mamaforum hamburgers, cola en chips aanbevelen, om nog maar te zwijgen van kaastosti's bij het ontbijt. Het lijkt wel of je expres zo doet om maar niet zwanger te worden. En wat doen we dan hier, verdomme?'

Nu ging hij te ver.

'Bedankt voor het gesprek,' zei ze, en ze propte een stuk brood in haar mond. 'En voor de vruchtbaarheid bevorderende Nugatti!' brulde ze, zo hard dat de kruimels haar mond uit vlogen.

De politie had een nieuwe, vroege persconferentie aangekondigd.

Agnes was nog steeds kwaad en van slag, vervuld van gevoelens die ze niet begreep, niet kon duiden. Ze moest het huis uit, en ze besloot naar het politiebureau te gaan zonder dat bij Eskildsen te melden.

Vlak voordat het zou beginnen glipte ze ongezien naar binnen en ging op de achterste rij zitten. Vrijwel meteen kwam Åkervold naast haar zitten. Zijn blik gleed over haar borsten. Ze voelde een rilling over haar rug gaan.

'De laatste dagen is er informatie naar voren gekomen die een nieuw licht heeft geworpen op de omstandigheden in deze zaak,' zei de onderzoeksleider. 'Het is op dit moment nog te vroeg om concrete details te geven over het motief van de verdachte, maar de politie wil vandaag een opsporingsbericht laten uitgaan.'

Agnes keek verbaasd naar Viktor daar vooraan, maar hij stond naar de grond te staren als een jochie dat op kattenkwaad was betrapt.

'We willen graag in contact komen met of informatie krijgen over een Noorse man van begin twintig die zondag ook in de Cessna zat. Hij sprak het dialect van Trøndelag en zat in het vliegtuig om de formatiesprong te filmen. De man noch zijn uitrusting is sindsdien gezien,' zei de onderzoeksleider.

Agnes keek om zich heen om de reacties van de andere journalisten te peilen. Bedoelden ze nou echt dat ze er nu pas achter waren gekomen dat er nóg een man in het vliegtuig had gezeten, die daarna verdwenen was? Was het mogelijk een nog groter stempel VERDACHTE op je voorhoofd te hebben?

'Jeetje,' zei ze tegen Åkervold toen de persconferentie was afgelopen.

'Verrast?' vroeg hij.

'Dat kun je wel zeggen,' zei ze.

'Dan kan ik je alleen maar aanbevelen *VG* te lezen,' zei hij.

'Wat, heb je erover geschreven?'

'Natuurlijk.'

'Wanneer dan?'

Åkervold keek op zijn horloge en zijn kuif viel over zijn voorhoofd. 'Eh... het artikel is ongeveer... een minuut geleden gepubliceerd.'

Ze trapte zo hard op het gaspedaal dat de Polo hortend wegschoot.

De ruzie, Fredriks beschuldigingen, het gesprek met haar vader gisteren – het voelde allemaal als een laag vuil die ze niet weg kon vegen. En dan had die Ken van *VG* het ook nog voor elkaar gekregen haar te vernederen, op meer dan één manier. Ze was zo kwaad dat ze veel zin kreeg om Birger Flakne te dwingen haar te vertellen waar hij in godsnaam mee bezig was. Er waren zo langzamerhand veel zaken waarvoor de festivalleider zich moest verantwoorden. En ze zag nog steeds die zelfgenoegzame grijns van Tor Erik Åkervold voor zich.

GEDWONGEN TOT STILTE OMTRENT PARACHUTEDOOD, luidde de kop boven het hoofdartikel in *VG*.

De jonge skydiver uit Trondheim was gevraagd om tijdens de opening op zondag de sprong te filmen. Het probleem was dat hij niet had gemeld dat zijn brevet verlopen was. Omdat het de festivalorganisatie in grote problemen kon brengen dat ze dat vooraf niet hadden gecontroleerd, had hij, nadat hij had gezegd dat hij hoe dan ook niets van de zaak wist, te horen gekregen dat hij zich niet bij de politie mocht melden.

Wie had hem de opdracht gegeven om te filmen?

Birger Flakne.

Op de foto bij het *VG*-interview zat de skydiver op een steen met een bedrukt gezicht uit te kijken over de landingsbaan van Bømoen. 'Ik heb er spijt van dat ik niet meteen naar de politie ben gegaan,' zei hij. 'Ik heb het gevoel dat de druk die de festivalleiding heeft uitgeoefend me tot verdachte van de moord heeft gemaakt. Ik ben onschuldig!'

Åkervold had ook de video gezien die hij tijdens de formatiesprong had gemaakt. Hij schreef dat ze die niet plaatsten 'vanwege de schokkende beelden'.

VG haalde hard uit naar de festivalbaas. Dat was volkomen terecht.

Agnes' auto kwam abrupt tot stilstand voor het festivalkantoor. Ze beende de tent binnen en kwam net zo snel weer naar buiten. Toen stelde ze haar navigatie in op Skjervet.

Het werd tijd om die onvolwassen etter die waarschijnlijk verantwoordelijk was voor dit alles op zijn gedrag aan te spreken.

De Skjervsfossen liet vandaag zijn spierballen zien.

Ze herinnerde zich van vroeger hoe het was om heel dicht bij de waterval te staan en de milde douche van de waterdruppels op je gezicht te voelen. Het zou verfrissend zijn geweest, maar ze had nu geen tijd. Ze stopte bij haar bestemming en keek omhoog naar de bochtige weg.

Deelnemers met een helm, beschermende kleding en handschoenen kwamen met gebogen knieën op hun skateboard over het asfalt naar beneden suizen. Ze zagen eruit als groentjes, de hele groep. Longboarden was een van de minder extreme sporten waar Agnes de lol niet van inzag, al was de omgeving voor deze activiteit spectaculair.

Ze keek om zich heen en kreeg Birger Flakne in het oog, die op een campingstoel naast een greppel zat. Zo te zien moest hij erg lachen om iets wat een deelnemer zei met wie hij praatte. Ze voelde haar woede weer oplaaien, beende naar hem toe en ging voor hem staan. 'Moet jij niet bij de politie zijn?'

Flakne keek naar haar op. Zijn regenjas hing open. Eronder droeg hij een trui met het logo van Voss Rafting en de slagzin WE GARANDEREN JE EEN NATTE BROEK.

'Pardon?' zei hij.

'Waar ben jij eigenlijk mee bezig?'

Ze speurde naar een teken van spijt of een slecht geweten, maar Birger Flaknes gezicht was volkomen blanco.

'Ik ga met de politie praten over die Trondheimer, als je dat bedoelt. Ik ben al door het stof gegaan voor het feit dat ik niets heb gezegd. Dat was stom van me.'

'Net zo stom als om te verzwijgen dat je een verhouding hebt gehad met Veslemøy Liland?'

Dat was een gok, maar ze had al een tijd het gevoel dat het klopte, en ze had nu geen rem meer.

Flakne stond op van zijn stoel. 'We gaan ergens anders heen.'

Ze liep achter hem aan naar een bank met uitzicht op de waterval.

De gezichtsuitdrukking van de festivalbaas was drastisch veranderd toen hij bleef staan en zich naar haar toe wendde. 'Hoe ben je daarachter gekomen?'

Bingo.

'Doet er niet toe. Maar ik wed dat dat niet de belangrijkste reden is waarom Steven je in elkaar geslagen heeft.'

Flakne streek met zijn hand over zijn kale hoofd.

'Dat was niet nodig. Het is maar een paar keer gebeurd, kort nadat ze weer hiernaartoe waren verhuisd. Ik was niet verliefd op haar of zo. Het ging zoals dat gaat als twee mensen die elkaar lang niet gezien hebben elkaar weer tegenkomen. De vreugde van het weerzien werd te groot.'

Gefeliciteerd met deze volkomen krankzinnige verklaring, dacht Agnes, en ze bleef hem dreigend aankijken.

'Ik heb het niet verteld, omdat het niets voorstelde. En omdat het niets te maken heeft met haar dood, en ik evenmin.'

'Hoe weet je dat eigenlijk zo zeker?'

Hij wachtte een paar tellen met zijn antwoord. 'Oké, ik snap wel dat het verdacht lijkt, maar ik heb met de politie gesproken over... onze verhouding. En ik zit niet in de gevangenis voor het een of ander. Ik ben hier als een vrij man, zoals ik ook een vrij man ben gebleven nadat ik mijn verklaring over dat opdondertje uit Trondheim had afgelegd. Wat wil je eigenlijk van me?'

Tja, wat wilde ze?

'Niets. Alleen vertellen dat ik je een sukkel vind,' zei ze, en ze liep weg.

Toen bedacht ze nog iets en ze draaide zich om. 'En dat internationale persbericht?' zei ze.

'Wat is daarmee?'

'*Come join us in the beautiful town of Voss, where the fine line between life and death can sometimes be blurry?*'

Nu leek Birger Flakne vooral trots. 'Wat is het probleem daarmee?' vroeg hij.

'Het probleem is dat het zowel speculatief als verdacht is wanneer een festival voor extreme sporten dat bijna failliet is bezoekers lokt met zo'n persbericht, en dan op de openingsdag van het festijn kan scoren een moord.'

Flakne lachte grimmig. 'Oké, je hebt me betrapt. Die zin komt van mij,' zei hij. 'Ik had beter tekstschrijver kunnen worden. Dan had ik in elk geval geen last gehad van dat stomme gezeur van quasiserieuze wijven van een plaatselijke krant die niet genoeg geneukt worden.'

'We spreken elkaar nog, *Burger*,' zei ze, en ze vertrok.

Ze voelde zich een stripfiguur, zo eentje bij wie de stoom uit zijn neus en oren kwam. Ze trilde toen ze in de auto ging zitten. Ze griste haar tas van de passagiersstoel en begon verwoed te zoeken naar kauwgum of pastilles, iets wat de vieze smaak in haar mond kon verdrijven.

Opeens vond ze iets waarvan ze vergeten was dat het in haar tas zat. Opnieuw was het alsof ze een soort teken kreeg. Ze pakte het gouden sieraad dat ze eerder die week in het gras had gevonden vast, bleef zitten met het hartje in haar hand en dacht eraan terug dat ze laatst bij Veslemøys oma niet had kunnen beslissen of ze het sieraad aan haar zou geven of het zou inleveren bij de politie. Ze had er niet meer aan gedacht en noch het een, noch het ander gedaan.

Het was pas tien uur.

Ze startte de auto en scheurde naar het centrum.

Haar moeder had eens gezegd dat ze nog liever doodgeschoten wilde worden dan hier te moeten eindigen.

Nu zag Agnes haar op elke stoel, op elke bank, in elk bloedeloos gezicht.

De bewoners zaten aan de koffie en aten *lefser* met boter en suiker. In tegenstelling tot de vorige keer dat ze in het bejaardentehuis was, was het dagverblijf nu goed gevuld. In de wachtkamer van de dood werden levendige gesprekken gevoerd.

Dagny Berge zat apart achter in het vertrek, in een leunstoel bij een piano waarop niemand speelde. Voorzichtig bracht ze de lepel van het bordje naar haar mond, maar ze beefde zo erg dat er stukjes van de lefse in haar schoot vielen. Ze had het zelf niet in de gaten en begon opnieuw, met het geduld dat alleen mensen hebben die lang genoeg geleefd hebben. Agnes kreeg meteen spijt dat ze gekomen was. Net toen ze besloten had rechtsomkeert te maken, stond dezelfde in het roze geklede dame met wie ze de vorige keer had gesproken plotseling voor haar.

'Mooi dat u er bent,' zei ze.

Agnes keek haar niet-begrijpend aan; de vrouw hield haar vast voor iemand anders.

'Ik had u gisteren al verwacht, maar ze begrijpt wel dat u het druk hebt.'

'Ze?'

'Ja, ik neem aan dat u een bericht van mevrouw Berge hebt gekregen gisteren? Ik heb *Hordaland* gebeld en doorgegeven dat ze graag met u wilde praten wanneer u tijd hebt.'

Agnes knikte en deed het voorkomen alsof ze het bericht had ontvangen.

'Ik sprak een jong meisje. Ze zei dat ze de zomerinvalkracht was,' vervolgde de roze vrouw.

Astrid moest moeite doen om woorden binnen te houden die niet gepast waren in een bejaardentehuis.

'Is mevrouw Berge... helderder geworden?'

'Nou nee, ze heeft zoals altijd heldere en minder heldere momenten. Dat varieert sterk. Maar ik denk dat ze wel begrepen heeft dat Veslemøy er niet meer is, want ik heb haar een paar keer in haar kamer horen huilen. Gelukkig is haar zoon, Oddmund, hier geweest, voor het eerst sinds jaren, denk ik. Dat was dus voor haar ook wel fijn.'

'Weet u waarover ze me wilde spreken?'

'Dat weet ik niet, maar u kunt het haar zelf vragen,' zei de vrouw, en ze liep voor Agnes uit naar de tafel waar Dagny Berge zat.

Die herkende Agnes niet, ook niet toen ze in de stoel tegenover haar ging zitten. Ze bleef proberen haar dessert naar binnen te lepelen. Zelfs toen de roze vrouw haar voorzichtig op haar schouders tikte, de kruimels uit haar schoot viste en zei: 'De vrouw van de krant is hier', keek Berge niet op. Agnes rechtte haar rug. Ze was meer dan nieuwsgierig waarover Veslemøys oma met haar wilde praten. Het gouden sieraad legde ze voorzichtig op het tafeltje naast het bordje, tussen de kruimels.

'Ik dacht dat u dit misschien wel wilde hebben.'

Dagny Berge staarde naar het sieraad dat voor haar lag. Toen keek ze haar aan. 'Veslemøy, ben jij dat?'

Agnes kreeg veel zin om met haar hoofd op het tafelblad te bonken. Nu moest ze nog een keer uitleggen wie ze was, maar op het laatste moment bedacht ze zich.

'Ja, oma, ik ben het,' fluisterde ze, waarna ze om zich heen keek.

Het gezicht aan de andere kant van het tafeltje klaarde op en als bij toverslag zag Dagny Berge er tien jaar jonger uit.

'Ben jij het echt, Veslemøy?'

Agnes voelde de steen in haar maag zwaarder worden, maar het was nu te laat.

'Hoe gaat het met je, oma?'

'Ik voel me akelig. Ik heb het niet naar mijn zin,' zei Dagny Berge. 'Ik ben niet aardig tegen hem geweest.'

'Tegen wie niet?'

‘Ik heb medelijden met hem,’ zei Dagny Berge.

‘Wie, oma?’ vroeg Agnes. ‘Bedoel je papa? Steven? Birger? Vegard Saue?’

‘De dokter.’

‘Welke dokter?’

Maar nu gaf de oude vrouw geen antwoord. In plaats daarvan pakte ze langzaam maar zeker weer een stukje lefse. Agnes was teleurgesteld, maar ook opgelucht. Ze moest maken dat ze wegkwam voordat iemand doorkreeg waar ze mee bezig was.

Ze stond op.

‘Ik vind het niet fijn dat je bent gevallen,’ zei Dagny Berge luid tegen haar rug. ‘Voor mensen zoals wij wacht de hel. Je moet niet vallen, Vesla!’

Plotseling leek het alsof haar lichaam verstijfde, en toen begonnen haar armen en benen te schokken. Ze raakte haar koffiekopje, waardoor het op de grond in scherven viel. Haar blik was volkomen leeg.

Agnes had geen idee wat ze moest doen en bleef als aan de grond genageld staan. Een verpleger kwam met grote passen aangerend. Hij sloeg geen acht op de gemorste koffie en de scherven aardewerk op de linoleumvloer, maar ging op zijn hurken voor de oude vrouw zitten.

‘De aanvallen van mevrouw Berge zijn meestal na een paar minuten voorbij,’ zei hij tegen Agnes. ‘Haar epilepsie is gelukkig niet meer zo agressief. Maar nu heeft ze rust nodig, dus je kunt beter een andere keer terugkomen.’

WAAR BEN JE? KOM NAAR ME TOE ZODRA JE BINNEN BENT, luidde het berichtje van Eskildsen.

Hij had ook een paar keer gebeld. Het was bijna lunchtijd; ze was veel langer weg geweest dan haar bedoeling was. Maar het was prima om nu een praatje met de redacteur te maken, dan kon ze hem de nieuwste informatie geven vóór het vaste brainstormuurtje op vrijdag tijdens de lunch. Hopelijk kon ze daarna in de plenaire vergadering het nieuwe plan van de skydivegroep presenteren aan invaller Frida en de anderen.

Ze propte de helft van het broodje dat ze bij de Esso had gekocht in haar mond en stapte Eskildsens kantoor binnen nog voordat ze de hap had doorgeslikt.

'Sorry dat ik zo laat...'

'Waar denk je eigenlijk dat je mee bezig bent, Tveit?' Eskildsen zat achterovergeleund in zijn stoel achter zijn bureau.

'Hè?' vroeg ze, met haar mond nog vol brood.

'Hou je maar niet van den domme, dat past je niet. Had ik je niet duidelijk gezegd dat je je strikt moest houden aan de officiële informatie van de politie in de moordzaak?'

'Jaha, en dat heb ik ook gedaan. En dus heb ik over de begrafenis geschreven, zoals je me gevraagd...'

'Ik heb je níét gevraagd om het hele dorp op z'n kop te zetten en de beerput open te trekken, Veslemøy Lilands vrienden en naasten aan hun kop te zeuren en – het ergst van alles – te doen alsof je dat allemaal doet in opdracht van mij! Dat is, zacht uitgedrukt, verder gaan dan je opdracht. Dat je tabloidjournalist speelt onder werktijd is ten eerste spijbelen van je eigenlijke werk, ten tweede liegen tegen mensen en ten derde je werk en dat van je chef in een kwaad daglicht plaatsen!'

Ze kon zich niet herinneren dat ze Eskildsen ooit eerder zo kwaad had gezien. Dit was niet het geschikte moment om te vragen wie er geklikt had.

'Het is niet ten koste van mijn werk gegaan,' zei ze zacht maar beslist. 'Ik heb alles gedaan wat ik had toegezegd, plus een paar dingen... die ik op eigen houtje heb onderzocht. En ik heb heel veel ontdekt, Eskildsen. Heel veel! Ik ben ervan overtuigd dat het een aantal tips oplevert als ik mijn notities uitwerk en je vertel met wie ik gesproken heb, en wie weet kan ik bijdragen aan de oplossing van deze zaak. Droom jij er niet van om een mediabedrijf te leiden dat echt iets presteert?' Ze sprak nu luider en op dringender toon. 'Dat zijn sociale verantwoordelijkheid serieus neemt? Wil je niet een trotse lokale krant zijn die een eigen agenda heeft en niet naar het pijpen van de politie danst, die de vierde staatsmacht is hier in het dorp, zoals media bedoeld zijn, die hét grondbeginsel is van de vrije pers?'

Eskildsen bleef luisteren tot ze was uitgepraat. Toen zette hij zijn bril weer op. 'Je hebt echt te lang in de hoofdstad gewoond,' zei hij. 'Je geeft niet alleen blijk van een slecht oordeelsvermogen, maar gedraagt je ook respectloos ten opzichte van mij en je collega's. Daar moet je mee oppassen, zeker als je hier wilt blijven werken.'

Hij stond op uit zijn stoel en keek op haar neer. 'Je stopt nu met die onzin en doet wat ik zeg. En anders kun je met je grondbeginsel naar de hel lopen, terug naar de Akersgata in Oslo.'

Langzaam stond Agnes ook op. Ze liep naar hem toe, tot ze tegenover elkaar stonden als twee boksers in de ring, met alleen een bureau tussen hen in.

'Misschien doe ik dat wel,' zei ze. 'Misschien is dat precies wat ik ga doen. Ik zit helemaal niet te wachten op die rotkrant van jou.'

Toen beende ze naar buiten.

Ze reed net langs het station toen ze door het open raampje uit de luidspreker het bericht hoorde dat de sneltrein naar Oslo over een kwartier verwacht werd op spoor 1.

Snel draaide ze het stuur naar links, stopte bij de eerste de beste parkeerplaats voor Fleischer's Hotel, stapte uit, sloeg het portier dicht en beende naar het perron.

Toen de wagon met het VY-logo traag naast haar tot stilstand kwam, stond ze ongeduldig te wachten.

Zodra de deur openging, wurmde ze zich naar binnen, zonder te wachten op twee Aziatische toeristen en een rolstoel die naar buiten moesten.

Ze negeerde de blikken die haar toegeworpen werden en plofte neer op een vrije zitplaats in de eerste wagon.

Met haar armen over elkaar bleef ze zitten tot de trein langzaam het station uit gleed.

'Ik wil je nooit meer spreken, shitdorp!' riep ze hardop door de coupé.

De Fjordland-pasta stond in de magnetron achter de toonbank te pruttelen. Vanbinnen kookte Agnes ook nog steeds een beetje terwijl ze in de restauratiewagon zat en ze langs Reimegrend reden.

Ze had zich nog nooit van haar leven zo weinig gewaardeerd gevoeld.

Het was nog beter geweest Åkervold als chef te hebben dan zo'n laffe redacteur van een plaatselijke krant.

Hoe was hij er trouwens achter gekomen waar ze zich mee bezighield? Had Frida Grådal het telefoontje van het bejaardentehuis gerapporteerd?

Wat kon het schelen? Ze had het helemaal gehad met de krant en iedereen die daar werkte.

Ze hoorde haar telefoon en haalde hem uit haar zak.

SORRY VOOR VANMORGEN. IK HOOP DAT JE JE WAT BETER VOELT EN DAT JE NIET AL TE DEPRI BENT. WIL ER VANAVOND GRAAG OVER PRATEN.

Het was geen moment in haar opgekomen om Fredrik te melden dat ze ervandoor ging. Dat knaagde even aan haar, maar toen dacht ze aan zijn clogs, de schoolmeesterachtige blik op zijn gezicht, zijn grijns, zijn gesnurk en het wijndrinken en douchen, en zijn hand die altijd over haar rug moest strijken, en ze voelde dat ze even afstand van hem nodig had.

Langzaam kwam ze tot rust terwijl ze op het eten wachtte. En ze merkte dat haar irritatie haar nieuwsgierigheid niet had verdreven. Toen haar hartslag weer bedaarde opende ze haar MacBook en logde in op het draadloze netwerk in de trein, dat voor één keer goed leek te werken.

Dagny Berges woorden over 'vallen' hadden haar eraan herinnerd dat ze dat eerder had gehoord in verband met epilepsie.

Ze begon te zoeken op 'epilepsie + vallen' en kreeg een hele reeks hits over een tentoonstelling onder auspiciën van de Noorse Epilepsievereniging met de titel *De kunst van het vallen*.

Ze breidde de zoekopdracht uit met het woord 'hel'.

Er dook een artikel op uit het tijdschrift van de Noorse artsenvereniging, met als titel 'Epilepsie als stigma – slecht, heilig of gek?'

Ze wist dat er veel fabeltjes rondom deze mysterieuze ziekte de ronde deden, maar dat die vroeger 'vallende ziekte' werd genoemd was nieuw voor haar.

'Vallende ziekte: het geloof dat iemand tijdens een aanval op de grond valt in de richting van de hel en de duivel,' las ze zachtjes voor zichzelf.

De aanduiding werd gebruikt voor een zogenoemde gegeneraliseerde tonisch-clonische aanval, ook wel grote aanval of insult genoemd, die de meeste mensen associëren met epilepsie. 'Dit type bestaat uit twee fasen. In de eerste fase (de tonische fase) verliest de persoon het bewustzijn en verstijft het hele lichaam. Doordat de borstspieren zich samentrekken, wordt de lucht uit de longen geperst en vaak kan dat een schreeuw veroorzaken. De ademhaling stopt en iemand kan daardoor blauw aanlopen in het gezicht en rond de lippen. De persoon zal ook vallen, maar dat leidt zelden tot ernstig letsel.'

Tenzij het een val is van drieduizend meter, dacht Agnes.

Epilepsie was dus een deel van Veslemøy Lilands genetische erfenis. En als ze Dagny Berge goed had begrepen, wist zij van de ziekte van haar kleinkind. Dat zou betekenen dat Veslemøy had geweten dat ze epilepsie had lang voordat ze het Steven had verteld.

Uit gewoonte ging ze naar de website van de lokale krant. Haar artikel over de bekendmaking van de artiesten voor Voss Jazz had een kleine verwijzing op de voorpagina, naast de twee laatste artikelen die ze in het weekend had geschreven en die in de dinsdag- noch in de donderdagkrant waren afgedrukt. De meeste ruimte was natuurlijk gereserveerd voor de parachutemoord, met een grote kleurenfoto van de begrafenisdienst. Frida's overzichtsfoto in de kerk was vanaf de galerij genomen, rechts van de organist. Je zag de dominee en de witte, met bloemen bedekte kist helemaal vooraan bij het altaar, en een aaneengesloten donkere mensenmassa aan weerszijden van het middenpad. Door de symmetrie was het een mooie foto; ze moest met tegenzin toegeven dat de zomervakantiekracht ook kon fotograferen.

Pling klonk de magnetron, en de vrouw achter de toonbank hevelde de inhoud van het plastic bakje over op een kartonnen bord, waarna ze naar Agnes toe kwam en het op het tafeltje voor haar neerzette.

Agnes stortte zich op het eten, maar de pasta was gloeiend heet, dus ze legde de vork geïrriteerd weer neer. Ze wilde een ander artikel openen, maar stopte toen en bekeek de overzichtsfoto van de begrafenisdienst nog eens.

Het was alsof ze in een flits iets had gezien wat ze eerst niet had opgemerkt. Maar wat?

Toen zag ze het.

Tussen alle kleine hoofden die naar de kist gewend waren, was er één de andere kant op gedraaid, naar de kerkdeur. Het was moeilijk te zien, omdat de afstand zo groot was, maar als ze moest gokken, zou ze zeggen dat Kathrine Bøe verbaasd en misschien zelfs angstig keek. Keek ze naar iemand – of iets? Was er iemand de kerk binnengekomen op het moment dat de foto gemaakt werd, of keek ze naar iemand die naar buiten ging? Misschien had ze zich tijdens de toespraak van Steven Smith alleen maar omgedraaid omdat ze het geluid van de deur hoorde. Maar dan was het raar dat zij de enige in de hele kerk was die die kant op keek.

Ze moest dat samenzweerderige onderzoeksjournalisteninstinct dat de laatste dagen plotseling de kop opstak negeren. Het had geen enkele zin, er was toch niemand geïnteresseerd in haar verhaal.

Niemand bij de lokale krant.

In haar hoofd begon zich een gedachte te vormen.

Misschien was het gekkenwerk, maar het kon een uitweg zijn.

Haar telefoon ging. Eerst dacht ze dat het Eskildsen was die zich wilde verontschuldigen. Ze was een beetje teleurgesteld, maar vooral blij toen ze zag dat het Viktor was. Ze maakte zich er niet eens druk over dat hij had nagelaten haar te informeren over de verdwenen cameraman, ze had nu vooral behoefte om hem als vriend te spreken. Ze wilde zich beklagen over de verschrikkelijke dagen die ze achter de rug had, vertellen dat ze in de trein naar Oslo zat, dat ze radeloos was en niet wist wat ze moest doen.

Maar daar kreeg ze de kans niet voor.

'Ik moet je iets vertellen,' zei Viktor, en zijn stem klonk ongewoon tam. 'Off the record, alsjeblieft. Ik hoop dat je onze vriendschap daarvoor genoeg respecteert.'

'Jezus, man, natuurlijk. Wat is er?'

Viktor zweeg even, alsof hij nog niet zeker wist of hij wel verder zou gaan. 'Ik kreeg toch de opdracht om de data van Veslemøys telefoon door te nemen? Daarin waren, zoals je misschien al hebt begrepen, een paar bedenkelijke berichtjes van Steven te zien, wat samen met zijn opmerking dat het zijn schuld was genoeg was om hem aan te klagen voor moord. Maar er waren nog twee nummers, naast die van Steven en haar vriendinnen, die telkens terugkwamen. Ik heb ze allebei nagetrokken. Het ene is van...'

'Birger Flakne,' zei Agnes.

'Hoe weet jij dat nou?' vroeg Viktor, maar hij klonk minder verrast dan ze had verwacht.

'En het andere nummer?' vroeg Agnes.

Het duurde lang voor Viktors stem weer klonk.

'Papa,' zei hij.

'Oddmund Liland?'

'Nee, Agnes. Henrik Vormedal. Míjn vader.'

‘Over vijf tot zes minuten komen we aan in Finse,’ zei de onpersoonlijke stem door de luidspreker. *‘We will arrive at Finse in five to six minutes.’*

Ze begreep er niets van. Ze had Viktor niet méér kunnen vragen, want hij had opeens gezegd dat hij moest ophangen. Het klonk een beetje alsof hij spijt had dat hij haar gebeld had, alsof hij in zijn vertwijfeling was vergeten dat zij journalist was en hij politieagent, ook al zou ze de informatie uiteraard niet verspreiden. In elk geval nu niet.

Ze wilde ’m nog steeds het liefst smeren – teruggaan naar Oslo, terug naar een anoniem leven, ver weg van alles.

Maar ze was nieuwsgierig.

En ze maakte zich zorgen.

En ze had een plan dat misschien zou werken.

Bij zichzelf vervloekte ze laffe redacteuren. Mysterieuze mannen. Mannen in het algemeen. Vrouwen die op hen leken. Ze propte twee happen bolognese in haar mond, verbrandde haar verhemelte en vloekte zo hard dat mensen zich naar haar omdraaiden.

Ze stond op, liep naar het balkon en bleef daar staan tot de trein helemaal stilstond. Nadat ze op de groene knop had gedrukt, aarzelde ze weer een ogenblik.

Toen stapte ze de trein uit.

De trein naar Bergen zou pas over vijftig minuten komen.

Over slechts een paar weken zou het wemelen van de dure fietsen op het perron voor hotel Finse 1222. Nu stond er één eenzame natte fiets in het rek naast het stationsgebouw. De eigenaar had waarschijnlijk niet meegekregen dat er in de bergen nog niet genoeg sneeuw gesmolten was om verantwoord de Rallarvegen te kunnen fietsen.

Een poosje geleden had ze een interessant interview gehad met de hotelmanager hier. Hij had verteld over de maand juni, die hij 'de merkwaardige maand' noemde. In Finse waren er twee jaargetijden, zei hij, winter en zomer, en dat je in juli, augustus en een deel van september wist dat het zomer was, kwam doordat de thermometer dan zelden onder nul zakte. Juni was de stilte voor de storm, als het hotel gesloten was en de werknemers vertrokken. Maar het was ook de maand waarin het ijs van de bevroren rivier brak tegen de stuwdam en dan hoorde je misschien voor het eerst in acht maanden het geruis van stromend water. En het was de maand waarin de zeemeeuwen kwamen, en tegelijk daarmee de mafkezen die op ze schoten.

Agnes miste de horden fietstoeristen, om de simpele reden dat als die er waren geweest de bar van het hotel open was geweest en ze een dubbele cortado had kunnen bestellen terwijl ze op de trein wachtte. Nu zat er niets anders op dan op de harde bank in het stationsgebouw te gaan zitten.

Ze vroeg zich af of ze ooit zelf de Rallarvegen zou fietsen. De afstand van Haugastøl naar Flåm per fiets afleggen was de zoveelste lokale activiteit voor actievelingen waaraan zij zich nooit had gewaagd. Regen of zon, alleen al van de gedachte om uren op een fiets te zitten kreeg ze zadelpijn.

Ze haalde haar telefoon tevoorschijn en tikte 1881 in, het nummer van de informatiewebsite.

En zocht een nummer dat ze lang geleden gewist had.

Ruim twee uur later was ze terug waar ze begonnen was, in het dorp waarvan ze had gedacht dat ze het voor de tweede keer achter zich had gelaten. Ze liet haar auto op de parkeerplaats bij het station staan en haastte zich te voet naar Vangen. Toen ze eindelijk de deur van de snackbar opende, kwam de frituurlucht haar als een oude vriend tegemoet. Ze hoopte een hapje te kunnen eten voor hij kwam.

Boven de flatscreen aan de muur hingen een Liverpool-shirt, een Noorse vlag en een vaandel met de oude slagzin DE WERELD IS GROOT, MAAR VOSS IS GROTER. Dat stamde uit de tijd dat iemand – waarschijnlijk van het gemeentebestuur – had besloten 'Nee, dank u' te zeggen tegen het aanbod om de stadstatus te krijgen en had gekozen voor de knusse titel 'dorp'. Agnes kon zich niet herinneren dat ze ooit iemand Voss een dorp had horen noemen. Ze ging op een barkruk zitten en bestelde de cheeseburger waar ze al twee dagen van droomde. Haar maag knorde al vol verwachting; ze had nog steeds honger na de afgebroken maaltijd in de trein.

Het weerbericht op het regionale nieuws Vestlandsrevyen liet zien dat er het komende etmaal meer regen zou vallen, en de man in de snackbar – vast de eigenaar; hij werkte er in elk geval al zo lang Agnes zich kon herinneren – stond bij de grill met zijn gezicht naar de tv en schudde zijn hoofd.

'Ach jee,' zei hij. 'Er komt geen eind aan de tegenslag van Veko. Nu zullen er wel meer dingen de mist in gaan. Dat is niet zo leuk voor ze, en het begon zo mooi.' Hij keek haar aan. 'Eh... ik bedoel het weer, dus niet... die andere zaken.'

'Hebt u veel gefrustreerde skydivers binnen gehad?'

De man, die eind zestig moest zijn, misschien zelfs al de zeventig was gepasseerd en nog van de oude stempel was – hij droeg nog steeds een witte papieren muts wanneer hij eten klaarmaakte –, slaakte een diepe zucht. 'Nou en of. En niet alleen springers. Er zijn in het algemeen veel mensen die komen kijken. Het festival is dit jaar niet het grote feest waarop ze gehoopt hadden, dat begrijp ik heel goed. Dat heeft Birger niet verdiend, vind ik.'

Ze dacht aan haar gesprek met de Veko-chef vanochtend, bij Skjervet. Op dit moment vond ze dat de sukkel het wel degelijk verdiende dat zijn festival naar de verdommenis ging.

'Kent u Flakne goed?' vroeg ze.

'Dat zou ik denken,' zei de man. 'Hij is mijn zoon.'

Een andere reden waarom hij Burger werd genoemd dus. Ze voelde onmiddellijk haar ergernis over Flakne junior weer, maar het water in haar mond verdreef die toen ze honderdzestig gram vlees aangereikt kreeg, in combinatie met kaas, een royale klodder saus en een broodje met sla en maïs.

'Ja, hij heeft op dit moment veel te verhapstukken,' zei ze voordat ze haar tanden in de hamburger zette.

De snackbareigenaar knikte. 'Birger is een taaie. Zo is hij geworden sinds hij als kind werd gepest. Hij is niet zo gauw van zijn stuk te brengen. Anders had hij ook nooit de baan gehad die hij nu heeft. En ik denk niet dat hij plannen heeft om deze snackbar van me over te nemen. Maar het is wel duidelijk,' zei hij terwijl hij de vitrine schoonveegde met een doek, 'niet makkelijk geweest. Die tragische dodelijke val is één ding, maar er zijn ook al die dorpsroddels dat er iemand uit het skydivewereldje achter zou zitten. En dan komt al dat geschrijf over rode cijfers in de boekhouding van Veko er nog bij. Ik weet niet of de mensen wel doorhebben hoeveel dit festival voor hem betekent. Ik ben trots op mijn jongen, dat kan ik niet vaak genoeg zeggen. Het is zijn levenswerk, zijn kind,' zei hij, en hij voegde er mompelend aan toe: 'Eentje.'

Agnes verbaasde zich over die opmerking, maar ze nam een nieuwe hap. De zoute grillkruiden prikten op haar tong en even was de wereld weer in balans. Toen rinkelde de deurbel, en meteen stond de trouwe bewaker van de grill weer op zijn plaats achter de kassa, vriendelijk lachend zoals altijd, met de vraag: 'Waarmee kan ik u vandaag verleiden?'

'Met hetzelfde als zij heeft,' zei Tor Erik Åkervold.

Hij ging op de barkruk naast haar zitten, en ze had spijt dat ze niet een kwartier later met hem had afgesproken, want dan had ze in alle rust kunnen eten. Ze kon het wel vergeten om van het eten te genieten als hij naar de saus in haar mondhoeken zat te staren.

Verrassend genoeg keek hij helemaal niet naar haar. Åkervold richtte zijn aandacht op de tv aan de muur, waar de tekst van het districtsnieuws over de openingsbeelden van *Dagsrevyen* rolde.

Ze bleven zwijgend zitten kijken naar de aankondiging van de komende onderwerpen: een milieudelict waarbij een aantal van de rijkste mannen in het land betrokken was, een item over de vrees van de politie dat een concert van een internationaal tieneridool in de hoofdstad dit weekend hysterie zou veroorzaken, en een interview met 'de treurende vader die zonder dochter achterblijft na de parachutemoord in Voss'.

'Wel verdomme!' riep Åkervold.

Agnes draaide zich naar hem toe. Waren ze het nu ergens over eens? Dat het godgeklaagd was dat deze man op primetime in het nieuwsprogramma dat het meest serieuze in het land heette te zijn, zijn eigen, op z'n zachtst gezegd gekleurde verhaal mocht spuien? Een man die niet alleen zijn vrouw had mishandeld, maar misschien ook zijn dochter, en die bovendien meer dan twintig jaar volkomen afwezig was geweest in haar leven.

'Waardeloze zuiplap!' mompelde hij, nog steeds met zijn ogen op het scherm gericht. 'Je had mij een exclusief interview beloofd.'

Agnes probeerde niet te lachen van leedvermaak. Het lukte haar niet, en haar lach klonk meer als een mengeling van hoesten en niesen, of alsof ze een maïskorrel in haar keel had. Åkervold keerde zich naar haar om. Hij keek zuinig. 'Hoe gaat het eigenlijk met Fredrik?' vroeg hij.

Het eten in haar maag leek te veranderen in een grote klomp ijs. 'Met Fredrik gaat het prima.'

'Ik had gehoopt dat je me een keer bij je thuis op de koffie zou vragen. Het zou leuk geweest zijn om met hem kennis te maken. Hij heeft vast veel over me gehoord, of niet?'

Åkervolds blik was nog even zuinig, ook al glimlachte zijn mond.

'Hij weet niets. En zo blijft het ook. Het lijkt hoe dan ook alsof het in een ander leven gebeurd is.'

'Vreemd, want ik herinner het me nog alsof het gisteren was.'

Agnes moest de film wegfilteren die zich plotseling voor haar ogen afspeelde. Het kerstdiner anderhalf jaar geleden, de kus, de plotselinge lust, het akelige toilet, de diepe schaamte daarna.

En het besluit dat ze diezelfde avond had genomen: net doen alsof het nooit gebeurd was.

Åkervold kreeg zijn eten, maar legde zijn burger op de toonbank. Hij veegde zijn vingers af aan een servetje en pakte zijn telefoon. 'Even het moederschip bellen.'

'Wacht,' zei Agnes, en ze veegde haar mond af met haar eigen servet. 'Ik wil graag samenwerken.'

Hij trok zijn wenkbrauwen op.

'Ik wil over de parachutemoord schrijven,' zei ze. 'Samen met jou. Voor VG.'

Het kostte Agnes een halfuur om Åkervold ervan te overtuigen dat het haar ernst was.

Eerst dacht hij dat het een grap was. Toen verdacht hij haar ervan dat ze het deed om naar informatie te vissen. Pas toen ze hem alles vertelde – en een officiële brief schreef waarin ze ontslag nam als journalist bij *Hordaland* en die naar Eskildsen mailde terwijl hij over haar schouder mee stond te kijken – geloofde hij dat ze echt zakelijk met hem wilde samenwerken. Dat ze als freelancer het werk van haar vroegere baan wilde doen, bij een krant die haar capaciteiten als journalist respecteerde, in een stad waar ze toestemming zou kunnen krijgen om over deze 'soap' te schrijven.

Toch was ze verrast toen hij zei dat het oké was, dat hij zou overleggen met zijn chef.

Toen hij eindelijk zijn telefoon pakte, wist ze dat het voor elkaar was.

Als Åkervold 'gas geven' zei, was er niemand die op de rem trapte.

Nu was het aan haar.

Je hoefde alleen maar de lucht van verschaalde drank achterna te gaan.

Ze vond hem op precies dezelfde plek als de vorige keer, en het verbaasde haar niet dat er niemand aan een van de tafeltjes om hem heen was gaan zitten. Oddmund Liland had zijn Felleskjøpet-pet op en droeg hetzelfde versleten pak dat hij bij de begrafenis had aangehad. Had hij twee dagen aan één stuk door gedronken?

'Ik heb je niets te zeggen,' zei hij toen ze voor hem stond. 'Vriendin van Veslemøy, m'n neus! Ik ben misschien een waardeloze zuiplap, maar ik zou nooit iemand op die manier recht in zijn gezicht voorliegen. Geen wonder dat de mensen geen vertrouwen meer hebben in de pers.'

'Sorry. Maar ik vroeg me af of ik met u zou kunnen praten. Het interview dat u Åkervold hebt gegeven voor *VG* komt niet in de krant. Maar ik heb uw hulp nodig voor een ander artikel voor *VG*. U kunt anoniem blijven.'

'*VG*? Je was toch journalist bij *Hordaland?*'

'Ik ben freelancer. En ik werk nu voor *VG*.'

Hij reageerde niet en keek haar alleen maar dom aan voordat hij naar zijn lege glas blikte.

'Kan ik u trakteren op een biertje?'

Dronken mensen interviewen of hun nog meer te drinken geven behoorde ongetwijfeld niet tot de leerstof van de opleiding journalistiek – Bob Woodward zou zijn wenkbrauwen opgetrokken hebben onder zijn grijze haar –, maar daar mocht ze nu niet aan denken, want Liland knikte zonder op te kijken. Toen ze terugkwam met een ijskoud glas bier, dronk hij dat in één teug half leeg. Hij veegde het schuim niet van zijn bovenlip.

'U wist dat Veslemøy ziek was, toch?' vroeg ze.

Liland loerde naar haar. 'Na de dood van haar moeder had ze last van haar zenuwen, ja.'

'U weet dat ik dat niet bedoel. Ik heb het over epilepsie. De ziekte die uw moeder ook heeft.'

Hij keek beschaamd. Leegde zijn glas in een tweede teug. 'Ik geloof dat ik er nog een nodig heb.'

Agnes zuchtte en ging het café weer binnen.

'Zo,' zei ze toen ze de halve liter met zo'n klap op tafel zette dat het bier over de rand op haar hand klotste. 'Vertel.'

Veslemøy had – waar Agnes haar al van verdacht – gelogen tegen Steven: ze was er níét achter gekomen dat ze epilepsie had toen ze in Nieuw-Zeeland woonden. Dat had ze al geweten vanaf het moment dat ze uit vliegtuigen begon te springen.

De ziekte werd ontdekt toen ze op de middelbare school zat, mompelde Liland. Hoewel ze wist ze dat ze vanwege haar grootmoeder aanleg zou kunnen hebben voor deze ziekte, was de diagnose toch hard aangekomen. Zeker omdat ze die kreeg vlak nadat ze was aangestoken door 'het verschrikkelijke parachutevirus'. Haar vader was ertegen geweest dat ze überhaupt met de cursus zou beginnen, zei hij. Toen ze haar eerste aanval kreeg, dacht hij dat de epilepsie in elk geval ergens goed voor was.

'De dokter zei dat ze geen toestemming kreeg om zich met dat soort dingen bezig te houden,' zei hij, en hij wachtte even met drinken. 'Maar Veslemøy was altijd al eigenwijs en weigerde te stoppen. Om tot de beginnerscursus te worden toegelaten moest ze een doktersverklaring inleveren. Maar die wilde haar arts niet afgeven. Toch was ze vastbesloten hem zover te krijgen. Ik geloof dat zij en een vriendin toen dreigden naar de politie te gaan als hij niet deed wat zij zeiden.'

'De politie? Wat wisten ze dan over hem?'

'Dat zal wel met dronkenschap te maken hebben gehad, denk ik.'

'Deed hij wat die meisjes zeiden?'

'Nee, hij bleef weigeren, de dokter. Die had blijkbaar zijn beroepseer. Maar kennelijk wisten ze inderdaad iets van hem, want het eind van het liedje was dat hij zijn praktijk moest sluiten. Vormedal, die dokter, verhuisde daarna naar elders. Uiteraard, zou ik bijna zeggen.'

Ze kreeg kippenvel op haar armen toen de naam van Viktors vader viel.

'Hoe weet u dat eigenlijk? Heeft Veslemøy u dat verteld?'

Liland had met meer geestdrift en vuur verteld dan daarvoor, maar nu zei hij niets meer en zijn kin zakte op zijn borst. Hij bleef een paar tellen zo zitten en boerde een paar keer voordat hij weer iets zei.

'Ze vertelde mij nooit iets. Ik heb het in haar dagboek gelezen,' zei hij op beschaamde toon. 'Ze betrapte me op heterdaad. Daarna praatte ze niet meer met me. Nooit meer. Ze verbrandde haar dagboek, vertelde haar moeder me later.'

Agnes zag in gedachten honderden bladzijden met potentieel bewijsmateriaal in rook opgaan.

'En die doktersverklaring, wat gebeurde daarmee? Veslemøy bleef toch springen?'

'Niets kon haar tegenhouden,' zei Liland, met vermoeide stem nu, alsof de alcohol langzaam zijn lichaam verliet. 'Volgens haar dagboek vervalste ze de handtekening van de dokter en ging ze verder alsof er niets was gebeurd. Al jaren heb ik erop gewacht dat het ergste zou gebeuren. Ik heb overwogen iemand een tip over haar te geven. Ik vond dat ik iets moest doen om haar zover te krijgen dat ze zou stoppen met die malligheid. Maar ze wilde het per se, en ik had het gevoel dat ik voor haar niet nog meer moest bederven dan ik al had gedaan. Ten slotte heb ik me er maar mee verzoend dat ze dood zou gaan. Ik ging ervan uit dat haar ziekte haar dood zou worden, dat ze in de hel zou vallen, naar de duivel, zoals mijn moeder altijd zei.'

Liland keek haar met zijn lichtblauwe ogen aan.

'Maar ik heb zelfs in mijn ergste nachtmerrie nooit voor me gezien dat iemand haar om het leven zou brengen.'

Agnes moest opeens ergens aan denken: de onzin die de dronken Veslemøy had uitgekraamd op het feest, toen ze haar wakker had gemaakt in de badkuip – dat ze zich door niemand liet tegenhouden. Dat hij niet wist wat goed voor hem was.

Had ze het toen over Henrik Vormedal, Viktors vader?

Ze drukte op de bel bij de deur naast het fitnesscentrum halverwege de Vangsgata.

Eén voordeel van in een kleine plaats wonen was dat je niet drie weken van tevoren een afspraak hoefde te maken bij je huisarts. Een bijkomend voordeel was dat de huisarts haar enige tante was, die niet alleen pal naast haar praktijk woonde, maar het ook goedvond om je vroeg op een vrijdagavond te ontvangen, omdat ze toch niks beters te doen had.

'Moeder Agnes,' zei ze, en ze hield haar hoofd schuin. 'Wat fijn dat je teruggekomen bent. Ik moet bekennen dat ik me zorgen om je heb gemaakt.'

'Het gaat prima, hoor,' loog ze. 'Alleen duurt het wat lang met dat babygedoe.'

Tante keek haar over de rand van haar bril aan. 'Dat is niet het enige waar ik me zorgen over maak. Je ouders zijn ook ongerust, maar we durfden er geen van drieën over te beginnen. We weten hoe gevoelig het kan liggen met onvruchtbaarheid.'

Onvruchtbaarheid. Ook al kwam ze hier niet om haar eicellen te laten controleren, het woord was als een messteek in haar buik.

'Agnes Tveit, verlang je er eigenlijk wel echt naar om moeder te worden?' vroeg haar tante, waarmee ze het mes ook nog eens omdraaide.

'Wat is dat nou voor vraag! Natuurlijk wel.'

'Maar lieve schat, je bent negenendertig, waarom ben je niet eerder gekomen om hulp te vragen? Weet je niet dat je, als je na een jaar nog niet zwanger bent, moet laten uitzoeken wat de oorzaak is? Op jouw leeftijd is er geen tijd meer te verliezen. De kans om zwanger te worden wordt elke week, elke dag, elke minuut met een kwart verminderd.'

Haar tante moest wel de slechtste huisarts van heel Noorwegen zijn.

'En Fredrik?' vroeg Agnes. Nu ze toch hier was kon ze daar net zo goed naar vragen.

'Wat is er met hem?'

'Moet hij niet ook... onderzocht worden?'

'Natuurlijk wel. Maar dat is zijn verantwoordelijkheid. Jij moet aan jezelf denken. En daarmee bedoel ik ook dat je moet letten op je eetpatroon en beweging. Je ziet eruit alsof je best een beetje gezonder zou kunnen leven. Krop je je gevoelens op, lieverd?'

Ze antwoordde niet, maar wachtte geduldig tot haar tante klaar zou zijn met haar preek over hoe belangrijk het is om 'alles in het werk te stellen om de bakoven zo goed mogelijk te laten functioneren'.

Door het woord 'bakoven' moest ze denken aan crematie. Of haar moeder eraan vast zou houden dat ze, zoals ze een keer had gezegd, verbrand wilde worden na haar dood. Ze vroeg zich af of haar tante wist van de ziekte van haar zus.

Ze kon het niet opbrengen om ernaar te vragen.

'Agnes?'

Haar tante zat plotseling voor haar met iets wat eruitzag als een grote dildo, maar dat, zoals ze snel concludeerde, een echo-apparaat moest zijn.

'Zullen we even naar je eicellen kijken?'

Ze trok haar broek en slipje uit en ging wijdbeens op de meest oncomfortabele stoel ter wereld liggen, zoals miljoenen vrouwen voor haar hadden gedaan en miljoenen na haar zouden doen. Agnes wist niet of ze het onprettig vond of juist niet dat een familielid deze echo zou uitvoeren – een handeling die in werkelijkheid een smoes was om naar informatie te vissen. Ze miste haar gynaecoloog in Oslo, van wie ze niet eens de voornaam had geweten en die ze alleen maar 'dokter Doos' noemde.

'Zeg, tante, waarom ging je niet met een andere arts samenwerken nadat Viktors vader vertrokken was?'

Haar tante antwoordde niet. Ze was bezig om een schermpje aan de praat te krijgen dat nog steeds alleen maar zwart was. Toen er eindelijk leven in kwam en het ouderwetse LOADING in groene letters verscheen, richtte ze zich tot Agnes.

'Nou, nee. Na al dat gedoe besloot ik dat ik het in mijn eentje wel aankon.'

Tantes stem had een bittere toon. Misschien sprak ze ook over het leven in het algemeen.

'Wat hield dat gedoe eigenlijk in?'

'Met Henrik? Tja, dat was een triest verhaal.'

'Wat is er gebeurd?'

'Hij raakte zijn registratie kwijt, weet je nog?'

Agnes was al vergeten dat dat de reden was dat hij destijds was verdwenen. Of ze had het misschien nooit gehoord. Viktor had nooit veel verteld over zijn vader.

Ze kreunde even van de pijn toen haar tante het echo-apparaat inbracht in haar schede.

'Doet het pijn?'

'Het gaat wel,' zei Agnes, en ze staarde naar het witte plafond. 'Waardoor raakte Vormedal die dan kwijt?'

'Wat?'

'Zijn registratie!'

'O ja. Vanwege drugsgebruik, werd er gezegd.'

'Was hij stoned op zijn werk?'

'Dat werd gezegd, ja, maar ik heb daar zelf nooit iets van gemerkt. En ik had het zeker gemerkt als het zo was. De kwestie raakte mij ook. Het gerucht dat er in mijn praktijk drugs in beslag waren genomen ging het hele dorp door.'

'Werd Henrik Vormedal betrapt met drugs?' Daar had Oddmund Liland niets over gezegd. Viktor had dat evenmin ooit genoemd.

'Het was een akelige toestand,' zei haar tante. 'Een aantal oudere patiënten durfde daarna niet meer hier te komen. Heel begrijpelijk. Zoiets straalt nou niet bepaald uit dat je als patiënt veilig bent.'

'Wat gebeurde er daarna met Vormedal?'

'Hij mocht hier in het dorp dus niet meer werken. Daarom verhuisde hij naar een klein dorp in Hallingdal. Bijzonder dat je daar juist nu naar vraagt, want ik heb hem in geen jaren gezien of iets van hem gehoord,' zei ze. 'Tot hij me laatst opeens belde.'

'O? Wat wilde hij?'

'Geen flauw idee. Alleen praten, denk ik. Henrik heeft nooit meer als arts gewerkt, en dat gemis heeft diepe sporen bij hem nagelaten, net als het gemis van Viktor. Hij vertelde me dat hij uit schaamte niet meer terug durfde te komen, maar hij hield koppig vol dat hij nooit een verslavingsprobleem heeft gehad. Zo gaat het altijd: mensen weigeren toe te geven waar ze moeite mee hebben. Ik zei tegen hem dat het leek alsof hij veel woede in zich had, en dat beaamde hij. Het werd nog erger nadat hij met pensioen was gegaan, zei hij. Toen kreeg hij meer tijd om over alles na te denken.'

Haar tante draaide al pratend het echo-apparaat om.

'Het leven is zwaar geweest voor Henrik. Maar ik ben blij dat hij hierheen gekomen is en weer contact heeft opgenomen met zijn familie. En dat hij contact opnam met mij. We hebben het immers... leuk gehad, zo af en toe.'

'Hebben jullie weer contact gehad nadat hij is teruggekomen?'

Er glinsterde iets achter haar tantes brillenglazen, ook al keek ze nog steeds naar het beeldscherm en was haar mond een geconcentreerde streep. Ze leek een tienermeisje dat wilde vertellen over een jongen die ze leuk vond, maar niet durfde.

'Hij is oud geworden, dacht ik eerst. En hij heeft niet meer zo'n rechte rug als vroeger. Misschien ook niet zo vreemd. Maar zijn charme, die heeft hij niet verloren.'

Het beeld van haar tante en Vormedal, twee gerimpelde oude lichamen in een bed, verscheen voor haar geestesoog, en Agnes moest het van zich af zetten.

'Wanneer was dat, die inbeslagname van drugs hier in de praktijk?' vroeg ze. 'Raar dat ik me dat niet herinner.'

'Je weet hoe ik ben met jaartallen. Het is lang geleden, zeker meer dan twintig jaar,' zei haar tante voordat ze haar aandacht weer op het scherm richtte. 'Maar even over iets vrolijkers: je hoeft je niet ongerust te maken of je zwanger kunt raken. Zo te zien ben je klaar om te broeden.' Haar tante grinnikte om haar eigen grap, die ze telkens als ze de kans kreeg maakte.

Agnes trok snel haar slipje weer aan. 'Mooi. Maar tante? Nog één ding. Was Veslemøy Liland een patiënt van Vormedal?'

'Ze was een patiënt van mij,' zei haar tante, en er ging een schok door Agnes heen toen ze eraan toevoegde: 'Maar voordat Henrik hier verdween, ging ze naar hem, ja, net zoals haar moeder en haar oma.'

Haar tante rolde de bureaustoel opzij, tot ze recht tegenover Agnes zat. 'Beloof me dat je je energie niet gebruikt om overal en nergens in zulke oude onzin te wroeten. Je moet je concentreren op wat belangrijk is,' zei ze, en ze klopte Agnes op haar buik. 'B-a-k-o-v-e-n.'

Een halfvol glas wijn balanceerde vervaarlijk op de armleuning van de bank.

Vandaag vroeg Fredrik niet of hij voor haar ook moest inschenken, ook al wisten ze allebei dat ze niet zwanger was en het zichzelf best kon toestaan om te drinken. Ze had niet de puf om hem daarop te wijzen. Ze was bekaf.

Toen ze op verzenden klikte om de e-mail aan de avondredacteur van VG te versturen, kneep ze haar ogen dicht.

Ze kreeg meteen spijt.

In het ergste geval zou het haar in moeilijkheden brengen. Alles kapotmaken. In het beste geval was het de eerste stap om haar carrière weer op de rails te krijgen.

'Je hebt het journaal nog niet gezien, toch?' vroeg Fredrik.

Ze was zowel opgelucht als verrast over zijn lichte toon, en over het feit dat hij niet meteen in de uitpraatmodus zat.

'Ja, ik heb het gezien,' zei ze voor ze naar de badkamer liep om haar joggingpak aan te trekken.

De kleren die ze had aangehad gooide ze op een hoop op de vloer; ze stonken naar trein, hamburgers en frituurolie. Toen ze op de bank ging zitten, merkte ze dat haar haar ook stonk. Ze overwoog even een douche te nemen, maar dat zou raar overkomen nu ze zich al had omgekleed en ze had geen zin in nieuwsgierige vragen.

'Trieste zaak. Ik moet zeggen dat Liland veel heeft meegemaakt. Eerst verliest hij zijn vrouw aan kanker en daarna wordt zijn enige dochter vermoord.'

Fredrik wist nog niet dat zijn eigen schoonmoeder ziek was. Hij had er geen flauw idee van dat Agnes het dorp uit was gevlucht, maar was teruggekomen.

Dat kon hij maar beter niet weten ook.

Net zoals hij niet hoefde te weten wat er was gebeurd tijdens het *VG*-kerstdiner.

'Je hoeft geen medelijden te hebben met Oddmund Liland. Hij is een klootzak, en dat hadden ze bij het journaal moeten weten. In dat interview loog hij alles bij elkaar.'

Terwijl ze het zei, voelde ze het in haar buik.

Nu pas besefte ze dat Veslemøys vader net zo goed tegen haar gelogen kon hebben. Hoe kon ze weten dat hij als anonieme bron betrouwbaarder was? Was het eigenlijk wel waar dat kinderen en dronkaards de waarheid spraken?

Nadat ze het artikel had ingeleverd, had de avondredacteur haar gebeld. Hij wilde bevestigd hebben dat ze twee bronnen had en vroeg naar hun namen. Agnes had hem die gegeven: Oddmund Liland en Steven Smith. Ze zei erbij dat Smith niet wist dat hij een bron was.

'Denk jij dat Veslemøys vader iets met de moord te maken heeft?' vroeg Fredrik.

'Er is vooralsnog niets wat daarop duidt. Maar ik ben dus niet de tienerdetective Nancy Drew, waar jij me al fijntjes op wees.'

'Het spijt...'

'Mag ik de afstandsbediening? Het is een lange dag geweest. Ik moet even relaxen.'

Ze ging op de bank liggen en liet haar blik rusten op een pas geopereerde Hollywoodster, toen ze vanuit haar ooghoeken zag dat Fredrik naar haar keek. Ze probeerde hem te negeren en concentreerde zich op de samenvatting van de laatste aflevering. Hij bleef haar aanstaren, zat daar maar naar haar te kijken op die vermoeiende manier die haar eraan herinnerde dat hij niet de reden was dat ze was teruggekomen. Op een gegeven moment kon ze hem niet langer negeren.

'Wat is er?'

Hij stond zonder een woord te zeggen op en liep de kamer uit. Een paar tellen later kwam hij terug en ging recht voor haar staan, zodat hij voor de tv stond. Toen ging hij op zijn hurken zitten. Het duurde een paar tellen voordat het tot haar doordrong dat hij op één knie zat.

Ze trok haar wenkbrauwen op.

Was dit een geintje?

'Oké, ik weet dat het een rampzalig slechte timing is,' zei hij. 'Maar verdorie, Agnes, als me deze week iets duidelijk is geworden, is het wel dat het leven kort is. Alles kan morgen voorbij zijn. Ik heb er genoeg van dat we de hele tijd ruziemaken, ik hou van je en ik wil geen spijt krijgen van iets wat ik heb nagelaten.'

Hij haalde een doosje tevoorschijn en opende het. Er zat niets in.

'Agnes Tveit, de liefste en meest dwaze persoon in mijn leven, die, zoals ik weet, een hekel heeft aan ringen en andere glitter. Zullen we niet gewoon gaan trouwen?'

'Je hebt gelijk,' zei ze. 'Dit is inderdaad een rampzalig slechte timing.'

Zaterdag

WAAR BEN JIJ VERDOMME MEE BEZIG?

Ze las het bericht van Viktor nog voordat ze goed en wel wakker was. Eerst sperde ze haar ene oog open, daarna het andere, als twee gelijke symbolen op een fruitautomaat. Ze ging direct naar VG. Fredrik sliep gelukkig door toen de letters voor haar oplichtten: SLACHTOFFER PARACHUTEMOORD HAD EPILEPSIE.

Het artikel stond bovenaan. Haar hele lichaam tintelde, een gevoel dat ze in jaren niet meer had gehad.

Ze klikte op de link.

Door Tor Erik Åkervold en Agnes Tveit.

In het artikel stond niets over de arts die de gezondheidsverklaring niet had willen tekenen. Niet dat Veslemøy hem als jong meisje tot zwijgen had gedwongen. Niet dat ze de handtekening op de verklaring had vervalst, of dat haar vader daarvan wist.

Dat wilde ze allemaal bewaren voor latere artikelen.

Het nieuws van de epilepsie was voorlopig explosief genoeg.

Agnes las het artikel helemaal door en was opnieuw tevreden over de tekst. Zij had het artikel geschreven en de research gedaan. Åkervold stond alleen in de byline vermeld omdat hij een grote blaaskaak was. Dat hij ook credits kreeg was de voorwaarde voor hun samenwerking geweest.

Naast Oddmund Liland, die volgens afspraak anoniem was, had Agnes een psycholoog gevonden die commentaar wilde geven. Zij benadrukte dat ze de details van het betreffende geval niet kende en in het algemeen sprak. Als je je noodlot op zo'n manier wilt uitdagen, zei de psycholoog, kan dat ingegeven zijn door een doodswens, of er tenminste op wijzen dat het je niet uitmaakt of je leeft of sterft.

Veslemøy had misschien meer psychische problemen gehad dan haar omgeving wist.

Ook al was ze vermoord, je zou kunnen zeggen dat ze een langzame zelfmoord had gepleegd.

En Agnes had eindelijk de volledige vrijheid om daarover te schrijven.

Een man in een bruin gespikkelde overall rende zo hard hij kon naar de rand en wierp zich ervanaf.

Even later stak hij als een adelaar af tegen de hemel.

Er was weer leven in de lucht, maar je zag alleen paragliders, geen parachutes. Officieel was er geen vliegverbod meer, nu alle deelnemers verplicht waren om hun parachutes drie keer te controleren. Iedereen wist dat er geen sprake was geweest van een fabricagefout, maar dat er met een van de parachutes was geknoeid.Agnes vroeg zich af hoelang Birger het zou volhouden voor hij groen licht gaf voor de rest van het springprogramma. 'Uit respect voor Veslemøy' wachtten ze nog even, stond er in het laatste persbericht van de festivalleiding.

Ze stelde vast dat het weer deze week meer dan gemiddeld schizofreen was, zelfs voor Vestlandet. De hele week was meer dan gemiddeld schizofreen; het weer versterkte dat alleen maar. Nadat het de hele ochtend hard geregend had, waren de wolken weggetrokken en was de zon weer gaan schijnen, in gezelschap van een aangenaam zacht briesje. De ideale omstandigheden voor paragliding, en vanaf Agnes' positie op de top van de Hanguren, met uitzicht op de groene kant van de skihelling waar ze duizenden keren had geslalomd, kon ze degenen die verderop hun parapente opentrokken amper onderscheiden. Deze sport zag er het rustigst uit, ook al moest je rennen en je van de berg af storten. Het was in elk geval rustig wanneer je eenmaal in de lucht was. Ze dacht aan die keer dat ze er met een klasgenoot over gediscussieerd had of je het eigenlijk wel vliegen kon noemen. Haar klasgenoot had beargumenteerd dat er paragliders waren die een paar honderd meter gevlogen hadden, maar Agnes meende dat de definitie van vliegen was dat je zo lang in de lucht kon blijven als je wilde. Maar zelfs vogels moeten af en toe rusten, zei de ander. Agnes had daarna geen argumenten meer gehad.

Ze had behoefte aan frisse lucht gehad. Ze had zich lichtelijk opgesloten gevoeld, en tegelijkertijd voelde ze zich vrijer dan in lange tijd. Het was alsof alles wat er de afgelopen vierentwintig uur op haar werk was gebeurd een stap in de richting van een ander leven was geweest.

Maar dat op z'n zachtst gezegd verrassende bedenksel van Fredrik... was dat ook een stap vooruit? Of het laatste obstakel?

Ze had ja gezegd.

Ja goed, had ze gezegd.

Ze had niet de moed gehad om te kijken of het kuiltje in Fredriks wang verdween toen ze aarzelde.

Daarna hadden ze seks gehad. Voor de eerste keer sinds heel lang, zonder te weten of ze een eisprong had gehad. En toen was hij in slaap gevallen.

Zelf had ze uren wakker gelegen.

Nadat haar artikel was gepubliceerd, verliep de ochtend hectisch. Fredrik was thuis, hij had late dienst vandaag. Ze had geen kamer bij de krant meer waar ze naartoe kon, dus had ze in een opwelling besloten naar de bergen te gaan.

Ze had de nieuwe kabelbaan van het station naar de Hangurstoppen niet meer genomen sinds ze over de opening had geschreven, toen de burgemeester apetrots was geweest, schouder aan schouder met de wethouder van Gemeentelijke Ontwikkeling en Modernisering. Ze miste Dinglo en Danglo nog steeds, de legendarische geel-met-oranje kabelbaan die recht boven het huis van haar ouders heen en weer ging. Het leed echter geen twijfel dat de nieuwe baan een toeristendorp waardig was. Degenen die vlak onder de route woonden waren het daar natuurlijk niet mee eens. Er kwam geen eind aan het geruzie de laatste jaren. Daarbij vergeleken stelde het gedoe over het nieuwe Munch-museum in de hoofdstad niets voor. Op weg naar boven, terwijl onder haar heel Voss baadde in het zonlicht, wist ze weer zo'n beetje waarom ze terug had gewild.

Dat fijne gevoel zat nog steeds in haar lichaam, misschien doordat het vermengd was met een nog steeds tintelende trots dat ze weer in de grootste landelijke krant stond en ze daardoor veel minder last had van de knoop in haar maag.

VG had bloed geroken. Ze wilden meer 'kruit', had de chef Reportages van de nieuwsafdeling ge-sms't. Haar onthulling van de epilepsie behoorde tot de meest gelezen artikelen van de ochtendeditie op de website.

Ze moest weer aan het werk, maar eerst wilde ze nog wat meer frisse lucht in haar longen krijgen.

Haar telefoon ging. Dat verbaasde haar. Ze dacht dat ze hier boven geen bereik zou hebben en had daar ook op gehoopt. Gelukkig was het Viktor maar. Hij belde ongetwijfeld terug om te vragen hoe het met haar ging. Ze had eerder verteld dat ze ontslag had genomen en dat ze een nieuw pact met de duivel had gesloten. Daarna had ze hem alleen snel kunnen bijpraten over de zwangerschapstest en de ruzie met Fredrik voordat hij moest afsluiten. Over de vrijpartij had ze niets gezegd.

'Hé, hallo, met de vrouw die gehaat wordt door het dorp en in wie zaadcellen aan hun einde komen,' zei ze.

'Sorry, onvruchtbare judas, maar over jouw privéproblemen hebben we het later wel. Er is het een en ander gebeurd,' zei Viktor. 'Ik weet niet meer zo goed of ik zoiets nog aan jou moet vertellen nu je weer onder één hoedje speelt met de grote boze Akersgata-wolf, maar je komt het toch wel te weten. Je kunt het dus net zo goed meteen van mij te horen krijgen: Kathrine Bøe heeft zichzelf aangegeven bij de politie.'

'Waarom?' vroeg Agnes, en ze voelde ondanks de warmte de rillingen over haar rug lopen.

'Om te vertellen dat Veslemøy niet met haar eigen parachute sprong.'

Op de terugweg van de Hanguren naar beneden zat Agnes helemaal vooraan in de cabine, met haar voorhoofd tegen het koele glas. Ze kon zo zitten zonder iemand het uitzicht te benemen omdat ze de enige passagier was geweest die wachtte op de rood-met-zwarte cabine. Ze hoopte dat het panorama-uitzicht haar zou helpen om haar gedachten op een rijtje te krijgen, die als kleurige rubberballetjes door haar hoofd stuiterden.

Tijdens het verhoor had Kathrine verklaard dat Veslemøy na de openingsceremonie meteen weer naar Bømoen had gemoeten voor een tweede formatiesprong, om een groep jongeren te helpen die één deelnemer tekortkwam. Ze had zich erover beklaagd dat het programma zo vol was dat er amper tijd was om haar parachute opnieuw in te pakken voordat ze terug moest naar Bømoen. Kathrine had daarom voorgesteld dat Veslemøy haar parachute zou gebruiken voor de eerste sprong. Zelf zou ze dan haar oude parachute gebruiken, die in het clubhuis lag, omdat het, zoals ze volgens Viktor had gezegd, 'leuk zou zijn die nog eens te proberen'.

De politie vond het vanzelfsprekend verdacht dat Kathrine dat niet eerder verteld had en daarom werd ze nu verhoord. Agnes had geen idee wat ervoor nodig was om van wat Viktor een getuigenverhoor noemde tot een aanklacht te komen. Hij had niets gezegd over een eventueel bewijs. De Kat had in het gunstigste geval een groot probleem en heel wat uit te leggen.

Ze was een gecertificeerd controleur, en ze zou heel eenvoudig haar parachute hebben kunnen vernielen en hem daarna aan Veslemøy aanbieden.

En als ze nergens schuldig aan was, waarom had ze dan in hemelsnaam niet meteen aan de politie verteld dat Veslemøy met haar parachute had gesprongen?

Een kuchgeluid rukte haar uit haar gedachten.

Ze draaide zich langzaam om.

En ontdekte dat ze toch niet alleen in de cabine zat.

Hij hing achterin op de bank, met zijn handen in de zakken van een grijs trainingsjack. De capuchon was over zijn hoofd getrokken. Hij droeg een spijkerbroek en legerkistjes. Maar zijn ietwat kinderlijke krullen piepten onder zijn capuchon uit, en zelfs zonder pak en das was het niet moeilijk Vegard Saue te herkennen.

Hij zag er vandaag alleen niet uit als een landsadvocaat.

Hij zag er eerder uit als een crimineel.

Agnes had het gevoel dat haar keel werd dichtgeknepen. Als de kabelbaan stopte, als ze schreeuwde, zou niemand haar horen.

'Ik geloof niet dat wij elkaar eerder hebben ontmoet,' zei hij, en hij stak zijn hand uit.

'Ik weet wie u bent,' zei ze zonder zijn hand aan te pakken. 'Wat doet u hier?'

'Moet ik een reden hebben voor wat sightseeing in mijn eigen geboortedorp?'

'Dus u volgde mij niet?'

Zijn blik gleed van haar gezicht over de rest van haar lichaam.

'Dat zou ik nooit doen. Maar nu ik je hier zie...'

Agnes deinsde instinctief achteruit en voelde het glas achter zich.

Saue kwam dichterbij. Met zijn handen aan weerszijden van haar hoofd leunde hij tegen het glas.

Ze voelde zijn stijve tegen haar bovenbeen.

Ze kreeg het ijskoud.

Zijn stoppelbaard prikte tegen haar wang toen hij zich naar voren boog. Zijn geur omringde haar, zowel zijn aftershave als zijn adem. Ze werd duizelig en kreeg geen adem. Ze voelde zich machteloos.

'... leek het me goed nog een keer te benadrukken dat je niet in andermans zaken moet zitten te wroeten, jij noch die pot...'

Wie? Ze deinsde terug. Had hij het over Frida Grådal?

'... en zeker niet in *VG*,' zei hij. 'Dat zou nog weleens als een boemerang naar je terug kunnen komen.'

Ze was volkomen verstijfd, maar dwong zichzelf rustig te blijven en rationeel te denken. Deze rit duurde niet meer dan achtenhalve minuut, en ze moest hier al minstens vijf minuten gestaan hebben. Snel draaide ze haar hoofd; algauw zou ze het station daar beneden dichterbij zien komen. Algauw zou ze weer frisse lucht kunnen inademen. Algauw kon ze zich uit de voeten maken, weg van deze engerd. Hij zou haar hier niet ongezien iets kunnen aandoen.

Prompt werd ze meer kwaad dan bang. Het liefst had ze hem een kniestoot in zijn kruis gegeven, maar in plaats daarvan besloot ze hem met woorden te treffen.

'Wat is dat eigenlijk? Een bedreiging?' vroeg ze, en ze keek hem strak aan. Hun gezichten waren maar een paar centimeter van elkaar verwijderd. 'Gebruikt u daar tegenwoordig het ambt van landsadvocaat voor? Juist u zou moeten weten dat u met zulk gedrag de aandacht naar u toe trekt en niet van u afleidt.'

'Aandacht waarvoor?'

Agnes zei niets.

'Moord, bedoel je? Waarom zou ik Veslemøy Liland willen vermoorden?'

'Waarom was u bij Kathrine Bøe thuis in de nacht van dinsdag op woensdag?'

Vegard Saues blik betrok. Hij deed zijn mond open om iets te zeggen, misschien om te schreeuwen en haar uit te schelden zoals hij dat door de telefoon had gedaan, maar opeens ging de schuifdeur open. Ze waren beneden, onder het afdak, en er stroomde heerlijk frisse lucht naar binnen.

Ze bleven nog een paar tellen strak naar elkaar staan kijken.

Toen vluchtte ze de cabine uit.

Ze wierp een snelle blik over haar schouder en was opgelucht dat Saue haar niet achterna leek te komen, maar ze schrok opnieuw toen ze de trap af wilde lopen. Bijna aan het eind van de korte rij mensen die naar boven wilden met de volgende rit stonden Steven, Joni en de tweeling.

De politie moest hem vanochtend vroeg hebben vrijgelaten. Op basis van de nieuwe informatie van Kathrine? Hadden ze háár nu in hechtenis genomen?

Agnes twijfelde er niet aan dat Steven ook behoefte had aan frisse berglucht na alles wat hij de laatste dagen had doorgemaakt, maar het verbaasde haar toch dat ze als een gewoon gezin de bergen in gingen. En ze had absoluut geen zin om met hem te praten na wat er in de tuin was gebeurd. Ze besloot te doen alsof ze hen niet zag. Hopelijk zagen ze haar evenmin.

Maar nee.

Terwijl ze de trap af liep zag ze nog net dat Steven iets in Joni's oor fluisterde, waarna hij de rij verliet en met snelle passen op haar af kwam. Vlak buiten de uitgang voelde ze die harde greep van hem weer, deze keer op haar schouder.

'Laat me los!' siste ze, en ze kromde haar rug als een geschrokken kat.

'Wat deden jullie samen?'

'Vegard Saue? Helemaal niets. Hij dook gewoon op.'

En bedreigde mij met de dood, dacht ze, maar ze zei niets.

'*Why should I believe you?*' zei Steven koud. 'Je bent duidelijk niet te vertrouwen.'

Het VG-artikel. Ze had er helemaal niet bij stilgestaan hoe Smith zou reageren.

'Je had misschien geïnformeerd moeten worden over het artikel,' zei ze zo kalm mogelijk. 'Maar dat was ten eerste onmogelijk, omdat je nog vastzat. En ten tweede was het niet bepaald aanlokkelijk om met jou te praten nadat je dronken en dreigend voor mijn huis had gestaan. Ten derde vind ik dat de mensen het recht hebben om het te weten, van de epilepsie.'

Ze dacht heel even iets van schaamte op zijn gezicht te zien toen ze zijn bezoek in de tuin ter sprake bracht, maar die werd al snel vervangen door woede.

'Recht? Recht?' zei hij met luidere stem. '*Who the fuck are you to decide what's right?*'

'Bovendien stond het in het sectierapport,' loog ze.

Steven Smith bleef rustig staan, maar zijn ogen spuwden vuur. Gelukkig liepen er voortdurend mensen langs, en Joni stond met de kinderen boven aan de trap. Agnes kon zien dat ze hen in het oog hield. Hij had alles te verliezen als hij een scène schopte.

'Wat ik je vertelde was *confidential*.'

Ze haalde diep adem en zei: 'De informatie die ik heb doorverteld kwam niet van jou. Jij bent niet de enige die van haar ziekte wist. Ik kan mijn bronnen niet prijsgeven, maar misschien is die nieuwe informatie wel de reden dat je hier vandaag staat en niet in een cel in Bergen zit. Je kunt zo kwaad zijn als je maar wilt, maar ik denk dat je me later nog zult bedanken. Ik heb niks gedaan en ben niet van plan iets te doen wat jou in een kwaad daglicht stelt. Dat kun je heel goed zelf.'

'Wat bedoel je daarmee?'

'Rondlopen in het dorp met Veslemøys allerbeste vriendin nog voor het lijk koud is? Niet bepaald slim als je wilt overkomen als een trouwe, rouwende weduwnaar.'

Steven hield haar blik vast. 'Joni is misschien wel de meest trouwe persoon die ik in mijn leven heb,' zei hij. 'Dat is ze al die jaren voor Veslemøy geweest, en nu is ze dat hier voor mij en de kinderen. Maar jij denkt natuurlijk dat we met elkaar naar bed gaan.'

'Ik denk nie...'

'Past perfect in *the guilty husband story*,' zei hij, en hij draaide zich om om terug te gaan. 'Ik had beter moeten weten toen ik jou om hulp vroeg.'

'In je toespraak bij de begrafenis zei je dat je Veslemøy beschermde. Waartegen?' vroeg Agnes aan zijn rug.

Steven bleef staan zonder zich om te draaien.

'*Never mind*,' zei hij, en hij liep weg.

Haar lichaam voelde aan als te lang gekookte spaghetti.

Het pantser dat ze om zich heen had gehad, was gebroken. Haar handen en voeten waren zo gevoelloos dat ze bij het nieuwe Scandic-hotel, op een steenworp afstand van de kabelbaan, al op een bank moest gaan zitten.

Behalve schrik en angst voelde ze ook een gestaag groeiende woede over mannen die dachten dat ze met haar konden sollen, en daarnaast had ze, wonderlijk genoeg, een slecht geweten ten opzichte van Joni.

Ze vroeg zich af wat zij nu dacht, of ze net zo de pest inhad als Steven. En ze was bang dat hij haar zou vertellen wat zij had gezegd..

Ze moest met iemand praten en pakte met haar vrijwel gevoelloze handen haar telefoon.

Viktor noch Ingeborg nam op.

Ze probeerde Gro, die evenmin opnam. Op zaterdag moest die vaak naar de winkel, wist ze. Misschien kon ze haar daar vinden.

Misschien had Gro nog geen tijd gehad om *VG* te lezen.

Agnes had Gro een keer als financieel directeur en nieuwe eigenaar van het meubelbedrijf geïnterviewd terwijl ze achter het grote mahoniehouten bureau in de directeurskamer zat. Daardoor was het des te schokkender om Gro achter de kassa te zien in een jasje van de firma. Het weinig flatteuze uniform was haar zo onwaardig dat Agnes zich plaatsvervangend schaamde.

Toch was het niet alleen haar kleding die Gro een vermoeid aanzien gaf. Ze zag eruit alsof ze veel had om over na te denken. Ze lachte niet naar Agnes toen ze haar zag, maar keek de andere kant op en begon te praten tegen een klant die rotanstoelen wilde hebben voor zijn veranda.

Er stonden nog meer klanten te wachten, dus trok Agnes een volgnummer. Ze bleef staan en volgde de stroom van mensen die op jacht waren naar iets om hun ruimte en leegte mee te vullen. Haar lichaam kwam langzaam weer in evenwicht; het leek wel of hier midden in de meubelzaak haar hoofd helderder werd dan het in lange tijd was geweest.

Was dit echt het leven dat ze zich gewenst had? Een rotanbank en een buitengrill? Het interieurblad *Vi i Villa* in de brievenbus? Ze kon niet één ding bedenken dat haar trok in zo'n bestaan en miste het kleine appartement in Tøyen enorm – de geur in de gang van het dumplingrestaurant in het souterrain, de buren niet groeten omdat het niet hoeft.

Pling. Nummer 37 verscheen op de display.

Agnes zwaaide verstrooid met haar nummertje en Gro kwam eindelijk naar haar toe. Ze zag er allesbehalve servicegericht uit. Ze had duidelijk *VG* gelezen.

'Ben je nu tevreden?' vroeg ze.

'Ik probeer alleen een beetje te helpen,' zei Agnes.

'Vreemde manier om dat te laten zien.'

'Ik ga ervan uit dat jij ook niet wist van de epilepsie, of wist je het wel?'

Gro haalde haar vingers door haar korte haar. Ze had zweetdruppeltjes op haar neus.

'Heb je iets nodig?'

'Heb je gehoord dat de Kat...'

Een nieuwe *pling* toen Gro op de knop bij de kassa drukte. Een man met een paar dunne slierten haar dwars over zijn kale hoofd gekamd en nummer 38 in zijn hand kwam naar voren en ging voor Agnes staan.

'Ik zoek een kussenkist voor de veranda,' zei hij. 'Wat hebben jullie in rotan?'

Weer buiten werd ze verrast door de groene ogen van Joni. Die stonden, stelde ze opgelucht vast, nog steeds vriendelijk.

'Was jij niet op weg naar de bergen?' vroeg ze voorzichtig, voor het geval Joni toch kwam om haar uit te schelden. Ze wist niet hoeveel scheldpartijen ze nog kon verdragen.

'De anderen gingen alleen naar boven,' zei Joni. 'Deed Steven vervelend tegen je? Neem het hem dan maar niet kwalijk, hij heeft het moeilijk en nam je artikel zwaar op. Maar als mijn mening er iets toe doet: ik vond het goed dat je over die epilepsie hebt geschreven. Dat heb ik hem ook gezegd.'

Agnes begon bijna te huilen, zo blij was ze dat ze eindelijk iemand tegenkwam die haar niet vijandig gezind leek.

'Wist jij ook van haar ziekte?'

Joni keek oprecht verdrietig toen ze haar hoofd schudde. 'Ik dacht echt dat Veslemøy en ik alles van elkaar wisten, maar er is dus nog iets wat ze al die jaren voor mij geheim heeft weten te houden. Ze moet hebben gedacht dat ik het, als ik het geweten had, nooit goedgevonden zou hebben dat zij ging skydiven. En dat had ze goed gedacht.'

'Wist Kathrine ervan, denk je?'

De uitdrukking die nu over Joni's gezicht gleed was moeilijk te duiden. Ze wreef met twee handen door haar rode krullen. Met nog steeds een hand op haar hoofd ging ze op de stoeprand zitten.

'Ik kan me niet voorstellen dat ze het wist. Maar nu lijkt alles heel anders dan ik dacht.'

Agnes ging naast haar zitten. 'Weet jij waarom Vegard bij haar was?'

'Sinds we elkaar die keer gesproken hebben heb ik Kathrine niet meer te pakken gekregen. Ze neemt niet op. Ik weet niet. Ze... Ze heeft het niet makkelijk gehad de laatste tijd. Ik weet niet of je het weet, maar vroeger heeft ze door haar temperament nogal wat problemen gehad. De laatste jaren had ze dat aardig onder controle, maar het kwam toch weer naar boven. Toen je bij haar thuis was, heb je misschien wel gezien dat er glasscherven op de grond lagen.'

'Ja, ik vroeg me al af wat er gebeurd was.'

'Ze had vlak voordat jij kwam een woedeaanval gehad. Eerst vond ik dat maar een vreemde manier om verdriet te uiten over wat er gebeurd is met Veslemøy, maar nu... nu begrijp ik er niets meer van.'

'Ik neem aan dat je het gehoord hebt van de parachute?'

'Ja. Arme meid,' zei Joni.

'Arme Kathrine?'

'Ik heb echt met haar te doen. Ze werkt keihard en besteedt alle tijd die ze overheeft aan de zorg voor haar moeder. Ze wil al haar leven lang kinderen, maar werd op de meest verschrikkelijke manier gedumpt. En nog maar twee weken geleden is bijna hun hele huis afgebrand. Ik ben bang dat het haar allemaal te veel geworden is, zelfs voor zo'n stoere vrouw als zij.'

Joni zweeg en staarde voor zich uit.

'De Kat is heel gesloten en was altijd al moeilijk te peilen. Het is niet goed dat ze niemand heeft die op haar kan letten. Degene met wie ze samen was, met wie ze een langeafstandsrelatie had, die heb ik nooit ontmoet, maar het is vast en zeker een klootzak. Het is schandalig om een vrouw van in de dertig zo aan het lijntje te houden. Eigenlijk had ze er al eerder vandoor moeten gaan. Maar hij is vast een grote steun voor haar geweest tijdens het onderzoek.'

'Onderzoek?'

Joni keek haar aan en sloeg toen haar groene ogen weer neer. Ze leek even vergeten te zijn dat Agnes nu voor *VG* werkte – of überhaupt dat ze journalist was –, maar het was alsof ze zich dat nu weer herinnerde.

'Waarom is er een onderzoek naar haar geweest?' vroeg Agnes.

'Hé, sorry, maar misschien heb ik al te veel gezegd. Ik moet ervandoor,' zei Joni, en ze stond op.

Ze haastte zich de straat uit voordat Agnes de kans kreeg haar de vraag te stellen die haar bezighield: waarom zij dacht dat haar vriendin zo lang gewacht had om naar de politie te gaan.

Boven de ingang van het gerechtsgebouw hing het nieuwe gemeentewapen, dat veranderd was van een hert in een Hardangerviool toen Voss en Granvin waren samengevoegd tot de gemeente Voss. Agnes keek op de klok aan dezelfde muur en begreep toen dat het niet alleen door de ontmoetingen met Vegard Saue en Steven Smith kwam dat haar lichaam zo raar aanvoelde.

De klok gaf tien over twaalf aan, en ze had vandaag nog niets gegeten.

Ze haastte zich naar de Kiwi, kocht een tacowrap en een Snickers, en at die allebei meteen op zodra ze buiten was.

Toen pakte ze haar telefoon en belde opnieuw Ingeborg. Deze keer nam ze op.

'Ik heb een vraag voor je, Robin: stel dat je mij zou willen vermoorden, had je dan geprobeerd een kapotte parachute aan mij uit te lenen of zou je de mijne onklaar hebben gemaakt?'

Het antwoord kwam na enige aarzeling en het sussen van een huilende baby.

'Nou, ik denk dat ik dan de jouwe zou vernielen, om er zeker van te zijn dat ik het werk goed zou doen. Maar het zou misschien wel wat problemen geven om die te pakken te krijgen,' zei Ingeborg. 'Met die van mezelf zou ik alle tijd hebben om ermee te doen wat ik wilde.'

'Hm, ja, dat klinkt wel logisch. Als jij er níét achter zat en je wist dat ik te pletter was gevallen nadat ik jouw parachute had gebruikt, zou je dan niet meteen de politie hebben geïnformeerd over de parachuteruil om te voorkomen dat je zelf verdacht zou worden?'

'Zeker weten,' zei Ingeborg, en Agnes wilde haar net bedanken en het gesprek beëindigen toen haar vriendin zei: 'Behalve als ik bang was dat degene die jou vermoord had ook mij zou willen vermoorden, en hij dat misschien niet zou doen als ik mijn mond hield. Of als ik om de een of andere reden niet de aandacht van de politie wilde trekken.'

Ze stond weer voor het gerechtsgebouw. De rode en gele bloemen aan de voet van het standbeeld van Per Sivle straalden van zomers zelfvertrouwen. Terwijl Agnes het standbeeld van de man met de baard en de mondbedekkende snor bestudeerde, moest ze denken aan de meester op de basisschool die altijd begon te huilen als de klas 'Het eerste lied' zong.

Het eerste lied dat ik hoorde, was mijn moeders wiegelied, mijn hart ontving de zachte woorden, ze stopten mijn verdriet.

Sivle en de meester hadden qua uiterlijk wel iets gemeen. De eerste keer dat hij onder de muziekles huilde in de klas, was de eerste keer in haar leven dat ze iets kwetsbaars bij een volwassene zag. Als hij dit lied hoorde, moest hij denken aan zijn overleden moeder, had hij gezegd. Nu was hij zelf misschien ook al dood, net als Sivle. De dichter had zich door het hoofd geschoten in het Christiania Bad in Vika, herinnerde ze zich ergens gelezen te hebben. Sivle was ook journalist geweest. Een van de weinige verslaggevers met een eigen standbeeld.

MAAR IK WENSTE NOORWEGEN ZO INNIG HET GOEDE DAT IK HET ONVERSAAGD MIJN HART EN ZIEL GAF, stond in de steen gegraveerd.

Als nu iemand 'Het eerste lied' zou zingen, zou Agnes misschien zelf ook gaan huilen.

Ze stond nog steeds voor Sivle toen ze naar het telefoonnummer van Oddmund Liland scrolde dat ze had opgeslagen toen ze hem op een derde biertje had getrakteerd en toestemming had gekregen hem als anonieme bron te gebruiken.

'Met Agnes,' zei ze, en ze wachtte niet tot hij iets zou zeggen. 'Zeg, de brief die Veslemøy naar Vormedal stuurde om hem te dwingen de artsenverklaring te ondertekenen voor de cursus skydiven – zei u niet dat ze die samen met een vriendin had geschreven? Korte vraag: welke vriendin was dat?'

Ze wist het antwoord al.

'Kathrine Bøe + onderzoek' gaf geen zoekresultaat.

'Kathrine Bøe + rechtszaak' evenmin.

Ze zat op een muurtje koortsachtig te typen op haar telefoon. Het was veel makkelijker geweest om hiervoor haar MacBook te gebruiken, maar die lag thuis en daar wilde ze nog niet naartoe.

Ze voelde zich onpasselijk. Het was niet de misselijkheid van de laatste maanden die haar hoopvol stemde en benieuwd maakte of er iets in haar was begonnen te groeien. Deze misselijkheid kwam voort uit de vrees dat de vader van haar beste vriend betrokken kon zijn bij een moord.

Ze belde Viktor. 'Heb je je vader gesproken?'

'Nog niet.'

'Je weet dus niet waarom hij Veslemøy Liland belde?'

'Nee.'

'Maar hij is wel verhoord?'

Viktor antwoordde niet.

Agnes klemde de telefoon steviger in haar hand. 'Jezus, Viktor! Ben je van plan je carrière op het spel te zetten om iemand te beschermen met wie je je halve leven geen contact hebt gehad?'

'Nee,' zei hij zacht.

'Mooi. Gebruik dan je verstand en doe je werk,' zei Agnes. 'Over je werk gesproken: heb je het strafblad van Kathrine al bekeken?'

Dat had Viktor. Kathrine had geen strafblad.

Een grote kraai streek neer op Sivles hoofd en bleef daar zitten. Agnes vroeg zich af hoe vaak er vogelpoep van zulke standbeelden verwijderd moest worden. Misschien regende die er hier in Voss gewoon vanaf.

Ze belde Fredrik en duimde dat hij nog niet naar zijn werk was. Hij was thuis, zei hij; hij was zich aan het klaarmaken voor een tochtje naar Herresåsen op zijn rolski's.

'Wat je niet kon vertellen over je vriendin de Kat, had dat te maken met een onderzoek in verband met haar werk?'

'Ik...'

'Niets zeggen!' riep ze. 'Je hoeft niet te antwoorden. Je hoeft niets te zeggen. Blijf zwijgen als het klopt.'

Ze wachtte.

Fredrik zei niets.

'Bedankt,' zei Agnes. 'En hoor eens, als je mij een cadeautje wilt geven omdat ik geen ring om mijn vinger wil, kijk dan even in Kathrines personeelsdossier als je op je werk bent vandaag.'

'Agnes...'

'Sorry, ik zou je zoiets niet moeten vragen. Je hoeft het natuurlijk niet te doen. Het lukt je misschien ook niet eens om in het systeem te komen. Maar nu weet je wat ik graag wil hebben. Veel plezier.'

Ze drukte Fredrik weg, wiste haar Google-zoekwoorden en voerde nu 'arts + Haukeland + onderzoek' in. Agnes vond niets wat erop wees dat Kathrine ooit was veroordeeld, noch informatie dat een zaak tegen haar was geseponeerd. Ze wist niet eens zeker of Kathrine wel echt de geanonimiseerde 'vrouwelijke arts van in de dertig' was.

Maar ze was daar tamelijk zeker van.

Ze sprong van het muurtje en liep op een drafje in westelijke richting.

De sleutelkaart werkte nog steeds. Eigenlijk verraste haar dat. Misschien nam Eskildsen haar ontslag niet serieus, ook al had hij haar ontslagverzoek nu zowel schriftelijk als mondeling ontvangen. Misschien verwachtte hij haar maandag terug, met de staart tussen haar benen.

Nou, dan kon hij lang wachten.

Ze glipte de trap op naar de redactieruimte en bleef even staan luisteren of er iemand binnen was. Het licht was aan, maar dat was het altijd. Het was stil in de grote open ruimte.

Ze liep naar links, naar haar vroegere kamer. Die was nog precies zoals toen ze hem een dag geleden had verlaten. Haar halve broodje lag nog steeds naast het toetsenbord.

Het was droog geworden en ze kauwde snel.

Het voelde nu al vreemd om hier te zijn.

Ze logde in op het netwerk en klikte op de fotodatabank, want ze wilde de rest van de foto's zien die Frida bij de begrafenis had genomen. Ze had het gevoel dat het belangrijk kon zijn wat ze gezien had toen ze in de trein zat: dat Kathrine Bøe in de kerk de andere kant op had gekeken.

Wat had ze daar achterin gezien? Of, waarschijnlijker: wie had ze gezien?

Agnes begon te scrollen langs de foto's die de laatste dagen waren toegevoegd.

Toen hoorde ze voetstappen in de gang.

De toegangsdeur was weer in het slot gevallen; het moest dus de Gepensioneerde zijn die ze aan hoorde komen. Ze was er vrij zeker van dat hij dienst had dit weekend en voelde er niet veel voor om hier door hem gezien te worden. Het werd ongetwijfeld niet op prijs gesteld als vroegere werknemers buiten werktijd binnenkwamen, zeker niet als ze bij VG waren gaan werken. Het zou zelfs weleens als bedrijfsspionage beschouwd kunnen worden. En ze wist zeker dat de altijd loyale Gepensioneerde linea recta naar Eskildsen zou gaan om haar te verklikken.

Ze verschanste zich achter haar eigen kamerdeur en bleef daar muisstil staan terwijl de krakende voetstappen voorbijliepen. Onwillekeurig hield ze ook haar adem in.

Door de deurspleet zag ze een bruinleren tas verdwijnen in de kamer van de redacteur.

'Maak je geen zorgen, ik ga er nu mee bezig,' hoorde ze hem mompelen.

Haar keel werd dichtgesnoerd. Ze zag zichzelf hier al urenlang staan, achter de deur, zonder iets te eten of te drinken. Opnieuw kreeg ze het gevoel dat ze gevangenzat. Het zweet liep haar over haar rug en ze had pijn in haar borst.

Opnieuw hield ze haar adem in toen ze de voetstappen terug hoorde komen. Het gekraak passeerde in de andere richting. Ze hoorde geluiden van de trap. Even later ging de buitendeur van de eerste verdieping dicht. Pas toen ademde ze uit, en ze liet zich op de grond glijden en legde haar hoofd in haar handen.

Twintig minuten later en met een blaas die op knappen stond greep ze eindelijk de kans om haar schuilplaats te verlaten. Terwijl ze de deur van de krant voor de laatste keer achter zich sloot, bedacht ze dat ze vergeten was om te doen waarvoor ze gekomen was. Ze bleef staan en probeerde te bedenken of ze de gok zou wagen om weer naar binnen te gaan, of ze een nieuwe beproeving aan zou kunnen. Toen hoorde ze iemand naast zich kuchen.

'Je weet dat ik je kan aangeven bij de politie wegens inbraak?'

De bruinleren tas lag op de motorkap van de auto waar Eskildsen met gekruiste armen tegenaan geleund stond. Hij had hem geparkeerd op een aan het oog onttrokken deel direct rechts van de uitgang.

'Je bent niet zo'n klein beetje brutaal, Tveit. In mijn bijna dertig jaar als redacteur is het wel het domste wat ik ooit heb gedaan om zo'n niet-loyale en incompetente verslaggever als jij een baan te geven. Ik heb die fout zelfs twéé keer begaan. Het gebeurt geen derde keer, dat garandeer ik je.'

Hij stak zijn hand uit. 'Sleutelkaart. Nu.'

Ze moest het stuur telkens met één hand vasthouden terwijl ze de andere hand droogveegde aan haar jeans. Haar rug was net zo nat als haar handen, haar keel was kurkdroog. Na haar ontmoeting met alweer een ontevreden man was ze in recordtempo naar haar auto gerend, die nog in Vangen stond.

Was het toeval dat de redacteur op een zaterdag naar de krant kwam?

Probeerde Eskildsen te voorkomen dat ze iets zou vinden?

Ze had nog een mogelijkheid om de informatie te krijgen die ze nodig had.

Frida Grådal woonde deze zomer thuis bij haar ouders, die een boerderij in Bordalen hadden. Agnes kon zich niet herinneren dat ze ooit eerder aan deze kant van het dorp was geweest en het was vreemd om op een nieuwe plek te zijn in een plaats die ze verder zo goed kende. Dit hier was het echte boerenland. Daarmee vergeleken was het centrum van Voss een metropool. Hier stonden de huizen verspreid met veel groen eromheen; er waren akkers, velden, paden en weilanden. De vallei had wel iets van *The Sound of Music*, maar deed haar tegelijk denken aan *Pieter Post*, en ze moest tot haar verrassing vaststellen dat ze zich hier prettig voelde. Het was, volgens de reclame voor Bordalen, een vergeten parel.

De familie Grådal woonde in de hoogst gelegen boerderij, had Agnes ontdekt. Terwijl ze omhoogreed, vroeg ze zich af hoe Eskildsen had geweten dat ze bij de krant was.

Hoe meer ze daarover nadacht, hoe minder vanzelfsprekend het werd dat hij daar toevallig was geweest.

Volgde hij haar?

Op het moment dat ze haar auto parkeerde en uitstapte kwam Frida de stal uit. Ze droeg een overall en een hoofddoek. Van de hippe *Morgenbladet*-journalist die een toneelstuk schreef en blogde over kunstmatige intelligentie was niets te zien.

'Mijn eerste reactie is een glashard nee,' zei Frida, en ze zette haar handen in haar zij. 'Je bent nou niet bepaald een kandidaat voor de prijs van Collega van het Jaar.'

Jij evenmin, dacht Agnes.

'Dat weet ik,' zei ze hardop. 'En ik begrijp je heel goed. Maar ik heb je hulp nodig.'

'En omdat ik, in tegenstelling tot anderen, geloof in naastenliefde en geen haatdragende trut ben, zal ik je helpen.'

Agnes nam aan dat zij dus de haatdragende trut was. Best, daar moest ze het mee doen. Ze keek het meisje desondanks vriendelijk aan en wilde zeggen dat het haar speet dat ze zo onaardig tegen haar was geweest, terwijl ze zich eigenlijk had moeten opstellen als een ruimhartige mentor. Maar dat was van later zorg. Eerst dit afhandelen.

'Heb je het ruwe materiaal van de begrafenis nog in je camera?' vroeg Agnes.

'Ja,' zei Frida. 'Hoezo?'

'Kan ik dat nu bekijken?'

'Natuurlijk. *Step into my office.*'

Haar kamer had nog steeds lila kleinemeisjesbehang en aan de muur hingen drie posters: van de jongensband One Direction, van een jonge en onschuldige Justin Bieber en van een gespierd type met ontbloot bovenlijf. Er was niet veel ruimte onder het schuine dak en het grootste deel van haar bureau en de vloer was bezaaid met lege frisdrankblikjes. De prullenbak was gevuld met fastfoodverpakkingen, kleren waren slordig op een stoel gesmeten en er lag een half opgegeten reep chocola op het bureau. Terwijl Frida de USB-stick uit haar camera haalde en die in een lezer stopte die aan haar computer was gekoppeld, voelde Agnes zich dichter bij haar dan ze ooit had gedacht.

'Voilà,' zei Frida toen een grote hoeveelheid foto's snel over het scherm flitste. 'Waar zijn we naar op zoek?'

Agnes zocht de overzichtsfoto die als hoofdfoto was geplaatst bij het artikel op de website. Ze wees naar Kathrine Bøe die haar gezicht naar de deur achter in de kerk had gedraaid in plaats van naar het altaar, de dominee en de kist.

'Goh, dat is me nog niet opgevallen,' zei Frida. 'Jij vraagt je natuurlijk af naar wie ze keek daar achterin?'

'Precies,' zei Agnes.

De zomerkracht fronste haar voorhoofd. 'Het probleem is dat ik de hele tijd boven op de galerij moest staan, precies naast dat stomme orgel,' zei ze terwijl ze van foto naar foto scrolde – voor het merendeel overzichtsfoto's, sommige ingezoomd op details van de kist, de kransen en de gebogen rouwende achterhoofden. 'Daar was ik al bang voor. Ik heb geen foto's genomen van de kant waar zij naar kijkt.'

De teleurstelling trof Agnes pijnlijk. Ze had heel even het gevoel gehad dat ze een team waren, dat ze samen iets zouden vinden, iets wat belangrijk kon zijn.

'Maar er is wel iemand die misschien heeft gezien wat daar achterin gebeurde,' zei Frida. 'De enige die het grootste deel van de kerkdienst die kant op kijkt.'

Voor de eerste keer in haar leven vond ze het spannend om een dominee te ontmoeten.

De vrijstaande woning van Ragnhild Therese Kyte in Haugamoen zag er minder 'religieus' uit dan Agnes had gedacht. Ze zag niet één kruis en geen enkele mini-Jezus. Het huis zag eruit zoals alle andere gezinswoningen, met vuile voetbalschoenen en gras op de vloer van de gang. Agnes werd direct de keuken in geduwd, waar ze op weinig christelijke wijze niets te drinken of te eten aangeboden kreeg.

'Ik maak me ongerust over het dorp,' zei Kyte nadat ze aan de andere kant van de tafel was gaan zitten. 'Er is veel beroering. Het is als een steen in een vijver wanneer zoiets een kleine samenleving treft. Ik hoop dat het de Vossenaren lukt om elkaar nu niet te laten vallen, en ik hoop dat het mij lukt te laten zien dat we zulke dingen hier niet tolereren.'

Agnes dacht aan de roddels die ze had opgevangen, maar zei niets. Ze liet de dominee haar korte betoog afmaken voordat ze haar vraag aan haar voorlegde.

'Het is misschien een wat rare vraag, maar ik vroeg me af of u tijdens de begrafenis gemerkt hebt dat er iemand te laat kwam of te vroeg wegging. Tijdens de kerkdienst dus.'

Kyte legde haar handen op tafel en deed geen moeite om het eczeem in haar handpalmen te verbergen.

Agnes vouwde haar eigen handen onder de tafel. 'Er zijn tegenwoordig altijd mensen die weinig respect hebben voor de kerk,' zei ze.

De dominee zweeg, maar het leek alsof ze toch nadacht.

'Het klopt, ja,' zei ze toen. 'Er stonden twee mensen op om te vertrekken. De een, een oudere man, denk ik, vertrok tijdens een van de laatste liederen. Hij had...'

'Een rode baard en een stok?' vroeg Agnes.

'Precies!' zei Kyte. 'Maar die rode baard begon wit te worden. De ander, een jongere man, was zo onbeleefd om binnen te komen nadat de dienst was begonnen én weer te vertrekken tijdens een van de toespraken.'

'Weet u nog hoe hij eruitzag?'

'Tja, heel gewoon, zou ik zeggen.'

Het klonk niet alsof Kyte nog meer concreets te vertellen had. Agnes kreeg plotseling een idee.

'Bent u geabonneerd op *Hordaland*?'

'Vanzelfsprekend,' zei Kyte, en ze gebaarde met haar hoofd naar een krantenbak aan de muur.

'Ligt de krant van donderdag daar nog in?'

'Ja, dat zou ik wel denken. Ik heb het zo druk gehad deze week dat ik geen krant heb kunnen lezen, maar ik spaar ze allemaal op voor het weekend.' Ze stond op, haalde een paar exemplaren van *Bergens Tidende* en wat reclamefolders uit de bak en viste er toen *Hordaland* uit. Agnes bladerde doelgericht naar de middenpagina en wees naar een foto. 'Kan dit de jongeman zijn die vertrok?'

Ragnhild Therese Kyte zette grote ogen op.

'Zeker weten,' zei ze. 'Is hij niet landsadvocaat? Ja. Hij is het zeker.'

Waarom komen mensen terug? Omdat het hun niet is gelukt dingen achter zich te laten, al het pijnlijke en bittere dat bij vroeger hoorde.

Waarom was Vegard Saue hier? Hij was amper in Voss geweest de laatste twintig jaar, als Agnes het goed had begrepen. Waarom was het opeens zo belangrijk voor hem om zich door de krant van 'dit kleine rotdorp' dat 'zoveel voor hem verkloot had' in het zonnetje te laten zetten? Wat deed hij bij Kathrine Bøe thuis op de ochtend na de begrafenisborrel? En wat hield hij zo angstvallig voor Agnes verborgen?

En waarom kwam Henrik Vormedal na al die jaren terug naar het dorp dat hij ooit gedwongen en vol schaamte had verlaten? Was dat echt om Viktor te verrassen op zijn veertigste verjaardag? Om te proberen boete te doen voor oude zonden en weer vader en opa te zijn? Of was het om zich te wreken op degenen die al die jaren geleden zijn carrière – en zijn leven – kapot hadden gemaakt?

Deze keer vielen haar de restanten van rood afzetlint aan de buitenkant van de gele villa in Palmafossen op, ongetwijfeld door de brandweer of de politie na de brand aangebracht. Ze drukte op de bel waarop M. BØE stond. Er werd niet opengedaan, dus liep ze rond het huis om te zien of Kathrines oude moeder in de tuin zat. Toen ze de laatste hoek om sloeg voordat ze terug zou gaan naar de auto, zag ze een gestalte op de weg.

Hij liep met een stok, langzaam en licht voorovergebogen. Ze herkende onmiddellijk de lange rode baard. Henrik Vormedal knikte naar Agnes en stak zijn vrije hand op voordat hij de andere kant op liep.

Ze voelde plotseling iets hards onder de zool van haar ene schoen, alsof ze op een scherpe steen was gestapt. Ze zag nog meer grote glasscherven in het gras en in het bloemperk ernaast liggen.

Ze keek naar het raam dat wijd openstond en begreep niet meteen waar de scherven vandaan kwamen.

Toen zag ze het.

Het glas was gebroken.

De kamer op de begane grond lag laag genoeg om rechtstreeks naar binnen te kunnen kijken. Het leek erop dat iemand eerst de ruit had ingeslagen en daarna zijn arm naar binnen had gestoken om het raam op de gebruikelijke manier te openen. Voorzichtig, de andere glasscherven ontwijkend, hees Agnes zich aan het kozijn omhoog. Ze sloeg haar benen over de rand en sprong de kamer in.

De witgeverfde ladekast was omvergegooid. De laden waren eruit getrokken en lagen leeg op de vloer en op het tweepersoonsbed. Er lagen overal dozen van verschillend formaat, manden uit de kast, kleren en andere spullen. Ze trapte weer op een glasscherf.

Hier was ingebroken, zoveel was zeker.

Ze moest Viktor bellen. En ze moest vertellen dat ze zijn vader was tegengekomen. Was Henrik Vormedal op bezoek geweest bij haar tante verderop in de straat of had hij iets anders te doen gehad aan deze kant van het dorp?

Agnes sloop door de kamer. Die rook naar oude vrouwen en brand; dit moest de slaapkamer van Kathrines moeder zijn.

Ze ging een deur door en liep verder door een gangetje. Opeens stond ze in de gang waar ze de vorige keer was binnengekomen. De schoenen stonden nog net zo netjes in het rek als toen. Ze keek naar boven, naar de eerste verdieping, Kathrines deel van het huis, en liep langzaam de trap op.

Tot ze schrok van een geluid.

Ze bleef staan en slaakte een diepe zucht: ze had het geluid zelf veroorzaakt. De oude trap kraakte bij elke tree die ze nam.

Ze nam de laatste vier treden in twee stappen en verstijfde toen ze een schaduw langs de muur zag schieten.

Was hier iemand? Of zorgde ze zelf voor dat lichteffect?

Ze was niet van plan hier lang genoeg te blijven om daarachter te komen. Boven aan de trap keek ze alleen even snel de kamer in. Die was nog rommeliger dan toen ze hier maandag was geweest. De letters HOME hingen scheef. De dozen die op elkaar gestapeld hadden gestaan, lagen nu overal verspreid en waren zo goed als leeg. De inhoud lag over de vloer: mappen, tassen, riemen, boeken, bordjes, een naaimachine, een blik, fotolijstjes.

In een van de lijstjes zat een foto van twee tieners. Vegard en Kathrine. In het glas zat een barst die schuin over de foto liep.

Angst greep haar bij de keel toen er opnieuw een schaduw voorbijvloog.

Ze had het zich dus niet verbeeld.

Ze was niet alleen in het huis.

Ze wilde de trap weer af rennen toen ze scherp licht in haar ogen voelde prikken, zoals van een sterke zaklamp.

Het kwam uit de kamer ernaast. En het kwam dichterbij.

Ze kon zich niet meer verroeren, kon niet zien wie de lamp vasthield. Het enige wat ze zag voordat het licht haar dwong haar ogen helemaal dicht te doen was iets wat eruitzag als de onderkant van een grote schoen of laars.

Die kwam in volle vaart tegen haar gezicht.

'Agnes? Agnes?'

Alles was donker, maar ze voelde dat iemand haar door elkaar schudde.

Toen ze haar ogen opende, registreerde ze eerst een denderende hoofdpijn – en toen de verrassing dat ze recht in de bruine ogen van Viktor keek.

Ze kromp ineen en probeerde overeind te komen, maar haar lichaam was als een zandzak. Ze bleef liggen en voelde aan haar voorhoofd, en toen ze haar hand weer kon zien, zaten haar vingers vol vers rood bloed.

'Wat doe jij hier?' stamelde ze.

'Wat doe jíj hier?' vroeg Viktor. 'We kregen een tip van een paar buren hier over een ingegooide ruit en inbraak. Ik was behoorlijk verrast om jou te zien.'

'Er was ook nog iemand anders hier binnen. Hij schopte mij omver. Hij had...'

Ze keek omlaag.

Viktor droeg zijn politie-uniform. Zijn voeten staken in zware schoenen die veel te warm leken voor deze dag.

'Hier is nu in elk geval niemand meer. Mona Bøe is een paar dagen naar Hagahaugen om tot rust te komen. Ze raakte helemaal in paniek toen ik haar belde. Ze was bang dat het dezelfde persoon was die geprobeerd had het huis in brand te steken. Ik hoop niet dat jij dat was.'

'Wat?' Agnes kwam overeind en ging zitten, waarbij haar hoofd pijn deed. 'Was de brand aangestoken?'

'Voor mij was dat ook nieuw, maar zij denkt dat blijkbaar. Ze zegt dat ze het de journalist van *Hordaland* heeft verteld, maar de krant kan niets met zulke beweringen zonder bewijzen. Nu denk ik dat het iets te maken moet hebben met de zaak-Veslemøy Liland. Dit kan geen toeval zijn.'

Viktor hielp haar overeind.

'Ik breng je nu eerst naar het ziekenhuis. Daarna ga ik naar het bureau om een rapport te schrijven van wat hier gebeurd is. En jij gaat naar huis om uit te rusten, en je laat ons in alle rust het onderzoek doen, oké? Ik heb geen tijd om van hot naar her te vliegen om sensatiebeluste *VG*-journalisten te redden.'

In het ziekenhuis bleef ze staan bij de ingang van de Spoedeisende Hulp. Ze had geprobeerd Viktor duidelijk te maken dat ze niet gecheckt hoefde te worden en had gelogen dat haar hoofd alweer beter voelde. Het ergerde haar dat hij haar niet met haar eigen auto van Palmafossen hierheen wilde brengen.

Maar hij had voet bij stuk gehouden.

Nadat hij bij de balie had uitgelegd waarom ze hier waren, riep een van de verpleegkundigen door de ruimte: 'Dahl? Misschien kun jij deze patiënt nemen?'

Tien tellen later kwam Fredrik naar haar toe op zijn clogs, zijn voorhoofd vol bezorgde rimpels. 'Wat is er gebeurd?'

Ze schudde haar hoofd. Hij plukte wat grassprietjes uit haar haar. 'Gewoon een ongelukje. Ik voel me prima.'

Ze wilde niet dat hij zich ongerust zou maken en kon zijn bezorgdheid of de gebruikelijke vermaningen dat ze zich weer eens had bemoeid met dingen die haar niet aangingen niet aan.

'Ik struikelde en viel, en kwam met mijn voorhoofd tegen een steen. Niks om je druk over te maken.'

Fredrik staarde haar aan en keek naar Viktor en daarna weer naar haar, alsof hij wachtte tot een van beiden zou vertellen wat er echt gebeurd was. Viktor zei evenmin iets.

Ze moest vertellen dat ze zijn vader had gezien.

Toen werd alles weer zwart.

Toen ze weer bijkwam keek ze naar een wit plafond met kleine gaatjes, dicht bij elkaar. Er moesten alleen al in dat plafond miljoenen gaatjes zitten.

Hadden die een functie? De luchtcirculatie verbeteren? Of moesten ze het plafond verfraaien?

Er verscheen een schaduw voor het gaatjesuniversum.

Fredrik keek haar aan met rimpels die nog dieper waren geworden.

'Ben ik flauwgevallen?' vroeg Agnes.

'Ja,' zei hij. 'Je viel steil achterover. Nu even serieus: moet ik me ongerust maken? Mocht je het je afvragen, ik vraag je dit als arts en als... aanstaande echtgenoot.'

'Geen van beiden hoeft zich ongerust te maken,' zei Agnes, en ze probeerde ondanks de hoofdpijn te glimlachen. 'Maar misschien heb ik een pleistertje nodig, als dit etablissement die tenminste aanbiedt.'

'Een pleister krijg je. Je mag zelfs een speeltje uitzoeken als je flink bent. Maar ik denk ook dat ik voor alle zekerheid wat verder onderzoek ga doen.'

Een CT-scan, een ecg en een bloedafname later zat ze in haar ziekenhuisbed ongeduldig te wachten tot ze de Spoedeisende Hulp mocht verlaten. Ze beloofde Fredrik dat ze zich de rest van de dag rustig zou houden, voor het geval ze een hersenschudding had opgelopen.

Ze zat net haar schoenveters te strikken toen hij plotseling opstond van zijn stoel, naar de deur liep en die dichtdeed. Daarna viste hij zijn telefoon uit de borstzak van zijn uniform en kwam terug bij Agnes.

'Je cadeau,' zei hij. 'Je moet het nu lezen, want de foto wordt gewist voor je deze kamer verlaat. Anders zouden de kosten weleens groter kunnen zijn dan de baten, en dan denk ik vooral aan ons beroerde gezinsbudget wanneer ik mijn baan kwijtraak. Ik voel me toch al een weinig loyale collega.'

Agnes gaf hem een spontane kus.

In het document dat hij gefotografeerd had stond dat de Tuchtraad in 2018 een onderzoek had ingesteld nadat er een klacht was ingediend over Kathrine Bøe, die dronken op haar werk in het Haukeland verschenen zou zijn. Ze werd na het onderzoek vrijgesproken en behield haar registratie, maar de ingeschakelde arbeidspsycholoog rapporteerde dat ze erg geraakt was door de aantijgingen – zo erg dat ze uiteindelijk besloot haar baan op te zeggen.

Tand om tand, dacht Agnes.

'Ik hoop dat het belangrijk is,' zei Fredrik.

Ze gaf hem nog een kus als antwoord.

'Dank je wel,' zei ze, en ze gaf hem de telefoon terug.

'Heb je trouwens je chef nog gesproken vandaag?' vroeg Fredrik.

'Wie?'

'Eskildsen. Heb je er meer dan één?'

Opeens besefte ze dat Fredrik niet wist dat ze ontslag had genomen. Hij had nog geslapen toen zij die morgen de deur uit ging en had dus niets gemerkt van al het telefoonverkeer in de vroege ochtend.

En *VG* las hij nooit.

'Nee. Hoezo, waarom vraag je dat?'

'Ik kwam hem vanochtend tegen voor ons huis toen ik ging hardlopen. Ik had hem nog nooit gesproken, maar ik herkende hem en herinnerde me dat hij redacteur is bij *Hordaland*. Hij woont bij ons in de buurt, toch?'

'Zocht Eskildsen mij?'

'Ja. Dat wil zeggen, eerst begreep ik niet zo goed wat hij wilde, maar toen ik zei dat ik je partner was, vroeg hij of ik wist waar je was.'

'Wat heb je geantwoord?'

'Ik zei dat je de bergen in was gegaan, maar ongetwijfeld alweer terug zou zijn.'

'En toen...'

'En toen?'

Ze zuchtte. 'Heb je tegen hem gezegd dat hij me moest bellen, of heb je gedaan wat je altijd doet?'

'Ik wilde je chef graag van dienst zijn, ja,' zei hij. 'En het is een geweldig nuttige app, die je veel tijd bespaart. Dus ja, ik gebruikte Zoek mijn iPhone en zag dat je bij de krant was. Ik geloof dat hij onder de indruk was dat je op vrijdag werkte, ook al had je geen weekenddienst.'

Viktor was teruggegaan naar het politiebureau voordat zij klaar was in het ziekenhuis en dus stond er buiten een taxi op haar te wachten. Ze overwoog heel even de chauffeur te vragen of hij naar Palmafossen wilde rijden, maar ze was nog zo duizelig dat het niet verantwoord was om zelf achter het stuur te gaan zitten.

Algauw stopte de taxi voor haar huis.

Ze liep meteen naar de garage. Die lag zo vol rotzooi dat er geen plaats meer was voor de auto. Alle troep die niet in het berghok gestouwd was, stond hier. Ze gooide een paar sleetjes opzij die ze geërfd hadden maar misschien nooit zouden gebruiken, een schop, enkele reservebanden en een stuk of wat vuilniszakken met troep. Toen tilde ze haar mooie rode stadsfiets naar buiten. Ze had niet meer op twee wielen gereden sinds ze naar Voss waren verhuisd en ze voor de eerste keer in haar leven een auto had gekocht.

De banden moesten worden opgepompt, zag ze. Ze zocht de fietspomp, rukte spullen van elkaar en gooide die weer van zich af zonder zich iets aan te trekken van de bende die ze veroorzaakte. In een doos waarop met zwarte viltstift VRIJETIJDSSPULLEN – BUITEN stond – ze was ordelijker geweest toen ze uit hun appartement in Oslo vertrokken – vond ze eindelijk wat ze zocht. Op datzelfde moment viel haar oog op een andere, grotere doos die voor een deel verstopt stond in een hoek. Ze schoof de stapel jassen en winterkleding die erbovenop lag weg.

ZWEEDSE KWALITEIT SINDS 1925, stond er op het etiket.

Ze bleef er even naar staan kijken.

Toen verplaatste ze haar blik naar de bijl die aan de muur hing.

Ze haalde hem van de haak, pakte met twee handen de steel vast en hief de bijl langzaam boven haar hoofd.

En liet hem hard op de kartonnen doos neerkomen.

De bijl doorkliefde hem moeiteloos, maar ze had het gevoel dat die niets anders raakte dan lucht. Door de scheur in het karton schemerde een stukje van een zwarte Emmaljunga City Cross-kinderwagen.

Ze hief de bijl nog eens en zette deze keer meer kracht.

Mikte op de zwarte hoes.

Die scheurde meteen.

Ze stortte zich op het onderstel, de wielen, het handvat, op degene die haar had geschopt, op Vegard Saue, op Henrik Vormedal, op Steven Smith, op de bak, op kanker, op de dood, op het leven, op Fredrik; ze hield pas op toen alles verspreid lag over de garagevloer.

Een halfuur later fietste ze naar Vangen. Haar hoofd was nog zwaarder, maar ze voelde zich veel lichter.

Uit het oude houten huis stroomden opgewekte klanken van kinderliedjes naar buiten, maar Steven Smith was – niet zo verrassend – allesbehalve vrolijk toen hij zijn hoofd om de hoek van de deur met het boetseerkleibordje stak. Ze voelde de aders in haar hals kloppen en ademde een grote teug frisse lucht in om te kalmeren.

'Sorry,' zei ze terwijl ze uitademde. 'Voor het artikel. En voor wat ik heb gezegd toen we elkaar tegenkwamen. Ik begrijp het heel goed als je enige reactie nu is "loop naar de hel", maar ik zou toch graag vijf minuten van je tijd willen. Ik denk dat je wel wilt horen wat ik te zeggen heb.'

Hij stond op het punt de deur weer dicht te doen.

'Ik denk nog steeds dat jij Veslemøy niet vermoord hebt,' zei ze snel. 'Ik denk niet eens dat zij degene was die vermoord moest worden.'

Ze zag dat Steve verbaasd was. En ze was verrast dat hij de deur niet voor haar neus dichtgooide, maar die juist ver genoeg opende om haar binnen te laten.

'I suppose I owe you an apology as well,' zei hij.

Haar blik gleed over de schoenen die in de hal stonden. Het enige schoeisel voor volwassenen waren een paar lichte hardloopschoenen en een paar rubberlaarzen. Geen zware schoenen waarmee je iemand neer kon trappen. Haar hartslag bedaarde enigszins.

Hij ging haar voor naar de keuken. Ze zag de jongetjes in de huiskamer met een lolly op de bank zitten. Ze nam plaats op een keukenstoel, waar alweer opgedroogde ketchup op zat, terwijl Steven bleef staan. Ze opende haar tas en haalde er een vel papier uit dat ze thuis had uitgeprint: een doktersverklaring, uitgegeven door de Noorse luchtsportbond.

Elke vermindering of elk verlies van bewustzijn, hoe kortdurend ook, kan fatale gevolgen hebben. Melding van eerder acuut bewustzijnsverlies of vermindering van bewustzijn sluit daarom in de regel parachutespringen uit, stond er.

Ze overhandigde het vel aan Steven. Hij nam het aan met zijn lange vingers, wierp er een blik op en keek haar vragend aan. 'Ja? *I have seen this before.*'

'Veslemøy sprak niet de waarheid toen ze je vertelde dat de aanval die ze in Nieuw-Zeeland kreeg haar eerste was,' zei ze. 'Ik denk dat een vroegere huisarts, Henrik Vormedal, die weigerde dit formulier voor haar in te vullen toen ze begon met skydiven, wraak wilde nemen op haar en Kathrine.'

Steven keek minder verrast dan ze had verwacht. 'Heb je Oddmund gesproken?' vroeg hij.

'Ja. Hij vertelde me dat Veslemøy en Kathrine de carrière van Henrik Vormedal zo goed als kapotgemaakt hebben door de politie anonieme tips over hem te geven. Maar hoezo, ken je deze geschiedenis?'

Steven slaakte een diepe zucht. 'Ik ken een andere versie van het verhaal. Daarin vertelt Veslemøy niets over haar epilepsie.'

Smith zag er zo gelaten uit dat het leek alsof hij niet voor het eerst hoorde dat zijn geliefde niet de waarheid had gesproken.

'Maar voor zover ik weet was Veslemøy noch Kathrine degene die ervoor heeft gezorgd dat de arts zijn registratie kwijtraakte.'

'Wie was dat dan wél?'

'Dagny,' zei Smith.

'Pardon?'

'*You heard me right.* Dagny Berge. Oma. Ze is niet altijd oud en dement geweest, *you know.*'

Toen ze hem met open mond aankeek, vervolgde Steven: 'Denk jij nu echt dat een arts zo stom is om drugs te bewaren in een la in een praktijk die hij deelt met een andere arts? Nee, het was Dagny die dat snode plan bedacht.'

Dagny Berge was doodsbenauwd geweest dat haar enige kleinkind verslaafd zou raken aan drugs, vertelde Steven. Ze was in alle staten nadat Veslemøy bij de politie-inval was opgepakt en ze was erg bang dat dit nog een keer zou gebeuren. Daarom doorzocht ze regelmatig Veslemøys kamer. Ze bestudeerde zelfs foto's van verschillende middelen, zodat ze wist waarnaar ze moest zoeken.

Op een dag vond ze iets.

'Toen ze er kort daarna lucht van kreeg dat de meisjes de politie getipt hadden over de arts, vroeg ze een consult bij hem aan. Ze deed alsof ze kwam voor een pijnlijke heup – en het lukte haar een zakje met een paar gram hasj in zijn kamer te verstoppen.'

Steven moest haar sceptische gezicht hebben gezien, want hij vervolgde: '*I know*. Het is bijna niet te geloven dat iemand van zeventig zo koelbloedig kan zijn, maar ik heb wel meer verhalen over haar gehoord.'

Agnes herinnerde zich wat Ingeborg had verteld over Dagny's reactie die keer dat Veslemøy op heterdaad betrapt was toen ze bier pikte in de buurtsuper.

'Ik zie nu ook wel in,' ging hij verder, 'dat Dagny op die manier twee problemen in één keer oploste: de hasj, en de man die *her baby's passion* in de weg stond. Ze wilde blijkbaar liever dat Veslemøy zou omkomen tijdens haar liefste bezigheid dan dat ze verslaafd zou raken en zou overlijden aan een overdosis. De eerste optie zou in elk geval mevrouw Berge hier in het dorp in een beter daglicht hebben gesteld.'

Steven haalde zijn schouders op en bevochtigde zijn volle lippen, die niet bij zijn smalle gezicht leken te passen.

'Misschien zijn er meer die *guilty* zouden kunnen zijn aan de "moord" op Veslemøy,' zei hij. 'Maar ik betwijfel eerlijk gezegd of Vormedal achter de feitelijke moord zit.'

'Waarom?'

'*Because he is an old Scrooge*, die waarschijnlijk geen idee heeft hoe een parachute in elkaar zit. Het zou me verbazen als hij ergens heeft kunnen leren hoe je een parachute onklaar maakt én hem daarna weer inpakt.' Steven keek naar het raam. 'In tegenstelling tot een jonger, hoogopgeleid iemand met kennis van zaken.'

Een van de twee zoontjes van Veslemøy en Steven – het viel Agnes opnieuw op hoe weinig de jochies op hun vader leken – stond plotseling in de deuropening van de keuken.

'*Finished your lollypop?*' vroeg Steven.

Het tengere jongetje knikte. '*More*,' zei hij.

'Nee, geen snoep meer. Heb je honger? *You can have a toast*.'

Agnes weerstond de verleiding om te vragen of zij er ook een kon krijgen. Ze voelde haar maag alweer rammelen. Toen het zoontje terugliep naar de huiskamer en met zijn plastic bordje voor de kinder-tv ging zitten, kon ze eindelijk verder praten. 'Je bedoelt toch niet Birger Flakne?' vroeg Agnes voorzichtig.

Steven liet een kort, droog lachje horen terwijl hij twee sneetjes brood in de broodrooster stopte.

'Ik heb geen idee of Birger iets uit te vechten heeft met Kathrine. Maar als Veslemøy vermoord moest worden, denk ik evenmin dat hij het heeft gedaan,' zei hij, en hij vervolgde, zo zacht dat het bijna niet te verstaan was: 'Zelfs die idioot zou niet de moeder van zijn eigen kinderen om het leven brengen.'

'Is Birger de vader van de tweeling?' Ze vroeg het met zachte, beheerste stem, ook al stroomde de adrenaline door haar lichaam. 'Heb je dat altijd geweten?'

Smith keek naar het aanrecht en wreef met zijn handpalmen over zijn voorhoofd, waarna hij een Duplo-steentje van de grond raapte en daarmee begon te frunniken.

'Ik vermoedde het. Net zoals ik vermoedde dat Birger en Veslemøy een verhouding hadden kort nadat we hiernaartoe waren verhuisd. En misschien daarvoor, of erna, *what the fuck do I know*. Voor het weekend gaf ze het allebei toe.'

'Weet Birger dat het zijn kinderen zijn?'

'Ik denk het niet. Ik heb erover gedacht hem ermee te confronteren, maar ik durfde niet. Ik ben doodsbang dat ik ze kwijtraak. Daarom heb ik hierover ook niets tegen de politie gezegd. Ik zal de jongens nooit loslaten. Veslemøy dacht dat ik geen vader wilde zijn, maar ze had het mis,' zei Steven, en hij voegde eraan toe, alsof hij het tegen zichzelf had: '*Being a dad is the only thing I am good at.*'

Agnes was geschokt over het aantal disfunctionele vriendschappen in dit dorp. Ze was opeens heel dankbaar voor Viktor en Ingeborg, en ze besloot hen allebei uit te nodigen voor een borrel zo gauw dit alles voorbij was.

'Ook al heb ik weinig positiefs over Birger te melden, ik geloof echt niet dat hij *can hurt a fly*,' zei hij, en keek haar aan. 'Vraag me liever wat ik vind van de verkrachter die landsadvocaat is geworden!'

Het werd kil in de keuken. En vreemd genoeg pauzeerde Steven Smith even om *prim* op de twee geroosterde boterhammen te smeren voor hij verder praatte.

'Ik ben misschien wel tien uur verhoord en heb twee dagen in hechtenis gezeten, en jij bent de eerste die meer wil weten over wie ík denk dat hierachter zit,' zei hij. 'Als je denkt dat Kathrine degene was die vermoord moest worden, dan was zijn motief misschien anders. Misschien wist ze iets wat ze niet mocht weten. Maar mijn antwoord is hoe dan ook...'

'Vegard Saue,' zei Agnes.

Smith knikte. '*The bastard that already ruined Veslemøys life twenty years ago.*'

Agnes zei niets en liet hem verder praten.

'Ik denk dat hij heel wat jaren niet in Voss is geweest. Maar een paar mensen hebben gezegd dat ze hem op het springveld hebben gezien vóór de openingsceremonie van zondag. En hij dook in elk geval op bij de begrafenis. Ik herkende hem van veraf en zag dat hij voor het einde van de dienst vertrok. Als het niet de begrafenis was geweest, als ik niet in de kerk had gezeten – of beter gezegd: als mijn zoontjes niet in de kerk hadden gezeten... Of hij nu achter de moord zit of niet, hij is er voor een groot deel debet aan dat Veslemøys leven van tijd tot tijd een hel was.'

'Het klopt dus dat hij haar na een feest in Moen verkracht heeft?' vroeg ze.

Nu was Steven degene die verrast keek. Hij keek aandachtig naar haar, alsof hij erachter wilde komen hoe zij dat wist, maar besloot toen dat het niet belangrijk was.

'Ja,' zei hij. 'Maar niet in Moen. Het gebeurde later in diezelfde nacht, tijdens een afterparty. Ze hadden wat gerotzooid, vertelde Veslemøy. Ze was dronken, had zich geërgerd aan de Kat over onbelangrijk meisjesgedoe en wilde haar terugpakken. Maar later, toen Kathrine naar huis was en Saue verder wilde gaan, zei ze nee. *He wouldn't listen.* Hij drong zich aan haar op en duwde haar een slaapkamer in van het huis waar het feest was. Zei dat hij haar zou vermoorden als ze het aan Kathrine of iemand anders zou vertellen.'

'Maar ze is de volgende ochtend toch naar de politie gegaan?'

'Ja. Maar dat hielp niet zoveel,' zei Steven. 'Dat zat haar nog het meest dwars. Niet dat Saue nooit werd gepakt of dat ze niet werd geloofd, maar dat hij wist dat ze gepraat had. Ze heeft twintig jaar lang voor haar leven gevreesd. *Imagine what that does to a person.* Toen ze een maand geleden hoorde dat *the piece of shit* een van de meest prominente posities binnen justitie had gekregen, raakte ze bezeten van het idee dat ze iets moest doen – met de media praten, proberen de zaak heropend te krijgen.'

'Verkrachtingszaken hebben geen verjaringstermijn,' zei Agnes.

‘*Exactly*,’ zei Steven. ‘Maar ik denk dat ze de gedachte om zich daar opnieuw aan bloot te stellen niet aankon. Ze wilde alleen dat hij óók moest lijden, net als zij. Toen schreef ze hem een brief waarin ze loog dat ze opnieuw naar de politie zou gaan – dat ze eventueel de media zou informeren over de beschuldiging – als hij zich niet als landsadvocaat zou terugtrekken.’

‘Hoe reageerde hij daarop?’

‘Ze heeft nooit iets van hem gehoord. Maar ik ga ervan uit dat hij er niet blij mee was.’

Agnes dacht aan de gesprekken die ze zelf met Saue had gevoerd. Hij was inderdaad niet blij.

‘Wanneer wist jij het van de verkrachting?’

Steven keek naar de grond. ‘Ik wist het al voordat ik haar naam kende. Ik kwam toevallig de slaapkamer binnen terwijl die klootzak bezig was. Ik heb Veslemøy zover gekregen dat ze naar de politie ging.’

Agnes huiverde. ‘Maar waarom trok ze de aanklacht in als ze jou als getuige had?’

Hij keek haar met zijn donkere ogen aan. ‘Veslemøy heeft haar aanklacht nooit ingetrokken.’

Het verkeer in de Vangsgata stond vast. Dat was ongewoon omdat veel doorgaand verkeer in beide richtingen tegenwoordig door de tunnel reed. Agnes fietste langzaam langs alle auto's. Toen ze het fitnesscentrum en de chique damesmodezaak gepasseerd was, draaide ze haar hoofd naar rechts en liet haar blik langs de ramen van Ringheimskafeen gaan.

Aan een van de tafels zat Eskildsen. Recht tegenover hem Oom Agent, Svein Vatle.

Blijkbaar was er vandaag weer een bijeenkomst van de oudemannenclub, in elk geval van een deel ervan.

Ze minderde vaart en staarde naar de twee mannen, zodat ze bijna een jong meisje van de sokken reed. Ze keek Agnes aan alsof die de duivel in eigen persoon was.

'Sorry,' zei ze, waarna ze stopte en het meisje voor liet gaan.

Vervolgens draaide ze zich weer om naar het café. Eskildsen keek haar door het raam heen aan en schudde zijn hoofd.

Ze stalde haar fiets tegen een van de reclameborden en liep de drie treden naar de toegangsdeur op.

Oom Agent glimlachte niet, zoals hij de vorige keer had gedaan. Toen ze naar hun tafel kwam, legde hij zijn lepeltje naast de *Napoleonskake* op het gebaksbordje.

Ze begroette Svein Vatle. 'Mijn bezoekje aan uw tuin hebt u zeker al besproken?'

Hij keek van haar naar Eskildsen, maar zei niets. Agnes wendde zich tot haar vroegere chef. 'Hoelang ben je redacteur geweest?' vroeg ze. 'Dertig jaar?' Ze sprak luid en merkte dat de gesprekken aan de andere tafels verstomden, maar dat kon haar niet schelen.

'Ja, want in 1998 had je in elk geval dezelfde baan, toen Steven Smith vertwijfeld naar je toe kwam nadat de politie de verkrachtingszaak tegen Vegard Saue naast zich neer had gelegd. Pardon, tegen je neef?'

In haar hoofd was nog een puzzelstukje op zijn plaats gevallen toen Steven Smith haar verteld had dat hij die keer persoonlijk naar de krant was gegaan om de redacteur te spreken. Hij wist niet wat hij anders kon doen voor het arme meisje dat hij had ontmoet en dat wanhopig was omdat ze niet geloofd werd. En hij had een theorie: dat de politie op de een of andere manier het bewijsmateriaal had weggemoffeld.

Smith kreeg zijn gesprek met de redacteur. Hij vertelde alles. Eskildsen beloofde de zaak te onderzoeken. Maar de tijd verstreek en de jonge Nieuw-Zeelander hoorde nooit meer iets van hem, noch van een van de andere journalisten bij de krant.

'Ik wil wedden dat niemand anders van de redactie ook maar iets te horen heeft gekregen over de beschuldigingen tegen Saue,' zei Agnes.

Eskildsen glimlachte ontwapenend naar de tafels om hen heen, waar mensen zaten te luisteren.

'Nu denk ik toch echt dat het gedaan is met jou, Tveit.'

'We zullen zien voor wie het het eerst afloopt,' zei Agnes.

Het enige wat ze hoorde was een verschrikkelijk kabaal.

Na een paar tellen begreep ze dat het van een grasmaaier moest komen. Ze ging ervan uit dat Viktor de telefoon op de trilstand in zijn broekzak had, want hij kon de ringtoon onmogelijk gehoord hebben. Was hij echt thuis en niet druk bezig uit te zoeken wie haar had geschopt?

'Ik heb een uur vrij,' riep hij, in een poging het lawaai te overstemmen.

Toen zette hij eindelijk de motor af.

'Sorry. Ik moest even een uurtje in de tuin werken. Het gras is door de warmte en de regen hard gegroeid.'

Het verbaasde Agnes dat hij het gesprek niet begon met de vraag hoe het ging met haarzelf en met haar zere hoofd.

'Jij bent thuis lekker aan het relaxen, hoop ik,' zei hij.

Agnes keek naar de fiets die ze aan de hand had. Ze was bij het plein links afgeslagen, langs de boekhandel op de hoek en de Gjensidige, en nu sjokte ze door de Uttrågata omhoog naar de oude bioscoop. 'Natuurlijk,' zei ze.

Ze wilde nog niet vertellen wat Veslemøy en Kathrine – en Dagny Berge – volgens zeggen twintig jaar geleden Viktors vader hadden aangedaan. Nog steeds kon ze er niet honderd procent zeker van zijn dat het zo gegaan was als Steven Smith dacht, maar ze wist evenmin zeker bij wie Viktors loyaliteit deze dagen lag. Ze besloot alleen te vragen naar concrete zaken die ze wilde weten. 'Gaat de politie uit van de theorie dat Kathrine het beoogde slachtoffer was?'

Ze hoorde zelf hoe formeel ze klonk, maar haar beste vriend antwoordde al even formeel.

'We zijn inderdaad begonnen die mogelijkheid te bekijken. Dat betekent niet dat Kripos per se vertrouwt op Kathrines verklaring dat zij niets met de moord op haar vriendin te maken heeft. Maar we werken ook vanuit de nieuwe hypothese dat zij het beoogde slachtoffer van de moord was.'

Viktor zette zijn grasmaaier weer aan ten teken dat hij vond dat hij genoeg had gezegd. Maar Agnes had nog een vraag, die ze in de telefoon moest schreeuwen: 'Zei jij niet dat de beveiliging bij kleine politiebureaus vroeger slecht was?'

Hij riep terug: 'In Førde was het in elk geval een puinhoop.'

Toen zette hij de motor weer af.

'Dank je,' zei Agnes met een zucht. 'Ik dacht aan de aangifte van verkrachting die Veslemøy heeft gedaan. In het politierapport stond dat de zaak geseponeerd is wegens gebrek aan bewijs. Steven Smith denkt dat de politie dat zoekgemaakt heeft, ook al hebben ze dat nooit toegegeven. Denk jij dat dat kan kloppen?'

Viktor was even stil. 'Dat klinkt niet best voor het bureau,' zei hij toen. 'Maar ik weet dat het vaker is voorgekomen. In Førde is een paar keer bewijsmateriaal domweg verdwenen. Gelukkig niet in grote zaken. Het werd dus nooit bekend, maar heeft alleen geleid tot interne opschoning. Ik kan me voorstellen dat er hier vergelijkbare voorschriften waren – of gebrek daaraan, moet je misschien zeggen. Toen ik hier begon was het veiligstellen van bewijsmateriaal en dergelijke niet altijd even goed geregeld.'

Dan was het twintig jaar geleden ongetwijfeld nog erger, dacht Agnes.

'Gebruikte de politie in Førde ook speciale zakken voor bewijsmateriaal bij verkrachtingszaken?' vroeg ze.

'Denk je aan het beruchte paarse plastic zakje?'

'Ja. Wat is daar later mee gebeurd, toen het bewijsmateriaal erin zat?'

'Dat werd naar Kripos gestuurd.'

'Meteen?'

'Zodra er die dag post werd opgehaald.'

'En als het weekend was?'

'Dan hebben ze natuurlijk tot maandag gewacht.'

Zodra Agnes het gesprek met de steeds ongeduldiger klinkende Viktor had beëindigd, opende ze de jaarkalender in de agenda en scrolde naar 1998.

De nationale feestdag viel dat jaar op een zondag.

Ze ging weer op haar fiets zitten en leunde tegen het raam van de oude bioscoop, waar nog steeds posters hingen van films die in de bioscoop in het cultuurhuis werden vertoond. Ze draaide zich om en stelde vast dat het zevende deel van een superheldenfilm waarvan ze nooit had gehouden zijn Noorse première zou hebben in Voss.

Toen ging haar telefoon weer. Het was Ingeborg. 'Moet je horen,' zei ze met een stem die steeds lichter en hoger werd. 'Terwijl ik hier thuiszit met iemand die alleen maar aan mijn borst wil zuigen, heb ik nog een beetje onderzoekswerk voor je gedaan. Ik werd zo nieuwsgierig naar onze vriend Vegard Saue dat ik een Noorse vriendin van me in Londen heb gebeld die ook aan de universiteit in Tromsø heeft gestudeerd. Ze kon zich hem nog herinneren!'

'Bravo, Robin,' zei Agnes droogjes. 'Bedankt voor je hulp.'

'Als je brutaal wordt, heb ik geen zin om je te helpen, ondankbare Batvrouw,' zei Ingeborg, maar ze vervolgde: 'Ze zei dat Saue altijd klaagde over een vrouw die hem niet met rust wilde laten.'

'Ja-ha?'

Ingeborg laste een korte pauze in. 'Iemand die uit Voss kwam.'

'O?' Agnes' nieuwsgierigheid was geprikkeld. 'Hoe heette ze?'

'Ja, nu ben je geïnteresseerd hè? Nou, dit stelt je vast niet teleur. Mijn vriendin dacht dat ze Kathrine heette. En "een of andere gewone achternaam" had. Agnes, dat is de Kat!'

'Maar tijdens de Russetid besloten zij en Vegard uit elkaar te gaan.'

'Ja.'

'En Kathrine heeft daarna in Bergen gewoond.'

'Yep.'

Maar ze had een langeafstandsrelatie, dacht Agnes. Ze bedankte Ingeborg voor de moeite. Daarna stuurde ze Joni een bericht om haar te vragen waar de man met wie Kathrine een relatie had gehad woonde.

Driehonderd meter aan stadsverwarmingsbuizen lag nog steeds goed zichtbaar in het zand in Grandane, het gebied dat het grote badstrand van Voss had moeten worden. De gemeente had nog steeds niet besloten wat er met deze buizen van Hordaland Bio-energie moest gebeuren. Agnes had er minstens tien artikelen over geschreven voor de krant. Ze zette haar fiets aan de kant en liep het hele eind over de dubbele buizen tot aan de waterkant. Ze moest hier weg, ergens naartoe waar ze niet op elke straathoek een bekende tegenkwam. Ze had er behoefte aan om naar het water van het Vangsvatnet te staren, omdat ze nog steeds hoofdpijn had en omdat haar gedachten maar bleven rondtollen.

Kathrines vriend woonde in Tromsø.

Dat kon geen toeval zijn.

Waren zij en Vegard later opnieuw geliefden geworden zonder dat iemand dat wist?

Of was het nooit uit geweest?

Ze pakte een steen en gooide die zo ver als ze maar kon. De steen raakte het wateroppervlak met een lichte plons, en ze keek hoe de kringen groter en groter werden, tot het water weer helemaal glad en kalm was. Ze had zich er altijd over verbaasd dat hier niet meer bootjes waren. Het was hier zo mooi. Maar behalve kano's die af en toe vanaf de jeugdherberg vertrokken, zo nu en dan een waterfiets en op warme dagen een motorboot die parasailers achter zich aan trok, werd dit eldorado zelden ergens anders voor gebruikt dan om een ijskoud bad te nemen. Het leek wel of iemand had bepaald dat het Vangsvatnet alleen was om naar te kijken, niet om aan te raken.

Ze gooide nog een steen en toen nog een. Daarna pakte ze haar telefoon om haar vader te bellen.

'Hoe gaat het met je? Loop je te piekeren over wat ik je verteld heb?' vroeg haar vader. Hij klonk bezorgd, en Agnes begon te denken dat ze voortaan elke keer dat ze elkaar spraken net als haar moeder zou moeten liegen en zeggen dat alles in orde was. 'En waarom schrijf je nu voor *VG*? Ben je gestopt bij *Hordaland*? Ik hoop niet dat dat vanwege mama is. Je gaat toch niet verhuizen hè?'

'Nee,' zei ze, maar ze wist niet of ze de waarheid sprak. 'Later zal ik je alles vertellen, maar nu heb ik geen tijd. Ik belde alleen omdat ik nog een vraag heb: wat weet jij van Torgeir Tveiterås?'

'Tveiterås, de politieagent?' vroeg haar vader. 'Ik was hem bijna vergeten. Dat was toen een treurige geschiedenis. Hij moest veel te vroeg stoppen, hij was langdurig ziek en kreeg een arbeidsongeschiktheidsuitkering. Uiteindelijk verhuisde hij naar Bergen. Ik geloof dat hij daar familie had.'

'Had hij kinderen?' vroeg Agnes.

'Nee. Maar hij had volgens mij goed contact met zijn familie.'

'Weet je toevallig hoe ze heten?' Agnes werd meteen ongeduldig.

'Helaas.'

De conducteur blies op zijn fluitje. Hij deed Agnes denken aan een tekenfilmfiguur.

Voor de tweede keer deze week was ze spontaan in de trein gestapt, deze keer in een lokale, in westelijke richting. Haar fiets had ze op het station achtergelaten, zonder slot in een fietsenstandaard. Vol verlangen dacht ze aan haar auto, die nog in Palmafossen stond. Maar ze kon niet achter het stuur kruipen met een potentiële hersenschudding.

Ze had nog eens geprobeerd de oude politieagent te bellen, meerdere keren, maar hij nam niet op.

Ze moest hem opnieuw confronteren met de onduidelijkheden. Ze was er zo goed als zeker van dat er iets was gebeurd met het bewijsmateriaal in de verkrachtingszaak. Zou het kunnen dat Vegard Saue het domweg voor elkaar had gekregen het bewijs tegen zichzelf te stelen en dat hij daarover nooit iets aan Kathrine had verteld?

Had Tveiterås, die dienst had gehad dat weekend, nagelaten te rapporteren dat het zakje met het bewijsmateriaal weg was?

Wat was de reden dat Oom Agent, Svein Vatle, vaag en vreemd had gedaan toen ze over de gebeurtenis was begonnen: het feit dat de politie bijna gezichtsverlies had geleden? Had zijn vriendschap met redacteur Eskildsen hem gered van negatieve berichtgeving in de krant?

Dat, en het feit dat die idioot van een redacteur bij een lokale krant zijn neef wilde beschermen?

Ze was bang dat de oude Torgeir het in zijn broek zou doen van schrik als ze opeens voor zijn deur stond daar in Askøy. Maar het was de enige mogelijkheid. En als ze eerlijk was, kon ze een kleine onderbreking goed gebruiken. Bijna anderhalf uur haar ogen kunnen sluiten in de trein leek haar heerlijk.

'Nee maar, goeie genade, Agnes! Wat maf! Twintig jaar geleden zagen we elkaar voor het laatst, en nu zien we elkaar twee keer in één week?'

De knappe donkerharige vrouw met wie ze zondag op het Prestegardslandet bij de openingsceremonie had gepraat glimlachte naar haar vanaf haar plaats bij het raam aan de andere kant van het gangpad. Agnes had zich laatst haar naam niet herinnerd, maar nu wist ze weer dat de vrouw Fiona Akselberg heette en haar kinderen gebruikte als profielfoto op Facebook. Ze nam het zichzelf kwalijk dat ze niet eerst de coupé had rondgekeken voordat ze ging zitten. Ze deed alsof ze bezig was met haar telefoon en stelde vast dat die voor nog maar vijfendertig procent geladen was en dat ze geen oplader bij zich had.

'De kinderen zijn in Voss, bij hun grootouders,' verklaarde Akselberg, ook al had Agnes niets gevraagd. 'Ik moet weer naar de stad om te werken. En voor een paar langgekoesterde uurtjes alleen met mijn vrouw.'

De mist trok eindelijk op. Agnes herinnerde zich haar plotseling heel duidelijk. Fiona Akselberg was twee jaar ouder dan zij en was een van de weinige lesbiennes – misschien wel de enige – geweest op de middelbare school. Alle jongens waren in haar geïnteresseerd geweest; ze noemden haar Fina, de mooie. Ze wás ook mooi en vrouwelijk, en deed geen enkele moeite haar geaardheid te verbergen. Agnes herinnerde zich de keer dat ze zich erover beklaagd had dat veel jongens haar als een 'project' zagen. Allemaal wilden ze als eerste een lesbo in bed krijgen.

'Het was me je weekje wel,' zei ze. 'Het is verschrikkelijk wat er is gebeurd.'

Agnes knikte alleen maar.

'Weet je hoe het met Joni gaat?'

'Joni?' Zij was wel de laatste over wie ze een vraag verwacht had.

'Ja, ik las in de krant dat je kort na de parachutemoord een interview met de meisjes had. Gaat het goed met haar?'

'Daar lijkt het wel op, maar ze is wel erg aangedaan. Waren jullie jeugdvriendinnen of zo?'

'Vriendinnen zijn we nooit echt geweest. Maar we waren wel samen af en toe in... hoe zal ik het noemen, de tijd dat ze experimenteerde.'

'O? Als geliefden?'

'Dat had ik wel graag gewild, maar zij hield vol dat ze niet met een meisje kon zijn. Misschien beeldde ik me het in, maar ik dacht dat er een andere reden was dat ze mij toch niet wilde.'

'Welke dan?'

'Dat is ook de reden waarom ik me afvroeg hoe het met haar gaat. Ik heb altijd de indruk gehad dat ze eigenlijk voor maar één iemand belangstelling had,' zei Fiona, terwijl aan de andere kant van het raam station Bulken en de westelijke oever van het meer dichterbij kwamen. 'Volgens mij was ze, tot haar spijt, verliefd geworden op haar beste vriendin.'

Retcom – afkorting voor 'Retorica en mondelinge communicatie' – was een onderdeel van het Instituut voor Linguïstische en Noordse Studies van de faculteit voor alfa- en gammawetenschappen aan de universiteit van Oslo. Op de website stonden negen medewerkers – professoren, universitair hoofddocenten, en de PhD-studenten – allemaal met telefoonnummer en e-mailadres.

Joni Roberta Farestveit stond er niet bij.

Misschien was de webpagina niet bijgewerkt? Misschien werkte ze daar nog maar net? Daar had ze dan niets van gezegd. Het was nu zaterdagavond; dan was er sowieso niemand aan het werk, dus had het geen enkele zin een van haar collega's te bellen.

Haar man. Ze zou haar echtgenoot kunnen proberen.

Het voelde wat ongemakkelijk om op deze manier rond te snuffelen op zoek naar informatie over Joni, maar ze was benieuwd of het waar was dat Joni een voorgeschiedenis met meisjes had, al had ze geen idee wat dat voor wie dan ook zou betekenen. Ze wist niet hoe Joni's man heette en daarom gebruikte ze haar supereenvoudige methode: ze zocht Joni's adres op, en keek wie daar nog meer woonde.

Peder André Vik was de tweede bewoner van de Krokusvei 3 in Nordberg in Oslo. Dat was een mooie, gegoede wijk. Agnes voelde zich merkwaardig opgelucht dat ze de naam en het telefoonnummer van Joni's man had gevonden.

'Met Vik.' Zijn stem was kalm en aangenaam.

'Met Agnes Tveit. Ik ben journalist bij *Avisa Hordaland* in Voss en... vriendin van uw vrouw. Hebt u even?'

Ze wreef over haar voorhoofd. Dit was niet goed. Hoe moest ze haar vraag over Joni inkleden? Godsamme, ze had het haar beter zelf kunnen vragen; ze zou er vast niet kwaad om geworden zijn.

'Joni? Zo heel goed kun je haar niet kennen, anders had je wel geweten dat we niet meer getrouwd zijn.'

'O nee?'

'Ik heb haar al in geen maanden gezien. We zijn voor kerst uit elkaar gegaan.'

'O,' zei Agnes. 'Dan heb ik het niet goed begrepen. Maar hebben jullie wel co-ouderschap?'

'Heeft ze dat verteld? Nee, Joni heeft geen ouderlijk gezag. De moeder van de kinderen en ik delen de verantwoordelijkheid, dat hebben we altijd gedaan. Joni trad soms wel op als stiefmoeder, maar de kinderen zien haar nu niet meer. Ze was niet helemaal zichzelf nadat haar tijdelijke aanstelling bij het instituut niet werd verlengd.'

Agnes kreeg kippenvel. 'Mag ik vragen waarom?' vroeg ze voorzichtig. 'Waarom ze haar baan niet kon houden, bedoel ik?'

Peder André Vik zei niets, en Agnes vroeg zich af of de verbinding verbroken was omdat de trein door een tunnel reed, of dat hij niets meer wilde zeggen omdat hij begreep dat ze geen vriendin was, alleen maar journalist. Maar toen hoorde ze dat hij zuchtte en ze bleef in stilte afwachten.

'Joni had niet...'

Hij zweeg en begon opnieuw, op een toon alsof iemand op een knop had gedrukt en hem had veranderd in een wandelende encyclopedie. 'Onze psyche heeft zijn eigen afweermechanismen,' zei hij, en hij begon aan een heel verhaal over primitieve afweermechanismen en onvermogen om door middel van reflectie met impulsen en emotionele conflicten om te gaan.

Vik was overduidelijk psycholoog of professor in de psychologie.

'Iemand kan kwaad zijn, maar dat tegenover zichzelf niet erkennen. In plaats daarvan schrijft hij de kwaadheid toe aan iemand in zijn omgeving, en daardoor wordt de manier waarop het individu de werkelijkheid ervaart verstoord door invloed van het primitieve afweermechanisme. Bij neurotische afweer worden de overweldigende innerlijke conflicten verdrongen, iets wat het individu in de actuele situatie helpt, maar vaak een voedingsbodem is voor innerlijke onrust of eventuele angst later.'

Het werd stil. Vik was blijkbaar klaar met zijn uiteenzetting. Agnes had zich meer geconcentreerd op de vraag hoe de mooie, slimme Joni bij zo'n droogstoppel verzeild was geraakt dan op wat de droogstoppel zei. Ze nam haar toevlucht tot een oude tactiek en pikte het laatste woord dat ze gehoord had eruit.

'Had Joni een angststoornis?'

Vik zuchtte opnieuw, nadrukkelijker deze keer, wat hij ongetwijfeld altijd deed als een journalist de informatie die hij had gegeven versimpelde.

'Soms gaat ze minder goed om met emotionele conflicten,' zei hij. 'En zonder dat ik kan of wil ingaan op de details: dat heeft ook een ongelukkig gevolg gehad voor haar baan.'

Voor Agnes voelde het als een stomp in haar maag dat Joni tegen haar had gelogen. Ze wilde nog meer vragen, maar de psycholoog klonk alsof hij nu haast had om het gesprek af te sluiten. Peder André Vik wilde terug naar zijn rustige, Joni-loze leven, dus moest ze prioriteiten stellen.

'Weet u bij wie uw ex-vrouw logeerde als ze in Voss was?' vroeg ze zo rustig als ze kon.

'Nadat Veslemøy was teruggekomen, logeerde ze altijd bij haar. Dat ging niet helemaal zonder conflicten, heb ik begrepen. Haar man dronk nogal. Het zou me niet verbazen als hij achter de moord zat. Ik heb veel over hun relatie gehoord, om het zo maar te zeggen.'

'Praatte Joni veel over Steven en Veslemøy?'

'Ze praatte het meest over Veslemøy. Vertelde dat ze het moeilijk had gehad en dat ze dat echt niet verdiende. Ik herinner me verhalen van Joni over een moeder die overleed en een vader die dronk. En dat Veslemøy bij dat alles ook nog eens slachtoffer was van een verkrachting in haar jeugd. Zo gaat dat immers, sommigen overkomt alles. Joni moet zich daarom veel om haar bekommerd hebben,' zei Vik, 'maar ik vond het altijd een beetje te veel van het goede.'

'In welk opzicht?'

'Interessant dat je daarnaar vraagt, want dat was een van de dingen waarover we vrij heftige discussies hadden. Ik ging meestal niet mee naar Voss en heb hen dus nooit samen meegemaakt, maar op grond van Joni's telefoongesprekken met Veslemøy, en de inhoud en duur ervan, vond ik vaak dat ze zich ten opzichte van haar te beschermend gedroeg.'

Haar T-shirt plakte aan haar lijf.

Ze wapperde met de achterkant om lucht binnen te laten, maar het zweet liep in straaltjes over haar rug.

Vanbinnen was ze echter ijskoud.

De lijst van zaken waarover Joni had gelogen werd steeds langer. Het huwelijk dat schipbreuk had geleden. De stiefkinderen die ze niet meer zag. De baan die ze kwijt was. Dat ze niet had geweten van de verkrachting. Dat ze in stilte verliefd was op Veslemøy?

Agnes kreeg nog meer zin om met haarzelf te praten. Misschien was er voor alles een verklaring. Maar Joni nam niet op toen ze belde, en het was niet Joni toen meteen daarna haar telefoon weer trilde. Het was een nummer dat ze niet had opgeslagen, maar dat haar bekend voorkwam, alsof ze het laatst nog had gebruikt.

Haar batterij was voor nog maar achttien procent geladen. Als dit niet belangrijk was, moest ze het gesprek snel beëindigen. 'Hallo, met Agnes.'

Ze hoorde alleen wat keelgeschraap aan de andere kant.

'Hallo?' zei ze ongeduldig.

'Ja... goedenavond.' Nog meer geschraap. Opnieuw een lange stilte. 'U spreekt met Torgeir Tveiterås.'

Ze keek naar buiten, naar de schapen, de boerderijen, het land, naar een onschuldig leven dat daar in zijn groene eenvoud verleidelijk lag te zijn.

'Neem me niet kwalijk dat het even duurde. Mijn excuus voor... ja.' De oude man sprak langzaam, alsof hij naar de juiste woorden moest zoeken. Hij bleef even stil en toen hij verderging, haperde zijn stem. 'Ik lig vaak wakker 's nachts. Eigenlijk is het raar dat ik het nog zo lang volgehouden heb. Ik weet niet hoe ik het voor elkaar kreeg om elke dag naar mijn werk te gaan. De lange arm van de wet, begrijpt u?'

Er kwam een geluid dat klonk als gesnuif.

'Ik kan niet anders zeggen dan dat het me spijt. En dat ik dat lang geleden al had moeten doen.'

Het werd weer stil aan de telefoon.

Ze hoorde dat Tveiterås diep ademhaalde voordat hij begon te vertellen: 'Ik zal die ochtend nooit vergeten. Ik droeg een rood-wit-blauwe vlinderdas bij mijn politie-uniform, voelde me vrolijk en opgewekt. Het zou een mooie nationale feestdag worden, voelde ik, ook al had ik het hele weekend dienst...'

Hij vertelde dat toen hij de deur van het politiebureau wilde opendoen er twee jongeren zaten te wachten: een meisje in Russe-overall en een iets oudere jongen. Hij dacht eerst dat het meisje dronken was of dat ze sliep, want ze zat voorovergebogen, waardoor haar haar voor haar gezicht hing. Hij vroeg of hij hen ergens mee kon helpen, en de jongen antwoordde: '*Yes, sir. She was raped.*'

Tveiterås sprak nog steeds traag, en Agnes kon bijna voelen hoe de batterij van haar telefoon langzaam leegliep. Ze hoopte van harte dat hij uiteindelijk zou bevestigen dat Vegard Saue het bewijs had gestolen. Dat dit gesprek niet volkomen nutteloos was.

De gepensioneerde politieagent vertelde dat de koude rillingen hem over de rug hadden gelopen toen hij had gezien dat het de dochter van Liland was die daar zat. Hij had niet veel ervaring met seksueel misbruik, maar twijfelde er geen seconde aan dat ze iets verschrikkelijks had meegemaakt. Het duurde even voordat ze in staat was te schrijven, maar geleidelijk aan begon ze met bibberende hand haar gegevens in te vullen op het formulier. Hij vroeg haar wie haar dit had aangedaan. Ze keek hem versuft aan en schreef 'Vegard Saue' op het papier. De rest van de dag had hij op de automatische piloot gewerkt, vertelde Tveiterås. Hij bracht Veslemøy Liland naar de dokterspost, waar ze werd onderzocht terwijl hij wachtte in de gang. Daarna bracht hij haar thuis, nam de zak met bewijsmateriaal mee naar het politiebureau en legde die achter slot en grendel in de kamer met in beslag genomen spullen. Meer kon hij vóór maandag niet doen.

'Toen had ik nog geen idee wie er later die avond naar het politiebureau zou komen, vlak nadat ik de vlag had gestreken,' zei hij. 'Ze kwam binnen met een smekende blik en haar onweerstaanbare overredingskracht, en vroeg om de sleutel van de ruimte met in beslag genomen spullen.'

Zij? dacht Agnes.

'Ik kon nooit nee tegen haar zeggen. En nu, twintig jaar later, weet ik nog steeds niet wie er de meeste schuld aan heeft dat het leven van een jong meisje kapot werd gemaakt, zij of ik.'

Via de luidspreker werd station Evanger aangekondigd, en Tveiterås' stem werd weer lager en donkerder.

'Ik heb het haar nooit vergeven.'

'Wie niet?'

Torgeir Tveiterås bleef een paar tellen zwijgen, schraapte zijn keel weer en zei toen: 'Mijn nichtje. Kathrine.'

Als Joni's leugens al een stomp in haar maag waren, was dit een vuistslag in haar gezicht.

En in het gezicht van Veslemøy Liland.

En in het gezicht van alle vrouwen die seksueel misbruikt waren en niet werden gehoord.

En in het gezicht van hen die in de steek gelaten werden door de politie, de pers, hun naasten.

Torgeir Tveiterås was de oude oom voor wie Kathrine mantelzorger was geweest in Bergen. Misschien omdat ze een slecht geweten had door de situatie waarin ze hem toen gebracht had. Het was blijkbaar een gebeurtenis die aan hem had gevreten, misschien wel voor altijd.

Hoe kon Kathrine leven met wat ze Veslemøy had aangedaan, een van haar beste vriendinnen?

Voor haar ogen sprongen de puzzelstukjes op. Sommige belandden tussen andere stukjes op de juiste plek, andere bleven in het luchtledige zweven.

Had Kathrine de bewijzen van de verkrachting bewaard nadat ze die uit het politiebureau had gestolen? Was dat de reden dat zij en Vegard Saue jarenlang met elkaar waren blijven omgaan: omdat hij wist dat zij die had?

Was Saue op jacht gegaan naar de bewijzen toen Veslemøy Liland contact met hem had opgenomen en hem chanteerde, zodat hij zich terug zou trekken als landsadvocaat?

Agnes stond bij de treindeur te staren naar de berghelling, die er door de snelheid uitzag als egaal grijs behang. Wat had dit alles met de moord te maken? Als Vegard Saue zo wanhopig was geweest dat hij zijn ex-geliefde wilde vermoorden, hoe had dat hem dan geholpen bij het vinden van de bewijzen van de verkrachting?

Agnes dacht opeens aan de dozen die in de kamer in Kathrines gele villa in Palmafossen stonden, die daar neergezet waren nadat er brand was uitgebroken in de werk-slaapkamer.

Ze dacht aan de naaispullen.

En kreeg een nieuw, nog akeliger gevoel in haar buik.

Was iemand Vegard Saue te vlug af geweest?

Ze leefde in geleende batterijtijd.

Het Apple-wrak had nog maar acht procent over na het gesprek met Tveiterås. Maar een laatste telefoontje moest nog kunnen.

Voor de treindeur hipte ze van haar ene voet op de andere terwijl de telefoon bleef overgaan. Ze deed een schietgebedje dat de zaken niet zo samenhingen als ze nu dacht.

Joni nam niet op.

Kathrine nam niet op.

Gro nam niet op.

Ze probeerde Steven.

De telefoon bleef lang overgaan, terwijl de batterijindicator een armzalige rode lijn toonde. Vlak voordat ze het wilde opgeven, nam hij eindelijk op.

Agnes was buiten adem, ook al stond ze stil. 'Waar zou Joni eigenlijk logeren deze week?' vroeg ze zonder begroeting.

'Waarom vraag je d...'

'Geef alleen kort antwoord!'

'*She stayed with Kathrine*,' zei Steven.

Ze hield haar telefoon tegen haar voorhoofd en sloot haar ogen. Nieuwe puzzelstukjes vielen op hun plaats. En het motief dat naar voren kwam was ijzingwekkend.

De conducteur blies op zijn fluitje ten teken dat de trein station Evanger zou verlaten.

Ze sprong eruit toen de deuren zich sloten.

De tiener die op de bank voor het station zat, had met dit warme weer een muts op, met daaroverheen een grote koptelefoon. Agnes liep naar hem toe en kuchte om zijn aandacht te krijgen. Toen hij niet opkeek, trok ze de koptelefoon van zijn hoofd. De muts kwam mee en de bezwete, rode oren van de jongen kwamen tevoorschijn. Hij leek doodsbang.

'Ik wil graag je telefoon even lenen.'

'Waarvoor?'

'Om een taxi te bellen.'

'Dat doe ik wel,' zei hij, en hij wendde zich van haar af.

Korzelig keek hij haar even later aan. 'Ze sturen een auto uit Voss zo gauw er een vrij is.'

Agnes bedankte hem en ging naast hem op de bank zitten. Daar bleef ze kijken naar de spoorbaan. Ze had niet eens gekeken of er ook een trein in de andere richting kwam.

Er zat nog steeds leven in haar telefoon, maar daar was dan ook alles mee gezegd. Nog een schamele twee procent over.

Ze dwong zichzelf de telefoon in haar tas te stoppen. Dit zou het langste halfuur ooit worden.

Ze probeerde haar gedachten te ordenen, alle informatie die ze had gekregen in de juiste volgorde te plaatsen, zich ervan te verzekeren dat ze nu inderdaad alle stukjes had van deze op alle manieren verontrustende puzzel.

Ze was nog maar net begonnen toen ze een duizelingwekkende geur uit het verleden waarnam.

'Eerst op het voetbalveld, en nu bij station Evanger?' zei de man die voor haar stond, gekleed in jeans en een T-shirt dat zijn duidelijk afgetekende borstspieren liet zien. 'Agnes Tveit, nu begin ik je ervan te verdenken dat je mij volgt.'

Ze was meteen ruim duizend kronen kwijt nadat ze had geweigerd Alexander de helft van de kosten van de taxirit te laten betalen. Ze had gelogen dat haar werk betaalde.

In de negentien minuten die het duurde om terug te rijden naar Voss hadden ze elkaar bijgepraat over oude bekenden. Dat wil zeggen, Alexander had haar bijgepraat; ze kon zich amper herinneren wat ze zelf had gezegd. Ze voelde zich een beetje dronken na zo lang zo dicht bij hem te hebben gezeten. Zijn geur werd haar bijna te veel. Ze had hem niet kunnen aankijken en had daarom naar de taximeter zitten staren.

Voordat Alexander in het centrum uitstapte – hij wilde een biertje drinken in de festivaltent – had hij gezegd dat het hem leuk leek als ze een keer een glas wijn kwam drinken na haar werk.

Dat kon ze dus niet.

Het was hoe dan ook het laatste waaraan ze nu kon denken.

De taxi stopte voor haar huis. Fredrik zwaaide glimlachend toen hij haar zag. Hij leek op weg te zijn naar de garage.

Ze wilde net de pincode van haar Visa-kaart intoetsen toen haar telefoon ging.

Het was Gro.

Agnes zei snel: 'Mijn batterij is bijna leeg, maar ik bel je over vijf minuten terug, oké?'

Gro antwoordde niet, maar Agnes hoorde een diepe zucht. 'Alles in orde, Gro?'

Ze zei nog steeds niets.

‘Gro, is er iets gebeurd?’ riep Agnes.

‘Ik krijg Viktor niet te pakken,’ zei de stem in haar oor. Die was nog donkerder dan anders. Haar ademhaling ging steeds zwaarder. ‘Ik... Ik was vergeten de post uit de brievenbus te halen vandaag.’

‘Wat is er?’ vroeg Agnes, en ze voelde een steek in haar maag. ‘Is er iets mis met Viktor? Gro?’

Het bleef stil.

Doodstil.

Het negende leven van de telefoon was verbruikt.

Ze rukte de kaart uit het pinapparaat en riep tegen de chauffeur dat hij verder moest rijden, dat het een spoedgeval was.

Hij volgde haar bevel op, trapte in de Strandavegen het gaspedaal diep in en sneed alle bochten naar Bavallen af.

Aan de buitenkant zag het huis in functionalistische stijl er even kalm en vredig uit als altijd.

Agnes duwde de deurklink voorzichtig naar beneden. Ze wilde niet aanbellen en riskeren dat Malin wakker werd. Op de vloer van de anders zo nette hal lagen de *Hordaland* en BT van vandaag, een aantal vensterenveloppen en een paar reclamefolders. Het leek alsof iemand die daar had neergegooid nadat hij of zij was binnengekomen.

'Hallo?' fluisterde ze.

Geen antwoord. Ze deed haar schoenen uit en zette ze zoals altijd netjes naast elkaar op het rek dat gedomineerd werd door roze en paarse kinderschoenen.

Toen liep ze voetje voor voetje door de hal naar de kamer. De kussens lagen keurig op de bank, alles leek heel normaal. Ze liep verder naar de openstaande keukendeur.

De borden van het avondeten stonden nog op tafel. Twee kommen met soepresten, rode vlekken op het witte kleed. Een halfvol glas sap en een leeg wijnglas.

Toen zag ze Gro op de grond zitten, met het logo van de meubelzaak op haar rug. Ze zat erbij als een spelend kind, maar was allesbehalve in een vrolijke stemming toen ze zich naar haar toe draaide. Haar haar hing voor één oog.

Ze zag eruit alsof ze een spook had gezien.

Er lag iets op de vloer, bij haar voeten. Een grote envelop en een A4'tje met handgeschreven tekst.

‘Er zat geen postzegel op,’ zei Gro met bevende stem. ‘Ze moet hier zelf zijn geweest.’

‘Wie?’ vroeg Agnes zacht, ook al was ze bang dat ze het wel wist.

Gro pakte het vel papier van de grond, gaf het haar aan en bleef in dezelfde houding zitten. Agnes ging tegenover haar zitten en begon te lezen.

Lieve Gro, stond er. *Ik vond het paarse zakje in een doos bij Kathrine toen we onze bunad vermaakten.*

Terwijl haar hart klopte in haar keel, speurde ze om zich heen naar een paars zakje.

Ze zag er geen. Gro had alleen haar telefoon in haar hand.

Ik confronteerde haar ermee, las Agnes verder, *gaf haar de kans het uit te leggen. Ze ontkende glashard dat ze wist wat het was. Kathrine dacht zeker dat ik niet wist wat Vegard die keer had gedaan. Natuurlijk wist ik dat! Veslemøy vertelde me alles! Ook over de angst waarmee ze leefde vanaf het moment dat hij haar verkracht had en had gedreigd haar te vermoorden. Ik ben er altijd van uitgegaan dat de duivel in eigen persoon ervoor gezorgd heeft dat de bewijzen verdwenen.*

Maar zij was het. En ze had niet eens een slecht geweten.

Ik werd razend, Gro. En ik besloot dat ze moest boeten voor haar enorme verraad van Veslemøy.

Ik heb alles uitgedacht. Maar niets verliep volgens plan. Het was een grote puinzooi. Omdat ik een waardeloze loser ben.

Ik wilde je vertellen wat er gebeurd was, ik wilde Steven vertellen wat ik had gedaan, maar het lukte me geen van beide. Zoals altijd was ik te laf.

Zeg hem dat het me spijt.

Zeg dat zij van hem hield.

Zeg dat ik van haar hield.

Joni

Voorzichtig pakte Agnes de telefoon uit Gro's hand. Die zat nog steeds met lege ogen voor zich uit te staren. Agnes zocht het nummer van Viktor, maar vond het pas toen ze naar recent gebelde nummers ging en MIJN VENT zag staan.

Hij moest opnemen.

Ze keek naar haar rechterarm. Haar hand trilde onbeheersbaar.

De telefoon ging lang over, maar toen was daar eindelijk de stem van haar vriend.

'Wordt Kathrine nog steeds verhoord?' vroeg Agnes kalm. Ze kneep haar ogen dicht.

'We hebben het verhoor een paar uur geleden afgesloten,' zei Viktor. 'Ze mocht naar huis.'

'Ging ze alleen?'

'Geen idee... Wacht even.' Er klonken geluiden alsof Viktor over de vloer liep.

Ze wipte met haar voeten.

Zachte stemmen op de achtergrond.

'Storedal zegt dat ze werd afgehaald.'

'Door wie?'

Opnieuw wachten, opnieuw een zacht gesprek.

Opnieuw een krakende vloer.

'Joni.'

Op het moment dat hij haar naam noemde leek er iets in haar te knappen.

'Viktor, luister goed: jullie moeten naar Kathrine in Palmafossen gaan, nu meteen! Nu meteen!' brulde Agnes.

Ze gooide de telefoon weer naar Gro en liet de geschokte vrouw daar achter. Ze had geen tijd om voor haar te zorgen.

Op weg naar buiten griste ze de autosleutels van het aanrecht.

In vliegende vaart reed ze met de Tesla naar de Bavallsvegen.

Er stond geen politiewagen voor de gele villa.

Ze veerde op toen ze haar eigen kleine Polo zag; die had hier urenlang geduldig staan wachten. En er stond een zwart elektrisch autootje op de oprit geparkeerd.

Dat van Kathrine.

Waarin Joni haar ongetwijfeld had opgehaald.

Ze spiedde naar de eerste etage. In de kamer zag ze niemand, maar er brandde wel licht. Ze reed iets verder de straat in en parkeerde de auto bij de buren, vanwaar ze het huis in het oog kon houden.

Zou ze naar binnen gaan? Zich bekendmaken?

Nee, ze durfde niet, niet nu. Ze moest wachten op de politie.

Er ging een minuut voorbij.

Twee minuten.

Ze knarsetandde.

Ze besefte nu dat ze er in een taxi vandoor was gegaan en dat Fredrik zich vast van alles afvroeg.

Had hij de mishandelde kinderwagen in de garage gezien? Hij moest wel denken dat ze gek geworden was. Misschien was ze dat ook wel.

Maar het kon haar niets schelen, helemaal niets.

Niets was zoals het hoorde te zijn. Niets was zoals ze had gedacht. De wereld was ontspoord.

Waar bleven Viktor en de politie verdomme?

Opeens werden in een van de kamers boven de gordijnen dichtgetrokken. Vlak daarna ging het licht uit.

Misschien was alles toch wel in orde.

Misschien hadden de twee vriendinnen alles uitgepraat bij een kop thee.

Misschien was Joni al naar de politie gegaan om zichzelf aan te geven en ging Kathrine nu naar bed.

Op dat moment werd de voordeur geopend.

In de lichte zomeravond zag ze iemand met een bos warrige krullen het huis uit komen en hard wegrennen.

Agnes schoot in de stress toen ze de veiligheidsgordel niet open kreeg. Toen ze zich eindelijk los had gerukt, stormde ze de auto uit naar de voordeur.

Die rukte ze open.

In de gang klopte ze eerst aan bij M. BØE, maar ze kreeg geen antwoord.

'Hallo?' riep ze naar boven. 'Kathrine?'

Stilte.

De treden kraakten toen ze langzaam de trap op liep, zoals ze ook hadden gedaan toen ze hier eerder op de dag was geweest, zoals ze hadden gekraakt toen ze hier voor het eerst was en de vriendinnen bij elkaar hadden gezeten, rouwend om Veslemøy.

Rouw, wist ze nu, die veel afschuwelijke geheimen verborg.

Boven keek ze direct de nog steeds rommelige kamer in.

Je zou kunnen denken dat Kathrine was gaan slapen.

Ze droeg een roze joggingbroek die op een pyjama leek en een wit T-shirt. De staart van de tijger stak onder de ene mouw uit; het lichte dunne haar hing los.

Je zou kunnen denken dat de Kat sliep.

Als ze niet op de grond had gelegen met haar gezicht op het kleed.

De slappe gedaante maakte een zwak klaaglijk geluid.

Ze was niet dood.

Agnes bukte zich en draaide Kathrine Bøe op haar rug. Haar tengere lichaam was loodzwaar in haar handen.

Haar ogen waren gesloten, haar mond ook. Die moest met geweld dichtgedrukt zijn.

Haar hele kaak leek opgezet.

Ze had iets in haar mond.

Joni moest het erin gepropt hebben.

Jezus, wat had ze gedaan?

Er stak een flinter paars plastic uit. Ze pakte een puntje, trok voorzichtig. En bleef trekken, terwijl haar hart wild tekeerging.

Uit Kathrines mond gleed een plastic zakje.

Op de onderkant zat een sticker. Daarop stond: ZAAK 302, 17 MEI 1998.

Een telefoon op het aanrecht, beveiligd met een wachtwoord.

Maar het alarmnummer kon ze toch wel bellen?

Ze toetste het met trillende wijsvinger in en ging op haar hurken naast Kathrine zitten. Ze schudde haar door elkaar, bestudeerde haar gezicht en haar hals.

Geen verwondingen. Geen zichtbare tekens van een klap of verstikking.

Ze moest ergens mee vergiftigd zijn.

Agnes gooide de telefoon van zich af en legde het dunne, maar zware lichaam in een stabiele zijligging.

Ze aarzelde een ogenblik.

Toen opende ze de mond en stak er twee vingers in, zo ver als ze kon.

Ze hield haar adem in; ze kon niet naar haar eigen vingers in Kathrines keel kijken. Ze keek omhoog naar de ingelijste foto van de vriendinnengroep aan de muur: vier lachende meisjes met hun parachutes en hun duimen opgestoken naar de camera.

Het lichaam onder haar vingers kromp ineen.

Gerochel.

En toen de brul uit de diepte op het moment dat Kathrine Bøe haar ogen opende en braakte.

'Sorry,' was het eerste wat ze zei toen ze weer tot leven kwam.

De nicotine vlijde zich als een warm, donker tapijt over haar binnenste.

Agnes blies de rook uit en nam meteen een nieuwe trek van haar sigaret. Met een slecht geweten bleef ze inhaleren en grijze rook uitblazen.

Als iemand longkanker kon krijgen zonder ooit gerookt te hebben, kon iedereen doodvallen.

De afgelopen uren had ze op verschillende manieren doorgebracht in een dichte mist. Ze dwaalde daarin rond en deed precies wat Viktor haar zei dat ze moest doen. Hij vroeg haar op Kathrines bank te blijven zitten terwijl hij met het ambulancepersoneel praatte en de technische recherche van Kripos belde. Hij nam haar mee in de auto, haalde Gro op in Bavallen en bracht hen allebei naar het politiebureau. Hij had Agnes op een stoel gezet voor de onderzoeksleider, die haar ernstig maar bezorgd had aangekeken en haar voor het eerst in jaren aan het huilen had gemaakt.

Na het verhoor bracht Viktor haar terug naar het huis in Bavallen, want Gro moest door een arts gecheckt worden, en de buren die op het slapende kind pasten moesten weg. Hij verontschuldigde zich uitgebreid, zei dat het maar een halfuur zou duren, en ze knikte alleen maar vermoeid. Het kleine meisje werd gelukkig niet wakker. Veertig minuten lang zat Agnes kalm op het balkon sigaretten te roken uit het pakje van twintig stuks dat ze uit de verstopplaats achter de bloempot had gevist. De tranen bleven stromen en maakten het filter nat en zacht.

Toen Viktor terugkwam had hij een nieuwe oppas bij zich: zijn vader.

Henrik Vormedal knikte stijfjes. Agnes vond het mooi dat de oude man ondanks alles niet de moordenaar was, maar er waren toch wel een paar dingen waarover hij met zijn zoon zou moeten praten.

Ze kon het niet opbrengen om naar huis te gaan, en Viktor zette haar af bij Ingeborg. Haar vriendin stortte zich op de sigaretten die Agnes bij zich had alsof het het laatste pakje op aarde was. Ze gingen buiten aan tafel zitten – het was nog steeds warm – en ze schonk twee grote glazen rode wijn in.

'Waarom heeft de Kat de bewijzen al die jaren bewaard?' vroeg Ingeborg toen Agnes had samengevat wat er gebeurd was.

De mist trok langzaam maar zeker op. Ze voelde zich weer zichzelf.

'Ik gok om Vegard Saue onder druk te zetten,' zei ze. 'Als je zo hopeloos verliefd – of bezeten – bent dat je niet alleen bij iemand wilt blijven die door je beste vriendin is aangegeven voor verkrachting, maar zelfs de bewijzen steelt in de zaak tegen hem – dan ben je ook in staat om er alles aan te doen om hem te houden.'

Kathrine was in het ziekenhuis opgenomen. Ze was buiten levensgevaar, had Viktor gezegd, maar nog steeds uitgeput. Ze moest nog een paar medische onderzoeken ondergaan en zou pas verhoord worden als ze weer wat beter was. Toen ze op de brancard lag, op weg naar de ambulance, was ze hysterisch gaan huilen. Agnes wist niet of dat was omdat ze tóch een geweten bleek te hebben of omdat het tot haar was doorgedrongen dat ze zelf bijna vermoord was – en niet één, maar twee keer.

Toen Ingeborg naar binnen ging voor een nieuwe fles wijn om hun glazen bij te vullen, en die van haar moeder, die naar het zaterdagse amusementsprogramma van de NRK keek met de babyfoon op schoot, schoof Agnes onderuit op de bank. Ze wist nog steeds niet wat of wie er de oorzaak van was dat Kathrine de politie niet meteen had verteld dat zij en Veslemøy voor de openingsceremonie van parachute hadden geruild. Maar ze wedde op Henrik Vormedal. Ze was zelfs bereid er een groot bedrag op in te zetten dat hij de anonieme klacht had ingediend bij het Haukeland-ziekenhuis, met het gevolg dat er onderzoek naar Kathrine werd gedaan en er zoveel geruchten over haar rondgingen dat ze uiteindelijk met haar werk daar moest stoppen. Wie weet welke dreigementen hij had geuit, zowel tegen haar als tegen Veslemøy. De lijst van gesprekken van en naar Veslemøys telefoon toonde in elk geval aan dat er contact tussen hen was geweest. Vormedal dacht zeker dat het het werk van deze twee meisjes was geweest dat hij zijn registratie was kwijtgeraakt. Hij had geen vermoeden van de interventies van oma Dagny Berge. Het zou heel goed kunnen dat Vormedal in werkelijkheid naar het dorp was teruggekomen om te proberen een goede vader en een behulpzame opa te zijn. Misschien wilde hij zelfs weer contact opnemen met haar tante, maar Agnes was er zeker van dat de oude man ook nog steeds wrok koesterde. Dat was ook begrijpelijk.

Het was ook begrijpelijk dat Kathrine zich zorgen maakte over wat haar ex-geliefde zich in het hoofd kon halen. Vegard Saue wist immers dat zij destijds de bewijzen had gestolen. Misschien wist hij ook dat zij dat bewijsmateriaal nog steeds in haar bezit had. En toen Veslemøy Liland hem dreigde de zaak opnieuw openbaar te maken, had de nieuwbakken landsadvocaat er ongetwijfeld veel belang bij gehad dat te pakken te krijgen. Als naar voren was gekomen dat iemand hem in zijn jeugd bij de politie had aangegeven voor verkrachting, zou het er op z'n zachtst gezegd niet zo goed voor hem uitzien. Daarom was hij komen opdagen toen Kathrine hem na de begrafenisborrel had gebeld. Agnes zou er niet van opkijken als ze hem in haar dronkenschap had gedwongen om te komen, omdat ze nog een keer seks met hem wilde hebben. Het zou haar evenmin verbazen als Saue binnenkort werd opgepakt voor brandstichting, inbraak en geweldpleging. Ze hoopte van harte dat er sporen van hem gevonden zouden worden in de dubbele woning in Palmafossen. Vegard Saue had de eenvoudigste uitweg het eerst geprobeerd: het hele huis laten afbranden en daarmee de bewijzen vernietigen. Toen de brand geblust werd voordat die veel schade kon aanrichten, had hij waarschijnlijk besloten zelf naar het zakje met bewijsmateriaal te gaan zoeken. Hij was erachter gekomen dat Kathrine verhoord werd door de politie en dat haar moeder niet thuis was. Uiteindelijk stond alleen Agnes hem nog in de weg, maar dat probleem loste de advocaat, die steeds wanhopiger was geworden, op door haar tegen haar hoofd te trappen.

'Drinken jij,' zei Ingeborg.

Ze was terug met meer wijn en meer vragen.

'Jij denkt dus dat de Kat Saue jarenlang dwong tot een geheime verhouding? Dat is nog erger dan een soap!'

Agnes dacht aan Eskildsen en raakte opnieuw geïrriteerd.

'Ja, het klinkt vergezocht, maar alles duidt erop dat het zo is gegaan. Je hebt toch zelf ook gehoord dat Vegard Kathrine spuugzat was en er al eerder een punt achter wilde zetten? Misschien was dat al zo voor de verkrachting. Ik wil wedden dat ze hem er subtiel aan herinnerde dat zij over iets beschikte waarmee ze zijn leven kapot kon maken.'

'Leuke verhouding,' zei Ingeborg. 'Maar op een gegeven moment was het wel voorbij?'

'Ja, maar ik denk dat Kathrine zelf het besluit nam – omdat hij geen kinderen wilde. Althans, hij wilde geen kinderen met haar. En dat snap ik ook wel. Het was waarschijnlijk het enige wat ze niet bij hem kon afdwingen,' zei Agnes, en ze bedacht dat het stukken makkelijker zou zijn geweest als Kathrine gewoon had gelogen dat ze de pil slikte. 'Toen ze naar Voss verhuisde was hun relatie al een paar jaar voorbij, en Kathrine was helemaal vergeten dat ze dat paarse zakje met bewijzen nog had. Het zat waarschijnlijk in een van de verhuisdozen die in de kamer gezet moesten worden na de brand in Kathrines slaapkamer. En uitgerekend die doos – heb ik nu begrepen – heeft de labiele Joni Farestveit ongelukkig genoeg toevallig geopend.' Agnes voelde nog steeds een knoop in haar maag als ze aan haar dacht. 'Dat was genoeg om Kathrine van het leven te beroven. Maar in plaats daarvan werd tragisch genoeg Veslemøy, de vrouw van wie Joni altijd had gehouden en die ze beschermde, het slachtoffer. Opnieuw.'

Ingeborg nam zo'n diepe trek van de sigaret dat het puntje knetterde voor ze de rook uitblies.

'Wie heeft er met dit soort vriendinnen nog vijanden nodig?'

Toen ze samen met Ingeborg het laatste stukje van de Gullfjordungsvegen naar Vangen liep, vochten de roes van de rode wijn en de onrust om de controle over haar lichaam.

Ze had het gevoel dat ze eigenlijk naar Joni zou moeten zoeken – zij ook. Maar Viktor had haar dringend gevraagd de politie haar werk te laten doen. Ze had vanavond een leven gered, zei hij, het was nu tijd om tot rust te komen.

Hij had gelijk. Ze trok het niet meer. Ze had ook niet gereageerd op de telefoontjes van de mensen van de avonddienst bij *VG*, maar morgenvroeg zou ze ervoor gaan zitten om alles op te schrijven. Ze zou proberen Gro officieel te interviewen, als ze van de schrik bekomen was. Ze wilde het hele verhaal vertellen, niet alleen over de brief en de moord, maar ook over hoe het hechte vriendinnengroepje uit elkaar had kunnen vallen. En ze zou Torgeir Tveiterås overhalen om openlijk of anoniem te praten over de blunder van de politie twintig jaar geleden. Ze was er vrij zeker van dat hij haar theorie kon onderbouwen: dat de toenmalige politiechef Svein Vatle, nadat hij had ontdekt dat het bewijsmateriaal in de verkrachtingszaak gestolen was, een gunst had aangenomen van zijn goede vriend de politiejurist in Bergen – die de zaak met één pennenstreek seponeerde. Agnes wilde ook graag schrijven over de reden waarom de plaatselijke krant deze zaak nooit verder had uitgezocht: omdat redacteur Eskildsen zowel de club van ouwe-jongens-krentenbrood als zijn neef had willen beschermen.

Tot die tijd kon ze alleen maar duimen dat ze Joni zo gauw mogelijk zouden vinden.

Waar was ze?

Wat dacht ze?

Zoals Agnes het opvatte, was haar brief niet alleen de bekentenis van een moord; het klonk ook als een afscheidsbrief.

Volgens Viktor leek het er niet op dat Storedal of Kripos dat aspect serieus nam. Zij gingen ervan uit dat Kathrine Bøe nu veilig was, dat ze een schriftelijke bekentenis hadden en dat er waarschijnlijk niet meer levens op het spel stonden. Ze rekenden er daarom op dat een arrestatie zonder veel drama zou kunnen plaatsvinden. De onderzoeksleiding wilde nu niet om opsporing verzoeken, omdat het al laat op de avond was. Het plan was om de zoektocht te intensiveren als Joni zich morgenochtend nog niet had gemeld.

'Het feest is overduidelijk begonnen,' zei Ingeborg toen ze langs de kerk over de lichte helling via de parkeerplaats naar het Prestegardslandet en het Vangsvatnet liepen.

Haar vriendin had met een paar collega's van het hotel afgesproken en was aan de late kant. Na nog een glas wijn had ze Agnes overgehaald om mee te gaan.

De muziek stroomde uit de festivaltent. Ze kende de band noch het nummer, maar voelde het dreunen van de bassen nu al in haar lichaam.

Ook al had de politie nog niet gemeld dat de moord was opgelost, de feestgangers hadden blijkbaar besloten op deze laatste avond van Veko de parachutemoord te laten voor wat die was.

Eindelijk leek het een echt festival. Het wemelde van de mensen en het stonk overal naar bier.

Ze wist nog steeds niet zeker of ze wel mee wilde. De afgelopen nacht had ze bijna niet geslapen en haar hoofd voelde nog steeds zwaar. Eigenlijk zou ze naar huis moeten gaan, naar Fredrik. Als hij tenminste met haar wilde praten. Bij Ingeborg had ze eindelijk haar telefoon kunnen opladen, maar toen die het weer deed, had hij nog steeds niet gebeld of een bericht gestuurd. Hij nam ook niet op toen ze hem probeerde te bellen. Met andere woorden, hij had waarschijnlijk het restant van de Emmaljunga City Cross-kinderwagen gevonden in de garage. Haar buik was een wirwar van emoties. De laatste tijd was ze inderdaad niet erg aardig tegen hem geweest, maar ze voelde warmte en geborgenheid bij de gedachte dat hij toch met haar wilde trouwen. En hij had voor haar in de persoonsdossiers van het ziekenhuis zitten neuzen. Tegelijk was ze nog steeds geïrriteerd over al het andere dat hij had gezegd en gedaan, en het was niet erg sympathiek van hem om op zo'n manier onbereikbaar te zijn nadat ze eerder op de dag in het ziekenhuis voor zijn ogen was flauwgevallen. Maar hij wist ook niets van wat er allemaal gebeurd was de afgelopen dagen – niet van haar moeder, haar werk of wat dan ook.

Het werd tijd voor een goed gesprek.

En ze moest eerlijk zijn.

Eerlijk zeggen dat ze misschien niet zo naar een kind verlangde als hij dacht.

Voordat ze kon zeggen dat ze naar huis wilde, pakte Ingeborg haar hand en troonde haar mee naar de bar. Alexander zat aan een van de overvolle tafels. Hij zag haar niet, maar lachte alleen om iets wat de man naast hem zei. Ingeborg draaide zich om met in elke hand een halveliterglas drank met een vuilgele kleur.

'Hier, Batman,' zei ze, en ze gaf Agnes een glas. 'Het wordt tijd dat we gaan leven.'

Voordat ze kon protesteren ging haar vriendin verder: 'Je bent niet zwanger en je hebt het verdiend om de rest van de avond een beetje lol te maken. Heb je eigenlijk ooit Bøtto geproefd, Agnes? Dat is Voss' eigen versie van Long Island Ice Tea! Je bent duidelijk niet genoeg uit geweest de laatste tijd!'

Ingeborg hief haar glas om te proosten.

Oké. Eén drankje.

Het smaakte sterk en zoet. Het was niet lekker, maar al na een paar slokken merkte ze dat het haar goeddeed.

Ze kon zich niet heugen wanneer ze voor het laatst de binnenkant van haar lichaam had schoongespoeld met alcohol.

Zondag

Iets zei haar dat ze haar ogen niet open moest doen.

Agnes wist niet of het de knallende koppijn was of de snerpende telefoon die haar had gewekt, maar het voelde hoe dan ook veel te vroeg. Ze liet de telefoon liggen. Ze wilde niets met dat ding te maken hebben voordat ze iets aan de hoofdpijn had gedaan. De eerste wanhopige poging was een kussen pakken en dat stevig op haar gezicht drukken.

Ze schrok van de onbekende geur van het kussensloop.

Heel rustig bleef ze liggen. Durfde geen vin te verroeren.

Een poos later gluurde ze met één oog.

De werkelijkheid werd haar onmiddellijk pijnlijk duidelijk: dit was niet haar eigen beddengoed. Het was niet haar eigen bed. Ze was niet thuis in haar eigen huis.

Ze was in een hotelkamer.

Alleen?

Voorzichtig hief ze haar hoofd op en keek om zich heen.

Alleen.

Had ze iets aan?

Ze tilde het dekbed op.

Verdomme.

De nacht kwam terug met kleine, pijnlijke steken. Bøtto... Het waren er veel geworden. Dansen in de tent. Een band die ze niet kende. De wereld als één grote achtbaan.

Een naakte man.

Ze werd opnieuw gebeld. Het geluid sneed als een scherp mes door de schaamte en de pijn. Ze zag het mobieltje aan de andere kant van het bed, met het scherm naar beneden. Ze reikte ernaar en draaide het om.

Het was Viktor.

Ze had alleen wat meer tijd nodig.

Ingeborg had gebeld. Fredrik ook, meerdere keren. Ze kreeg buikpijn. Viktor gaf niet op, verdomme. Agnes rolde zich op haar rug om op te nemen en haar frustratie op iemand anders te kunnen botvieren.

Misselijkheid golfde door haar heen.

Ze sprong het bed uit en rende een open deur door – dat moest de badkamer zijn. In het donker zocht ze naar de lichtknop. Maar door deze kleine vertraging was ze vast niet op tijd bij de wc voordat haar maag zich omkeerde. Een klein beetje van het mengsel van bier, sterkedrank, hamburgersaus en kaas dat omhoogkwam kwam in de pot terecht. De rest belandde ernaast en over de vloer. Agnes bleef op haar knieën in de stinkende smurrie zachtjes zitten kreunen.

Ze hoorde de deur en er verscheen een gestalte.

Agnes durfde niet te kijken.

'Verdomme, Tveit!' klonk de nasale stem van Tor Erik Åkervold. 'Ik was van plan je te vragen of je ontbijt wilde of nog een ronde in bed. Ik ga er maar van uit dat het geen van beide wordt.'

Ze was vergeten te plassen, maar het had geen zin om dat alsnog te doen.

Het was haar maar net gelukt om een plaats te krijgen op de eerste vlucht van vandaag. Alles wat onder de aan adrenaline verslaafde skydivers kon kruipen en lopen was in alle vroegte naar de dropzone gekomen. De meesten zagen eruit en roken alsof ze die nacht flink feest hadden gevierd. Niemand zou denken dat het wereldje nog maar een week geleden door een tragedie getroffen was; ze waren allemaal zo gretig, zo ongeduldig, zo blij dat ze eindelijk, op de bonusdag van het festival, toestemming hadden om daarheen te gaan waar ze het liefst wilden zijn.

Birger had gisteravond laat een bericht gestuurd naar iedereen die op de deelnemerslijst stond. Het laatste onderdeel van het skydiveprogramma zou ook 'het laatste eerbetoon van het festival aan Veslemøy Liland' zijn.

Ze was zelf ook blij geweest, een beetje uit sympathie met de anderen, maar vooral omdat ze de kans kreeg haar plan uit te voeren. Het plan waarvan ze gedacht had dat ze dat op een andere manier of ergens anders had moeten uitvoeren.

Van het zogenoemde 'eerbetoon' aan Veslemøy had ze geen hoge pet op. Birger had beter het beestje bij de naam kunnen noemen en eerlijk kunnen toegeven dat hij niet honderden skydivers met een ontevreden gezicht naar huis wilde sturen en geen slechte pr wilde. Heel even voelde ze zich schuldig omdat ze ook deze dag voor iedereen zou bederven, maar dat gevoel verbleekte snel in het schrille licht van al het andere.

Ze vervloekte zichzelf omdat ze weer gefaald had.

Tegelijk voelde ze zich op een wonderlijke manier onverschillig. Nu betekende het sowieso niets meer.

Terwijl ze zich concentreerde op haar ademhaling, liet ze het bonzen van haar hart overstemmen door het gedreun van de motor. Ze zette de pruik recht onder de helm, die jeukte. Het verbaasde haar dat een haarstukje en een nieuwe zonnebril genoeg waren om door niemand herkend te worden. Niemand was gevallen over de legitimatie die ze getoond had: een rijbewijs en de licentie van een vrouw die niet veel op haar leek, zelfs niet met een blonde pruik onder de helm.

Een voor een verdwenen de jonge springers onder het vliegtuig. Tot slot sprong een aarzelende beginner. Hij was veilig aan de meest ervaren springer van de club gekoppeld, maar zijn wangen waren rood en in zijn ogen stond een mengeling van levenslust en doodsangst te lezen. Afgezien van hem leek niemand bang dat er iets zou kunnen gebeuren. Het zat niet in hun DNA om angst te hebben. Zo hoopte ze dat het altijd zou zijn. Zo móést het zijn.

'Klaar?' riep de piloot.

Het vliegtuig was leeg, zij was de laatste. Ze knikte naar hem en schoof naar de deuropening, naar een blauwe en wolkeloze middaghemel, zoals die een week geleden was geweest, toen ze elkaar voor de laatste keer hadden vastgehouden.

Daarna had de wereld, het universum, de toekomst en al het andere er heel anders uitgezien.

Voorzichtig stapte ze op het smalle treetje dat ze uit ervaring vond zonder omlaag te kijken, en toen ze de wind in haar gezicht voelde, hield ze haar adem in.

Niet omdat ze spijt had.

Maar omdat ze ontzettend en duizelingwekkend opgelucht was.

Ze liet los en liet zich naar buiten vallen. De wind ontving haar hartelijk, als een oude vriend. Hij stelde geen vragen en eiste niets van haar. De wind had geen weet van goed en kwaad, en veroordeelde niemand.

Ze voelde zich dichter bij Veslemøy dan ooit tevoren.

Het was heel anders dan om in de kerk bij een kist te staan waarin alleen maar een leeg omhulsel lag. Hier was haar ziel, hier had ze voor het laatst geademd, hier had ze voor de allerlaatste keer iets gevoeld.

Hopelijk had Veslemøy geen tijd gehad om angst te voelen.

Hopelijk had ze er tot op het laatste moment op vertrouwd dat het goed zou gaan.

Ze zag dat een eind beneden haar de anderen een voor een hun parachutes openden. Ze manoeuvreerde zich zo ver van hen vandaan als ze kon.

Voordat ze het wisten zou ze hun allemaal voorbijgevlogen zijn.

Niemand wist dat er in het pak op haar rug alleen doorgesneden lijnen zaten, in razernij vernield, net zoals ze in razernij de lijnen van Kathrines parachute had doorgesneden.

Twee jongetjes kregen de wraak op de moordenaar die hun moeder van hen had weggenomen. Ze zouden het nu niet begrijpen, jarenlang niet, maar later in hun leven zouden ze dankbaar zijn.

Joni Farestveit koerste naar de glinsterende oppervlakte van het Vangsvatnet. Ze wist dat het water zo hard zou zijn als het ijs in januari, maar ze wist ook dat ze dat niet zou voelen – dat ze nooit meer pijn zou voelen, geen verraad, geen gewetenswroeging, geen gemis.

Voor de laatste keer keek ze naar de weerspiegeling van groene bergen met witte poedersuiker op de top.

Toen sloot ze haar ogen.

Dankwoord

Dank aan Knut Lien van de Oslo Fallskjermklubb omdat hij zijn technische kennis met me wilde delen, en aan Morten Knapstad en Sebastian Brück voor aanvullende informatie over skydiven in Voss. Dank aan Nils Arne Mehammer en Vibeke Schei Syversen van Kripos (in Oslo), Morten Steingrimsen en Pernille Flage bij de politie en Marianne Skjerven-Martinsen, voormalig arts en onderzoeker bij het Folkehelseinstitutt, voor haar onschatbare medische kennis. De verantwoordelijkheid voor het juiste gebruik van de informatie die ik heb gekregen, ligt louter en alleen bij mij.

Dank aan mijn redacteuren Guro Solberg en Hans Petter Bakketeig en aan mijn vroegere redacteur Marius Fossøy Mohaugen voor alle brainstormsessies en aanmoedigingen. Zij waren zowel mijn valscherm, mijn reservescherm als mijn noodscherm bij dit project.

Dank aan al mijn proeflezers, die anoniem moeten blijven, maar die mij zowel stimuleerden als bijna tot wanhoop dreven tweeëntwintig Wordpagina's. aan opmerkingen

Dank aan vrienden, familie en bekenden die in verschillende fasen van het schrijfproces kleine, grote en wijze opmerkingen maakten: Magnhild Helland, Guro Danielsen, Mari Hesjedal, Anne Gunn Halvorsen, Line Oddekalv, Nils Kvamsdal, Therese Tungen, Reidun Heggedal, Kjartan Brügger Bjånesøy, Frode Fuglehaug, Synnøve Ringset Fuglehaug, Gudrun Fuglehaug, Jon Fuglehaug en – heel veel dank voor degene die het meest gelezen heeft – misdaadkoningin Karen Breistein.

Dank aan de Oost-Noor in mijn leven, Kåre Henriksen, altijd mijn rots in de branding en in het bijzonder een uitstekende corrector.

En tot slot dank aan Voss, voor alle inspiratie. Alles in deze roman is fictie. De inspiratie voor de beschrijving van het skydiveteam dat de week van de extreme sporten opent met een formatiesprong in vermaakte traditionele kleding, komt echter van een TV2-uitzending in 2015. Er is overigens geen enkele overeenkomst tussen de romanfiguren en de werkelijke skydivers – of andere personen in Voss. En alles is met liefde geschreven.